화랑 3

화
랑
3

원작 KBS 드라마 〈화랑〉
극본 박은영 소설 강심

결 BESIDE

| 차례 |

1장
남부여 화친 사절단

대망의 그날이 밝았다. 숙명이 제안한 누구 하나 죽기 전엔 끝나지 않는 목숨을 건 대련, 이름하여 '생존대련'의 날이었다. 장소는 조원전. 해마다 정월이면 신국의 대왕께서 만조백관의 신례하례를 받는 곳이고 즉위식, 혼인식, 각종 연회 등 크고 작은 황실의 행사를 치러내는 황실의 권위를 상징하는 건물이었다. 화랑 임명식이 거행된 곳이기도 했다. 자신들이 임명되었던 그 자리에 다시 서서 진묵에게 장비 점검을 받고 있는 화랑들의 모습은 당당하고 아름다웠으나 긴장한 듯 보였다.

단 위에 서서 그들을 살피고 있던 위화가 숙명을 못마땅하게 노려보며 한마디 했다.

"꼭 피를 보는 게 공주께서 원하는 방식입니까?"

그러나 위화의 한마디 따위를 두려워하는 숙명이 아니었다. 그저 심드렁하게 한마디 대꾸해줄 뿐이었다.

"용맹스러운 장수가 피를 두려워해선 안 되겠지요."

"제가… 피를 보면 현기증이…."

숙명이 어이없다는 듯이 픽 웃음을 흘렸다. 위화는 자기보다 스무 살은 어린 사람에게 아이 취급당한 기묘한 느낌을 받고 무거운 한숨을 내쉬었다. 이제라도 대련을 그만두게 하고 싶었는데 방법이 없었다. 미진부가 서둘러 뛰어 왔다.

"태후 전하와 화백들이 오셨습니다."

현추의 수행을 받는 지소, 지소의 뒤로 박영실을 비롯한 화백들이 드디어 조원전에 입성하였다. 그들이 걸어 들어오는 잠깐 동안 지소와 삼맥종은 서로를 바라보며 뜨거운 분노와 차가운 맹세를 주고받았고, 박영실은 선우를 찾아 탐색했으며, 수호는 지소를 보며 부탁하신 대로 선우를 지키겠다고 다짐했다. 위화와 숙명이 지소와 백관을 맞이하며 인사하였다.

"이런 식으로 화랑을 흔드신다면 저도 생각을 달리할 수밖에 없습니다."

위화가 지소에게 나지막하게 뜻을 전하였으나 지소는 전혀 동요하지 않았다.

영실은 숙명에게 직접 다가가 예를 갖췄다.

"화랑들의 행사에 이런 뒷방 늙은이까지 불러주셔서 감사합니다. 오늘 대련은 공주 전하께서 직접 주관하신다 들었습니다. 그래서 더욱 기대가 큽니다."

"각간의 기대에 어긋나지 않았으면 좋겠습니다."

의례적인 숙명의 대답에도 박영실은 아주 흡족한 미소를 보이며 고개를 끄덕였다.

지소와 백관들은 준비된 자리에 앉고, 잠시 긴장된 침묵이 조원전을 덮었다. 지소의 시선은 조원전에 들어와서부터 삼맥종만을 향해 있었다. 모든 위험을 제거해며 귀하게 보호해 왔는데, 화랑을 장악하기 위해 들여보낸 딸 때문에 목숨을 건 대결을 벌이게 될 줄은 상상도 못했던 일이었다.

'네가 기어이 이런 꼴을 당하는구나. 살려 달라 소리쳐. 어미 치맛자락에 매달리고 울어봐. 그럼 내가 이 안에서 건져주마.'

삼맥종은 어머니 지소의 시선을 느끼고 있었고, 그녀가 하고 싶은 말도 알아들을 수 있었다. 그러나 삼맥종의 뜻은 달랐다. 삼맥종은 이 안에서 당당하게 맞서 싸워 이겨낼 참이었다.

'나를 노리는 검이 있다면 피하지 않겠습니다. 맞서서 싸워 이기고 당당히 왕좌에 오르겠습니다.'

두둥! 북이 울렸다.

수호와 반류가 첫 대련을 시작하였다. 수호와 반류보다는 아들들을 바라보는 김습과 호공이 더 긴장하여 굳어 있었다.

반류가 수호를 향해 선제공격에 들어갔다. 수호는 능숙하게 검을 받아치고 자세를 잡았다. 나름 왕경 최고의 검술이라 인정받던 수호였다. 수호의 시선으로 보면 반류의 검은 허점투성이, 제대로 공격하면 반류가 감당해내지 못할 것은 자명했다. 이걸 어떻게 해야 하나 고민하던 수호는 승부를 빨리 끝내는 수밖에 없다는 결론을 내리고, 매섭게 반류를 공격하기 시작했다. 당황하여 피하던 반류의 팔에 검이 스치며 옷이 찢기고 피가 배어 나왔다.

'피!'

수호는 잠시 공격을 중단했다. 빨리 끝낼 생각이었지 피를 볼 생각은 아니었다. 반류와 수호의 시선이 부딪히고 흔들렸다. '어쩌지?' 수호가 물었고 '일단 뭐든 해' 반류가 대답했다. 서로 형식적으로 검을 부딪치고 마치 합을 맞춘 듯 뻔한 공격과 수비를 이어갔다.

옆에서 지켜보고 있는 화랑들도 수호와 반류의 고민을 같이 읽을 수 있어서 그들의 대련이 애탔고, 빨리 끝내줬으면 싶은데 단 위에서는 아무런 명령도 내려오지 않았다. 그들 중 강성만 얼굴 잔뜩 비웃음으로 수호와 반류를 보고 있었다.

"영실 공의 실망이 이만저만 아니겠네. 반류, 넌 틀렸어."

단 위에 앉아 있던 숙명은 둘의 대련보다는 위화를 빤히 쳐다보고 있었다.

"이 대련은 실전을 위한 것입니다. 이렇게 허술한 전장이 어디 있답니까? 또한, 이런 전의로 어떤 병사를 이끌 수 있단 말입니까."

"의미 없는 살생보다 더 중요한 것을 아는 녀석들니까요."

숙명은 싸늘하게 여유만만한 위화 공을 보다가 미진부에게 그만하라는 손짓을 보냈다.

다음으로는 기보와 신의 대련이었다. 수호와 반류보다 훨씬 더 맥 빠진 그들의 대련을 보다가 하품하는 화백들까지 나왔다. 숙명이 머리를 절레절레 흔들며 그만하라고 손짓하는데 박영실이 나섰다.

"공주 전하, 아무래도 화랑들끼리의 대련은 별 볼 게 없는 듯합니다. 그러니 작은 제안을 하나 해도 되겠습니까."

단 위의 모든 시선이 영실에게 향했다. 대체 또 무슨 꿍꿍이를 벌이려고.

"말씀해 보십시오. 각간."

"아무래도 화랑들은 같이 자고 먹고 마치 한 몸처럼 지내는 아이들인데 검을 쓸 때 상대에게 목숨이 걸어지지 않는 게 당연하지 않겠습니까? 마침 저한테 제법 무술이 출중한 무사가 있는데 선문을 대표하는 화랑과 겨룬다면 누구 하나 죽기 전에는 끝나지 않는 목숨 건 대련이 가능하지 않겠습니까?"

단 위에 앉은 사람들은 또 일제히 영실 뒤에 서 있던 단단해 보이는 무사를 쳐다보고, 대답을 고민하고 있는 숙명을 쳐다봤다. 지소는 영실의 속셈이 느껴져 말리려 하였으나 숙명이 갑자기 고개를 끄덕하더니 대답했다.

"좋습니다."

"과연 공주 전하의 배포는 어느 장수 못지않으십니다. 이왕 소신의 청을 받아 주신 거, 선문을 대표할 화랑을 제가 지목해도 되겠습니까?"

"…그러시지요."

지소는 불안하게 삼맥종을 흘깃 보았으나 이내 선우를 바라보기 시작했다. 박영실은 선우와 삼맥종을 번갈아 보다가 마침내 결정을 내렸다.

"선우랑의 무예가 출중하다 들었습니다."

박영실의 입에서 선우의 이름이 호명되자 숙명의 얼굴에서 핏기가 확 가시며 화랑들을 돌아보았고, 화랑들은 당황하여 웅성거리는데, 선우만 이미 예상하고 있었던 것처럼 천천히 자리에서 일어났다.

"네 실력으로는 안 돼. 내가 나갈게."

선우는 자신을 제지하는 수호를 보지 않고 대답했다.

"됐어. 나를 잡아보고 싶다잖아."

선우는 걱정하는 삼맥종, 수호의 시선을 뒤로하고 마당 한가운데로 뚜벅뚜벅 걸어 나섰다. 마당 한쪽에 의무실을 차려놓고 있던 아로는 이 꼴을 보고 졸도할 지경에 이르렀다.

"몸도 성치 않은데. 화살 맞은 지 얼마나 됐다고…."

선우와 호위무사가 마당으로 나와 단을 바라보고 서자, 영실이 은근하게 미소 지으며 말했다.

"신분 고하를 막론하고 두 사람 중 누구 하나라도 목숨을 잃어도 그 책임을 묻지 않겠다고 확약을 해주시지요."

호위무사가 공수하며 다짐했다.

"영실 공의 명예로 그리하겠습니다."

선우 또한 공수하며 다짐했다.

"화랑도의 명예로 그리하겠습니다."

선우를 바라보는 숙명의 마음은 착잡했다. 화랑들이 다 죽어도 하나 살아줬으면 하는 사람이 선우인데, 제 활에 맞아 뒹굴지를 않나 영실에게 지목되어 나오지를 않나 아무래도 오래 볼 수 있는 사람은 아니지 싶었다.

숙명은 내키지는 않았지만 어쩔 수 없이 고개를 끄덕여 둘의 맹세를 받고 대련을 시작하라 신호했다. 선우와 호위무사가 마당 한가운데로 걸어나와 서로를 마주 보고 자세를 취했다. 영실은 대련하는 자들이 아닌 지소를 보고 있었다. 지금 영실에게 중요한 것은 선우나 무사의 생사가 아니라 지소의 반응이었다. 영실의 시선을 느낀 지소는 영실을 돌아보지는 않은 채 입을 열었다.

"이 안에 폐하는 없습니다."

"아이구, 저는 그런 건 생각도 못 했습니다. 그걸 생각하고 대련을 벌인다면 천하의 불충을 저지른 것이지요."

"불충 맞소."

"네?"

"폐하의 화랑을 상하게 하는 것이 불충이 아니면 뭐겠소?"

"수도 없이 두들기고 달궈야 강한 철이 되는 것 아니겠습니까. 불충이 아니라, 담금질이라 생각하시지요. 어차피 다 폐하의 화랑이 아닙니까. 그래서 제 무사에게 한 치의 자비를 베풀지 마라. 미리 명해 놓았습니다."

지소가 영실을 돌아보았다. 예민하고 파리한 얼굴이 신경질적으로 보였다.

"아무리 그래 봐야 이 안에 폐하는 없소."

"글쎄요."

지소의 표정을 확인한 영실은 흡족한 기분으로 선우와 무사의 대련을 관람하기 시작했다.

선우와 호위무사가 첫 합을 주고받는 순간 이미 호위무사는 선우의 옷깃을 가볍게 잘라내면서 엄청난 힘으로 공격을 쏟아냈다. 제대로 방어해낸 선우였지만, 어깨의 고통이 극심하여 팔을 마음대로 휘두를 수가 없었다.

호위무사는 고통에 주저하고 있는 선우를 놓치지 않고 위협적인 검을 휘두르고 결국 더 버티지 못한 선우가 무릎을 꿇고 말았다. 보다 못한 삼맥종이 더 참지 못하고 일어서려는데 다리가 바닥에 붙은 듯 얼어서 움직이지 않았다. 이게 웬일인가 내려다보니 파오가 삼맥종의 무릎을 꽉 누르고 있었다.

"놔. 나 대신 죽게 할 수는 없어."

파오는 절대 안 된다는 듯 굳은 얼굴로 고개를 가로저었다.

무릎을 꿇은 선우 앞에 선 호위무사가 단 위의 처분을 기다리며 쳐다보자 다른 사람이 대답하기 전에 박영실이 냉큼 나서서 말했다.

"죽을 때까지야. 아직 끝난 게 아니다."

영실의 말에 조원전 안은 술렁거렸다. 백관들은 두려움의 시선을 나누었고, 아로는 거의 기절했으며, 수호는 검을 쥐고 튀어나갈 판이었다. 파오 때문에 일어나지 못하는 삼맥종이 지소를 간절하게 바라보았다. 할 수만 있다면 지금이라도 치맛자락에 매달려 선우를 살려 달라 울고 싶었다.

호위무사는 영실의 명을 알아들었다는 듯 꾸벅 인사하고, 선우에게 치명타를 날리기 위해 한 발, 한 발 접근했다. 검을 위로 높이 치켜드는데, 지소가 더는 버티지 못하고 소리쳤다.

"멈추어라!"

영실의 얼굴에 만족스러운 미소가 가득 번졌다. 호위무사는 검을 멈추고 선우를 비웃으며 돌아서는데, 그 순간 개처럼 일어나 새처럼 날아서 호위무사의 등을 밟고 넘어 무사의 앞을 가로막았다. 선우는 아직 대련이 끝나지 않았다는 듯 검을 그러쥐고 자세를 잡았다. 호위무사가 허락을 구하듯 영실을 바라보자 영실의 허락이 떨어졌다. 무사는 한 방에 끝낼 생각으로 달려들었다. 그때, 선우는 새처럼 날아올라 무사의 머리를 향해 검을 날리고 착지하였다. 무사의 머리카락이 후두둑 바닥에 떨어지고 놀란 무사와 박영실, 지소, 백관들이 믿을 수 없다는 듯 멍해진 가운데 화랑이 일제히 선우의 승리를 확신하며 환호성을 질렀다. 기절하기 직전이었던 아로는 안도의 숨을 내쉬며 앉은 자리에서 쭉 뻗어버렸고, 숙명은 참으로 오랜만에 마음으로부터 기쁨이 생겨 웃을 수 있었다. 선우라는 사람은 진정 볼수록 아주 많이 흥미로웠다.

상선방 화랑들이 선우를 향해 뛰어나갔다. 덮치고 누르고 때리며 선우를 축하하자, 선우가 화랑들에게 깔아뭉개져 버렸다. 깜짝 놀란 화랑들이 허겁지겁 일어나서 선우를 세워놓자, 애가 타다 못해 시커멓게 된 수호가 달려와서 선우의 머리를 흩트리며 '나쁜 새끼야' 욕을 해댔다. 처음에는 자신을 위한 환호성이 어색했던 선우도 점점 친구들과 함께 즐거워하며 웃을 수 있었다.

아이들을 바라보는 위화는 뻐기는 기분이 되어 지소를 비롯한 백관들을 바라보았는데, 지소가 지친 기색으로 자리에서 일어났다. 지소는 잠깐 서서 박영실을 있는 대로 노려보더니 말없이 내전으로 향하였고, 백관들도 뿔뿔이 흩어졌다.

호공이 박영실에 바짝 붙으며 미소 지었다.

"원하는 답을 얻으셨습니다."

그러나 예상과 달리 영실은 전혀 기쁜 표정이 아니었고, 역시 지쳤다는 듯 일어나기도 힘들어하며 다리를 폈다.

"돌 하나로 새를 두 마리는 잡아야 하는데, 이건 돌 하나에 새 한 마리 겨우 잡을까 말까 하니 돌이 딸려서 사냥이 되겠나, 어디."

"네?"

영실은 호공의 궁금증은 무시하고 마당을 채운 아이들을 하나하나 훑어봤다. 이미 한마음인 듯 뭉쳐서 즐거워하는 화랑들, 그 사이에서 적인지 아군인지도 모르고 같이 기뻐하고 있는 반류, 그 와중에 영실과 눈 맞춤 한 번 더 하며 충성을 다짐하는 강성, 어색하지만 그래도 즐거운 듯 어설프게 웃는 선우. 그리고 그 선우가 바라보는 쪽에는 엉엉 울면서 눈물을 닦아내고 있는 아로가 있었다.

"저 아이는 누군가?"

"안지 공의 여식입니다. 선문에서 의원 노릇을 한다 하더군요. 오누이 사이가 각별하답니다."

"오누이?"

"아, 그러고 보니… 오누이가 아닐까요?"

마당의 아이들을 하나하나 다시 살피던 영실이 몸을 돌렸다.

"가지. 피곤하구먼."

모두가 피곤한 날이었다. 선우도 지친 몸을 기대며 빨래터에 앉아 있었다. 약속하지는 않았지만, 여기 있으면 아로가 올 것이라 생각하고 있었던 건데 삼맥종이 오는 것이 보였다. 선우를 바라보는 삼맥종의 시선이 미안함과 걱정으로 애틋했다.

"괜찮냐?"

"걱정했냐?"

"응."

"왜?"

삼맥종은 당혹스러워서 잠시 선우를 바라봤다. 삼맥종을 바라보는 선우의 시선이 예전 같지 않고 달라져 보였다. 선우가 무슨 생각을 하고 있는지 알 수가 없으니 삼맥종은 답답하기가 이를 데 없었다.

"왜냐고. 왜 나를 걱정했냐고 물었잖아."

"그야 당연히…."

선우가 검을 들어 삼맥종의 목에 가만히 겨누었다. 삼맥종의 얼굴이 굳어졌다.

"너냐?"

"뭐?"

"네가 왕이냐?"

검을 쥔 선우의 손에 힘이 들어갔다. 서로를 향해 격렬하게 부딪히는 눈빛이 빛나고 그들 사이로 마른 바람이 불었다.

"말해. 네가 왕이냐고 묻잖아."

삼맥종은 대답하지 못하고 선우를 노려보았는데, 선우는 전혀 물러설 기미가 보이지 않았다. 삼맥종이 뭐라도 대답을 해야만 끝날 일이었다. 머뭇거리던 삼맥종이 입을 열었다.

"나는…."

"뭐하는 짓이오."

아로가 검 잡은 선우의 손을 살짝 밀어내며 두 사람 사이에 끼어들었다. 선우가 기다리고 있겠거니 하고 나왔다가, 두 사람이 하는 짓을 보고 망설임 없이 뛰어든 것이었다.

"네가 상관할 일이 아니야."

"멀쩡한 사람한테 검을 겨누는데. 왜 상관할 일이 아니야?"

"비켜."

"화중재왕, 그딴 벽서를 믿는 거야? 왕이 바본가? 이런 곳에 왜 있겠어? 사방에 자기 적들만 가득한 이런 곳에 왜 있겠냐고? 왕한테 무슨 억하심정인진 모르겠지만… 이 사람은 아니야! 내가 알아! 내가 증명해! 그러니까 말도 안 되는 소리 그만하고, 제발 그만해!"

"비키라고."

선우가 아로를 밀쳐내려는데, 아로는 굴하지 않고 삼맥종 앞으로 달려가 몸으로 막았다. 그러다가 선우의 날 선 검에 팔을 베였다. 아로가 다가오는 것을 보고 검을 거뒀지만 조금 늦었고, 검에 스치기만 했는데도 상처를 냈던 것이다. 살짝 벤 자리에서 핏방울이 떨어졌다. 선우가 놀라서 보는데도 아로는 상관하지 않았다. 피가 흐르는 아픈 팔을 벌려 삼맥종을 막으며 외쳤다.

"이 사람은 왕 그딴 거 아니라고! 진짜야. 진짜라고!"

선우는 그런 아로를 보고 할 말을 잃고는 삼맥종과 아로를 번갈아 보다가 돌아서 가버렸다. 아로는 선우가 멀어지는 것을 보고서야 한숨 놓고 다리가 풀려 푸시식 주저앉는데, 삼맥종은 놀라고 미안한 마음으로 아로를 바라봤다.

"왜 그랬어?"

"그럼 어째요? 죽어요?"

아로는 끄응 몸을 일으키며 중얼거렸다.

"왕이면 왕이지… 왜 저렇게 싫어하고 난린지 모르겠네."

삼맥종은 자책감에 할 수 있는 말이 없는데, 아로가 위로하듯 삼맥종의 팔을 토닥토닥 두들겼다.

"너무 걱정 마세요. 제가 아니라고 하면 믿을 거예요."

"너 다쳤어."

"엥?"

의원실로 자리를 옮긴 아로는 제 상처를 치료하기 시작했다. 소매를 걷어 상처를 확인하는데, 팔뚝 뒤쪽이라 약초 붙이고 붕대 감기가 쉽지 않았다. 보고 있던 삼맥종이 나섰다.

"줘."

"괜찮아요. 이런 것쯤."

"난 안 괜찮아."

삼맥종이 아로의 손에서 붕대를 빼앗아 그 앞에 앉자, 아로도 별수 없이 얌전히 제 팔을 내주고 있었다. 삼맥종이 붕대를 감아 마무리하고 아로를 바라봤다.

"오라비잖아. 어쩌려고 그렇게까지 한 거야."

"그럼 죽으라고 냅둬요? 으응…을?"

삼맥종이 짧게 피식 웃다가 다시 심각해져서 말했다.

"나 때문에 네가 자꾸 위험해지는 것 같아서. 나한테 화가 나."

"거, 자기한테 화를 내면 무슨 소용일까… 세상천지 아무도 내 편이 아니래도, 난 내 편이어야죠. 내가 아무리 못났어도. 힘이 없어도.

나는 날 믿어줘야지. 안 그런가? 아니, 뭐 그렇다고 으응…이 못났단 얘긴 아니고요."

그제야 삼맥종이 제대로 미소 지으며 아로를 바라보는데, 아로는 어디서 또 혼자 헤매고 있을 선우를 생각하니 마음이 편치 않았다.

선우는 실수였든 무엇이었든 제 손으로 아로에게 상처를 낸 것이 괴로웠다. 자신을 용서할 수가 없었다. 상처 입어 피가 뚝뚝 떨어지는 아로의 팔이 눈앞에 선명했다. 선우는 괴로워 차라리 눈을 감았다.

"초식도 없고… 검 쓰는 실력이 엉망이오."

숙명이었다. 언제 왔는지 선우 가까이 서서 선우의 얼굴을 바라보고 있었다.

"근데… 이기는 재주가 있더군."

선우가 일어서서 숙명을 빤히 바라보았다. 숙명은 자기 앞에서 고개를 숙이지 않는 선우가 낯설었고 그의 무례한 시선이 언짢았다.

"감히 누구 얼굴을 그리 보는 것이오?"

"황실 사람들은 다 그렇게 뻔뻔한가? 얼마 전에 나한테 활 쏜 사람치곤 미안한 기색이 너무 없는 것 같아서."

선우는 더 빤히 요모조모 뜯어보다가 씁쓸하게 웃더니 숙명 혼자 남겨두고 스치듯 지나가려고 했다.

"멈춰!"

"…."

"멈추라 했소!"

두 번이나 부르고 나서야 겨우 선우가 멈추고 숙명을 돌아보았다.

"내가 검을 가르쳐 줄 수도 있소. 조금 배우면 신국 안에서 내로라 하는…."

"검을 배워서, 내가 누굴 죽일 줄 알고?"

숙명이 놀란 눈으로 선우를 보는데도 선우는 가볍게 묵례하고 그 자리를 떠나버렸다.

아로는 아픈 팔을 부여잡고 선우를 찾기 위해 나섰다. 빨래터는 이미 다녀왔고 둘이 다니던 곳을 다 둘러보았는데도 선우가 없었다. 이제는 무작정 비슷한 뒷모습만 보면 달려가서 잡아보는데 다 선우가 아니었다.

"어딨는 거야. 다친 것 같았는데… 내가 봐줘야 하는데…."

그때, 피주기가 와서 아로 옆에 서서 아로를 따라 같이 두리번거렸다. 고개를 돌리다가 피주기를 발견한 아로는 깜짝 놀라 움찔 물러났다.

"뭘 그렇게 두리번거리고 그러십니까."

"혹시…? 아니야."

"뭘 이렇게 찜찜하게 물으려다 말고… 퇴근 안 하십니까?"

"…해야지."

그러면서도 아로는 계속 주변을 두리번거리고 있었다. 선문을 나선 뒤에도 혹시 선우가 따라오고 있지 않을까 해서 자꾸 뒤를 돌아보았지만 역시 없었다.

"저기, 뭐가 있는데 자꾸 쳐다보고 난리…."

"뭐가 있어서가 아니라… 뭐가 있었으면 해서 보는 거야."

"어디? 뭐?"

"아닐세, 가세."

아로가 더 이상 돌아보지 않겠다는 듯 휭하니 앞서서 가버렸다.

"꼭 저렇게 독자적으로 굴고 말이야. 같이 가요."

피주기가 뛰어가서 아로 뒤에 바짝 붙어 가는데, 선우는 담장 너머 나무에서 그들을 지켜보고 있었다.

영실의 집에서는 선우에게 패한 호위무사가 잘못을 빌며 무릎 꿇고 앉아 있었다. 대련 끝나고 들어오자마자 꿇고 있었는데 영실은 밥 먹고, 사람 만나고, 낮잠도 자고 제 볼일 다 보면서 호위무사는 모른 척해서 해는 벌써 넘어가고 주위가 어두워졌다.

밤에 월성에서 퇴근하여 영실의 마당에 들어서던 호공이 마당 한가운데 시커먼 그림자를 보고 소스라치게 놀란 것은 그 때문이었다. 영실 공이 안 계신가? 싶었으나 멀쩡하게 방에 앉아 있던 영실은 금으로 된 지압구슬 두 개를 굴리면서 혼자 놀고 있었다.

"영실 공, 마당에 저건 저대로 두실 겁니까?"

영실이 그제야 생각났다는 듯 호공에 창문을 열라 손짓했다. 호공이 문을 열자 마당을 내다본 박영실이 손에 들고 있던 금구슬을 무사의 이마에 가차 없이 내던졌다. 무사는 이마가 터져 피를 주르륵 흘리면서도 미동도 없이 앉아 있었다.

"가봐. 그건 오늘 네 삯이다."

호위무사가 피 묻은 금구슬 두 개를 주워 영실에게 인사하고 밖으로 나갔다.

"한 번에 끝낼 수 있는 일을… 번거롭게 됐어."

"자객을 보내시지요. 누굴 죽여야 할지도 확실해졌는데."

"지금은 안 돼."

"어째서 안 된다는 겁니까."

영실이 한심하다는 듯 찡그리고 보자, 호공이 움찔하며 뒤로 물러나며 또 금구슬을 던지면 어쩌나 얼른 주변을 둘러보았다.

"내 무사와 싸워 이긴 화랑이야. 모든 화백과 화랑들의 주목을 받게 된 이 마당에. 자객을 보낸다는 게 말이 돼?"

"네에. 그렇군요."

"기회가 오겠지."

삼맥종은 잠을 이룰 수가 없었다. 자기 때문에 선우를 죽음으로 내몰고 아로를 다치게 했는데, 편히 잘 수 있는 게 이상한 일이었다.

"가마가 가벼웠냐?"

정신 차리고 보니 어느새 위화의 연못에 와 있었다. 빈 낚시를 드리우고 있던 위화가 한심하다는 듯 삼맥종을 쳐다보았다.

"가마?"

"동방생들이랑 따로 다니다가 가마 몇 번 짊어졌을 텐데 고새 그걸 까먹었네."

삼맥종이 인상을 쓰며 한숨을 내쉬었다.

"아, 저기 그거는."

"오늘은 날이 날이니만큼 용서해준다. 용서받은 걸 비밀로 지킬 수 있으면."

"지킵니다. 비밀은."

"…폐하를 어찌 대해야 할까 고민했습니다."

갑자기 위화에게서 흘러나온 말에 삼맥종은 당황하여 일단 주변부터 둘러봤다. 위화는 아무 상관 없는 듯 제 할 말만 이어나갔다.

"아니. 폐하를 어디까지 보호할까, 라고 해두지요. 전 폐하로 인해이 선문이 위험에 빠진다면… 언제든지 폐하를 내놓을 생각입니다. 벌써 오늘도 폐하 때문에 우리 아이들이 죽을 뻔했지요. 영실 공이 왜 그랬는지는 설마… 아시겠죠?"

삼맥종이 놀라고 당혹스러운 얼굴로 위화를 바라봤다.

"뭐, 이것도 일단 한 번은 봐 드립니다. 비밀을 지킬 수 있으면."

"비밀은 지키겠소."

위화가 낚시를 거둬 올리면서 삼맥종을 돌아봤다.

"화랑을 지켜야 하니 왕을 내보낸다 해서 서운하십니까?"

"아니라면 거짓말이고…."

"사실 왕 따위야 누가 하면 어떻겠습니까. 하지만, 화랑은 다릅니다. 화랑은 반드시 살아남아야 합니다. 화랑이 신국의 미래니까요."

삼맥종을 보내고 여전히 빈 낚시를 드리우며 시간을 죽이던 위화의 눈에 이번에는 선우가 들어왔다. 둘이 안 부딪히고 따로 돌아다니는 것도 나름 재주라면 재주였다.

"넌 또 왜 안 자고 돌아다니냐? 이 늦은 시간에."

선우는 힐끗 보고 귀찮다는 표정이 역력한 얼굴이 되었다.

"싸가지 없는 놈… 낮이나 밤이나 스승한테 먼저 인사하는 법이 없지."

위화를 꼬나보던 선우가 성큼성큼 걸어와 위화를 위압적으로 내려다보았다.

"뭐 그렇다고 이렇게 가까이 와서 인사할 것까지는."

"화중재왕… 진짠가?"

선우가 성큼성큼 다가올 때는 살짝 겁이 났던 위화가 빈 낚시찌로 시선을 돌리며 픽 웃었다.

"너 보기엔 이 안에 왕이 있는 것 같냐?"

"지뒤랑."

위화는 뜨끔해서 눈알이 휙 돌아가 선우의 눈치를 살폈다.

"정말 조카가 맞아?"

선우는 덤덤하게 물으면서도 답을 확실히 듣겠다는 듯 위화 옆에 앉아, 위화의 얼굴을 바라보기 시작했다.

"먼 친척 조카뻘이기는 한데…."

위화도 선우를 진지하게 바라봤다.

"넌 왜 그렇게 왕을 찾는 거냐?"

"그놈이랑. 악연이 있어."

"여기서 그놈이란 왕을 말하는 것이냐? 왜…? 만나면 죽이기라도 하게?"

"그럼 안 되나?"

선우는 차가우면서도 덤덤한 얼굴로 되물었고, 위화는 진지하게 선우를 바라보다가 연못에 큰 돌멩이 하나를 던졌다. 돌멩이가 큰 소리를 내며 가라앉았고, 선우는 뭐하는 짓인가 싶어 위화를 쳐다보왔다.

"심연! 겉으론 잔잔해 보이는 검은 연못이지만, 그 안엔 수많은 단단한 돌멩이들, 살아 있는 물고기, 이름도 모를 수초들과 벌레들이 전쟁처럼 쫓고 쫓으며 생명을 부지하고 산다."

"알아듣게 말해!"

"많은 이들이 겉모습만 보고 이 연못을 오해하고 있지. 잔잔하고 검은 물을 봤다고, 이 연못을 다 안다고 할 수 있겠냐."

열심히 생각해 보려고는 하지만, 무슨 뜻인지 정확하게는 모르겠는 선우의 얼굴을 보면서 위화가 진지하게 말했다.

"그저… 넌 그런 실수를 하지 말란 거다."

위화의 진지하고도 따뜻한 미소를 보며, 선우는 어쩌면 그의 뜻을 알아들을 것도 같았다.

선우는 위화의 말을 되새기고 되새기며 방으로 돌아왔다. 상선방 문을 열면 싫어도 어쩔 수 없이 삼맥종이 보였다. 선우는 도저히 해결되지 않는 수수께끼를 들여다보듯 삼맥종을 노려보며 서 있었다. 잠이 들지 않았던 삼맥종은 선우의 시선을 등 뒤로 느끼며 불안하고 괴롭고 혼란스러웠다.

아침 안개 자욱한 국경 근처 마을. 한 소년이 밭을 가로질러 집으로 돌아오고 있었다. 어제 아버지가 밭에 널어놓은 수수를 잘 덮어놓으라 했는데 깜빡 잊고 하지 않아, 아버지 깨시기 전에 얼른 포장을 덮어놓으려고 한 것이었다. 새벽 이슬을 맞지 말라고 덮어야 하는 것이라 지금 덮어봐야 아무 소용없다는 것을 소년은 알지 못했다. 어서 빨리 아버지가 깨기 전에 집에 도착해서 모르는 척해야 한다는 생각뿐이었다.

그런데 빈 밭 한가운데에 말 한 필이 돌아다니고 있었다. 안장까지 제대로 갖춘 말인데 이 시각에 주인도 없이 돌아다니면서 추수해서 갈무리해놓은 곡식을 먹고 있었다. 소년은 주변을 계속 두리번거리며 주인을 찾으면서 말에게 다가갔다. 주인을 영영 찾지 못하면 집에서 그냥 키울 수 있지 않을까 기대도 해보았다.

드디어 시계가 다 확보되어 말의 모습을 제대로 볼 수 있게 된 소년은 으헉! 비명을 지르며 바닥에 털썩 주저앉아버렸다. 말의 안장에는 십여 두의 사람 머리가 주렁주렁 매달려 있었고, '백제의 땅을 탐하는 자, 마땅히 대가를 받을 것이다'라는 피로 쓴 붉은 글씨가 붙어 있었다.

월성 정전에서는 비상대책 회의가 열렸다. 보통은 이렇게 만나면 일단 호통부터 치고 보는 사람들인데, 오늘은 아무 말도 하지 못하고 있었고, 정전에는 싸늘한 침묵만 감돌고 있었다. 게다가 지소는 머리가 지끈거리는 것이 때아닌 두통이 너무 심해서 회의에 제대로 참여할 수도 없었다.

"이래도 두고 보실 겁니까?"

"이러고도 묵과한다면, 저들은 신국을 천하의 호구로 여길 겁니다."

김습이 지소를 대신해서 나섰다.

"하나, 백 년이 넘게 이어진 나제동맹을 지금 와서 깰 수는 없습니다. 나제동맹이 깨진다면 당장 고구려가 우릴 먹잇감으로 삼으려 들

것이 자명해요."

"동맹은 개뿔! 상황이 이 지경이면 이미 남부여와는 끝난 거 아닙니까?"

"끝나다니… 책임질 수 있는 말씀을 하세요!"

"끝난 게 아니면 뭡니까? 남부여 태자 창은 호전적이고 포악하기로 악명이 드높은 자입니다! 이리 가만히 앉아 손 놓고 있잔 거요?"

"…전쟁을 하시지요."

일순 정전이 조용해졌다. 말을 꺼낸 박영실이 냉랭한 표정으로 말을 이었다.

"매번 도발을 일삼는 남부여를 이참에 우리 것으로 삼으면 되지 않겠습니까."

"뭘로요? 남부여는 우리보다 군사력이 두 배인 나라요."

"아아. 그렇군요. 참."

박영실이 순순하게 고개를 끄덕이며 입을 다물었다. 지소는 박영실이 하는 태도가 이상해서 쳐다보고 있었다. 남부여와 신국의 군사력을 몰라서 전쟁하자고 했을 리는 없고 뭘 하려는 포석일까? 일단은 궁금하였다. 한참 생각하는 척하던 박영실이 빙긋이 웃으며 지소를 바라봤다.

"전쟁을 할 수 없다면 공주를 보내 화친을 맺으시는 게 어떻겠습니까?"

'저거였구나, 저것 때문에 전쟁하자고 세게 치고 나갔구나. 그런데 왜 공주를 화친에 내보내라 하지?'

김습은 당황하여 아무 말도 하지 않고 있는 지소를 대신하여 분노했다.

"어, 어찌, 그런 일에 공주님을 이용한단 말이오?"

"그럼, 전쟁을 하시든가요."

김습은 끙 입을 다물고 지소의 눈치를 살폈다. 영실은 지소에게
어서 결정하시라 독촉하였다.

"어찌하시겠습니까. 전쟁입니까? 화친입니까? 어서 결정하시지요.
한참 생각에 잠겨 있던 지소가 대답했다.

"그럼, 화친 사절단에 화랑을 함께 보내겠소."

그 말에 그 자리에 앉아 있는 화백들이 전부 다 긴장하여 지소를
바라봤다. 화랑들이란 곧 여기 있는 대신들의 귀한 자식들인데, 누
가 봐도 적대적인 곳에 보낸다니… 공주를 화친 사절로 보내라고 해
놨으니 뭐라 할 수도 없고 대신들의 얼굴이 사색이 되었다. 지소는
대신들의 얼굴을 하나하나 보면서 말했다.

"그대의 말대로 남부여와의 화친이 목적이라면, 정식 군대 대신
화랑을 보내는 것이 더 맞겠지. 그래야 그들도 우리가 친선을 위해
왔다 여길 것이오. 안 그렇소?"

박영실은 지소가 내민 의외의 수에 당했다는 듯 씁쓸한 웃음을 지
어 보였으나, 지소는 그래도 여전히 영실에게 당하고 있는 느낌을
지울 수가 없었다.

'분명 어딘가에서 잘못된 게 있는지… 뭐지?'

그날의 정전 회의는 더 좋은 방법이 있을지도 모르니 집에 가서
하루만 더 생각해오기로 하고 파하였다. 그렇게 말을 하였으나, '전

쟁을 할 수 없다'는 대명제를 지키기 위해서는 결국에 화랑을 수행원으로 한 공주의 친선 사절단을 선택할 수밖에 없을 것이다. 단지 대신들의 마음의 준비를 위해 하루의 시간을 주었을 뿐이었다.

"화백들의 걱정이 이만저만이 아닙니다. 혹여 자식들이 사절단으로 뽑혀… 돌아오지 못하게 될까 전전긍긍입니다."

"그렇겠지."

호공이 대신들의 분위기를 전하자 박영실은 당연히 그렇겠지라며 고개를 끄덕였다.

"혹… 우리가 잘못 짚은 게 아닙니까. 선우랑이 삼맥종이라면, 전장에 화랑을 내보내자는 말을 어찌 그리 서슴없이 하겠습니까."

"태후 얘기 못 들었나? 전쟁을 하러 가는 게 아니라, 화친을 위해 가는 거야."

"어찌될지는 아무도 모를 일 아니겠습니까. 저들이 화친을 받아주지 않는다면 화랑은 인질이 되거나, 죽을지도 모릅니다."

"분명 그놈이 삼맥종이야. 하나, 만에 하나 아니라고 해도 화랑 안에 삼맥종이 있는 게 틀림없어."

호공은 영실이 이번만은 잘못 생각하고 있는 것 같아서 아무래도 마음이 불편했는데, 영실은 아직 호공에게도 가르쳐주지 않은 숨겨진 무기가 있는 듯 보였다.

"태후가 제 발목에 걸려 넘어지는 꼴을 지켜보자고."

영실이 입맛을 다시며 말했다. 어떻게 하면 태후가 제 발목에 걸려 넘어지는 건지는 모르지만 호공은 일단 고개를 끄덕였다.

아로는 선우가 삼맥종을 위협하는 것을 말리다가 상처를 입었던 그날 이후 선우를 보지 못했다. 처음엔 어떻게 이렇게 못 볼 수가 있나 어이없도록 신기하다 했었는데, 그게 신기한 일이 아니라 선우가 피하는 것일 수도 있다는 걸 깨달았다. 아로는 오늘은 무슨 일이 있어도 길목에서라도 선우를 붙잡아 무슨 짓이든 해야겠다고 결심하고 잠복근무를 시작했다.

드디어 멀리 선우가 보였다. 아로는 얼른 옷매무시도 가다듬고, 다친 팔도 안 보이게 잘 정돈했다.

"이만하면 됐어. 자연스럽게, 최대한 우연인 척."

짠, 밖으로 나갔는데 선우가 보이지 않았다. 중간에 있는 가운데 길로 빠진 모양인지 벌써 저쪽으로 멀어져가고 있는 것이 보였다. 진짜 일부러 피하는 건가? 아로는 발을 동동 구르며 안타까워했다.

"뭐해?"

한성이었다.

"나 못 봤나? 못 본 거지?"

"봤는데. 개새랑이 아로 의원 보더니 저쪽으로 돌아가는 거 내가 봤는데."

"설마, 그럴 리가."

"아! 지금 오라비한테 쌩, 까이는 중?"

"그런 거 아니오."

"어쩌다 그렇게 된 거야? 웬만하면 오라비는 누이를 감싸게 마련인데… 배신이라도 했나?"

"배신이 아니라… 그땐 사정이!"

"하긴 했구나?"

"아니라니까! 쫌 가시지, 그만! 농땡이 좀 그만 치고."

아로가 한성의 몸을 돌려 등을 밀어주고 돌아섰는데 한성은 아랑 곳하지 않고 아로를 따라가며 계속 물었다.

"뭔데? 왜 배신했는데? 누구 때매?"

아로는 안 그래도 선우 때문에 신경 쓰이는데, 한성까지 짜증을 북돋워주는 것이 죽을 맛이었다. 아로는 어쨌든 오늘은 기어이 어디 서든 잡아서 대화라는 것을 하고야 말겠다고 주먹을 불끈 쥐고 다짐 하였다.

이번엔 지현당 바로 입구, 돌아갈 수도 없고 뒤집어 갈 수도 없는 딱 진짜 길목이었다. 아로는 선우의 앞을 막아섰다. 선우가 아로의 오른쪽으로 지나가려고 하자 잽싸게 오른쪽으로 옮겨 막았다.

"대체 왜 날 피하는데?"

선우는 아무 대답도 하지 않았다.

"나도 의원이오. 눈앞에서 검을 들고 막 그러는데, 무작정 그쪽 편 을 들어야 하는 게 맞소? 대체 내가 뭘 잘못했는데? 그럼 만나서 얘 길 하든가. 입은 뒀다 뭐하고 왜 날 보지도 않으려고 하는 건데? 왜 그렇게 속이 좁아터진 건데!"

"…"

선우는 여전히 대답하지 않고 아로의 상처만 쳐다보았다.

"그쪽은 늘 이런 식이오. 어렵고 힘들면 일단 피하고 보지. 그런데 피하면 언제까지 피할 건데? 그깟 일로 이대로 안 볼 생각인가? 도 망가지도 못할 거면서… 내 옆에 있을 거면서. 내가 다 아는데…."

결국 선우는 아무런 말도 하지 않고 아로만 보다가 그대로 가버렸고, 아로는 그런 선우의 뒷모습을 보면서 서운해서 눈물이 났다.

"나더러… 어쩌라고…."

그리고 그날 이후 처음으로 선우와 삼맥종이 맞닥뜨렸다. 선우는 삼맥종을 노려보기만 하고 그냥 지나치려 하였으나 이번에는 삼맥종이 선우를 확 잡았다. 잡혔으니 나도 잡아야겠다는 반사작용으로 선우는 삼맥종의 멱살을 확 잡아챘고, 삼맥종은 멱살이 잡힌 채 물었다.

"아직도 내가 왕이라고 생각하냐?"

선우는 역시 대답하지 않았다.

"만에 하나 내가 왕이라면, 너하고 나, 친구도 될 수 없는 거냐?"

"네가 왕인 게 밝혀지는 순간. 넌 나한테 죽어."

"그럼 내가 계속 왕이 아니면 되겠네."

삼맥종은 쓰게 웃으며 덧붙였다.

"왕보단 네 친구가 나을 것 같아서. 네가 날 누구로 생각하던 이건 진심이야."

선우는 삼맥종을 차갑게 노려보다가 말했다.

"넌 친구가 어떤 건지 몰라. 가져본 적도 없으니까. 내가 널 두고 보는 이유는 단 하나야. 왠지 모르지만, 아로가 널 감싸니까. 그러니까 건드리지 마. 내가 너에 대해 더 확실해질 때까지."

뜬금없이 또 지소가 위화를 월성으로 불렀다. 전혀 예정에 없는데 지소가 불러들인다는 것은 몇 번의 전례를 놓고 보아도, 곧 안 좋은 일이 있다는 뜻이었다.

역시나 안 좋았다. 무지하게 안 좋았다.

"지금 뭐라 하셨습니까?"

"화랑 중 몇을 선발해, 남부여와의 화친을 위한 사절단으로 보낼 것이오."

위화는 기가 막혀서 쓴웃음이 났다. 최근 국경문제로 예민하게 굴면서 전쟁을 할 심산이 분명한 남부여에 이제 막 걸음마를 떼기 시작한 화랑을 보내 화친하고 오라, 이 말씀이신가?

"그러니까 황실과 화백들이 안에서 박 터지게 싸우는 동안, 입에 발린 몇 마디 말로 언 발에 오줌이라도 누고 오라는 것입니까?"

"전쟁은 할 수 없으니 화친을 해야 하고, 화친 사절단으로는 숙명 공주와 화랑들이 가장 적합하다는 것이 화백 회의의 결정이오. 이는 전쟁을 피하기 위한 어쩔 수 없는 선택이니 더는 시간 낭비하지 말고 박영실 쪽 화백의 자식들로 사절단을 꾸리시오."

"이제 진짜 왕 같아 보이십니다. 하나, 그 자리는 전하의 자리가 아니지요. 전쟁이니 화친이니 이런 결정은 폐하께서 내리셔야 하는 결정입니다."

"지금은 내가 신국의 지존이오. 그대가 지금 내 앞에서 해야 할 말은 따르겠습니다, 전하. 이 두 마디뿐이고."

지소는 더 말하기가 짜증이 난다는 듯 위화를 노려봤고 그 시선을 버티던 위화는 결국 대답했다.

"따르겠습니다. 하나, 화랑 선발은 제가 알아서 합니다."

위화의 뒤를 이어 숙명도 지소 앞에 불려와 섰다. 물론 숙명도 위화와 똑같은 반응을 보였다.

"저더러 백제, 남부여에 가라구요? 군사도 없이 그 어리바리한 화랑들을 끌고?"

지소는 착잡한 얼굴로 숙명을 보고 있다가 한숨을 내쉬었다.

"전쟁하러 가라는 게 아니다. 화친을 위해 가는 것이지. 군사가 없어야 하는 건 당연한 거 아니겠니?"

"우리만 아니라고 우기면 전쟁이 아닌 건가요?"

"나제동맹이 깨지면 삼국은 혼란에 빠지게 된다. 그들 역시 이를 알고 있고. 누군가 그 위험을 상기시켜주기만 하면 되는 일이야."

"그러니까 그걸 왜 제가 해야 하는데요?"

"너를 원하니까."

"누가요?"

"화백들."

"그러니까 어머니께서는 화백의 자식들을 화친 사절단이라는 이름으로 그 사지에 내몰고 싶어서, 저를 내주셨다는 거군요?"

지소가 그렇지 않다고 말하려고 했지만, 숙명이 조금 더 빨랐다.

"좋아요. 갈게요. 그런데 조건이 있어요."

며칠째 선우가 다니는 길목에서 잠복하고 있었던 아로는 단 한 번도 성공하지 못했고 이제는 얼굴을 잊어버릴 지경이 되었다. 결국 아로는 얼굴 잊어버리기 전에 창문 너머로라도 보자고 수업받는 지현당으로 잠입해 들어갔다. 까치발을 들고 목이 빠져라 보고 있는데 보일 것도 같은데 안 보이는 것이 감질나서 더 짜증이 났다. 지나던 피주기가 이상하게 보고 다가와 아로와 똑같이 목을 빼고 지현당을 들여다봤다.

아로가 힐끗 놀래서 물었다.

"뭐해? 여기서?"

"아가씨야말로 뭐하십니까. 저기 뭐가 있는데?"

"몰라도 돼."

"아! 보고 싶은데 안 따라 나오는 그분?"

"사내들은 원래 그래? 그렇게 독한가? 아님, 마음이 쉽게 변하나?"

"사내 마음이 금세 변하긴 변하는데… 독한 놈은 독하기도 한데. 누군지 알면 정확한 불이 핑!이 가능할 텐데 누굽니까?"

"됐어."

"누군데요?"

안 그래도 짜증 나 죽겠는데 자꾸 더 짜증 나게 하는 게 싫어 버럭 소리를 지르려는데, 동백이 다가오더니 공주가 찾는다는 말을 전해 주고 돌아갔다. 피주기가 고개를 갸웃하며 물었다.

"공주가 왜 또 찾으실까요?"

아로가 이상하다는 듯 피주기를 보며 물었다.

"내가 여기 있는 건 어떻게 알았지?"

월성에서 돌아온 위화는 선문에 들어서자마자 화랑들을 지현당으로 부르라 전했다. 미진부가 무슨 일이냐고 물었지만, 무거운 한숨만 쉴 뿐 다른 말은 해주지 않았다. 누구든 먼저 알아서 좋을 일이 없을 것 같아서였다.

화랑들이 삼삼오오 지현당으로 몰려오기 시작했다. 처음에는 예정에 없는 집합을 하면 걱정되고 궁금하고 그러더니, 요즘엔 예정에 없는 집합 자체가 예정이 된 듯하여 모이라 하면 그런가 보다 하는 화랑들이었다. 삼맥종도 그 화랑들 사이에 끼어 천천히 움직이고 있었는데, 파오가 갑자기 삼맥종에 바짝 붙어 왔다.

"뭐야, 이거?"

파오가 주위를 살피며 품에서 서신을 하나 꺼내 삼맥종 손에 쥐어 주었다.

"뭔데?"

파오가 대답 대신 손가락으로 저쪽으로 가리키며 고개를 끄덕거렸다.

"어머니가?"

삼맥종이 조심스럽게 서찰을 펴자 단 한 글자가 적혀있었다.

停

"머무를 정?"

의아해서 돌아보는 삼맥종을 보며 파오가 저도 모르겠다는 듯 고개를 가로저었다.

지현당에 모여서도 끼리끼리 모여서 수다 떠느라 웅성거리고 있던 화랑들은 언제나처럼 선우가 들어서자 일시에 조용해졌다. 호기심으로 쳐다보느라 조용한 화랑도 있었고 언제나 같은 마음으로 조용해지는 화랑들도 있었으니 수호는 태후에게 부탁받은 건으로 인해 항상 선우를 신경 쓰고 있었고, 반류는 언제나 경계하고 긴장했다. 세상을 장난으로 대하는 여울만 여유작작하게 모두를 조롱하듯 침묵을 깨기 일쑤였다.

"뭐야? 이 미묘한 시선 집중은? 너, 얼굴 아직 안 뚫어졌냐? 다들 너 본다?"

선우 역시 언제나처럼 그러든지 말든지 신경 안 쓴다는 듯이 묵묵히 앉아 있을 뿐이었다.

이때 위화와 미진부가 지현당으로 들어왔다. 단상 가운데 선 위화가 중대 발표하듯 앞에 서서 화랑들을 쭉 둘러보았다.

"오늘은 너희들에게 특별히 할 얘기가 있다. 지금부터 얘기할 건… 통과 불통을 받는 과제도 아니고, 꼭 해야 할 의무가 있는 일도 아니다. 하나, 누군가는 반드시 해야 하는 일이다."

화랑들은 평소와 달리 엄청나게 무게를 잡고 시작하는 위화가 이상해서 평소보다 더 집중하며 그를 바라보았다.

"요즘 남부여와의 국경문제에 대해서는 다 알고 있으리라 생각한다. 우리 신국에서는 남부여에게 백 년 역사의 나제동맹을 상기시키고, 동맹관계를 제대로 잘 다지고자 화친을 위한 사절단을 보내기로 했다. 화친을 위한 사절단이니만큼 군대를 보낼 수는 없고, 그리하여 화랑을 보내기로 했다."

충격받은 화랑들 사이에서 아우성이 쏟아져 나왔다. 요즘 남부여가 전쟁하고 싶어서, 그것을 빌미로 쳐들어오고 싶어서 국경문제에 더 단호하게 대처하고 있다는 것은 길 가는 세 살짜리 아이도 아는 사실이었다. 그곳에 화친 사절단으로 화랑을 보낸다는 것은 현직에서 일하는 분들은 계속 일해야 하니 어린 너희들이 가서 죽으라는 뜻인가? 거기까지 생각이 미친 화랑들이 불만에 찬 소리를 토해내기 시작했다.

"출발은 사흘 뒤다! 내일 대마당에서 자원자를 받을 테니 그때까지 깊게 생각을 한번 해보도록 해라."

여울이 혀를 쯧쯧 차며 어이없어했다.

"우리 풍월주 왜 저러시니? 저기에 누가 간다고 지원해? 꼭 데려가야겠으면 차출을 하시든가. 안 그래?"

여울이 상선방 화랑을 돌아보는데, 여기 이 사람들은 풍월주보다 조금 더 이상해 보였다. 삼맥종은 이상하게 심각했고, 선우도 골똘히 생각에 잠겨 있었으며, 수호는 선우만 바라보고 있었다. 그런데 반류는 또 어디 갔나? 그리고 삼맥종은 어머니에게서 받은 편지를 생각하고 있었다.

'머무를 정, 움직이지 말고 가만히 있어라?'

한편, 숙명의 처소에서 아로는 너무 놀라 처음에는 말도 제대로 나오지 않았다. 아로가 들은 이야기는 '화친 사절단이 가야 한다'에 덧붙여 '너도 가야 한다'였다.

"제가 거길 왜?"

숙명이 별걸 다 묻는다는 듯이 아무렇지도 않게 대답했다.

"내 전담 의원인 거 잊었어?"

"하지만, 전 정식 의원도 아니고 제가 가면 화랑들은…."

"내가 먼저지. 내가 선택했으니 정식 의원이든 아니든 내 의원이고, 내가 선택했으니 화랑들이 다른 의원을 찾아야겠지."

"그런 억지가 어딨습니까?"

"그래서 못 간다?"

"아니, 제가 갈 이유가 없는데."

숙명이 한숨을 푹 쉬더니 아로를 정면에서 빤히 쳐다보았다. 차가운 것도 아니고 그냥 무표정한데, 아마 숙명도 자기 표정 중에 이 표정이 제일 무섭다는 것을 잘 알고 있는 것 같았다. 아로가 더럭 겁이 나서 숨조차 크게 쉬지 못하고 있는데 숙명이 말했다.

"내가 이런 이야기까지는 안 하려고 했는데⋯."

"무⋯ 무슨 이야기요?"

"태후 전하가 널 데려가라 하시더구나."

"예? 태후 전하가 왜요?"

"태후 전하의 깊은 뜻을 내가 다 알 수도 없고, 거역하면 어찌 되는지는 알지. 거역할 테냐?"

아로는 태후라는 이름만으로도 몸이 얼어붙고 입까지 얼어붙어 아무런 말을 할 수가 없었다.

"입 다물고 따라오기만 하면 돼."

결국, 아로는 남부여 화친 사절단의 일원이 되어버렸다. 숙명의 숙소를 나오면서 걱정만 한가득이었다.

"백제, 남부여라니! 아버지껜 뭐라고 말씀드리지? 아시면 걱정하실 텐데. 오라버니는⋯ 알든 말든 어차피 상관도 안 할 텐데 뭐. 속좁고 쪼잔하고 쩨쩨한 밴댕이 소갈딱지!"

그러나 무섭고, 외롭고, 걱정도 되고 생각도 많아 한숨이 쏟아져
나왔다.

아로가 같이 갈 것이라는 확답을 받고 기분이 좋아진 숙명을 보고
동백이 의아하다는 듯 공주를 살폈다.

"왜… 그 의원을 데려가려고 하시는 겁니까. 월성에 훨씬 좋은 의
원들도 많은데요."

"의원이 필요한 것 같아?"

"그럼?"

"그런 게 있어."

숙명은 웃으며 기분 좋게 기지개를 켰다. 바람이 상쾌하고 좋았다.

불려 나온지도 모르게 비밀리에 불려 나왔던 반류가 돌아가는지
도 모르게 비밀리에 선문에 돌아가고 나서 영실은 흡족하게 웃으
며 한잔 들이키고 있었다. 호공은 그 옆에 앉아는 있었으나 좋아해
야 할지 어째야 할지 판단할 수가 없어서 마음 놓고 마시지도 못하
고 영실의 눈치만 살폈다. 뭘 물어보려 해도 알아야 물어볼 게 생기
는데 이번 일은 뭐가 어떻게 돌아가는지 처음부터 끝까지 하나도 알
수가 없었다. 기분이 저리 좋으면 알려줄 만도 하건만 대체 언제까
지 저렇게 혼자만 좋을지. 그때 영실이 호공의 생각을 안다는 듯이
빙긋이 웃으며 돌아보았다.

"궁금하지 않은가?"

호공이 고개를 끄덕였다.

"궁금합니다. 애초에 왜 공주를 사절단으로 보내셨는지부터 궁금

합니다. 공주가 사절단으로 뭘 해낼 수 있을 것 같지도 않고, 결혼 동맹을 위해 간다면 모를까, 왜 공주를 보내자고 하신 겁니까?"

"공주를 보내자 하면 화랑을 딸려 보낸다고 할 테니까."

"네?"

"지소에게 공주를 내놓으라 하면 지소는 뭐라 하겠나? 그러면 너희 자식도 내놓아라 하겠지?"

"네에. 그렇군요. 그럼 화랑은 왜 보내야 하는데요?"

"왕이 선문 안에 있으면 아무것도 할 수가 없어. 일단 밖으로 빼내와야 바늘이라도 찔러보지."

"예? 아니, 그렇지만 사절단으로 선우랑을 넣을 리가 없지 않습니까? 그 위험한 곳을요."

영실이 술 한 잔 더 마시더니, 더 해벌쭉 웃으며 호공에게 물었다.

"자네는 조원전 대련 때 뭘 봤나?"

"예? 그야 당연히 대련하는 것을…."

"나는 청춘 남녀의 감정선을 봤네. 자고로 남녀관계라는 것은 세상의 문제를 죄 헝클어놓기도 하고 깨끗하게 정리해주기도 하지."

"무슨 말씀이신지…"

"숙명 공주가 가면 선우랑도 간다는 뜻이지."

"숙명 공주와 선우랑이 그런 사이였습니까?"

"공주만. 공주는 아직 선우랑을 움직일 힘이 없어."

"그럼 누가?"

"안지 공 여식이랬나? 선문에서 의원으로 일한댔지?"

"예?"

"공주를 사절단으로 내놓으라 하면 지소는 화랑을 보내겠다고 반격할 테지. 화백들은 달리 선택의 여지가 없어서 그러시라고 만장일치 찬성했어. 숙명은 그곳에 선우랑이랑 같이 가고 싶겠지. 안지 공여식을 움직여서라도 선우를 데려가고 말 거야. 숙명은 충분히 할수 있어. 그러면 우리는 선우를 선문에서 빼낸 거지. 뭐라도 해볼 수가 있단 말이네."

"그런데 반류를 왜 보내십니까?"

"반류가 필요해."

"아아… 네에… 대단하십니다. 영실 공."

영실이 뻐기듯 또 한 잔을 들이키더니 갑자기 이상하다는 듯 호공에게 물었다.

"그런데 내가 선우랑이 왕이랬나?"

"아닙니까?"

"뭐, 이번에 알게 되겠지. 설령 왕이 아니더라도 하나씩 지우다 보면 진짜 왕도 언젠가는 지워질 테고."

위화가 예고했던 시간, 화랑들은 굳은 얼굴로 선문 대마당에 모였다. 위화가 단상에 올라 화랑들을 내려다보았다.

"자, 생각들은 좀 해봤나?"

물론 화랑들은 생각해봤다. 죽고 싶은 자가 아니라면 거길 왜 가겠는가? 죽고 싶은 자라고 하더라도 거기까지 가서 죽을 이유가 뭐겠나? 가까운 데서 편하게 죽지,라는 게 화랑들의 생각이었다. 화랑들은 모두 일제히 위화의 시선을 피하면서 입만 삐죽이고 있었다.

여울은 작게 혀를 끌끌 차며 수호에게 속삭였다.

"저 사지에 가겠다고 누가 하겠냐고. 안 그래, 수호?"

수호의 시선은 선우에게 고정되어 있었다. 물론 수호는 나서서 그곳에 가고 싶지는 않지만, 선우가 간다고 하면 따라갈 결심을 이미 오래전에 하고 있었다. 그러니 모든 결정이 끝날 때까지 찰나의 순간이라도 선우에게서 시선을 돌리면 절대 안 되었다.

이때 숙명이 단상 위로 올라왔다. 그리고 그 밑으로 아로가 섰다. 선우와 삼맥종의 시선이 아로에게 몰렸다. 아로는 선우를 보고 뭐라고 눈짓을 하고 있는 것 같은데, 물론 무슨 말인지는 전혀 알아들을 수가 없었다.

숙명이 단상 중앙에 서서 화랑들을 돌아보았다.

"이번 사절단은 남부여와의 화친 목적으로 가는 것이오. 하나, 살아 돌아온다 장담할 수는 없소. 이는 신국이 화랑에게 맡긴 첫 번째 임무이며, 무사히 돌아온다면 크나큰 명예를 얻게 될 것이오. 하나, 실패한다면… 신국의 평화도 없소."

화랑들은 모두 진지하게 숙명의 말을 듣고 있었다. 숙명은 계속 말을 이어갔다.

"나는 여기 있는 의원을 비롯해… 최소한의 인원으로 움직일 것이오."

선우가 놀라서 아로를 봤지만 아로는 선우를 보며 가만히 고개를 저었다.

'오라버니는 간다고 하지 마요. 하지 마.'

선우의 반응을 확인한 숙명이 살짝 혼자만 아는 미소를 짓더니 화랑들을 향해 말했다.

"다시 묻겠소. 누가 나와 함께 남부여에 가겠소?"

"가겠습니다."

선우였다. 선우가 시선을 아로에게 고정한 채로 손들어 대답했다.

"저도 가겠습니다."

수호였다. 옆에 있는 화랑들은 깜짝 놀랐지만 수호만은 결연했다. 이때 반류가 손을 들었다. 강성조차도 의아해서 반류를 보고, 기보와 신은 기겁을 했다.

"반류?"

"정말 가?"

위화가 고개를 끄덕였다.

"선우, 수호, 반류가 지원하였다. 더 있나?"

그때 삼맥종이 손을 들었다. 위화는 삼맥종이 손든 것을 봤는데도 못 본 척 시선을 돌려버렸다.

"더 없는 거냐?"

삼맥종이 손든 채로 위화 공을 보며 약간 겁박하는 듯한 표정까지 지어봤지만 위화는 얼렁뚱땅 넘어갈 작정을 했다.

"그래, 없으면 여기서…."

"저도 함께 가겠습니다."

위화는 순간 눈을 감아버렸다. 잠깐 후에 어쩔 수 없다는 듯이 눈을 뜨고 고개를 끄덕였다.

"선우, 수호, 반류, 지뒤. 너희 넷은 숙명 공주 전하를 호위해 남부여로 가는 사절단으로 임명됐다. 공주 전하를 보호하고, 화친을 성공적으로 이끌어야 할 것이다."

위화와 삼맥종. 선우를 보는 숙명. 숙명을 봤다가 선우로 시선이 옮겨지는 삼맥종. 모두들 자신의 감정을 담아 시선을 주고받았다. 아로는 간절하게 선우를 바라보면서 안타깝고 미안한 마음이 전해지기를 바랐지만, 선우는 아로에게 눈길 한 번 주지 않았다. 아로는 그런 선우가 야속하고 서운했다.

"기어이 내 서찰을 받고도 자원을 했어?"

지소가 탁자를 내리치며 벌떡 일어났다.

"송구합니다."

현추가 고개 숙여 사죄의 말을 하였지만, 주먹 쥔 채 부들부들 떨고 있는 지소의 귀에는 아무것도 들리지 않았다. 아들에 대한 원망과 분노로 터질 것 같은 지소였다.

"왜 나를 이렇게까지 거역하는 것이냐. 이토록 철저하게 어미를 바보로 만들어. 왜? 왜?"

지소가 폭발하듯 탁자를 밀어 넘어트리자 탁자 위에 있던 찻잔들이 바닥으로 나뒹굴며 깨져 조각이 튀어 오르기까지 했다. 그 와중에도 현추는 고개 숙인 채 흔들림 없이 서 있었고, 지소는 차마 크게 울지도 못해 입술을 떨며 원망스러운 울음을 참고 있었다.

수연은 울음을 참지 않았다. 선문 담장에 몸을 반쯤 걸쳐놓고 엉엉 목 놓아 울고 있었다. 아로는 그런 수연이 참 안되긴 했지만, 이러다가 누구한테 들키게 될까 봐 걱정이 더 많이 되었다.

"내 생각은 조금도 안 하는 거지… 반류랑은 어떻게 나한테 말 한마디 없이 그런 결정을 할 수 있어?"

"그만해라, 좀."

"무슨 정표라도 줘야 할 것 같아."

"뭐?"

"내 머리카락."

"어우 야… 그건 좀… 부담스럽지 않을까."

"이런 건 원래 부담스러우라고 주는 거야. 이번에 가면 살아올지 죽어올지도 모르는데… 이 정도는 해야 인상에 남을 거 아니야."

"나도 가거든! 그게 내 앞에서 할 말이냐?"

"넌, 오라버니랑 같이 가잖아!"

아로는 버럭 소리를 지르려다가 말았다. '같이 가긴 가나, 같이 가는지 마는지 모르겠는 내 마음도 모르면서. 친구라고, 아우 씨'라고 말한들 뭘 알아들을 수 있을 것 같지도 않고 그저 아로의 마음만 불편할 뿐이었다.

한성은 선우의 뒤를 쫄쫄 따라다니면서 징징거리고 있었다.

"아, 왜! 아, 왜 안 되는데?"

"그걸 왜 나한테 와서 이러냐? 그때 말하던가."

"그땐 숨어 있느라 몰랐단 말이야! 그러니까 나도 데려가! 엉? 풍월주한테 얘기 좀 해줘."

"딴 놈들한테 얘기해."

"딴 놈들은 싫어. 난 선우랑이 좋단 말이야."

피곤하고 짜증 나던 선우는 기가 막혀서 한성을 쳐다봤다.

"뭘 고백을 이렇게 막 해. 당황스럽게."

"선우랑도 내가 애 같나? 나도 어른이야. 다 이겨."

선우는 차분하게 한성 앞에 섰다.

"넌 내가 왜 좋냐?"

"몰라… 그냥 좀 멋있어."

선우는 한성이 귀여워 머리를 흩트리는데, 단세가 그들에게 다가왔다.

"걔 잘 붙들고 있어. 못 따라오게. 안 그럼 남부여인지 백제인지까지 따라올 것 같으니까."

"싫어! 나 따라갈 거야! 갈 거라고!"

단세는 한성을 꽉 잡고 있고, 한성은 잡힌 채로 발버둥을 치는데 선우는 그런 한성을 보고 웃음이 절로 나왔다.

선문의 다른 쪽에서는 파오가 나라 잃은 표정을 하고 바닥에 주저앉아 있었다. 삼맥종이 어이없다는 듯이 혀를 차도 살짝 한 번 돌아보기만 했을 뿐, 꼼짝도 하지 않았다.

"어쭈, 이제 일어나지도 않냐?"

"송구합니다. 다리에 힘이 풀려서. 잠시만, 이러고 있겠습니다."

"그냥 솔직하게 말해. 이제 맞먹고 싶어졌다고."

그 말을 들은 파오가 일어서서 삼맥종을 원망스럽게 쳐다봤다.

"정! 머물 정, 보셨잖아요. 태후 전하께서 미리 서신으로 경고까지 하셨는데… 그걸 기어이. 기어이 자원을 하십니까? 폐하의 목숨이 폐하 것인 줄 아십니까? 폐하가 안 계시면 신국도 없습니다! 제가 폐하를 궁에서 모시고 나왔을 때 일곱 살이셨습니다. 자라시는 모든 과정을 다 봤고, 지켜왔습니다. 이러실 수는 없습니다. 저한텐 한마디 상의도 없이… 이렇게 위험한 일에 나서시다니요. 전 따라갈 수도… 없는… 그런 델…."

파오는 서운하고 서러워 참고 눌러두었던 눈물이 찔끔찔끔 새어 나오기 시작했다.

"하지 마."

"아… 끅끅…."

기어이 눈물이 터져, 파오는 오열하고 싶은 것을 주먹으로 막고 간신히 참고 있었다. 삼맥종은 차마 보고 있을 수가 없어 고개를 돌려버렸다.

선문 앞에서는 수연이 목이 빠져라 반류를 기다리고 있었다. 이윽고 문이 살짝 열리더니 주위를 조심스럽게 살피며 반류가 밖으로 걸어 나왔다. 수연은 반류를 보자마자 설레서 양 볼이 발그레해지고 미소가 귀 끝까지 걸리는데, 수연을 바라보는 반류의 눈빛도 애틋해지고 있었다.

수줍어서 눈도 똑바로 보지 못하는 수연이 시선을 살짝 피한 채 작은 비단 주머니를 내밀었다. 손안에 쏙 들어오게 작은 크기인데도 여러 비단을 섞어 올망졸망 귀여운 느낌이었다. 반류가 주머니 외피

만 보고 있으니, 수연이 손으로 열어보라는 표시를 해주었다. 열어
보면 비단 색실로 묶여 있는 머리카락이 있었다. 한 줌이 안 되는 양
으로 그 또한 앙증맞고 귀여웠다.

"받아 주세요. 제가 같이 갈 수가 없어서 저 대신… 혹시 부담스러
우시면….

"부담스럽지 않소."

반류가 얼른 대답하고 주머니를 소중히 품 속에 넣었다. 수연은
그걸 보는 것만으로 너무 좋고 수줍어서 헤실헤실 웃느라 어찌할 바
를 몰랐다.

"그러면 드릴 거 드렸고, 바쁘실 테니까… 몰래 나온 거고…그러
니까…."

이렇게까지 말하고 나서도 가라는 말이 차마 나오지 않았고, 반류
도 이만 가보겠다는 소리를 하지 못했다. 그냥 서로 바라본 채, 아니
바라보지도 못하고 마주한 채 고개 숙이고 히죽히죽 웃거나, 번갈아
가며 애틋하게 바라볼 뿐이었다.

선문의 문이 살짝 열리고 그 틈으로 아로가 밖을 내다보면서 속삭
였다.

"안 오십니까? 곧 뭐 할 거 같은데요."

그 말을 들은 수연은 서운해서 눈물이 날 것 같았지만 꾹 참고 말
했다.

"그럼 가 보세요."

반류는 차마 발길이 떨어지지 않아 고개를 숙이는데, 머뭇거리던
수연이 그 볼에 쪽 입을 맞췄다. 반류가 놀라서 보는데 수연은 뒷걸

음질 쳐서 가기 시작했다.

"무사히 돌아오세요. 기… 기다릴게요."

반류가 수연에게 성큼성큼 다가가 수연의 어깨를 잡았다. 놀라고 기대하는 마음으로 수연의 몸이 떨렸다. 반류가 망설이듯 천천히 두 손으로 수연의 얼굴을 감싸 안았고, 가만히 다가와 입을 맞췄다. 수연이 머뭇거리던 자신의 두 팔을 뻗어 반류의 허리에 감았다. 문득 반류가 수연을 으스러지게 안았고, 수연은 반류에게 모든 것을 내맡겼다.

선문에서 둘을 보고 있던 아로는 깜짝 놀라 문 뒤에 숨어 문고리를 부여잡고 있었다. 그렇지만 참지 못해 문틈으로 살짝 내다보았더니 둘은 여전히 찰싹 붙어 있었다. 아로의 입에서도 부러움과 탄식이 섞인 작은 한숨이 새어 나왔다.

아로는 또 언제 차려드릴 수 있을지 알 수 없는 아버지의 밥을 하기 위해 선문에서 잠깐 외출을 나왔다. 안지는 아로가 오지 않는 날에 갑자기 나타난 것이 마냥 반가우면서도 또 불안해했다.

아로는 아버지를 안심시키며, 만들 수 있는 최고의 밥상을 차려내었다. 밥상에는 안지의 밥 한 그릇만 놓았다. 자기까지 놔서 같이 먹다가는 엉엉 울게 될 것 같았기 때문이었다. 안지는 밥상을 보더니 빈 그릇 하나를 가져오라고 했다.

"또 쌀이 떨어진 거냐? 나눠 먹자꾸나."

"그런 거 아니에요. 전 밖에서 먹고 왔어요. 아버지 드세요."

안지는 평소와 미묘하게 다른 아로를 보고 뭔가 이상하다는 생각을 했다.

"무슨 일 있니?"

아로가 픽 웃더니 고개를 저었다.

"애비 때문에 네가 힘들지?"

"아니에요. 아버지 덕분에 왕경 안에 가난한 사람들도 시료를 받을 수 있는 건데요. 전 괜찮아요. 요즘엔 선문 일만 해서 힘들지도 않구요."

아로가 일부러 더 환하게 웃어 보였다.

"그러니까 아버진 끝까지 훌륭한 의원이셔야 돼요. 골품도 안 따지고, 가진 걸로 차별도 안 하는 그런 의원. 힘없고 약한 사람 손 잡아 주는 그런 의원이요. 그래야 저도 어깨 펴고 살아요. 정말이에요, 아버지."

"녀석두."

안지가 아로를 따뜻하게 보면서 웃었다.

상을 무르고, 안지는 여전히 약재 창고 들어가 책을 읽고 약재를 연구했다. 그 모습을 한참 동안 문틈으로 바라보던 아로는 방으로 들어와 안지에게 편지를 썼다. 아로는 눈물이 날 것 같은 눈두덩을 꾹꾹 누르며 차분한 글씨로 또박또박 한 자 한 자 써내려갔다. 편지를 남기고 집 밖으로 나온 아로는 아버지가 주무시는 방에 깊게 고개를 숙여 인사했다.

"걱정 마세요… 저 무사히 돌아올 테니까."

선문 대마당에서는 남부여에 화친 사절단으로 가는 이들을 위한 출정식이 열렸다. 화랑들과 낭두들뿐만 아니라 피주기와 마주방 등 이곳에서 일하는 직원들까지 모두 나와 이별의 말을 나누었고 사절단의 무사 안녕과 성공을 기원했다.

무뚝뚝한 얼굴로 선우를 보고 있던 단세가 무뚝뚝하게 말했다.
"살아서 돌아오시면 한번 생각해보겠습니다."
"뭘?"
"진짜 제 주군으로 모실지 말입니다."
"그냥 모시지 마. 말했잖아. 너와 난 같다고."

그 옆에 있던 수호는 아버지 김습과의 대화를 되새기고 있었다. 김습은 아들이 사지로 나가는 것이 못내 마음 아팠지만 대범하게 털고 아들을 격려했다.

"잘했다. 신국의 공주를 지키는 데 화랑이라면 당연히 나서야지. 한데, 태후 전하께서 대체 네게 뭐라고 하신 거냐?"

태후가 수호를 따로 부른 이후 아들이 달라진 것이 확실해서 물었으나 수호는 대답하지 않았다. 되려 제가 아버지에게 질문했다.

"아버지. 폐하를 지키는 게, 태후 전하를 지키는 거, 맞죠?"

이번엔 김습이 대답하지 않았다. 폐하를 지키겠다는 것이냐 태후 전하를 지키겠다는 것이냐? 김습은 아들이 은근히 걱정되었다.

드디어 그분이 선문에 들어오셨다. 수호가 평생을 바쳐서 지켜드리고 싶은 지소였다. 지소가 위화의 안내를 받아 대마당으로 오고 있었다. 수호는 그 모습에서 눈을 못 떼고 지켜보았다. 지소 역시 수호를 보고 눈을 마주치더니 살짝 고갯짓으로 아는 척을 해 주었다. 수호는 인사하고 예를 갖추는 대신 그대로 서서 뚫어져라 지소를 바라봤다.

지소는 단상에 올라 화랑들을 보며 말했다.

"여기 네 화랑은 신국이 남부여에게 화친을 청하는 사절로서 숙명 공주를 호위하며, 눌지 마립간부터 이어 온 백제와의 동맹을… 더욱 확고히 하고 돌아오라."

지소 뒤를 이어 단상에 오른 위화는 길 떠나는 화랑에게 유용한 격려의 말을 하였다.

"너희의 임무는 공주 전하를 호위하는 것이다. 화랑의 명예를 지켜라. 싸움에선 물러서지 말고. 친구를 위해 신의를 다해야 한다. 가는 길에, 예상치 못한 일을 만날 수도 있다. 그때마다 기억해라. 너희는 화랑이다. 신국의 자부심이다."

위화의 말에 울컥한 화랑들은 환성을 질렀다. 그 덕에 사절단은 화랑들과 백성들의 환성을 들으며 출발할 수 있었다.

태후 전하의 명으로 공주님과 함께 사절단으로 남부여에 갑니다. 오라버니와 함께 가니 너무 걱정 마세요. 무사히 돌아올게요. 그동안 건강하세요. 아버지.

안지는 아로가 남긴 편지를 읽고 또 읽었다. 몇 번을 읽어도 기어이 지소가 아로까지 빼앗아 갔다는 사실 외에 어떤 것도 눈에 들어오지 않았다. 안지는 두 눈을 질끈 감았다. 더 늦기 전에 그래도 아직 아로가 살아 있을 때 지소를 막아야만 한다. 오직 안지에게는 그 생각뿐이었다.

남부여로 가는 사절단은 계곡 한편에서 휴식을 취하고 있었다. 정말 단출한 사절단이었다. 말 탄 숙명, 선우, 삼맥종, 수호, 반류. 그리고 소감 한 명과 화친 선물을 실은 수레 하나, 동백과 아로가 탄 수레 하나, 수레를 끌고 가는 마부 둘, 화친 선물을 지키는 금군 두 명이 전부인 사절단이었다. 그러다보니, 어디서 휴식을 취한다 해도 크게 눈에 뜨이지 않는 장점이 있었다.

선우가 계곡물에 세수를 하고 있는데 그런 선우 옆으로 아로가 다가왔다. 선우는 고개를 들어 아로를 보더니 얼른 그 자리를 피하려고 했다.

"딱 서요!"

선우가 가다가 멈춰 섰다. 아로는 선우 앞을 가로 막고 서서 따지기 시작했다.

"아직도 나한테 화가 안 풀린 건가…? 진짜 해도 해도 너무하네.

난 그래도 사절단까지 자원하는 거 보고, 이제는 풀렸나 보다 그랬는데… 내 착각이었나 보네. 너무 불공평해. 나는… 마음이 이렇게 닳아 미치겠는데. 너무 보고 싶어서 마음이 아파서, 헤져서 이렇게 너덜거리는데… 그쪽은 정말 아무렇지도 않소? 내가… 보고 싶지도 않나?"

뭔가 대답하려던 선우는 이내 입을 다물고 아로를 외면하고 그 자리를 피해버렸다. 아로는 서럽고 미치겠어서 눈물이 났다.

"와… 진짜 진짜… 너무하네…."

계곡 다른 쪽에서는 반류와 수호가 씻고 있었는데, 반류는 씻기보다는 수연과 입맞춤한 것을 되새김질하느라 멍청한 상태였다. 수호가 그 위로 물을 튀기자 반류가 놀라서 돌아보았다.

"너 무슨 생각을 그렇게 하냐?"

반류는 머릿속의 생각을 벌써 들킨 듯 깜짝 놀라며 일어섰다. 수연과 입 맞춘 걸 알면 수호가 죽이겠다고 덤빌지도 모를 일이었다. 반류가 시선을 돌리고 자리를 피하려는데 수호가 '야!' 큰 소리로 불렀다. 반류는 찔끔해서 천천히 수호를 돌아보았다. 수호 손에 수연의 주머니가 놓여 있었다.

"이거 떨어뜨렸어."

반류는 당황해서 얼른 받고 인사했다.

"고맙다."

반류가 그 자리를 얼른 피했는데, 수호는 자기가 뭘 잘못들은 게 아닌가 생각했다.

"고맙다? 저 녀석 입에서 나온 고맙다는 소린 처음 들어."

숙명은 좀 더 한적한 곳, 나무에 기대앉아 쉬고 있었다. 그런 숙명
앞에 커다란 그림자를 드리우며 선우가 다가왔다. 숙명은 약간 긴장
하며 선우를 바라보고 있었다.

"아로를 데려온 이유가 뭐요?"

"나는 의원이 아니라… 내가 믿을 수 있는 유일한 화랑을 데려온
거요."

"뭐?"

"왔네. 내 앞에."

"진작 말을 하지. 그랬으면 번거롭게 내 누이까지 오게 하진 않았
을 텐데."

"어릴 때부터 몸이 약했던 것도 사실이오. 의원도 필요하고 시중
들 궁녀도 필요한 참에 잘 됐지."

선우가 숙명을 노려보다 뺨을 후려칠 듯 확 팔을 뻗었다. 숙명이
놀라서 눈을 질끈 감는데, 선우는 숙명 얼굴 바로 옆에서 쏠 듯 준비
하고 있던 벌을 잡은 것이었다. 숙명이 그제야 눈을 뜨고 선우를 보
았다. 선우가 삐딱하게 씩 웃으며 말했다.

"그냥 놔둘 걸 그랬네. 처음도, 지금도."

숙명이 선우를 노려보는데, 그때 툭! 하고 숙명의 머리 위로 화살
이 박혔다. 선우가 놀라서 숙명을 확 감싸는데 사절단을 향해 화살
이 날아들고 있었다. 아로가 탄 마차에도 화살이 박히자 아로와 동
백이 비명을 질렀고, 삼맥종이 그 소리에 마차 쪽으로 달려갔다.

수호는 검으로 날아오는 화살을 쳐내고 있었는데, 반류가 수호 쪽
으로 달려왔다. 수호가 반류에게 수풀 쪽을 손짓하자 반류가 먼저,

수호도 곧 뒤따라 화살이 날아오는 수풀 쪽으로 뛰어들어갔다.

선우는 숙명 때문에 꼼짝도 할 수 없었다. 갑자기 날아든 화살에 놀란 숙명에게 과호흡이 일어나 정신을 잃을 지경이 되어버린 것이었다. 언제나 과호흡이 일어날지도 모른다는 것을 예상하고 행동하던 숙명이었지만, 선우와 함께 있으면서 경계가 해이해진 모양이었다. 전혀 마음의 준비가 되어 있지 않았다. 그러다 보니 화살 하나에 놀라서 호흡 상태가 뒤집어져 버렸다. 이대로 정신을 잃고 쓰러질 것 같았다. 숙명은 호흡을 고르게 하려고 노력하면서 마지막 생명줄인 듯 선우의 손을 잡고 놓지 않았다. 숨을 헐떡이며 괴로워하는 숙명을 보며 선우는 손을 뿌리치지 않았다. 자객들을 잡고 쫓고 아수라장인 데서 오로지 숙명의 곁을 지켰다. 그녀의 창백한 표정에 핏기가 돌고 호흡이 돌아오길 같이 기다려주었다.

화살 쏜 자객을 쫓다가 돌아온 수호와 반류 그리고 금군들은 빈손으로 돌아왔다. 화살을 면밀히 살펴보던 수호가 말했다.

"형편없는 수준의 화살이야. 이걸론 조준도 쉽지 않을걸."

"대체 누구야? 우리가 여기로 지나가는 걸 아는 놈들인가?"

삼맥종의 말을 들으며 반류는 혹시, 하는 생각으로 긴장했다. 아침 환송식에서 강성이 자신의 귀에 속삭이던 말. 이번에는 영실 공을 실망시키지 말라던.

설마 이 어설픈 습격도 박영실 공의 모략일까? 영실 공의 짓이라 하기에는 너무 어설픈데 꼭 아니라고 하기도 곤란한 것이, 어떤 일까지 꾸밀 수 있는지는 그 일을 당한 뒤에나 알게 되는 그런 양반이었기 때문이었다. 박영실이 이 사절단에 지대한 관심을 두고 있는 것은 분명했다.

다른 화랑들이 위화 공으로부터 남부여 화친 사절단의 존재를 알았을 때, 반류는 영실에게 들어 이미 알고 있었다. 박영실은 반류를 불러 남부여 화친 사절단에 자원하라고 명령했었다.

물론 반류는 가기 싫다고 항의했다. 영실에게 이야기를 들었을 때는 다른 화랑들이 간다는 것을 몰랐고, 공주만 간다는 곳에 왜 자신을 보내는지 이해할 수가 없었다. 그러자 영실은 봉투 하나를 내밀었다.

"공주 호위 따위나 하라고 보내는 게 아니야. 네가 해야 할 일이 있어. 이걸 창 태자에게 은밀히 전해라."

신국의 대표로 남부여에 가서 남부여 태자에게 모략의 편지를 전하는 것, 그것이 반류가 할 일이었다. 참으로 어이없는 일이지만, 영실이니 시킬 만한 일이기도 했다. 이것을 시킨 대로 할지 말지는 더 생각해보겠지만, 옷 안의 봉투가 잘 있는지 다시 살짝 만져보았다.

선우가 하늘을 올려다보다 일행들에게 말했다.

"묵을 곳부터 찾는 게 좋을걸. 곧 해가 지겠어."

사절단은 너른 벌판을 지나가고 있었다. 예전에는 분명 농사를 지었던 곳임에 틀림없을 텐데, 흙이 마르고 푸석푸석하여 작물이 자랄 수 없는 땅이 되어 있었다. 그 땅 곳곳에 헐벗고 굶주린 백성들이 군데군데 모여 있었다. 숙명 일행을 뚫어져라 쳐다보는 날카롭고 배고픈 시선들은 보기에 섬뜩했다.

삼맥종은 충격받은 상태로 그들의 눈을 바라보고 있었다.

"저들도 이 나라 백성인가?"

선우가 한마디 툭 던졌다.

"왕경 밖에선 다 이렇게 살아."

삼맥종은 선우를 바라보았다. 신국에서 굶주려 예민한 얼굴을 보게 될 줄은 몰랐는데 다 이렇게 산다고? 그동안 파오가 데리고 다니던 길에는 이런 백성들이 없었다. 삼맥종은 스스로가 한심했다. 자신은 어디까지 보호받고 살았던 것일까?

사절단 일행은 허름한 역관에서 하룻밤 쉬어가기로 했다. 원래대로라면 관산성에 들어 하루 동안 잘 대접받고 다음 일정을 시작해야 하는데, 계곡에서 습격을 받아 시간이 지체되었기 때문에 관산성까지 가기에는 시간이 부족했다. 점점 해가 짧아지기 때문에 밖에서 너무 지체하다가는 어떤 위험이 닥칠지 모를 일이었다.

그리하여 들른 역관은 너무 허술하였다. 일 년에 몇 번이나 손님을 맞는지 알 수도 없는 곳이었다. 어쩌면 올해 손님으로 사절단이 처음일지도 몰랐다.

방 안도 물론 누추했다. 숙명은 방 한가운데 서서 잔뜩 찌푸린 눈으로 방 안을 둘러보고 있었다. 선우가 창문의 잠금 상태를 확인하고 여기저기를 점검했다.

"내일이면 백젠지 남부연지… 암튼 거길 들어간다던데. 잠이 안 와도 자둬요. 쉬어야 말도 탈 수 있을 테니까."

"아깐… 고마웠소."

"?"

"누구한테 보이기 싫은 건데, 얼마나 창피한지 모를 거요."

"압니다."

숙명이 선우를 새삼스레 다시 바라봤다. 선우는 고개를 끄덕이고
있었다. 아무 때나 졸도하는 선우로서는 과호흡으로 괴로운 숙명의
마음쯤 충분히 알고 남았다. 그래서 계곡에서도 간절하게 잡고 있는
숙명의 손을 뿌리칠 수 없었을지도 몰랐다.

"그럼."

선우가 일별하고 방에서 나가자, 숙명은 갑자기 방 안이 더 어두
침침하고 더 더러워 보였다.

"저 사람 있을 때는 약간만 누추해 보이더니 이게 무슨…."

숙명은 옷이 더러워질까 봐 마음대로 앉을 수도 없었다.

삼맥종은 누추한 역관 방 침상에 벌러덩 누워 있었다. 삼맥종의
눈앞에 펼쳐진 더러운 천장은 오늘 낮에 보았던 메마른 들판이었고,
천장에 수도 없이 그려진 얼룩들은 벌판에 군데군데 모여앉아 매섭
게 노려보던 얼굴들이었다.

"왕경 밖은 다 이렇게 산다고? 이게 신국이라고?"

헐벗고 굶주린 백성들, 숙명 일행을 뚫어져라 쳐다보던 날카롭고
배고픈 시선들은 하나같이 무능한 삼맥종을 비난하는 것 같았다. 왕
이라면 최소한 백성들을 배곯게 하지는 말아야 하는 거 아닌가? 그
런데 굶는 것도 몰랐으니 말해 무엇하겠는가? 무능하고 한심한 왕,

감은 눈 사이로 눈물이 새어 나왔다.

아로는 동백과 같은 방을 쓰게 되어 있었는데, 동백에게 들키고 싶지 않은 복잡한 감정을 풀 길이 없어 밖에 나와 앉아 있었다. 계곡에서 습격당했을 때, 숙명과 선우가 같이 있는 것을 봐버렸다. 숙명이 선우의 손을 부여잡고 호흡을 고르려고 노력하던 모습에서 간절함이 느껴졌다. 선우가 그 손을 뿌리치지 못한 것도 숙명의 간절함 때문이었을 것이다. 그런데 다 알면서도 괜히 눈물이 날 것 같았다.

하늘을 올려다보며 어두운 밤하늘을 가득 채우고 있는 별들을 보며 주문을 외듯 중얼거렸다.

"안 울어. 안 울어."

그런데 그것이 신호라도 되는 듯 눈물이 톡 떨어졌다. 하필 또 그때 선우가 그런 아로 앞에 와 서 있었다. 아로는 선우가 또 자신을 피해 가버릴까 봐 두려웠다. 둘 사이의 애틋함 같은 것은 애초에 없었던 일인 것 같았다.

"이거 바보 같은 말이라는 거 아는데. 혹시 내가 아니라 공주 전하 때문에 여기 온 거야?"

다행히 선우가 가버리지는 않았다. 선우는 아무 말 없이 빤히 아로를 보기만 했다. 그 모습에 또 눈물이 났고, 아로는 눈물을 참으려 애쓰며 말했다.

"난 그쪽만 보면 이렇게 마음이 미어지는데… 보고 있어도 이렇게 보고 싶어 죽겠는데. 날 봐도 그쪽은… 그러니까… 그쪽은 아무렇지도 않은 거지?"

한참 후에 선우가 입을 열었다.

"나 때문이야."

"응?"

"너 때문이 아니라… 나 때문이라고. 나한테 너무 화가 나서. 너무 미안해서… 그래서 널 못 봤다고."

아로의 눈에서 눈물이 왈칵 쏟아졌다.

"그럼… 그쪽도 내가 그립고 간절했나?"

"내가 너무 싫은데. 널 보고 싶은 마음이 늘 그걸 이길 만큼… 간절해."

자신이 싫다고 아로를 피하면 그것이 아로에게 상처가 된다는 것을 이제야 깨달은 선우였다. 아로의 아픔이 고스란히 자신에게 전해졌고, 어쩌자고 아로를 아프게 했는지 스스로가 한심했다. 아로가 울면서 웃었다. 선우는 그런 아로를 가만히 안아주었다. 비로소 다시 서로를 안은 두 사람. 아로는 행복해서 웃고, 울다, 다시 웃었고 선우는 그런 아로가 예뻐서 귀하게 안고 있었다.

그때 선우가 이상한 낌새를 느끼고 아로를 뒤로 물러서게 했다. 아로는 영문을 몰랐지만 선우가 하라는 그대로 뒤로 피해 숨었다.

역관 주변은 사물을 분간할 수 없을 정도로 칠흑 같은 어둠에 둘러싸여 있는데, 그 어둠 속에서 하나둘 횃불이 밝아지더니, 우르르 도깨비불처럼 일어나며 순식간에 역관을 에워쌌다. 선우는 아로를 보호하며 차갑게 주위를 둘러보고 있었고, 각각 다른 장소에 있었던 수호, 반류, 삼맥종도 모두 그 도깨비불을 보고 있었다.

선우가 아로를 역관 안으로 밀었다.

"들어가."

"그래도."

선우가 안심시키듯 보며 다시 살짝 밀었다.

"들어 가 있어."

아로는 선우를 보다가 고개를 끄덕하고 안으로 들어갔다. 역관 외부에 있던 수호와 반류가 선우 쪽으로 뛰어왔다.

"뭐야, 저것들은? 신종 자객이냐?"

선우는 고개를 저었다.

"뭔진 모르겠지만, 많다!"

"저것들 원하는 게 뭐야?"

"뭐겠냐…? 우리 목숨을 비롯해서 값나가는 건 다 뜯어 갈 작정이 겠지."

그때 뒤쪽에 둔 마차에서 말 우는 소리가 들려왔다. 선우가 그 소리를 듣고 외쳤다.

"마차 쪽이야."

"남부여에 가져갈 황실 선물이야!"

화랑들이 마차 쪽으로 가려고 하는데 도깨비불들이 그들을 둘러싸고 횃불로 위협하며 길을 막았다. 횃불 밑으로 들판에서 보았던 굶주린 사람들의 얼굴이 드러났다. 그들은 손에 농기구와 죽창, 활 따위를 무기로 들고 있었다. 들판에서 굶주리고 있던 백성들이 화적이 되어 나타난 것이었다.

"낮엔 굶다가 밤엔 화적 떼?"

"이렇게 손 놓고 뺏길 순 없어."

수호가 검을 빼 들고 그들에게 공격하려는데, 삼맥종이 튀어나오며 수호의 손을 내리쳤다. 그 바람에 수호는 검을 놓쳤고 확 돌아보며 신경질적으로 외쳤다.

"누구야?"

삼맥종이 수호 앞을 막아서며 말했다.

"제대로 된 무기도 없는 자들이야. 해칠 순 없어."

"너 제정신이야! 남부여에 가져갈 선물을 다 뺏기게 생겼다고!"

"그래도 저들을 죽일 수는 없어!"

삼맥종이 검을 빼 들고 수호에게 겨눴다.

"저들을 죽이려면 나부터 넘어가."

수호도 그제야 횃불 밑에 비친 얼굴을 돌아보았는데, 어린아이부터 아낙, 노인까지 이 사람들에게 검을 쓴다면 그것은 무차별 학살이지, 강도를 잡는 일은 아닐 것 같긴 했다. 그래도 이렇게 손 놓고 물건을 빼앗겨야 하다니 분통이 터졌다.

도깨비불들은 마차에서 비단과 짐들을 꺼내서 일개미처럼 들고 숲으로 사라졌다. 역관 어딘가에서 일이 다 끝났다는 뜻으로 길게 풀피리 소리가 나자, 그 신호에 따라 횃불을 든 사람들도 뒤로 물러섰다. 결국, 반류는 울컥 화를 냈다.

"정말 이대로 보낸다고?"

선우는 이미 손을 놓고 사람들이 멀어지는 것을 지켜보고 있었고 삼맥종도 멀어지는 것을 보고야 안심하듯 검을 거뒀다. 수호가 온몸으로 달려들어 삼맥종 얼굴에 주먹을 날렸고 바닥으로 떨어진 삼맥종의 입가에 피가 맺혔다.

"이 일로 태후 전하나 폐하가 위험에 처한다면… 널 가만히 못 둘 것 같다."

"여기 백성들이 사는 꼴을 보고도, 왕을 두둔하는 거냐?"

"뭐…?"

"그런 멍청하고 무능하고 겁 많은 왕을?"

"이게 정말!"

다시 덤비는데 선우가 수호를 막아 세웠다.

"그만해."

수호가 짜증을 내며 돌아서자 삼맥종은 씁쓸하게 일어나 제 방으로 들어갔다. 선우는 그런 삼맥종의 모습이 신경 쓰여 한참 동안 바라보고 있었다.

역관에는 이제 빈 수레와 재갈 묶인 금군들만 남아 있었다. 숙명이 싸늘한 얼굴로 빈 마차를 보고 있는데, 화랑들과 아로도 이 황당한 광경에 할 말이 없었다.

"입에 풀칠하기도 어려운 자들이라… 벌써 사방으로 흩어져 나눠 팔았을 겁니다."

선우의 말을 들으며 수호는 삼맥종을 노려보았고, 삼맥종은 하늘을 바라보았다.

숙명이 폭탄선언을 했다. 사절단은 원래 백제왕 생일에 도착할 계획이었고, 생일선물을 잔뜩 안겨주면서 무지한 백성의 행동을 사과하고 용서를 구할 참이었다. 그런데 물건을 몽땅 잃었으니 달리 도리가 없었다.

"왕경엔 돌아가지 않겠어요. 왕경까지 갔다가 다시 오기엔 백제왕 생일에 너무 늦어요."

"하지만 우리는 생일선물을 주러 가는 사람이었는데 가진 게 아무것도 없으니 뭐로 선물합니까? 최소한의 것이라도 준비해야죠."

"수호의 말이 틀리지 않습니다. 왕경으로 돌아가서 선물을 다시 챙겨 와야 합니다. 좀 늦더라도 생일에 줄 것은 있어야죠."

반류가 수호를 찬성하고 나섰지만 말없이 가만히 있던 삼맥종이 일어섰다.

"아니, 공주 말이 맞아요. 계속 가야 합니다. 생일이 아닌데 생일선물이라고 내놓는 것은 명분에 맞지 않아요."

"생일 선물이라고 내놓을 것이 아예 없다니까. 그러기에 아까 그놈들을 잡게 됐으면 이런 일은 없잖아."

삼맥종이 바닥에 지도를 그리기 시작했다.

"우리가 있는 것은 이쪽이고, 여기에 관산성이 있어요. 우리는 일정상 관산성에 갈 수 없게 되었지만, 빠른 전령을 보내 생일 선물을 챙겨 달라 요청할 수 있을 거예요. 우리는 계속 가던 대로 가서, 제날짜에 도착하고 선물이 도착할 때까지 시간을 벌면 됩니다."

아하! 화랑들이 다들 고개를 끄덕이며 삼맥종의 의견에 동의했다. 그동안 내내 말이 없던 선우가 한마디 거들었다.

"그래. 선물 올 때까지 정 할 게 없으면 춤이라도 추면 되겠네. 우리 다 해봤잖아. 칼 군무."

에? 모두 혀를 내두르며 선우를 위아래로 훑어봤다. 제일 뻣뻣한 놈이 뭘 하자고 하는 거냐?

결국 사절단은 다시 길을 나섰다. 하지만 가볍게 굴러가는 수레 소리를 들으면서 마음은 점점 무거워지고 있었다. 동백이 한걱정을 늘어놨다.

"이제, 어떡하지? 당장 수중에 은편 하나 없을 텐데."

아로가 옆에서 '에이 설마' 하며 나섰다.

"그래도 명색이 공주님인데."

그렇다고 동백이 거짓말을 할 것 같진 않아서 아로가 다시 확인해 봤다.

"정말이오?"

정말이었다. 그들은 가진 게 아무것도 없었다. 그들이 제일 부러워한 것은 밭농사 짓다가 새참 먹는 사람들이었다. 한 사람도 빠지지 않고 모두 목마르고 허기져서 한 걸음도 더 가기 힘들어지고 있었다. 수레에 있던 아로가 모두에게 제안했다.

"여기서 좀 쉬어가면 어때요?"

"그때 입 맞춘 거 말입니다…"
"그 얘긴 내가 꺼낼 때까지…"

"사과해야 하오? 고백해야 하오?"

아로의 일인이역 연기에 아! 하고 탄성을 지르는 사람들은 밭에서 일하던 아저씨, 아주머니들이었다. 아로가 어느새 야설마당을 만들어 밭일에 지친 사람들에게 큰 재미를 주고 있었다.

"사과… 하시오."

곳곳에서 간지러운 탄식과 감탄사가 섞여 나왔다.

"에이, 의원 여인이 못됐네. 웬만하면 받아주지. 사내가 전쟁터에 나가는 군졸이라도 그렇지 어떻게 또 차나?"

아쉬워하는 사내의 말을 듣고 아로가 웃으며 앞에 있는 사내의 허리에 침을 찔러 넣었다. 야설마당과 함께 침방도 운영 중이었다.

"아야아야."

"근데, 그 금군이랑 그 여인은 어떻게 생겼소? 저기 저 예쁜 아가씨랑 저 공자처럼 생겼나?"

아주머니가 가리킨 쪽에는 토끼를 잡아 당당하게 걸어오는 화랑들 사이에 선우가 있었고 숙명 공주가 서 있었다.

"공자는 제대로 봤는데… 여인은 여길세."

아로가 자기 얼굴을 가리키자, 에이! 웃음보가 터졌다,

"아, 진짜라니까. 내가 어디가 모자라나?"

"그래도 그건 아니네."

"아니긴 뭐가 아니야? 자세히 보고 하는 소린가?"

농담이 오가며 까르르 소리 내어 웃고 어울리는 아로는 과연 친화력의 여왕이었다.

눈앞에 차려진 진수성찬. 주먹밥과 나물 반찬, 오색 떡과 백숙 두 마리에 놀라 화랑들은 일제히 아로를 우러러보았다. 아로가 자랑스럽게 웃으며 권했다.

"드시오."

"이게 다 어디서 난 거야?"

"거, 사람 사는 데는 다 똑같다니까. 다 나눠 먹고 그러는 거지. 뭐해요? 어서 먹지 않고."

아로는 숙명이 먹을 음식은 바구니에 따로 담아서 가지고 왔다. 아로가 건네자 숙명 곁에 있던 동백이 얼른 바구니를 받아 챙기는데 어디선 난 음식인가 이상하게 보고 있는 숙명에게 아로가 말했다.

"드십시오. 제가 구한 음식입니다."

"내가 널 죽이려 했다며? 근데 나한테 이런 걸 왜 챙겨주는 건데?"

아로는 기껏 귀한 음식 가져다주고 이런 빈정거림을 받게 될지 몰랐지만, 공주님이 너무 모르시는 것 같으니 아는 대로 설명해주려고 마음먹었다.

"공주님은 어떻게 사셨는지 몰라도 내가 아는 사람들은 이걸 정이라고 하거든요. 아무리 밉상이라도 먹을 건 챙겨주는 거. 그리고 나, 전담 의원이라면서요. 의원이 병자를 챙겨야지, 어쩝니까?"

아로가 히죽 웃으며 숙명을 바라보았다. 숙명은 졌다! 싶었다. 져본 기억이 없는 숙명으로서는 이들 오누이가 자신에게 주는 것이 참 신선하다 생각했다.

옥타각 야설꾼 실력을 유감없이 발휘한 아로 덕분에 주린 배를 채우긴 하였으나 일행에겐 당장 오늘 밤에 머무를 곳이 필요했다. 이 마을에는 역관이 없었고, 역관이 있다 해도 들어갈 은편이 없었다. 한둘이라면 아무 데나 들어가 재워달라고 떼를 써보기도 하겠지만 그럴 수 있는 인원도 아니었다. 사절단으로는 참으로 간소한 규모였으나, 이들이 재워달라고 돌아다닌다 생각하면 이야기가 달라졌다.

결국 선우는 적당한 곳에서 노숙하자고 제안했다. 노숙 경험이 없는 사람들이니 아예 해가 높을 때 잘 준비를 시작하는 것이 좋겠다는 실천 방안도 내놓았다.

달리 대안이 없어 선우가 하자는 대로 하기로 했지만, 뭐부터 해야 할지 막막한 화랑들은 멀거니 서로서로를 보고만 있었다. 선우가 여기저기를 돌아다니다가 계곡 안쪽에 아늑하고 꽤 넓은 장소를 발견했다고 하면 따라서 옮겼고, 막사를 지을 수 있도록 바닥을 정리해야 하지 않겠냐고 하면 정리하고 또 기다렸다.

결국 선우가 모두를 진두지휘하게 됐다. 어디선가 넓은 천을 구해서 돌아온 선우가 수호와 반류에게 말했다.

"너희들은 땔감을 구해와. 난 여기서 오늘 밤을 날 수 있게 뭐라도 만들어볼 테니까."

"네가 뭔데 명령…."

"대안 있어?"

반류가 욱해서 따지려 드는 것을 수호가 말리며 나섰다. 대안은 당연히 없으니 반류가 대꾸를 못 하자, 수호는 반류를 확 잡아끌었다.

"대안 없으면 따라와. 땔감 구해오자."

선우는 구해온 천으로 간이 막사를 지으려고 말뚝을 박기 시작했다. 한쪽에 앉아 보고 있던 삼맥종이 머뭇거리며 다가와 천의 다른 쪽으로 잡고 눈치를 보는데, 선우는 말없이 어색하게 외면하며 삼맥종이 잡아야 할 다른 쪽도 건네주었다. 처음에는 둘이서 같이 일을 한다는 것이 어색하기 그지없었지만, 몇 번 손도 스치고 몸도 스쳐가며 일을 하다 보니 자연스럽게 서로를 도와가며 막사를 짓는 일에 전념할 수 있었다.

"말뚝에 천을 말아서 같이 깊이 막아야 안 빠져."

선우가 삼맥종에게 더 좋은 방법을 알려주면 삼맥종은 순순히 '아아, 그렇구나' 고개를 주억거리며 선우가 시키는 대로 말뚝을 다시 박기도 했다.

"두 명씩 돌아가며 불침번을 서야 돼. 인가가 가깝긴 해도. 들짐승도 있고, 여기라고 화적 떼가 없으란 법도 없고…."

"그런 건 타고 나는 거냐?"

무슨 소리인가 싶어 돌아보니 삼맥종은 완전 감동한 표정으로 선우를 바라보고 있었다.

"가만 보면… 넌 누굴 이끄는 데 타고난 놈인 것 같아서."

그 말에 선우는 한동안 삼맥종을 가만히 바라보고 있었다. 어쩐지 민망해진 삼맥종이 다시 말뚝을 박고 있는데 선우가 훅 던져 물었다.

"그럼, 넌 아니란 얘기냐?"

삼맥종은 순간 조용한 공격이 훅 들어온 바람에 당황하여 대답을 할 수도 없었고, 빤히 보며 대답을 기다리는데 안 할 수도 없어서 일단 고개를 들어 선우를 쳐다봤다. 선우는 혼란스러운 표정으로 삼맥종을 바라보고 있었다.

"글쎄, 나는 지금 관찰 중."

삼맥종이 선우의 시선을 당당하게 맞받으며 대답했다.

선우의 지시를 가장 잘 따르는 건 수호였다. 땔감을 주우러 간 수호는 원래 뭐든 열심히 하는 성실한 사람이라 처음부터 크고 작은 나뭇가지를 잔뜩 주워 담고 있었다. 귀찮은 듯 어슬렁거리며 뒤에서 구경이나 하고 있던 반류도 수호의 움직임에 감화되었는지 어느새 열심히 일하기 시작했다. 한동안 말없이 열심히 땔감을 모은 덕에 제법 큰 더미 두 개를 만들 수 있었다. 나뭇짐을 하나씩 나눠 들고 돌아오는 길은 어색했지만 그건 반류와 수호가 처음 함께 해낸 일이었다. 둘의 마음은 참으로 뿌듯했다.

그런데 반류가 그만 물 가장자리를 잘못 밟아 미끄러지면서 손에 들었던 땔감을 다 놓쳐버렸다. 반류는 자존심도 상하고 땔감을 다시 구해야 할 것이 짜증나서 물에 확 주저앉아 버렸는데, 그것을 본 수호가 픽 웃으며 한마디 했다.

"멍청하긴, 그걸 놓치냐?"

"뭐?"

반류가 짜증이 확 솟구치며 수호를 노려보자, 수호가 '으이구' 핀잔을 주면서 발로 물을 차서 확 끼얹었고, 그 물을 뒤집어쓴 반류는 죽일 듯이 수호를 노려보았다. 막사를 만들던 삼맥종이 멀리서 그 모습을 보고 선우를 불렀다.

"아무래도 쟤들, 한판 붙을 것 같은데?"

위험을 감지한 삼맥종과 선우가 싸움을 말리려고 달려가는데, 수호가 이번에는 나뭇짐을 안전하게 내려놓고 죽일 듯이 노려보는 얼굴에 또 물을 끼얹고 어쩔 테냐 하는 표정으로 반류를 자극했다.

"이게 진짜! 너 한번 해보겠다는 거냐?"

"그래. 한번 해보겠다는 거다!"

"좋아… 후회하지 마라."

반류가 손바닥을 넓게 펴서 수호를 향해 쳐내자 수호도 질세라 막 빨리 물을 퍼 끼얹었다. 싸움인 줄 알고 말리려 뛰어왔던 선우와 삼맥종도 물 폭탄을 맞아 물장난에 휘말리면서 네 화랑이 서로에게 물을 뿌리고 날리고 쏴대는 물싸움이 본격적으로 시작되었다.

"뭐야, 애들처럼?"

모두들 한쪽에서 그들을 보고 미소 짓는데, 나무그늘에 앉은 숙명도 그들의 모습을 유심히 보고 있었다. 동백은 공주의 눈치를 살폈다.

"당장 그만두라고 할까요?"

"됐어. 그냥 둬."

네 남자가 질러대는 묵직한 비명과 웃음소리가 계곡에 가득 찼다. 잔뜩 움츠러들었던 모두의 마음은 그들이 노는 것을 보는 것만으로도 즐거워졌다. 계곡물에서 더없이 즐거운 화랑들이었다.

계곡에 밤이 내리고 제법 그럴듯하게 지어진 막사 앞에는 모닥불도 잘 타고 있었다. 모닥불 앞에 화랑들의 젖은 옷 네 벌이 나란히 걸려 있었다.

아로와 숙명은 막사 하나를 같이 써야 했다. 막사 밖에서 몇 번을 망설이던 아로가 막사 안으로 들어서자 동백과 숙명이 돌아보는데, 역시 엄청나게 불편한 공기가 숙명과 아로 사이를 갈라놓았다.

"하루만 참으십시오. 어차피 내일이면 도착할 테니까."

숙명은 허리를 세우고 꼿꼿하게 앉은 채로 아무 말 없이 아로를 내려다보고 있었다. 그때 동백이 잠자리 물을 가지러 밖에 나갔고, 이때를 놓치지 않겠다는 듯 몇 번을 망설이던 아로가 도저히 못 참겠다는 듯, 아주 많이 참았다는 듯이 숙명에게 물었다.

"저기… 그동안 계속 궁금했는데요. 왜 하필 절 여기 데려오신 겁니까?"

"답을 알고 싶은 게 아니라 알고 있는 답을 확인하려고 묻는 건가?"

"내 오라비를 데려오고 싶어서, 그래서 날 이용한 겁니까?"

"누굴 데려오든, 누굴 이용하든… 너한테 그걸 왜 밝혀야 하지… 내가?"

아로는 오만방자한 숙명을 평정심으로 바라보다가 한숨을 푹 내쉬며 물었다.

"폐하는 오라버니에 대해 뭘 기억하세요?"

순간 숙명의 오만방자한 표정에 살짝 금이 갔다.

"만약, 선우랑을 오라버니라고 생각하신다면 틀리신 겁니다. 제 오라비는 공주님의 오라버니가 아니에요."

숙명이 아로를 보다가 간단하게 대답했다.

"상관없어. 그딴 거."

"에?"

"너를 미끼로 선우랑을 이 사절단에 들어오게 한 거 맞아. 가까이 두고 싶은 사람이거든."

"에에?"

아로는 또 이 밤, 다 잤구나 싶었다. 알고 봤더니 선우를 노리는 연

적이었단 말인가? 이놈의 공주는 오만방자한 데다가 변화무쌍해서 도대체가 적응이 안 되었다.

선우와 삼맥종은 모닥불 앞에 앉아 불침번을 서고 있었다.

"너 같은 놈이 왕이었어야 했는데."

조용히 모닥불만 바라보고 있던 삼맥종이 갑자기 뜬금없는 소리를 하자, 선우는 이건 또 뭔 소리인가 싶어 돌아보았다.

"그냥 그런 생각이 드네. 네가 왕이었으면, 그러면 지금 신국이 이 모양 이 꼴이 아니었을 것도 같아서."

"왕도 아니라면서. 이 나라가 이 모양 이 꼴인 게, 왜 신경이 쓰이는데?"

"난 신국이 꽤 괜찮은 줄 알았거든. 바보처럼 눈감고 귀 막고 비단길로만 걸어왔던 것도 모르고…."

삼맥종이 선우를 한참 보다가 물었다.

"만약 네가 왕이라면… 신국을 어떻게 바꿀래?"

선우는 삼맥종의 질문에 대답할 수가 없었다. 지금까지 한 번도 신국을 바꾸는 문제는 생각해본 적이 없었다. 그것이 자신에게 질문거리가 된다고 생각했던 적도 없었다. 그런데 이놈이 지금 그걸 생각해보라고 하고 있는 것이었다. 왕일 것 같은 놈이. 당장은 대답할 수 없지만 선우는 차차 생각해보기로 했다. 자신이라면 신국을 어떻게 바꿀지.

화랑 막사 안은 잘 준비가 다 끝났다. 반류는 잠자리에 누워 수연이 준 비단 주머니를 보며 만지작거리고 있다가 수호가 막사 안으로 들어오자 얼른 품에 감췄다. 그걸 또 다 본 수호는 잠자리에 누우면서 반류를 슬쩍 떠보았다.

"그거… 어디서 많이 본 것 같은데."

"뭔 헛소리야?"

역시, 빠르고 과장된 반류의 반응에 수호는 한숨을 내쉬며 돌아누웠다.

"수연이가 혹시 너 좋아하냐?"

반류는 대답하지 않았고, 수호도 대답들을 생각은 처음부터 없던지라 하고 싶은 말만 웅얼거릴 뿐이었다.

"그럴 리 없겠지만, 만일 그렇더라도 받아주진 마라. 이제 너랑 좀 친해진 것 같은데 이런 일로 또 어색해지고 싶지 않다."

반류는 품에 숨긴 비단 주머니를 옷 위로 잡으면서 수호의 말을 곱씹었다. 반태후파의 거두 박영실의 아들과 친태후파의 거두 김습의 딸. 그런 조합이라는 걸 왜 여태 생각 못 하고 있었을까? 머릿속이 다시 복잡해지기 시작했다.

그 시각. 신국 왕경 박영실의 집 앞에 궤짝을 가득 실은 마차가 멈춰 섰다. 마차 뒤에서 내린 무철과 도고가 집 안으로 들어가자 박영실 집 종복들이 부랴부랴 달려 나와 궤짝을 조심스레 옮기기 시작했다. 그 궤짝들은 박영실 집 창고로 옮겨지고 있었는데, 이미 창고 안은 그만한 궤짝들로 빽빽했다. 도고와 무철은 한쪽에 서서 종복들이 물건 나르는 것을 관리하고 있었는데, 한 종복이 발을 헛디뎌 상자를 떨어트렸다. 무철이 얼른 달려가 종복을 나무라며 뒷수습을 했는데, 궤짝 안에는 어른 주먹만 한 크기의 황금 덩이들이 가득 채워져 있었다.

정리가 다 끝난 후, 박영실과 호공이 창고에 내려와 궤짝을 둘러보고 있었다.

"그리고 이건 남부여 태자에게 보낼 물건입니다."

호공이 안내하는 궤짝에는 가지런히 놓인 금병들이 가득 채워져 있었다. 영실이 만족한 듯 고개를 끄덕이고 도고에게 눈짓으로 가리키며 말했다.

"갖다 줘. 성왕 생일 전에 도착할 수 있게."

"예."

대답한 도고가 허리를 숙인 채 물러가는 것을 보고 있던 호공이 영실을 돌아보았다.

"전령이 왔었다 합니다. 관산성에서."

"관산성?"

"사절단이 선물을 화적떼에게 다 도둑맞았다고 합니다. 다시 선물을 보내라 했다고요. 그들은 그대로 백제성으로 갔고요."

"시간 내에 선물을 보낼 수 있나?"

"아무리 빨리 준비해도 하루 정도는 늦을 겁니다."

"선물 없는 생일축하 사절이라… 난감하겠군."

"반류는 괜찮을지."

"그리 당부했으니 잘 해내겠지."

박영실은 아무렇지도 않게 대답했지만, 호공은 아무래도 반류가 걱정되었다. 축연 때처럼 편지를 전하지 않을 수도 있는 일 아닌가? 사절단을 만들어 보낸 일의 핵심이 그 편지에 있는 만큼, 반류가 편지를 태자 창에게 전하지 않으면 모든 노력이 허사가 되고 만다. 그런데도 저렇게 영실 공이 태평한 것을 보면 혹시 편지가 전해지지 않으면 사절단이 국경을 넘지 못하게 할 셈일까? 아닌 게 아니라 영실에게는 그것이 가장 쉬운 일이었다. 호공은 저도 모르게 두 눈을 감고 합장을 했다.

'반류야, 제발 너는 살아야 한다. 살아 돌아와다오.'

모두가 잠든 밤. 불침번 순서가 된 반류는 모닥불 앞에 앉아 있었다. 수호와 같이 불침번을 서야 하는데 너무 깊이 잠든 것 같아서 잠깐이라도 더 자라고 깨우지 않았다. 새삼스럽게 친구를 생각하는 마음이 갸륵해진 것은 아니었다. 수호를 깨우지 않고 혼자서 할 일이 있었다. 반류는 품속에 고이 넣어둔 박영실의 서찰을 꺼냈다. 그 서찰을 주면서 박영실은 말했었다.

"도박이지. 내가 신국을 놓고 벌이는 도박."

영실은 반류를 단속하듯, 다시 다짐을 했었다.

"반드시 이 서신을 태자에게 전해야 한다. 내가 더 이상 네게 실망하게 만들지 마. 내가 널 놓지 않도록! 잘해."

반류는 망설이다가 서찰을 천천히 열어보았다. 박영실의 도박이 무엇인지 눈을 확인해보고 싶었다. 편지 내용은 간단했다.

화랑 중에 신라의 왕이 있습니다. 이 사절단을 어찌 처결하실지는 태자의 뜻대로 하시지요.

편지를 잡은 반류의 손이 부들부들 떨리기 시작했다. 박영실의 도박이 이런 정도일지는 예상하지 못했었다. 반류는 자신이 어디까지 가야 하는 지도 판단이 서지 않았다.

"자칫 잘못하다가는 끈 떨어진 연이 된다고."
"잘해, 내가 널 놓지 않도록."

호공 아버지나 박영실 아버지 모두 언제 끊어질지 모르는 인연, 언제든 끊어질 수 있는 인연이라 말하고 있는 부자 관계였다. 언제 버림받을지 몰라 전전긍긍해야 하는 아버지라면, 그런데 그 아버지가 역모를 꾀하고 있다면, 도와야 할까? 언제 버림받을지 두려워하면서 역모에 가담해야 한단 말인가?

안지가 먼저 지소를 찾아오는 일은 없었다. 현추가 직접 가서 묶어오다시피 할 때나 겨우, 싫어하는 기색 역력히 보이면서 그렇게 왔었다.
그런 안지가 웬일인지 직접, 혼자서 태후를 뵈러 왔다고 월성 첫 번째 문을 지키고 있는 금군에게 말했다. 금군으로서는 현추가 누군 가와 함께 들어가는 걸 본 적은 있어도 그것이 안지인 것을 몰랐으니, 어떤 미친놈이 태후를 보겠다고 덤빈 거나 마찬가지였다. 마침 모영이 그 옆을 지나고 있지 않았더라면 치도곤을 당하고 쫓겨날 뻔했었다. 안지를 본 모영은 안지보다 한발 먼저 달려가 지소에게 소식을 전했다.

"안지 공이 이리로 오고 있습니다."

"…."

바로 그 순간까지 화적질당한 공주 일행 때문에 두통을 앓고 있던 지소였다. 그런데 모영의 말을 듣는 순간 두통이 사라졌다. 심지어 안지가 도착하기를 기다리는 동안은 설레고 수줍어서 사랑에 보답 받은 연인이 된 것처럼 괜히 행복하기까지 했다. 안지가 먼저 찾아 오다니, 이런 날도 오는구나 기뻤다.

드디어 내전 문이 열리고 안지가 들어섰다. 지소는 안지의 눈부터 찾아봤다. 그런데 그냥 항상 그래왔던 것처럼 의원의 눈이었다. 잠깐 사라졌던 두통이 다시 시작되었다. 지소를 아픈 머리를 감싸 쥐며 자리에 앉았다. 안지는 여전히 문 앞에 버티고 서서 지소를 보고만 있을 뿐이었다.

"왜 그리 서 있는 게요? 와서 진맥하지 않고."

"오늘은 진맥하러 온 게 아닙니다. 더 이상 진맥할 수 없다고 말씀 드리러 온 것입니다."

지소는 웃었다. 어쩐지 먼저 찾아왔다 싶었다. 다시는 안 오겠다고 찾아오는 성실함이라니, 안지를 보는 지소의 눈빛이 삐딱했다.

"왜?"

"왕경 바로 옆에 천인촌이 있습니다. 망망촌이라… 합니다. 아십니까?"

"이름을 들어본 적은 있는 것 같소."

"그곳에 역병이 돌아 촌민이 절반 이상 죽었다 합니다. 그냥 두면 더 죽을 겁니다. 그곳에 가서 시료하려고 합니다."

"그런 일이라면, 다른 의원을 보내시오. 겨우 천인들 때문에 나를 돌보지 않겠다는 거요?"

"이제 내의원에게 보이십시오. 천인들에게는 저 말고는 아무도 없습니다."

"내가 없소. 내가 아무도 없다고. 믿을 수 있는 사람이 아무도 없다는 말을 대체 몇 번을 하게 만드는 거요? 안지 공을 진정으로 필요로 하는 사람은 나라고!"

지소가 짜증을 내며 소리를 질렀다. 피부색은 더 파리해졌고 손 떨림도 더 잦아진 것 같았다. 안지는 천천히 숨을 내쉬었다.

"그저, 망망촌에 시료 가니 진료는 내의원에서 받으시라는 간단한 말씀을 드리러 온 것입니다. 괜히 온 것 같습니다. 어차피 데리러 오셔도 집에 아무도 없을 테니 그냥 그걸로 끝이었을 텐데요. 그럼 안녕히 계십시오."

안지가 가볍게 묵례하고 돌아서는데, 지소가 달려와서 안지의 팔을 잡았다.

"정말 가는 거요? 이제 다시는 안 와?"

"안 옵니다."

"무슨 일이 있어도?"

안지는 잠깐 대답을 고르다가 허탈하게 웃고 말았다.

"십 년 전 아내와 아들을 내어드리면서 다시는 보지 말자 했었죠. 그런데 다시 보게 되었습니다. 앞으로 어떻게 될지는 모르는 일이라 그 말에는 대답을 못 하겠습니다. 그럼…."

지소가 안지의 팔을 더 강하게 그러쥐고 놓지 않았다.

"아직도 날 원망하는군."

"원망은 뭔가 기대할 게 있을 때 하는 것입니다. 저는 전하께 아무것도 기대하지 않습니다."

"내게 지금 이러는 건 아니오… 그대까지 떠나면 지금 난 아무도 없소."

"뭔가 잘못 아신 듯합니다. 전 떠나는 게 아닙니다. 돌아온 적도 없으니까요. …한때는 당신의 표정 하나에 세상이 무너진 적도 있었지. 허나 지금은 그 눈물에도 이렇게 차갑소."

안지는 잡히지 않은 손으로 힘을 주어 지소의 손을 떼어놓았다. 지소가 믿을 수 없다는 듯, 그러면 안 된다는 듯 고개를 가로저었으나 등을 돌리고 그대로 나가서 다시는 돌아오지 않았다. 안지가 한 번도 뒤돌아보지 않고 걸어나가 완전히 사라지자, 지소는 두 손에 얼굴을 묻고 오랫동안 참고 참았던 눈물을 터트렸다.

지소가 아로를 남부여에 보낸 것을 알고 안지가 괴로워하고 있을 때, 휘경이 찾아왔었다. 안지가 원한 것은 단 한 가지였다.

"알아야겠습니다… 지소를 무너뜨릴 방법."

휘경이 아주 오랫동안 안지를 바라보다가 대답했다.

"지소 하나로 뭐가 바뀌겠소? 우린 신국을 바꿀 생각이오. 물론 지소도 이제 그만 물러나야겠지만, 지소 하나로 끝나지 않을 큰 그림을 그리고 있어요."

"거기에서 내가 할 일은 무엇입니까?"

"그대가 할 일은 아무것도 안 하는 것."

"방해되니 빠져 있으란 겁니까?"

"아니… 정말로 아무것도 하지 말라는 거요. 지금 지소 곁에는 아무도 없어. 지소에게는 안지 공 그대뿐이오."

"제가요?"

"무시하고 외면하고 상처 주면서도 데리러 가면 따라와 주고, 찾아가면 만나주지. 그건 지소에게는 엄청난 위안일 거요. 그걸 하지 말라는 거요. 지소 곁을 완전히 떠나 있으라고."

"그걸로 도움이 될까요?"

"지소는 고립무원 외톨이 신세가 되겠지. 그다음부터는 내가 알아서 할 것이오."

그리하여 안지는 왕경을 떠나기로 하였다. 망망촌에서 안지의 손이 필요한 것도 사실이었다.

화랑 넷이 빠졌지만, 선문은 평소대로 잘 돌아가고 있었다. 한 가지 달라진 게 있다면, 가버린 화랑을 그리워하여 날마다 눈물짓는 낭두 하나가 생겼다는 것! 파오는 삼맥종이 태어난 그즈음부터 입때까지 한 번도 떨어져 있어 본 적이 없었는데, 컸다고 혼자 남부여로

가버렸으니 대체 이 선문에 왜 붙어 있어야 하나? 이유를 찾을 수가 없었다. 물론 지금 도망가버리면 삼맥종이 돌아온 후에 선문에서 모실 수 없다는 가장 큰 이유가 있긴 하지만, 그것은 일단 모르는 척하고. 걱정돼 죽겠어서 일도 손에 안 잡히고 모든 것이 엉망진창이었다.

지나가던 단세가, 지나가던 중이었으면 그냥 지나가고 말 것이지 굳이 다가오더니 슬쩍 물었다.

"너… 우냐?"

"울긴 누가 운다고."

대답은 그리해놓고도 파오는 주먹으로 눈물을 훔쳤다.

"무슨 일인지 모르지만 스물두 살이나 먹은 사내가… 아무 데서나 눈물을 보이는 건 아닌 것 같다. 형이라고 생각하고 다 털어놓든가."

"아우… 이런 제길…."

단세의 말에 더 서러워진 파오는 주체할 수 없이 눈물이 났고, 단세가 어색하게 어깨를 토닥이고 있는데, 이번에는 강성이 다가왔다.

"화랑 없는 두 낭두가 모여 눈물 바람이라. 뭐, 미리 울어도 나쁠 거 없지."

"뭔 소리야?"

"니들은 너희 화랑이 정말 돌아올 수 있을 거라고 생각하는 거냐?"

"똑바로 말해. 죽이기 전에."

"아무리 주군이래도 그깟 화랑 한두 명쯤 죽든 말든 너희랑 상관없잖아!"

파오가 벌떡 일어나 강성의 멱살을 잡고 물었다.

"죽다니? 제대로 말해."

"영실 공이 사절단을 그대로 살려 둘 것 같아?"

멱살이 잡혀 목이 졸리면서도 강성은 여유만만이었다. 파오가 단세를 돌아보는데 강성이 덧붙였다.

"사절단은 끝이야. 절대로 못 돌아온다고!"

사절단은 그때 드디어 멀리 백제성이 보이는 언덕에 올라 서 있었다. 산 위에 지어진 백제성은 그 주변의 능성과 계곡 등의 지형을 이용해 이어지는 수비형 토성이 어우러진 자연의 요지였다.

"여기부터가 남부여. 옛 백제 땅입니다."

아무리 숙명이라도 여기까지 와서 보니 조금은 긴장이 되었다. 그러나 긴장한 것은 숙명만이 아니었다. 다들 조금씩 혹은 많이 긴장하여 얼굴이 상기되어 있었다. 화랑들은 서로를 봐주고 웃어주고 그 안에서 격려하며 마음을 다졌다. 숙명이 심호흡을 크게 한 번 하고 드디어 결심한 듯 말했다.

"가자."

흐트러짐 없는 차가움으로 앞서가는 숙명의 뒤로 긴장의 끈을 놓치지 않으며 따르는 화랑들이었다.

백제성으로 가기 위해서는 언덕에서 평야로 내려가서 다시 산길을 올라가야 했다. 산 위에 왕궁을 지은 것은 수비를 강화하기 위해서라는데, 허락받아 들어가니 망정이지 몰래 침투하는 거였으면 문을 제대로 못 찾아서 오도 가도 못하는 신세가 되지 않았을까 싶었다.

사절단이 성문을 통과하자 백제 장군 윤조가 그들을 기다리고 있었다. 윤조는 그들을 남부여 태자 창의 처소로 안내해갔다.

그런데, 창은 고기가 잔뜩 차려져 있는 음식상에 코를 박고 와구와구 씹느라 정신이 없어 보였다. 사절단이 들어갔는데도 고기 기름 번질거리는 얼굴로 슬쩍 봤을 뿐 평생 고기 처음 먹어보는 사람인 양 두 손으로 움켜쥐고 욕심껏 뜯고 있었다.

"태자 전하, 신라에서 사절단이 왔습니다."

윤조의 보고를 받고, 태자는 고개는 들었으나 고기 기름이 번질번질하게 묻은 입으로 고기를 씹어가며 앉은 채로 사절단 일행을 쓰윽 훑어보기만 했다. 숙명이 불쾌한 내색을 애서 감추며 한 발 나서 인사를 했다.

"신라의 공주 숙명이라 합니다. 남부여와의 오해를 풀기 위해 왔습니다."

창은 대꾸도 하지 않고 혼자 앉아 고기를 들고 호기 있게 뜯었다. 그의 어이없는 응대에 숙명의 얼굴이 싸늘하게 굳어가고 있었다.

밥이야 얼마든지 먹을 수 있는 일이고, 사절단이 온 시간이 마침 딱 밥 먹는 시간일 수도 있겠으나, 그러면 밥 다 먹을 때까지 밖에서 기다리라고 하든지, 먹던 걸 두고 나와서 사절단을 만나든지 해야 할 터인데, 먹는 자리에 그대로 불러 혼자 먹는 꼴 보게 하며 서서 기다리라고 하는 것은 어느 나라 예절이겠는가. 신라가 약한 나라라 무시하는 예절이겠지. 숙명 뒤에 서 있는 삼맥종은 분해서 이가 으드득 갈렸다.

"이거 뭐야. 우릴 대놓고 무시하는 건가…."

"이건 아니잖아."

수호가 참지 못하고 앞으로 나서려는데, 삼맥종이 수호를 말렸다.

오히려 이들 중 가장 침착한 사람은 숙명이었다. 숙명의 표정은 물론 못마땅해 죽겠는 표정이었으나, 냉정함을 잃지 않았고 얼굴은 얼음덩어리처럼 굳어지고 있었다.

"식사 마치실 때까지 기다리겠습니다."

"…그러시든가."

창이 입안에 고기를 잔뜩 넣고 씹으면서 웅얼거렸다.

드디어 먹을 것을 다 먹은 창 태자는 그제야 마당에 서 있는 숙명 공주와 일행들을 쭈욱 훑어보더니, 숙명에게 다가오라고 손을 까딱까딱 움직여 신호했다. 저런 짓을 하다니. 평소 숙명 공주였으면 단칼에 손가락을 다 날려버렸을 텐데, 숙명은 심호흡 한 번 하는 것으로 꾹 눌러 참고 창 태자 앞으로 다가가 섰다. 창은 수건으로 입을 닦으며 여전히 쩝쩝거리면서 물었다.

"그래, 뭘 들고 왔소?"

순간 당황한 숙명의 얼굴이 굳어지는데, 창은 다 알고 있다는 표정으로 고개를 끄덕이고 있었다.

"화친을 청하려면 내 환심을 살 선물이라도 들고 와야 하는 거 아닌가?"

뒤에 선 화랑들은 낭패스러운 표정이 되어 벌써 실패한 분위기인데, 숙명은 여전히 침착하고 냉정했다.

"전 신국을 대표해 왔습니다. 태자께 독대를 청합니다."

당당하면서 약간은 앙칼진 숙명의 태도에 창이 우습다는 듯 쳐다보며 웃었다.

창 태자 처소에 들어간 숙명은 탁자 위에 비단 보자기에 싸인 물건을 올려놓았다. 창은 귀찮지만 어쩔 수 없다는 듯 작은 함을 열었고 그 안에 있는 황금으로 만든 작은 불상을 보고 어이없다는 듯이 픽 웃었다.

"이게 답니까?"

"화친을 위한 정표지. 조공을 바치려는 게 아닙니다."

"부처의 자비를 바라는 건가."

숙명은 화가 욱 치밀어 오르는 것을 꾹 참아 누르고 천천히 입을 열었다.

"우리가 남부여를 방문한 것에는 두 가지 목적이 있어서요. 하나는 백제 성왕 폐하의 탄신을 경하드리기 위함이오, 또 하나는 근래 있었던 국경에서의 소요 사태와 관련해 양국의 동맹관계를 재확인하기 위한 것이오."

"그런데 두 건 다 빈손이시다?"

"생신 선물은 착오가 있어…."

"우리도 귀가 있는 사람들이라 간단하게는 알고 있소. 화적떼에게 당하셨다고? 그대들의 요청을 받고 신라에서 선물을 다시 보내셨다 합디다. 그런데… 몇 살이오?"

'이 무례한 작자가 무례함의 끝으로 달려보겠다는 것인가? 뜬금없이 나이는 왜 묻는 것이냐'라고 쏟아내고 싶은 말을 참고 숙명은 불쾌한 표정을 지으며 창을 쳐다봤다. 그런 숙명을 보며 창이 손톱을 다듬으며 대수롭지 않게 내뱉었다.

"나라와 나라 간 동맹관계를 가장 돈독하게 하는 게 뭔지 모르시오? 혼인이지."

창의 말이 끝나자마자 숙명의 얼굴엔 '이 무슨 말 같지도 않은 것을'이란 표정이 확 드러나 버렸다. 생각한 그대로 족족 표정에 다 나온다고 아로를 무시했건만 이건 또 무슨 실수인지 숙명은 도통 자신이 마음에 들지 않았다.

"남자로서 공주가 탐난다는 얘길 하고 있는 게 아니오. 통상적으로 화친은 그런 식으로 한다는 거지. 나야 이미 부인이 여럿 있긴 하지만."

"부인이 이미 여럿이시면 부인이 하나 더 생겨봐야 큰 의미도 아니겠군요."

"모든 혼인마다 의미가 따로 있으니까 그건 또 다른 문제겠지만… 내가 지금 궁금한 것은 국경 소요 문제를 풀겠다고 왜 공주를 보냈을까 하는 점이오. 국경문제를 잘 아는 것도 아니고, 협상의 대가도 아니고, 더러운 세상쯤 우스울 만큼 나이가 많은 것도 아니니 세상 경험이 많지 않을 테고. 공주는 내가 보기엔 젊고 풋풋하고 아름답기만 하단 말이지. 이건 혼인동맹 감인데, 그런 이야기는 아예 들어본 적도 없는 표정이야. 그럼 누가 왜 보냈을까?"

창의 이야기를 듣다 보니 숙명은 저도 모르게 '누가 보냈을까요?'라고 반문하고 싶어졌다.

"공주를 보낸 자는 그자만의 목적이 있을 거요. 누구요? 신하의 권력이 왕을 능가하여 왕이 여럿이라던데 그중 하나가 조종했나?"

숙명은 머릿속이 혼란스러웠다. 사절단 자체가 음모에 빠진 거라면 백성을 살려가기는커녕 제 목숨도 보장 못할 상태가 될 것 같았다. 창은 주사위를 손에 쥐고 무심히 만지작거리며 혼란스러워하는 숙명을 보며 중얼거렸다.

"너무 당황하니까 내가 당황스럽네. 순진한 건가, 바본가. 본인에 게만 알리지 않았을 뿐 혼인동맹을 생각했을 수도 있소."

"그건 아니오. 선물이 마음에 들지 않는다면 다시 마련해 오겠소. 그동안 신국을 공격하겠다는 마음만 접어주시오."

"선물? 비단도 있고, 황금도 있었겠지? 오늘 남부여 땅에서 그런 물건을 헐값에 팔던 신라 좀도둑 놈들을 잡아 가뒀소. 공주는 이렇 게 전쟁을 막아보겠다 애쓰는데, 화친 선물을 도둑질하다니. 신라 백성들은 의리도 없는 모양이오."

숙명의 얼굴이 파르르 떨렸다.

"선물은 필요 없소. 어차피 다 내 손에 있으니까. 혼인도 필요 없 고. 내가 남부여를 대신해 말하고자 하는 것은 화친이오. 어쩌면 전 쟁이 될 수도 있겠고."

창을 보는 숙명의 얼굴에 또 다른 긴장감이 서렸다.

창 태자 처소 마당에 서서 공주가 나오기를 기다리고 있던 사절단 일행은 불안하고 초조해지고 있었다. 배고프고 목마른 건 기본, 여기 에 각자만의 고민으로 다들 말이 없었다. 아버지를 택할지 신국의 왕 을 택할지 결정 못한 반류는 품에 넣어둔 편지가 계속 걸렸고, 삼맥 종은 그래도 누이인데 혼자 들어가 세상의 더러움을 자유자재로 다 룰 수 있는 사람을 상대로 얼마나 힘들지 걱정이었고, 선우는 아로가 걱정이었다. 이 애가 슬쩍 나가는 것 같더니 돌아오지 않고 있었다.

아로는 마당에 멀거니 서 있는 것이 너무 지루하여 백제성 여기저기를 돌아다니다가 남루한 옷차림을 한 십여 명이 잡혀 있는 것을 보았다. 이들이 말로만 듣던 백제국경을 침범한 신라 백성들인 것 같은데, 대여섯 살 되어 보이는 어린아이가 그 주변 여기저기를 뛰어다니며 놀고 있었다. 그러다 아이가 넘어져 울었는데 엄마는 안타까워는 하지만 와서 봐주지 못했다. 포승줄로 대강 묶어놓은 경계인데 넘어가면 큰 난리가 나는 듯했다.

엄마의 울 것 같은 표정을 보며, 아로가 달려가 아이를 일으켜 세우고 무릎에 약도 발라 주었다. 쓰라릴까 봐 후후 정성스럽게 불어주다가 아이에게 물었다.

"너도… 신국에서 왔니?"

그런데 아이는 귀먹은 듯 못 알아들었고, 아로가 손짓하며 멀리서 왔냐고 했더니 그것은 알아듣고 고개를 끄덕였다.

"얼마나 배고팠으면 여기까지 왔을까."

그때 아이가 제 품에서 비녀를 꺼내 아로의 머리에 꽂아주었다. 척 보기에도 값진 물건으로 보이는 것이었는데, 안 된다고 못 받는다고 해도 아이가 막무가내로 계속 꽂아주었다.

"알았어. 그럼 잠깐만 꽂고 있다가 돌려줄게."

그러자, 아이는 수줍고 좋아서 자꾸 아로를 쳐다보면서 웃었다. 아로도 아이와 함께 이런저런 놀이를 하고 있었는데 갑자기 백제성 병사가 아이의 뒷덜미를 확 잡아채 끌고 갔다. 아로가 깜짝 놀라 일어서며 항의했다.

"이게 무슨 짓이오!"

"도둑놈이오! 장물을 팔다 걸려서 여기까지 온 거고!"

아로는 아이를 뒤로 숨겨주며 계속 항의했다.

"그저 말 못하는 어린아이일 뿐이오! 뭔가를 훔칠 수 있는 아이가 아니오!"

병사는 생전 처음 본 여자가 끼어들어 업무를 방해하는 것에 짜증이 났는데, 그러다가 아로 머리에 꽂은 비녀를 발견했다.

"이건 뭐야, 이것 봐라. 너도 한패구나? 한패지?"

"아니오. 난 신국에서 온…."

말을 끝까지 해보지도 못하고 아로도 병사들에게 끌려갔다.

"난 여기 사절단으로 왔소! 도둑이 아니라니까! 이거 놓으라고! 오라버니!"

아로가 외쳐 부르는 소리가 들릴 리 없건만 아직도 창 태자네 마당에 서 있던 선우는 뭔가 들은 듯 예민하게 두리번거렸다.

"왜 그래?"

"무슨… 소리 못 들었어?"

"소리?"

"아로… 아로가 안 보여."

아로와 어린아이는 백제성 임시옥사에 내팽개쳐졌다. 아로가 옥문을 붙들고 간절하게 외쳤다.

"난 도둑이 아니! 신국의 공주를 모시고 온 사절단이란 말이오! 이봐요! 이봐요!"

간수들이 아무런 대꾸도 없이 사라져버리자 아로는 막막하고 눈앞이 아득했다. 울상이 되어 돌아보는데 퀭하게 흰 눈자위만을 드러낸 사람들이 아로를 바라보고 있었다. 무서운 눈빛에 아로는 저도 모르게 뒷걸음질 치면서 선우를 애타게 불렀다.

동백이 화랑들이 서 있는 처소마당으로 부리나케 달려왔다.

"큰일 났습니다! 아로 의원이… 병사들에게 끌려갔소!"

선우, 삼맥종, 수호는 동백이 말한 쪽으로 뛰어갔고, 반류만 남아서 세 사람의 뒷모습을 보고 있었다.

임시옥사 안으로 들어가려는 선우, 삼맥종, 수호를 병사들이 막아섰다. 선우는 검집째 들고 병사들을 상대했는데 이내 병사들의 숫자가 많아지며 일제히 선우를 향해 창을 겨누었다. 선우가 병사를 향해 검을 뽑아 들려고 하자, 삼맥종이 얼른 막았다.

"검을 뽑는 순간. 우리가 먼저 공격한 꼴이 돼."

그 말에 선우는 마지못해 검을 다시 검집에 꽂았는데, 저 안에서 무슨 일이 있는지 모르니 아로가 걱정되어 미칠 지경이었다.

아로는 귀신처럼 눈만 퀭한 검은 얼굴, 굶주리고 남루한 차림의 신국 유민들이 처음엔 겁나고 무서워 뒷걸음질 쳤는데, 비녀를 준 아이가 그 사람들 사이에 있는 엄마의 품으로 뛰어들어가는 것을 보고 한 걸음 다가갈 수 있었다. 가만히 보면, 다들 다치고 상처 입은 사람들이었다.

"다들 멀쩡한 데가 없네. 약을 많이 가져오지 못했는데, 저기, 난 의원이오. 이리 오시오. 내가 좀 봐줄 테니까."

그러나, 유민들도 아로에 대한 경계를 쉽게 풀 수는 없는지라 다가오지 못하고 있었다.

"아플까 봐, 그러시오? 좀 아플진 몰라도, 효과는 직방이오! 삼한 제일의 명의이신 우리 아버지께서 만든 약이니까."

옥사 밖에서는 백제 병사들과 선우, 삼맥종, 수호가 대치하듯 서 있는데, 뒤늦게 달려온 반류도 합류했다.

"무슨 일이야?"

"뭔가 오해가 있는 것 같은데…."

삼맥종도 그 이상 달리 할 말이 없었다. 선우는 경계를 풀지 않고 격앙된 병사들을 바라보고 서 있었는데, 그중 하나가 선우에게 창을 들고 달려들었다. 선우는 검집 채로 병사들을 상대하는데, 수호가 화가 나서 검을 빼 들려고 하자 또 삼맥종이 막았다.

"검은 안 돼!"

"안 되다니, 왜?"

"검을 빼면… 이건 전쟁이 돼!"

"이 인원으로 전쟁하는 미친놈이 어딨어?"

"검을 들면 화친은 끝이야."

선우, 반류, 수호는 삼맥종의 말에 반박할 수는 없었다. 하지만 작은 대련처럼 시작했던 싸움은 점점 커졌고 어느새 감당할 수 없는 지경에 이르고 있었다. 검이 안 된다면 몸으로! 선우가 검을 버리고 육탄전으로 돌입하여 제압하듯 병사들을 쓰러뜨리기 시작하였다. 이때 윤조가 나타나 망설이지 않고 검을 뽑아 선우의 목에 겨누었다. 움직이지 못하는 선우를 병사들이 달려들어 사지를 나눠 잡았다. 윤조가 명령했다.

"저들을 옥사에 가둬라!"

화랑들은 윤조에게 항의했다.

"사절단을 옥사에 가두는 법이 어디 있소?"

"사태를 파악해보지도 않고 가두기부터 하는 게 말이 되냐."

고래고래 소리를 질렀지만, 윤조는 들은 척도 하지 않았다. 화랑들이 옥사 안에 제대로 갇힌 걸 확인할 뿐이었다.

"태자 전하의 명이오. 여기서 조용히 계시오."

수호가 짜증을 내며 옥사의 나무 창살을 주먹으로 내리쳤다. 선우는 아로가 걱정되어 다른 건 눈에 들어오는 게 아무것도 없었고, 삼맥종은 그런 선우가 마음에 걸리는데, 반류는 방금 전 백제성에 들어오던 수레가 아무래도 신경 쓰였다.

백제성 마당에는 도고와 무철이 끌고 온 영실의 수레가 있었다. 윤조가 옥사에서 나와 그들에게 다가가자 여러 번 봤던 익숙한 얼굴인 듯 도고가 나서 인사했다.

"그간 별고 없으셨습니까?"

"지난번 말한 그 물건이냐."

"창 태자님께 보내는 저희 어르신의 작은 마음이지요."

윤조가 상자 하나를 열었더니, 눈이 부실 정도로 빛나는 황금 병이 가득했다. 곁에 있는 병사들까지 그 빛에 눈이 시릴 정도인데, 도고가 히죽 웃으며 말했다.

"태자님께… 직접 아뢰야 하는데….'

윤조는 하찮은 것이 태자를 직접 보겠다고 나서는 것이 마땅치가 않아 인상을 찌푸렸다. 도고는 그러거나 말거나 히죽 웃어 보이며 태자 만나기만 기다리고 있었다.

창은 영실이 보낸 금궤와 숙명이 준 작은 불상을 각각 손에 들고 무게를 가늠해보았다. 금궤 쪽이 월등히 무거웠고, 그쪽이 더 질 좋은 금인 게 분명했다.

"신라엔 왕이 여럿이라더니. 정말인가 보네. 왕보다 이쪽이 더 나은데? 그래서? 이걸 주고 나한테 원하는 게 뭐라더냐?"

멀찍이 떨어져 바닥에 납작 엎드려 있던 도고가 고개도 들지 못하고 말했다.

"그것은 따로… 연락이 갈 것이라 말씀하셨습니다."

"따로 연락이 온다?"

도고가 그렇다는 듯 고개를 들어 빤히 창의 얼굴을 보자, 지체 없이 윤조가 검을 빼 들어 도고의 목에 겨누고 호통쳤다.

"감히 누구의 존안을 보는 것이냐?"

도고가 다시 납작 엎드리자, 창이 그 꼴을 보고 비릿하게 웃었다.

"네가 가져온 금이 아니었으면, 내 손으로 눈알을 뽑았을 것이다."

"송구합니다."

"나가."

두려워서 고개를 못 들고 바닥에 붙어 기다시피 도고가 나가고, 창은 품 안에서 서신을 꺼내 펼쳐봤다. 옥사 앞에서 소동이 있기 직전에 반류에게서 받은 서신이었다.

"박영실 공이 이걸 태자께 은밀히 전하라 하셨소."

어찌나 그의 태도가 당당했든지, 오히려 창이 당황할 정도였다. 창이 손가락으로 톡톡 서신을 때리며 생각에 잠겼다.

월성의 궁인들은 하나 같이 소스라치게 놀라며 자리를 비키고 있었다. 휘경 공이었다. 휘경이 근 이십 년 만에 월성에 다시 나타난 것이었다. 지소의 내전에서 아뢰는 모영은 어찌나 당황스러운지 말도 제대로 안 나왔다.

"전하… 휘경 공이… 휘경 공이….'

하고 있는데, 휘경이 그대로 확 문을 열고 안으로 들어가버렸다. 차분히 앉아 휴식을 즐기던 지소는 깜짝 놀라 절룩거리며 다가오는 휘경을 올려다보았다.

"정말 유령이라도 보신 것 같습니다?"

휘경이 픽 웃는데, 지소는 아무런 표정의 변화도 없이 그저 보고만 있다가 의자를 가리키며 말했다.

"앉으세요.'

휘경이 의자에 걸터앉자마자 지소는 물었다.

"왜 나타나신 겁니까?"

"아들을 궁 밖으로 쫓아내고 왕좌를 차지하시더니, 공주를 사지에 보내놓고도 멀쩡해 보이십니다. 하긴… 하나뿐인 동무에게도 누명을 씌워 무참히 없앤 분이시니.'

"하고 싶은 말씀이 뭡니까.'

"화랑 안에 왕을 숨기셨다 들었습니다. 안지 공의 아들이라면서요?"

지소는 오라비가 무슨 말을 하려는지 그저 듣고만 있었다.

"남부여에서 선우랑이 살아온다면 그 자리를 내놓으시지요. 제가 돕겠습니다."

"이십 년 만에 나타나… 안지 공의 아들을 왕으로 삼으라니. 무슨 말씀이신지 모르겠습니다."

"화중재왕… 제가 잘못 알았나요?"

지소가 치솟는 감정을 가라앉히며 조용히 웃었다.

"가끔 오라버니가 보위에 오르셨다면 어땠을까… 생각했습니다. 그랬다면 내가… 그 많은 것들을 포기하며 살지 않아도 됐을 텐데. 그 끔찍한 세월을 겪지 않아도… 됐을 텐데."

휘경이 살짝 웃는 듯 미묘한 표정으로 보고 있는데, 지소는 싸늘하게 노려보면서 경고하듯 단정적으로 말했다.

"이제 와 뭘 하려 하지 마세요. 늘 그랬던 것처럼. 조용히 유령처럼 사세요. 저와 맞서려 하신다면… 후회하실 겁니다."

휘경의 미소가 조금 더 크게 번졌다. 지소는 여유만만하게 웃는 자신의 오라비가 두려워졌다.

화랑 중에 신라의 왕이 있습니다. 이 사절단을 어찌 처결하실지는 태자의 뜻대로 하시지요.

밤이 깊도록 남부여 태자 창은 박영실이 보낸 서찰을 들고 고민하고 있었다.

"처분대로 맡긴다… 왕을 죽여 달라?"

윤조가 긴장해서 올려다보는데, 창은 지긋이 웃고 있을 뿐이었다.

"공주보단 왕을 상대하는 게 낫겠지."

창이 혼잣말인 듯 중얼거리며 씩 웃었다.

숙명은 옥사에 갇힌 화랑들을 한심하다는 얼굴로 바라보고 있었다. 수호가 대표로 나서서 용서를 구했다.

"송구합니다. 저들이 아로 의원을 옥사에 가두었습니다. 그대로 두고 볼 수 없어서."

"그깟 반쪽짜리 의원 따위 갇히거나 죽어버림 어때서."

숙명의 말이 떨어지자마자 선우와 삼맥종의 시선이 화살처럼 가서 꽂혔으나 숙명은 둘을 동시에 노려보며 말했다.

"내가 신국 백성을 위해 얼마나 외롭고 부당한 처사를 당하고 있었는지 알기나 하시오! 한데, 가장 근저에서 나를 도와야 할 화랑들이… 고작 이꼴이라니."

숙명은 새삼스럽게 억울하고 화가 나서 눈가가 붉어졌고 화랑들도 복잡한 감정으로 숙명을 바라봤다. 특히 삼맥종은 애틋한 마음으로 숙명이 신경 쓰였다. 그때 선우가 입을 열었다.

"부당하다고 생각하면 싸우면 되는 거 아닌가. 더구나 그 싸움이 백성을 위한 싸움이라면 다시는 이런 일을 겪지 않도록 맞설 것 같은데. 부당함은 견디는 게 아니라 바로잡는 거요."

숙명이 선우를 바라보자 선우도 그 눈빛을 받아 똑바로 숙명을 바라보며 말했다.

"신국을 대신해 온 거라며. 그쪽. 그럼, 겁먹지 말고. 누굴 탓하지도 말고. 직접 말하라고."

그 말에 용기를 얻은 것일까? 선우를 바라보는 숙명의 눈빛이 단단해지고 입매가 야무지게 물렸다.

창은 탁자 앞에 앉아 운을 실험하듯 주사위를 굴리고 있었다. 이때 문이 확 열리고 숙명이 안으로 들어왔다. 윤조가 당황하여 바로 뒤따라 들어왔는데 창이 괜찮다고 승낙해 주었고, 숙명은 똑바로 서서 창을 노려보며 말을 시작했다.

"신국의 백성들이 남부여의 땅을 넘어 수렵을 하고 농사를 지었다 해도, 그들의 목을 자르고 죽이는 것은 가혹한 처사요! 저들은 검을 든 군인이 아니라, 일개 농민일 뿐이오!"

"전쟁도 없이 남의 땅을 함부로 차지하는 게 더 가혹한 거 아닌가?"

"우리 백성들이 국경을 넘은 것은 잘못된 일이나, 어떤 아비가 자식이 굶는 것을 눈앞에서 그대로 볼 수 있겠소. 이는 전쟁의 빌미로 삼을 일이 아니라, 외교로서 풀 일이오."

"화친을 맺으러 공주께서 오셨으니… 그럼 혼인으로 푸는 건 어떠신지?"

"난 이미 정혼자가 있소."

숙명의 말에 창이 낄낄 웃더니 말했다.

"성골은 성골끼리 혼인한다더니. 그 얼굴 없는 왕 말인가? 내가 오늘 전해 들은 소식에 따르면, 저 화랑 중 하나가 그 왕이라던데. 내가 그들을 모두 죽이면 공주의 정혼도 없는 일이 되겠소. 안 그런가?"

'화랑 안에 왕?'

숙명은 불안해졌다. 어떻게 그런 정보가 저자에게 들어갔는지는 알 수 없었으나 신국의 미래가 위태해진 순간이었다. 숙명이 몸을 홱 돌려 윤조의 검을 뽑아 창에게 날렸다. 창이 날렵하게 피했으니 망정이지 어디든지 상처를 낼 뻔한 움직임이었다. 숙명은 당황한 창을 보며 차갑게 비웃으며 말했다.

"다시 말하지만 혼인은 없소. 또한, 그대가 신국의 왕을 죽이는 일도 없을 것이오."

"….."

자기 할 말만 다 하고 홱 돌아 나가버리는 숙명의 뒷모습은 참으로 당당했다.

"괜찮으십니까?"

윤조가 걱정되어 묻는데, 창은 아슬아슬하게 가랑이 사이에 박힌 검을 보다가 아찔해져서 웃었다. 이래저래 참으로 재미있는 사절단이 왔다.

남루한 신라 백성들이 갇혀 있는 임시옥사에 윤조가 나타났다. 대체 무슨 일인가 불안하고 두려워서 눈알만 굴리는 사람들 앞에 제물을 물색하듯 하나하나 신중히 보더니 아이 엄마 앞에 섰다. 아이 엄마가 사색이 되었고 아이는 엄마 다리를 부여잡았다.

윤조가 부하들에게 명령했다.

"끌어내라."

"예."

병사들이 아이 엄마를 끌고 나오려는데 아이가 필사적으로 엄마에게 매달려서 떨어지지 않았다.

"안 됩니다… 아이가 말을 못 합니다. 살려 주세요! 살려주세요!"

상관없이 막무가내로 끌어내려고 하자 아이가 달려들어 윤조의 손을 깨물어버렸다. 윤조가 순간적으로 화가 나서 아이를 치려고 하자 아로가 그 앞을 가로막고 나섰다.

"넌 뭐야?"

"내가 하겠소!"

"이게 뭔 줄 알기나 하느냐?"

"아무튼… 내가 대신 하면 될 거 아니오!"

한낮의 백제성, 중앙마당에 눈부신 햇살을 맞으며 화랑들이 걸어 나왔다. 백제 병사들과 백제 백성들, 종복들까지 나와 도열하는데, 반대쪽에서는 거지꼴을 한 신라 백성들이 끌려 나오고 있었다. 그 안에 끼어 있는 아로를 발견하고 선우가 걱정스럽게 보는데, 눈이 마주친 아로는 안심하라는 듯 미소를 지어 보였다.

창이 나서서 말을 시작했다.

"난 이 자리에 신라의 왕이 있단 얘기를 들었다. 해서, 누구인지 신분을 밝히게 하고 이 일에 대한 책임을 물으려 한다."

윤조가 검을 뽑아 들고 신라 백성들 쪽으로 다가가는데 화랑들은 이게 무슨 상황인지 이해가 되지 않아 보고 있을 뿐이었다.

"이 안에 왕이 있다면… 나와서 스스로 왕임을 밝히시오. 그렇지 않으면 일각이 지날 때마다 신라로 보낼 모가지를 자를 테니까."

당황한 화랑들은 그 순간 자신이 왕이라 생각하는 사람들을 쳐다봤다. 수호는 선우를 보며 어떻게 할까 의견을 묻는듯 했고, 선우는 삼맥종을 보며 책임을 묻는 듯 했다. 삼맥종은 긴장하고 두려워서 하얗게 질려 있었다.

창이 신호하자 병사들이 신라 백성들이 끌고 나와 줄을 세우고 맨 앞줄 백성들은 무릎을 꿇렸다. 그런데 그중에 아로가 있었다. 선우는 제 얼굴에서 핏기가 사라지는 걸 느꼈다. 아로를 본 삼맥종도 마찬가지였다. 얼음덩어리가 되어버린 것 같았다.

"일각이 지나면 이자들의 목을 자를 것이오. 그러니 그 전에, 신라의 왕은 스스로 왕임을 천명하시오."

삼맥종의 손이 부들부들 떨리기 시작했다. '내가 왕이오' 나서고 싶었지만 한 발 앞으로도 나갈 힘이 생기지 않았고, 발바닥이 그 바닥에 달라붙은 듯 꼼짝도 할 수 없었다.

이때 병사가 갑자기, 꿇린 백성 중 하나의 목을 휙 날려버렸다. 핏방울이 튀고 다들 소스라치게 놀랐는데, 창만 덤덤했다.

"이런… 아직 일각이 안 지났는데. 너무 빨랐나? 이제는 일각의 반을 주겠소."

다음 줄에 아로가 앉아 있었다. 아로는 물론 이런 일이 생길 거라고는 생각지 못했었다. 그저 아이와 아이 엄마를 도와주고 싶은 것뿐이었다. 하지만 이런 일인 것을 알게 된 지금도 아이 엄마를 대신해 나온 건 잘했다고 생각했다. 하지만 마음과는 달리 무서워 몸이 덜덜 떨리는 것은 어쩔 수 없었다. 아로는 볼썽사납지 않게 이 순간을 견디고 싶은 바람뿐이었다.

삼맥종은 제 손에 튀어 박힌 핏방울을 바라보고 있었다. 붉은 핏방울을 보고 있자니 시간이 지날수록 더 선명하게 눈을 파고들 것 같았다. 삼맥종은 결심한 듯 눈 질끈 감았다 떴다. 이젠 할 수 있을 것 같았다. 그때였다.

"내가… 왕이다."

소리 나는 쪽으로 모두의 시선이 집중되었다. 앞에 나와 있는 사람은 선우였다. 삼맥종은 환청을 들은 것처럼 선우를 보고 있었고, 수호는 결국 올 것이 왔구나 싶어 눈을 질끈 감았다. 선우는 성큼성큼 걸어 중앙에 가 서서 창을 똑바로 노려보며 외쳤다.

"내가 신국의 왕이다!"

"정말 그대가 신라의 왕인가? 그걸 어떻게 믿지?"

"날 나오라고 말한 건 그쪽이야. 믿지 않을 거면 찾지도 말았어야지."

창이 픽 웃었다.

"배포는 있네."

선우는 시선으로 창을 압도하듯 그렇게 바라보고 있었다.

화랑들은 다시 옥에 갇혔고 수호는 초조하게 왔다 갔다 하며 심각한 얼굴로 중얼거렸다.

"저대로 놔둬선 안 돼. 진짜 죽을지도 모른다고!"

반류는 수호를 비웃었다.

"넌 저놈이 정말 왕이라고 믿는 거야?"

"그래, 믿어… 넌 왜 안 믿는데?"

"왕이라고 치자. 그래서 우리가 뭘 할 수 있는데? 저놈이나 우리나 아무것도 할 수 없긴 매한가지야."

수호가 반류의 멱살을 확 끌어당겨서 싸울 듯이 말했다.

"문이라도 부수고 나가서 싸워야지!"

"전쟁을 막으라고 보낸 화랑들이 남부여를 먼저 공격했다. 이 얘길 듣고 싶은 거야? 전쟁의 화근이 되고 싶은 거냐고!"

수호가 멱살 잡았던 손을 확 놔버렸다.

"우리끼리 이런다고 뭔 소용이냐."

그들의 말다툼이 들리기는 하는지 삼맥종은 아무것도 안 들리고 안 보이는, 멍한 얼굴로 그냥 앉아 있기만 했다.

창의 처소에서는 창과 선우의 독대가 이루어지고 있었다.

"난 전쟁이란 운과 같은 거라고 생각하오. 운이 좋으면 이기고 운이 나쁘면 지는. 근데 요즘 내가 운이 좋거든. 신라에 어떤 자가 나한테 꽤 많은 금을 주면서 화랑 중에 왕이 있다는 사실을 알려주더군. 진짜 나설 줄은 몰랐지만… 그 계집 때문인가? 잡혀 온 놈들 틈에 껴 있던 예쁘장한 계집."

"무슨 얘긴지 모르겠네."

"이유가 뭐든 됐소. 사실 난 그대가 왕이든 아니든 상관없소. 왕이든 아니든 난 그대를 왕으로 만들 거니까. 그리고 내 발밑에 꿇고. 기며. 살려 달라… 목숨을 구걸하게 만들 거니까."

"태자면 태자답게 굴었으면 좋겠는데."

차분히 눈을 내리깔고 있던 선우가 눈을 치켜뜨며 창을 똑바로 바라봤다.

"군대도 없이 온 사절단을 인질로 잡고 신라를 통으로 먹겠다는 걸 누가 태자답다 보겠나. 남부여 왕. 그러니까 그쪽 아버지께서도 잘했다, 그러진 않을걸."

"나의 아버지에 대해 뭘 안다고 지껄이는 건가?"

"기회를 주지. 장차 남부여의 왕으로 체면이 설 기회."

"누가 누구한테 기회를 줘?"

"얘기 들었겠지만. 신국에서 왕의 얼굴을 아는 사람은 없소. 태후가 내가 왕이 아니라 하면 그뿐이야. 그대는 무기도 없이 온 공주의 사절을 도륙한 잡배로 남겠지. 그러니까 내가 기회를 준다고. 신국의 왕과 남부여의 태자가 정정당당히 겨룰 기회."

"나는 치열한 전쟁 속에서 컸어. 그대처럼 숨어 지내며 산 게 아니라고."

"누구 인생이 더 치열했는지는. 재보면 알겠지."

선우의 도전에 창의 눈이 자극되어 빛났다. 선우도 그 시선을 피하지 않고 맞받아쳤다.

"내가 어떻게 신라의 왕을 정정당당히 꺾을 기회를 가질 수가 있단 말이오?"

"그쪽이 나와 일대일로 겨룬다면. 사람들은 태자가 신라의 왕을 봐줬다 할 거요. 뭐든 이기는 걸로 택하시오. 난 받아들일 테니까."

"날 무시하는군."

"그럴 수도 있고."

"스스로 왕이라 생각하나? 한 번도 왕인 적이 없는 왕은 스스로를 어떻게 생각하나 궁금해서."

선우는 문득 삼맥종을 떠올리며 말했다.

"숲에 단 한 마리 맹수만 살고 있다고 해서 그 맹수는 자기가 누군지 잊을 수 있을까."

창이 씩 웃었다.

"내가 이기면, 공주는 돌아갈 수 없소. 그대와 함께 온 화랑들은 다른 백성들과 함께 목을 잘라 돌려보낼 거요… 복잡하게 생각할 거 없이, 검술로 하지. 조건은 내 맘대로."

"좋아."

선우는 동의했다.

"가기 전에 운이나 시험해 봅시다."

창이 쥐고 있던 주사위를 탁자에 던졌다. 주사위 두 개가 유연하게 날았다가 탁자에 툭 떨어졌다. 숫자 五와 六이 나왔다. 창도 어지간히 운은 좋은 사람인 모양이었다. 창이 씩 웃으며 선우에게 주사위를 건넸지만, 선우는 귀찮다는 듯 뒤로 휙 아무렇게나 던지고 말았다. 창은 밖에서 기다리고 있는 윤조에게 들어오라 손짓하고 비꼬듯 말했다.

"잘 모셔요. 신라의 왕이십니다."

윤조가 선우를 안내해 나가고서야 주사위를 주우려던 창은 믿을 수 없다는 표정이 되어 선우가 던진 주사위를 뚫어져라 쳐다보았다.

숙명은 선우가 왕이라 나선 것이 도저히 믿기질 않았다.

"그럴 리 없어. 내 오라비일 리가 없어."

몇 번이나 아니라고 고개를 흔드는 숙명을 보다 못해 동백이 나서서 말했다.

"하지만 목숨이 걸린 상황에 스스로 나서신 것을 보면 폐하가 아니시겠습니까?"

"목숨을 걸었다? 그런가?"

동백이 진지하게 끄덕이는데 숙명은 고개를 가로저었다.

"근데 왜 난 아닌 것 같지?"

한편, 임시옥사에 앉아 있는 아로는 선우 생각뿐이었다. 윤조의 안내를 받아 창을 따라가는 선우의 마지막 모습이 눈앞에 생생했다. 선우는 아로 옆을 스쳐 지나가면서도 차갑게도 눈길 한 번 주지 않았다. 그가 눈길을 주지 않은 이유는 안다. 그러나 앞으로 그가 어떻게 될지 걱정되어 죽을 것 같았다.

옥사의 다른 사람들은 아까 목이 잘린 사람의 가족을 위로하며 참담하게 앉아 있었다. 아이 엄마가 말했다.

"다들 겁에 질려 있어요. 다음엔 자기 차례라고 생각하니까."

"너무 걱정 마시오. 모두 괜찮을 테니까. 이렇게 기가 빠져 있으면 기회가 있어도 돌아갈 수가 없소. 그러니까… 힘을 내시오."

사내가 욱해서 노려보며 쏟아냈다.

"괜찮긴 뭐가 괜찮단 거야? 그 얼굴 없는 왕인지 뭔지랑 우리까지, 다 죽게 생겼는데!"

"군대도 없고 무기도 없는 그런 왕이 우릴 살려줄 수 있겠소?"

아로는 절망에 빠진 백성에게 어떻게든 희망을 주고 싶었다.

"아까 왕이라 나선 이는. 누구보다 내가 잘 아는 사람이오. 분명…
우리를 죽게 내버려 두지 않을 거요."

그러나 워낙 속아 살아온 백성들은 아로의 말을 쉽게 믿지 않았
다. 오히려 눈을 부라리며 아로에게 덤벼들었다.

"약속할 수 있소?"

"우리가 죽으면 그쪽도 죽는 거야. 그럴 수 있냐고!"

"난… 그 사람을 믿소."

"약속하겠냐고!"

"약속하오."

"어떻게? 어떻게 약속할 건데?"

"우리가 풀려나지 못한다면… 나도 여기 함께 있겠소."

"함께 있는 게 뭐? 그걸로 뭘 할 수 있는데?"

"내가 제일 먼저 죽으러 가잖소."

그제야 윽박지르던 사람들이 서로 의견을 나누듯 속삭였다.

"저 사람이 우리랑 있으면 그 사람들이 뭐라도 하지 않을까?"

"이참에 또 믿어봐?"

안 믿는다고 한들 달리 방법이 있지도 않은 사람들이라 그들은 표
정을 풀고 물러났다. 아이 엄마와 아이만 아로를 걱정스럽게 보고
있는데, 아로는 또 새로운 마음으로 점점 두려워지기 시작했다. 오
라버니 빨리 와줘요. 마음속으로 간절히 선우를 찾았다.

선우가 옥사 안으로 들어오자 화랑들은 긴장하며 일어섰다. 삼맥 종은 선우를 바로 볼 자신이 없었다. 삼맥종이 선우를 보는 마음은 한마디로 표현할 수 없는 것이었다. 미안함, 열패감, 부끄러움, 분노, 혹은 본인도 깨닫지 못하는 더 복잡한 감정들이 범벅된 얼굴로 선우 를 바라보았다. 수호가 걱정스러운 듯 나섰다.

"괜찮냐? 아니… 괜찮으십니까."

선우는 갑자기 존댓말을 쓰는 수호를 어이없다는 듯 쓱 훑어보더 니 말없이 한쪽에 누웠다.

"정말 네가 왕이라고?"

이번에도 순순히 받아들일 수 없는 반류가 비웃으며 나섰다. 그러 든가 말든가 선우는 돌아보지도 않았다.

"말해. 네가 왕이냐고 묻잖아!"

반류가 무시하는 선우를 한 대 칠 것처럼 덤벼드는데, 수호가 막 아섰다.

"야, 너 좀 그만해."

"대답을 하면 될 거 아냐? 왕인지 아닌지."

"그래. 내가 왕이야."

모든 화랑의 시선이 선우에게 몰리고 방 안에 침묵이 찾아왔다. 귀찮다는 듯 왕이라고 확인해준 선우가 덧붙였다.

"우리가 여길 빠져나가기 전까지는."

"그럼, 그 이후엔 아니라는 거야?"

"진짜 왕인지 아닌지는 여기서 살아나가면 알려주지. 살아야 왕도 있고 니들 모가지도 그대로 있을 테니까."

수호가 걱정스럽게 물었다.

"앞으로 어쩔 생각이십… 갑자기 존댓말 하려니까. 안 되네. 어쩔 생각인데?"

"창 태자와 싸울 거야."

"어엉?"

화랑들은 경악하여 바라보는데, 선우만 홀로 담담했다.

시간이 흘러 옥사의 어둠도 깊어졌다. 수호와 반류는 한쪽 벽에 살짝 기대 잠이 들었는데, 삼맥종과 선우는 잠들지 못하고 있었다. 멀찍이 떨어져 앉은 채 나직하게 삼맥종이 말했다.

"무모한 짓이야. 전쟁으로 단련된 자야. 사람 죽이는 걸 장난처럼 여기는 자라고. 지금껏 네가 상대해왔던 애들과 급이 달라."

"난 이겨."

"근거 없는 그 자신감이 함정이라고."

"나는 절대 안 져."

"뭘로 그렇게 자신하냐?"

"나는 지켜야만 할 게 있으니까."

"네 누이 말이냐?"

"그래. 그리고 나라 잘못 만나 굶주리고 두려워 겁먹은 사람들. 니들 말로 백성."

"잘난 척하지 마. 넌 왕이 아니야."

삼맥종이 저도 모르게 소리쳤다. 다행히 더 실수하기 전에 뒷말은 삼켰다.

'넌 왕이 아니야. 내가 왕이라고. 비겁하고 못난 왕!'

112

자괴감에 빠져 괴로워하는 삼맥종을 선우가 노려보았다.

"내가 왕이 아닌걸, 너만 확신하고 있는 것 같네. 왜냐?"

삼맥종은 대답하지 못했다. 말하고 싶은 것들이 잔뜩이었다. 삼맥종이 선우를 바라보는 눈빛이 형형했다.

창은 처소에서 여전히 주사위를 만지작거리고 있었다.

"역시 난 운이 좋아. 지금 그자를 만난 게 천운 아닌가? 후에 만났다면… 내가 무슨 일을 당했을지도 모른단 생각이 들거든."

"죽이실 겁니까."

"그자 말이 다 맞지 않소? 모두가 왕인 걸 알고 왕 대접을 해준 뒤에 죽여야… 나도 명분이 서겠지. 신라의 왕을 굴복시킨 남부여의 태자. 그렇게 신라가 거저 내 손 안에 들어온다면. 삼국의 패권도 내 손 안에 들어올 거고."

윤조는 창의 끝없는 욕심이 조금 걱정되었다.

"내가 폐하의 탄신일에… 큰 선물을 드릴 수 있을 것 같은데. 장군은 어찌 생각하시오?

"만에 하나… 태자 전하께서 잘못되시면… 저도 죽습니다."

창이 어이없다는 듯 껄껄껄 소리 내어 웃었다.

"장군께서도 늙으셨나 봅니다. 나, 창입니다. 전쟁터를 놀이터로 알고 자란 남부여의 태자 창."

윤조는 여전히 마음이 놓이질 않아 창을 한참이나 걱정스러운 눈으로 바라보았다.

외부와 통하는 작은 창으로 새벽빛 한 줄기가 옥사 안으로 들어왔다. 제대로 잠들지 못하고 날을 지새운 화랑들은 결투를 준비하듯 옷매무시를 가다듬고 있는 선우를 바라보았고, 그중 반류는 자책감으로 선우를 외면하고 있었다. 박영실 서찰의 내용을 알게 된 그날, 밤새 고민했던 반류는 서찰을 남부여 태자에게 전달하자고 결론 냈었다. 박영실이라면 서찰이 전해지지 않았을 경우에 대한 대책을 만들어 놨을 것이고, 그것은 분명 사절단 전부를 죽일 방법일 거였다. 이래 죽으나 저래 죽으나 같다면 한 명이라도 덜 죽는 쪽을 택하고 싶었다. 그때만 해도 진짜 왕이 있으리라 생각하지 않았었으니까. 선우가 떡하니 왕이라고 나설 줄은 꿈에도 몰랐다.

"이건 말도 안 되는 대결이야. 지금이라도 그만둬."

걱정으로 머리가 터질 것 같은 수호가 외치자 선우가 씩 웃으며 대답했다.

"아무것도 안 하는 것보단, 뭐라도 해봐야지. 그리고 나… 안 져."

그때 윤조가 병사들을 대동하고 옥사 밖에 다가와 서서는 물었다.

"준비되셨습니까?"

선우가 긴장을 다잡듯 큰 호흡을 하고 고개를 끄덕였다. 옥사 문이 열리고 선우가 밖으로 나가는데 한쪽 구석에 꼼짝도 않고 있던 삼맥종이 말했다.

"죽지 마라."

그 소리에 잠깐 멈춰 섰던 선우는 다시 그대로 밖으로 나갔고, 그제야 삼맥종은 고개 들어 선우가 나간 곳을 바라보았다.

한낮의 태양이 타는 듯이 이글거리는 백제성의 대련장. 한쪽은 백제의 병사들이 무장한 채 서 있고, 다른 쪽에는 잡혀 온 신하의 백성들과 아로 그리고 화랑들이 포박된 채 서 있었다. 관람석 중앙 의자에 앉은 숙명은 아직 이 시합에 대한 설명을 듣지 못한지라 다소 얼떨떨한 상태였다.

그때 대련장 중앙으로 창과 선우가 나오자, 백제 병사들의 환호성이 하늘을 찔렀다. 숙명은 옆에 서 있는 윤조에게 물었다.

"어째서… 저자가 저기 있는 거요?"

"공주님. 이는 전쟁입니다. 오늘 여기에 신라의 많은 것이 달려 있습니다. 공주님을 포함해서요."

설명을 듣지 못하고 나온 것은 아로도 마찬가지였다. 그런데 선우의 옷차림을 보니 무엇을 할 것인지 바로 짐작할 수 있었다. 얼어붙은 듯 놀라 선우를 바라보고 있는데, 선우는 아로에게 눈길 한 번 주지 않았다. 그런 선우를 재미있다는 듯이 보며 창이 한마디 했다.

"왜 난… 저 여인이 자꾸 눈에 걸리는지 모르겠소."

"헛소리로 시간을 끄는 걸 보니. 겁을 먹은 모양이네."

흥미롭다는 듯이 선우를 위아래로 훑어보던 창은 새로 감은 게 분명한 오른팔의 붕대를 보고 쯔쯔 짧게 혀를 찼다.

"내가 시킨 건 아닌데…."

"당신 부관의 노파심이라 하더군."

"검을 들고 있기도 힘들어 보이는데?"

"잘못 본 거겠지."

그 상처는 경기장으로 들어오기 직전 윤조가 단검으로 깊고 길게 베어놓은 상처였다.

"다른 조건은 다 같습니다. 이것만 내 노파심이라 하죠."

붕대를 감아주며 그렇게 말했던 윤조였다. 생살을 잘라놓은 상처에서 오는 고통이 만만치 않아서 어금니를 꽉 깨물고 있었지만, 이 상처 때문에 질 수는 없었다.

'난 이긴다. 난 지지 않아.'

드디어 둘은 경기장 중앙에 섰다.

창이 주위를 둘러보며 외쳤다.

"나는 남부여의 태자 창이다! 나는 오늘 신라의 왕, 삼맥종을 맞아 검을 겨루고자 한다. 이는 서로를 존중한 공평한 대결이며 이 결과에 따라, 향후 두 나라의 관계는 달라질 것이다. 어떤 결과를 맞더라도, 결과에 승복할 것이며, 차후 이 일로 어떤 것도 문제 삼지 않을 것이다! 이를, 백제의 병사들과 신라의 화랑들 앞에서 맹세한다!"

이어서 대결을 시작하겠다는 듯 선우에게 예를 갖추며 인사했다. 선우 역시 예를 갖춰 인사했고, 두 사람은 검을 들고 자세를 잡았다.

창이 순식간에 달려들어 선우의 방금 상처 난 오른쪽 팔을 날카롭게 찔렀다. 선우는 재빨리 피했지만, 창의 칼날에 팔이 살짝 베였고, 휘두른 칼의 여파에 다리까지 베였다.

한 번의 공격이 끝나고 양편으로 떨어져 서로를 보는데, 선우의 팔과 다리에서 피가 배어 나오고 있었다. 창이 여유만만하게 말했다.

"너무 느려. 그런 실력으로 전쟁에 나간다면 일각도 못 버티고 죽을 거요.”

말마따나 창의 공격은 간결하고 빨라서 미처 피할 새가 없었다. 그동안 상대해오던 애들과는 다르다더니 그 말이 맞았다. 선우는 숨을 고르게 쉬는 것조차 버거울 정도였다. 창이 느물느물 웃었다.

“벌써 지친 건가?”

선우는 대답 대신 심호흡을 하고 다시 자세를 잡았다. 그런 선우가 우습다는 듯 보면서 창은 검을 가지고 놀듯이 공중에서 돌려 잡고는 말했다.

“이번엔 아플 거야.”

창은 순식간에 선우의 왼팔로 치고 들어왔다. 선우는 이번에도 가까스로 피했지만, 왼팔에 날이 스쳤다. 날카로운 검이 지나간 자리를 따라 피가 솟구쳤다. 신라 쪽에서 안타까움의 탄성이 쏟아졌다. 아로는 도저히 더 볼 수 없어 눈을 감아버렸다.

“난 재밌는데… 재미없나 보네.”

선우는 창이 자신을 가지고 놀고 있다는 것을 알았다. 작은 상처를 내다가 지친 듯 싶으면 그때 결정타를 찌를 생각이라는 것. 이런 식으로는 얼마 못 버틸 것이 분명했다.

“도망치고 싶지? 지금이라면 도망간다 해도 봐 줄게.”

창이 약 올리듯 빙글빙글 웃었다. 이 상태를 뒤집을 한 수가 필요했다. 선우는 마음을 다잡고 오히려 배짱을 부려 창을 자극했다.

“놀기만 하니까 재미없는데? 진짜는 없나?”

창이 웃었다. ‘요것 봐라’ 하는 얼굴이었다.

“그럼… 끝낼까?”

"좋지."

선우가 다시 검을 고쳐 쥐었다.

'팔을 원하면 팔을 준다. 하지만 나도 벤다. 대신. 한 박자 빨리.'

선우는 다친 다리를 한쪽에 고정하며 자세를 잡았다.

"하나 둘 지금!"

창이 저돌적으로 선우를 향해 달려들자 선우는 그 검 앞으로 붕대로 싸맨 오른팔을 밀어 넣었다. 창의 검이 오른팔을 깊게 베어내는 동시에 선우도 창의 팔을 베었다. 두 사람의 검에서 핏방울이 튀었다! 상처 입은 창이 놀라서 물러서는데, 선우는 쉬지 않고 몰아치며 창의 다른 팔도 베어 버렸다.

창이 당황해서 검을 떨어뜨리자, 관람석에 지켜보던 윤조가 빠르게 검을 빼 들었다. 숙명이 그런 윤조를 보고 차갑게 경고했다.

"신국과 남부여의 많은 것이 달린 공평한 대결이라 하지 않았소? 태자의 명을 거역할 셈인가?"

창의 양쪽 팔에서 흐른 핏방울이 소매로 흘렀고, 선우 역시 검을 든 팔에서 뚝뚝 피가 떨어지고 있었다.

"제 팔을 먼저 대주고 공격해? 어떻게 그럴 수 있지?"

"어떻게 그럴 수 있는지는 됐고, 규칙을 바꾸지."

선우는 더 이상 휘두를 수도 없는 검을 등 뒤로 던져버렸다. 창은 알았다는 듯이 고개를 끄덕였다.

"저런 미친… 대체 무슨 짓을 하는 거야?"

서로를 노려보던 두 사람은 주먹을 쥔 채 서로를 향해 달렸고, 맨 주먹으로 뒤엉켰다. 엎치락뒤치락 흙바닥을 구르는 두 사람은 흙먼지를 뒤집어쓰며 사투를 벌였고, 선우가 창 위에 올라타 주먹으로 그의 얼굴을 쳤다. 그러나 이내 뒤집어지고 이번엔 창이 위로 올라왔다.

"너… 죽는 게 안 두렵냐?"

"그게 뭐?"

창이 선우를 주먹으로 내리쳤다. 치고 치고 또 치는데 선우의 눈빛은 포기하지 않았다. 창은 이제 지쳐서 더 때리기가 힘들 정도였다. 창은 괴물을 앞에 둔 느낌으로 물었다.

"너 뭐야… 너 대체… 대체 어떤 놈이야?"

바닥에 널브러진 선우는 터져서 엉망인 얼굴로 간신히 숨만 몰아쉬고 있었다. 창은 다 끝났다고 생각했다. 자신이 이겼다고. 천천히 일어서는데, 선우가 한 손을 뻗어 창의 먹살을 잡았다. 창은 이제 제발 그만하고 싶었다.

"그만해."

"안 돼. 안 끝났어."

창은 질려서 선우를 내려다보다가 선우가 바짝 끌어당기자 절반은 포기하는 심정으로 쓰러졌다. 선우가 간신히 일어나 창 위에 올라타고 주먹으로 때리기 시작했다. 힘이 빠져 주먹이 엇나가기도 했지만 멈추지 않았다. 퍽퍽! 창은 이제 피투성이 살덩어리처럼 축 늘어져 있었다. 선우의 주먹질에 간혹 꿈틀거리지 않는다면 죽었다고 생각할 정도였다. 윤조와 백제 병사들은 긴장하여 창을 바라보고 있었다. 선우의 주먹에 모든 것을 내맡긴 창의 눈앞에 단편적인 그림이 떠올랐다.

'주사위. 내 주사위는 오와 육이었다. 저놈의 것은 육과 육. 결국 이렇게 될 것이었나.'

드디어, 선우가 피투성이 엉망인 얼굴로 비틀거리며 일어섰다. 창은 선우를 제지하지 못했고, 만신창이 얼굴로 하늘을 보는 선우는 승리를 확인하듯 포효했다.

안지는 드디어 망망촌에 도착했다. 우륵이 낡고 형편없는 집을 안지에게 보여주고 있었다.

"여기가 막문이랑 그놈이 살던 곳이오."

고개를 끄덕이며 이곳저곳을 살피던 안지는 마음이 먹먹해져서 차마 말이 나오지 않았다.

"이름도 없어서 무명이라 불렀는데. 나중엔 다들 개새라고 불렀소."

"전에… 내가 운명의 빗장을 풀었다 했는데… 그게 무슨 뜻이오?"

"내가 그랬던가?"

우륵이 긴 한숨을 내쉬며 한쪽에 걸터앉았다.

"세상엔… 우연이란 없소. 왜 하필이면 내가 공의 아들을 맡아 키우고 또 그 애를 키웠겠소?"

"그게 무슨 말이오?"

우륵이 수수께끼 하나를 던졌다.

"그 아이가… 누구라고 생각하시오?"

선우가 피투성이에 엉망인 얼굴로 비틀거리며 일어섰다. 발밑에 널브러져 있는 남부여 태자 창은 두 눈을 감고 간신히 숨만 쉬고 있는 상태였다. 선우가 검을 들어 그의 목에 겨누었다. 금속의 날카로움에 창이 간신히 눈을 뜨고 선우를 올려다보았다.

"패배를 인정하시오."

창이 겨우 고개를 끄덕하자 선우는 그제야 검을 거두었다. 윤조와 백제 병사들이 다급히 달려와 창을 부축해 일으켰다. 그대로 실려 가려는 창에게 선우가 한마디 더 했다.

"약속을 지키시오."

창은 눈도 제대로 안 떠지는 중에도 왕자로서의 위엄을 잃지 않고 약속한 일을 지키기로 선언했다.

"나는 이번 일로 신라와 전쟁을 하지 않을 것이오. 또한 신라의 공주와 사절들을 석방하오."

그제야 긴장해 멈췄던 숨을 토해내며 숙명이 웃었다. 반류는 어두웠던 얼굴이 풀리며 선우를 바라보았고 수호는 좋아서 반류에게 몸을 툭 기대며 기쁨을 함께하고 싶어 했다. 삼맥종은 복잡했다. 정말이겠나? 선우는 보는 마음이 기쁘면서도 괴로웠다. 선우가 살아주었으니 기뻤지만, 선우가 스스로 왕이 되어 왕이 해야 할 일을 해버린 것은 괴로웠다. 앞으로 선우를 어떤 얼굴로 쳐다봐야 할지 두려웠다.

창이 말을 마치고 움직이라 손짓하자 선우가 급하게 돌아보며 외쳤다.

"백성들은? 감옥에 있는 우리 백성들은 어찌 할 건가?"

"저들은 이번 일과는 관련이 없지. 남부여의 것을 훔친 죄인들이
니 죽음으로 죄를 물을 것이오."

선우의 입에서 항의하는 비명소리 같은 소리가 터졌다.

"그런 게 어딨어?"

창이 선우를 돌아보았다. 만신창이로 혼자서는 제대로 설 수도 없
는 그였지만 입가에는 묘한 미소가 번져 있었다.

'어떻게 하더라도 마지막 승리자는 나야. 너는 나를 이길 수 없어.'

선우는 창이 그렇게 말하는 소리를 들은 듯했다. 창은 가버렸고,
선우는 백성들과 함께 다시 옥사로 끌려가는 아로를 바라보고 있어
야만 했다. 이겼으나 져버린 싸움이었다. 선우는 이를 악물었다. 나
는 절대 안 진다. 나는 이겨!

요즘 위화는 선문보다는 거리 주막에서 찾기가 더 쉬웠다. 위화의
화랑 넷이 말도 안 되는 계략과 모략에 빠져 사지로 끌려간 후 뭘 봐
도 좋지 않고 뭘 해도 즐겁지 않았다. 하루하루를 견디게 해주는 것
은 술. 그것도 옥타각 같이 좋은 데서 파는 좋은 술 말고 흙먼지 날
리는 길바닥에서 파는 싸디 싼 술뿐이었다.

오늘도 위화는 쓸쓸한 마음을 술로 다독이고 있었다. 그때, 어떤
삿갓이 묻지도 않고 위화 앞에 털썩 앉더니 위화의 잔을 들어 맛있
게 비워버렸다. 위화는 빈 잔을 쳐다보다가 삿갓을 올려다봤다.

"술친구를 청한 바 없는데…."

삿갓이 삿갓을 벗고 위화에게 희미하게 웃어 보였다. 휘경이었다. 휘경을 알아본 위화는 주모에게 새 잔을 하나 가져달라고 부탁했다. 새 잔이 올 때까지 아무 말 없이 서로를 바라보기만 하던 두 사람은 다시 각각의 술잔으로 한 잔씩을 깨끗이 비워냈다. 휘경이 먼저 입을 열었다.

"다들 유령이라도 본 얼굴이던데 공은 안 놀라시오?"

"원래 별명이 유령 공자 아니셨습니까? 원래 유령이셨는데 새삼 유령으로 나타나셨다한들 뭐 그리 놀라운 일이라고….."

휘경이 그 말이 맞다고 고개를 끄덕이며 웃었다. 웃음 끝에 화사한 미소를 머금은 얼굴로 물끄러미 위화를 바라보다 물었다.

"그런데… 선문에 화중재왕이란 벽서가 붙었다던데, 정말 그 안에 왕이 있소?"

"무슨 질문을… 심장 떨리게 고운 얼굴로 그런 무지막지한 질문을 하십니까?"

"답은?"

"저는 모르는 일입니다."

휘경이 또 고개를 끄덕이며 웃다가 물었다.

"삼맥종이 답이라고 생각하시오?"

"거 참, 웃지를 마시든가 질문 내용을 좀 바꾸시든가….."

"골품을 뛰어넘어 지금과는 다른 신국을 열 수 있는 왕이라면 굳이 삼맥종이 아니어도 괜찮지 않겠냔 말이오."

"삼맥종 폐하가 그런 왕일 수도 있죠. 아니라고 하기엔 뭐 아직 해

본 게 없는데?"

턱을 괴고 위화를 물끄러미 바라보던 휘경이 아쉽다는 표정이 되어 말했다.

"나는 공이 새로운 신국을 바라는 줄 알았는데 말이오."

"새로운 신국을 바라죠. 섭정은 반대하고. 그렇다고 있는 황실 부정하고 통째로 뒤집어엎는 건 싫습니다. 신국을 혼란에 빠트리는 것은 새로운 신국을 만드는 것과 하등 관련이 없으니까요."

"탁견이시오. 과연 위화 공이시오."

"엥? 이렇게 간단히요?"

휘경은 싱그럽게 웃더니 지나가는 말 하듯이 툭 말을 던졌다.

"남부여에 간 화랑은 살아오겠소?"

"그건 왜 물으십니까?"

"그 안에 왕이 있다는 정보가 남부여 태자에게 전해진 모양이오."

"누가요? 누가 그런 짓을…?"

"아아, 그러니까 공은 그 안에 왕이 있었다는 것을 알고 있었군요?"

"아니, 지금 그게 중요한 게 아니지 않습니까. 그래서 그다음엔 어찌 되었답니까?"

"그중 하나가 왕이라고 나섰고, 남부여 태자와 결투를 했다죠?"

"결투요?"

"결투하여 남부여 태자가 이기면 사절단은 다 죽고, 국경을 침범한 죄를 물어 전쟁을 일으키겠다고 했답니다. 숙명은 태자가 덤으로 갖고."

"우리가 이기면요?"

124

"사절단과 공주를 돌려보내 주고 국경을 침범한 죄를 더 이상 묻지 않겠다고. 그런데 말이오. 남부여 태자 창은 지금껏 한 번도 져본 적이 없는 사람이랍니다. 이유를 아시오?"

"왜랍니까?"

"지면 이기게 만들었으니까."

"에에?"

"결투에서 이긴다 해도 살아 돌아오기 힘들 거요."

"뭐라도 해야죠. 살아 돌아오게 해야죠. 태후는 아신답니까?"

"태후는 전쟁을 일으켜서라도 데려오고 싶었던 모양인데, 화백이 동의하지 않았소. 해줄 리 없지. 먼저 전쟁을 일으켜야 하는데 그럴 명분이 없으니까. 화랑들 죽어버리면 마음껏 전쟁을 일으켜 응징할 수 있겠지만, 지소가 그걸 바랄까?"

"그럼요? 그럼 어째야 합니까?"

"어쩌긴… 내가 보기에 풍월주한테 답이 있는 것 같은데?"

"나요?"

깜짝 놀라는 위화를 바라보며 휘경이 따뜻하고 다정하게 웃었다.

네 명의 화랑이 빠진 후, 선문도 예전의 선문이 아니었다. 미진부가 병법에 관한 강의를 하는 지현당에 앉은 화랑들은 대부분 지루해하며 딴생각에 빠져 성의 없이 강의에 임하고 있었다. 한성이 턱을 괸 채 늘어지게 하품을 하다가 여울에게 물었다.

"선우랑은 언제 와?"

"글쎄다. 전쟁을 막아야 오겠지."

한성이 푸욱 처지며 한숨을 내쉬었다.

"넌 개새가 그렇게 좋냐?"

"어."

"나는?"

"싫어."

"야!"

사랑에 상처 입은 여울이 저도 모르게 버럭 소리를 지르자 졸던 화랑들까지 깜짝 놀라 여울을 바라보고, 여울은 특유의 요염한 미소를 지으며 사과의 몸짓을 해 보였다. 특히 어이가 없어 넘어갈 것 같은 미진부에게는 열 곱절 요염하게!

그때 지현당 문이 왈칵 열리면서 설운이 뛰어 들어왔다.

"그 얘기 들었어? 화랑들 못 돌아올지도 몰라."

"그게 뭔 소리야? 못 돌아오다니?"

"지금 남부여 태자한테 잡혀 있대. 다 죽을 거래."

으아, 화랑들 입에서 비명이 쏟아졌다.

백제성 임시 옥사가 보이는 전각에 오른 선우와 삼맥종은 서로에게 말 한마디 없이 옥사만 보고 있었다. 고정으로 서 있는 보초에, 오며가며 순찰하는 보초들도 많고, 게다가 옥사라는 것이 사람을 가둬두려고 만들어 놓은 것이라 어떻게 봐도 사람을 빼내 오기는 불가능해 보였다. 그나마 기대하는 것은 갑자기 늘어난 신라 유민을 가두기 위해 임시로 만든 것이라 허점이 있을 거라는 정도였다.

오랜 침묵 끝에 삼맥종이 먼저 입을 열었다.

"혼자라도 데리고 나오겠단 생각이냐?"

"신경 쓰지 마."

"포기해. 네가 그 애 찾는 걸 들키는 순간, 그 애부터 죽어."

"그럼… 어쩌라는 거야? 그대로 둬?"

"일단 떠나자."

"뭐?"

"떠난 다음 진짜가 시작되는 거지."

"태자께서는 몸이 불편하셔서 배웅하지 못하십니다. 양해해주십시오."

신라사절단은 백제성에 더 머물러봐야 이득 볼 것이 하나도 없다는 결론을 내리고 결투가 있은 바로 다음날 떠나기로 했다.

"쾌차하셔야 할 텐데요. 태자께는 양국의 화친과 동맹을 지속하게 된 걸 기쁘게 여긴다고 전해주시오."

"그리하겠습니다."

삼맥종이 마지막으로 백제성을 훑듯이 보다가 홀로 앞서나가면 그 뒤를 수호와 반류가 따르고 숙명과 수행하는 금군, 동백이 함께 했다. 선우는 아로 생각에 자꾸만 뒤를 돌아보고 있었다.

출발은 그러하였는데, 국경 즈음에 도착했을 때는 숙명과 금군, 동백 그리고 수호, 반류만 남아 있었다. 일행은 특별한 명령이 없는데도 알아서 멈추고 금군들은 유숙할 준비를 시작했다. 숙명은 유숙 준비 하는 사람들을 뒤로하고 백제성 쪽을 바라보고 서 있었다. 동백이 마실 것을 가져다줬지만 그조차 내키지 않아 도로 물렸다.

막사 세울 말뚝을 박던 수호가 망치를 내던지고 자리에 털썩 앉아 버렸다. 말뚝을 단단하게 붙잡고 있던 반류가 뭐하냐는 듯 노려봤다.

"안 해?"

"막사를 만들어야겠니?"

"무슨 소리야?"

"막사는 저거 하나만 만들면 되는 거 아냐?"

"뭐?"

"흐이구, 이 일관성 있게 이기적인 자식아. 저 얼음덩어리 공주도 걱정이 되어서 물도 못 마시는데, 우리가 막사 세우고 발 펴고 자겠냐고. 공주 잘 자리 만들어놨으니까, 가자."

반류는 쉽게 대답하지 못했다. 이게 다 서찰 때문이었다. 분명 최소한의 희생을 바라는 심정으로 전한 서찰이었지만, 그걸 전했기 때문에 지금의 사태가 벌어졌다는 데는 일고의 여지가 없었다. 이걸 어디서부터 어떻게 책임져야 할지 가늠도 안 되고 감당도 안 되어 도망치고 심정뿐이었다. 반류는 한숨을 내쉬었다.

임시옥사에 다시 밤이 찾아왔다. 방금 전, 어떤 친절한 간수가 신라 사절단이 오늘 제 나라로 돌아갔다는 것을 알려준 바람에 옥사 분위기는 날카로울 대로 날카로워져 있었다. 사실 여기 있는 사람들은 백제 병사에게 도둑으로 체포된 때 이미 절반 정도 죽음에 발을 걸쳐놓은 사람들이었다. 그래도 어찌했건 버텨왔었다. 어제 목이 베인 놈보다는 하루 더 살았으니 다행이다 스스로를 위로해가며.

그런데 신라 사절단이 오고, 그들과 같이 왔다는 아가씨가 꼭 살려줄 거라고 믿고 있으면 된다고 하는 바람에 너무 큰 희망을 품어버렸다. 남부여 태자가 백성들 살려주는 건 약속에 들어 있지 않았다고 다시 옥사에 가두라 할 때도 일말의 희망을 버리지 않았었다. 그만큼 저 아가씨가 확신을 줬었다. 그런데 다 가버렸단다. 안 온단다. 자기들 살기에 급급한 놈들이었단다. 기껏 포기하고 체념했던 마음에 희망만 잔뜩 불어 넣어놓고 다 도망가버렸단다.

"믿어? 우릴 죽게 내버려 둘 사람이 아니야? 다 도망갔어! 이젠 어쩔 거야? 입이 있으면 무슨 말이라도 해 보라고?"

아로에게 죄가 없다는 것은 알지만 아로에게라도 따지고 싶었다. 누구 하나 책임을 져 줘야 하는 거 아닌가? 사람들이 아로에게 비난의 말을 퍼붓자 아이 엄마가 막아서며 말려보려고 애썼다.

"왜 이러시오. 이 아가씨가 무슨 잘못이 있다고."

"잘못이 왜 없어? 희망이나 품게 하질 말지. 괜한 기대나 하게 하질 말지. 너 때문에 여기 있는 게 더 지옥이라고!"

"이런 게 말라죽는 거지 뭐야. 차라리 먼저 목이 잘린 사람들은 좋겠어. 배곯을 걱정도 안 하고, 언제 죽을 걱정도 안 하고."

어제는 하루라도 더 살아 있고 싶었던 사람들이 오늘은 어제 죽은 사람을 부러워하고 한숨 쉬고 우울해 했다. 옥사의 공기가 순식간에 가라앉았다. 아로는 그 마음이 너무 아팠지만 그래도 여기서 포기할 수는 없었다.

"그래도 희망을 버리지 마시오."

"아니, 저년이 아직도!"

"어차피 죽는다 해도. 희망도 없이 기다리다 죽는 건, 사람이 할 일이 아니오. 살아 있으면 할 수 있는 걸 해야, 사람인 거요. 지금 우리가 할 수 있는 건 준비하는 거고."

"준비라니? 무슨 준비?"

"기회가 오면 도망칠 준비. 집으로 돌아간다면 다시 잘살아 볼 준비. 다시 행복해질 준비."

선우와 삼맥종은 백제성이 보이는 곳에 엎드려 성의 동태를 살피고 있었다.

"서쪽에 보초 둘, 남쪽에 하나. 동쪽에 하나. 옥사 문 앞에 둘이야. 인시에 마지막 정찰병이 문을 열고 들어갈 거야. 그때를 노려야 해."

오래전부터 준비해놓았던 듯 술술 말하는 삼맥종을 보며 새삼스럽게 선우는 이놈이 보통 놈은 아니다 싶었다.

"넌 그런 걸 어떻게 아냐?"

"빼내야 하니까, 작전 없이 달려가 옥사 문을 털 수는 없잖아."

뒤늦게 아, 그렇구나, 작전이라는 것을 세워야 했구나, 생각하는 선우의 얼굴을 보면서 삼맥종은 믿을 수 없다는 표정이 되었다.

"설마 그럴 생각이었냐? 아무 작전 없이 무작정?"

"급하니까. 감옥은 임시로 만든 거라 허술하고 아로는 계속 갇혀 있고."

"이런 개새… 어쨌든 저 안에 있는 사람들을 전부 끌고 나오려면, 최대한 조용히. 최대한 오랫동안. 옥사가 빈 걸 들키지 않아야 해. 그 몸으로 괜찮겠냐?"

"남쪽이랑 동쪽 맡아. 서쪽은 내가 맡을 테니까. 옥사 앞에서 만나는 걸로."

선우는 말도 다 끝내기 전에 튀어나갔다.

백제성 남쪽. 삼맥종은 조용히 보초에게 접근하여 흠흠 헛기침을 했다. 보초가 무심하게 돌아보다가 번개처럼 파고드는 둔탁한 무기에 기절했다. 몸이 일직선으로 그대로 넘어가려는 것을 삼맥종은 얼른 붙들어 소리 안 나게 살짝 누였다.

백제성 서쪽. 선우는 보초에게 성큼성큼 다가갔다. 보초가 놀라서 소리를 지르려는 것과 선우가 첫 번째 보초의 입을 막고 돌려차기로 두 번째 보초를 기절시키는 것은 거의 동시에 일어난 일이었다. 입이 막힌 채 눈만 땡굴거리는 첫 번째 보초에게 쉿, 조용히 하라 하자 보초가 재빠르게 고개를 끄덕였다. 손 풀어줌과 동시에 보초는 소리를 지르려 했고, 선우는 놓치지 않고 뒷목을 가격해 기절시켰다.

"아."

때리고 보니 부상당한 손이 아팠다. 백제성 동쪽 보초도 삼맥종이 가볍게 제압했고 둘은 옥사 앞에서 다시 합류했다. 임시옥사 앞의 보초는 둘, 삼맥종이 말했다.

"하나 둘 셋 하면 가는 거다. 하나…"

선우는 이미 뛰어나가 보초 한 명을 뒤에서 공격했고, 삼맥종은 못 말리는 개새를 쩨려보며 얼른 다른 보초를 제압했다.

삼맥종과 선우는 옥사 안으로 들어갔다. 아로는 거짓말같이, 아무런 기척도 느낀 게 없는데도 그냥 고개를 돌려보니 선우가 있었다. 아로는 차마 소리도 못 냈다. 옥사에 들어선 선우는 바글바글 몰려 있는 사람들 사이에 쪼그려 앉아 있는 아로부터 확인했다. 삼맥종이 보초에게서 뺏어온 열쇠로 옥사 문을 열었다.

"빨리 나오시오."

얼떨떨했던 것은 잠시, 백성들은 이내 밖으로 몰려나왔다. 아이 엄마도 아이를 안고 밖으로 뛰었고, 아로는 모두를 챙겨 내보낸 다음 마지막으로 나왔다. 선우는 아로가 나오는 것을 힐끗 확인만 하고 밖으로 나간 사람들을 챙기러 뛰어갔다.

"괜찮냐?"

삼맥종은 아로가 옥사에서 나오기를 기다렸다가 챙겼고, 아로는 눈물이 맺힌 채로 고개를 끄덕였다.

"다행이네, 가자!"

삼맥종이 아로의 손을 잡고 뛰어나갔다.

그런데 옥사 밖으로 나온 백성들과 선우는 더 가지 못하고 막혀 있었다. 윤조가 병사들을 끌고 기다리고 있었던 것이다. 맨 마지막으로 나온 삼맥종은 이에 주변을 둘러보며 허점을 찾으려 하고 있었다.

"남부여의 태자께서 큰 관용을 베풀어 신라의 사절단을 돌려보냈는데 어찌 이리 배덕한 일을 벌인단 말이오."

삼맥종이 나섰다.

"애초 우리는 두 나라의 화친을 위해 왔으나 그쪽 태자가 우리를 가두고 겁박하는 부당한 대우를 했소. 남부여 역시 신국과의 전쟁을 원치 않는다면, 이쯤에서 그만두시오. 우린 양국 화친의 징표로 우리 백성들을 데려가겠소."

"남부여 땅에 뼈를 묻겠단 말로 알아듣겠소."

선우가 어이없다는 듯 삼맥종을 보며 한마디 했다.

"꼭 그렇게 재수 없게 얘기했어야 됐냐?"

"안 통하네."

"쳐라!"

윤조의 명령을 받은 백제 병사들이 선우와 삼맥종에게 덤벼들었다. 그나마 다행인 것은 백성들은 옥사 안에 밀어 넣으면 뒤를 걱정하지 않고 앞만 막으면 된다는 것이었는데, 그게 과연 다행인가 싶을 정도로 병사들이 끊임없이 밀려 들어왔다.

아픈 팔다리로 병사의 공격을 막아내는 선우는 한계가 있었고, 그간 배웠던 검법을 마음껏 펼치는 삼맥종도 이내 지쳐갔다.

이때 병사 하나가 선우를 향해 날아들었다. 선우가 막을 새도 없이 당하려는 순간 병사가 푹 쓰러졌다. 그 뒤에 반류가 검을 든 채서 있었다. 그 옆에서 다른 병사의 공격을 막아내며 합류한 수호가 두 사람의 상태를 확인했다.

"괜찮냐?"

선우는 대답 대신 두 사람을 보고 씩 웃어 보였고, 삼맥종도 안도의 한숨을 내쉬었다. 버거웠지만 둘이서도 막아낼 수 있었던 병사들의 공격이었는데, 넷이 되었으니 화랑들은 훨훨 날아다니고 오히려 병사들이 밀리는 형국이 되었다.

삼맥종이 백성들을 확인하고 수호에게 말했다.

"곧 성문이 열릴 거야. 여긴 우리가 막을 테니까 사람들을 데리고 나가."

수호는 알았다는 듯 돌아보더니 반류를 불렀고, 반류도 상황을 정리하고 수호에게 붙었다. 삼맥종이 별안간 검법 책에서나 봤음직한 화려한 기술을 시전하자 백제 병사들이 주춤하면서 빠졌고, 수호와 반류는 이때를 틈 타 백성들을 데리고 이동했다.

예상대로 인시에 백제 성문이 열렸다. 수호와 반류는 아로의 도움을 받아가며 성공적으로 백성들을 성문 밖으로 이끌었다. 성문을 벗어나서도 달리기는 멈추지 않았다. 토성을 벗어날 때까지는 쉬지 않아야 했다. 토성을 벗어나야 넓게 퍼질 수라도 있었는데, 성 안쪽에서는 짐승몰이하듯 몰아가면 구석으로 몰릴 수밖에 없었기 때문이었다. 그런데, 어느 순간 돌아보니 백제 병사들이 쫓아오지 않고 있었다. 수호가 외쳤다.

"안 쫓아온다. 백제 병사들이 안 온다고."

삼맥종이 돌아보면서 고개를 저었다.

"이상해. 그럴 리가 없어."

선우는 찜찜한 마음에 멈춰서 백제성을 노려보았다.

백제성 창의 처소에서는 창이 윤조의 보고를 받고 있었다.

"백제 성문은 벗어났고, 애들과 여자들이 있으니, 환자들도 있구요. 속도가 빠르지는 않을 겁니다. 날 밝을 때나 토성을 벗어날 것 같습니다."

창이 고개를 끄덕였다.

"수고하셨어요. 이제 사냥 준비를 해야겠네요. 숲에 사는 단 한 마리 맹수는 사냥꾼에게 잡혀야죠."

아침이 밝아오고 있었다. 이제 백성들과 일행은 토성까지 벗어났고, 언덕 밑으로 펼쳐진 넓은 벌판이 동터오는 빛을 받아 찬란하게 빛나는 것을 가슴 벅찬 감동으로 바라보았다. 백성들은 살았다는 안도감에 서로 치고 쫓고 까불면서 기쁨을 나누며 자유를 만끽했다.

"이제 살았어. 산 거지?"

"진짜 이제 잘 살 일만 남았나?"

백성들을 보는 화랑들과 아로도 마음 놓고 웃었다.

이때 아로의 발밑으로 툭 화살이 하나 박혔다. 멀리서 일정한 말발굽 소리가 들려오더니 창의 깃발이 보이기 시작했다.

삼맥종이 경악에 차서 소리쳤다.

"창 태자야. 궁수들을 데려왔어."

후드득 화살이 날아오고 아로 옆에 있던 아이 엄마의 가슴에 꽂혔다. 아로가 달려가 안아보았지만, 아이 엄마는 고통 속에서 깔딱깔딱 숨이 넘어가고 있었다. 아무것도 모르는 아이만 죽어가는 엄마의 손을 잡아끌고 있었다. 결국 아이 엄마가 애틋하게 아이를 바라보다 숨을 놓자 울컥 아로의 눈물이 터져 나왔다.

이때 창 태자가 언덕배기에 말을 타고 홀로 모습을 드러냈다. 언덕 위의 창이 바라보는 넓은 들판은 몸 하나 숨길 데 없는 최적의 사냥터였다. 저 들판을 지나 산등성이를 넘어가면 신라국경이겠으나,

화살보다 빨리 저기까지 갈 수 있는 자가 과연 있을까? 창이 신호하자 두둥 북소리가 울리고 궁수들이 언덕배기에 횡으로 길게 자리를 잡았다.

삼맥종은 언덕배기에 새까맣게 자리 잡은 궁수들을 보고 사람들을 향해 외쳤다.

"흩어져! 다들 흩어지라고!"

백성들은 일단 뛰기는 했다. 그러나 흩어지라는 것이 정확하게 어떻게 해야 하는 것이 몰랐고, 우왕좌왕하는 가운데 언덕 위의 궁수들이 일제히 활시위를 당겼다. 촤르르륵. 새까맣게 하늘을 덮었던 화살들이 거침없이 백성들을 향해 날아들어 꽂혔다. 미처 흩어지지 못하고 함께 있던 이들의 피해가 컸다. 선우는 눈앞의 참담한 광경에 분해서 그 자리에 서서 창을 노려보고 있었다. 눈빛으로 죽일 수만 있다면 열백 번도 더 죽였으리라.

삼맥종이 선우를 보고 악을 쓰면 소리쳤다.

"정신 차려! 멈추면 안 돼. 이제 곧 국경이야…! 조금만 더 가면 된다고!"

언덕 위의 창도 선우를 보았다. 창이 제 활에 살을 매겨 선우를 향해 겨냥하고 당겼다. 쑤우웅, 화살이 바람을 가르며 날아왔다. 선우는 굳은 듯 그 자리에서 화살만 노려보고 있었다. 수호가 그것을 보고 달려와 선우 앞을 막아섰고 그 바람에 수호의 어깨에 화살이 박혔다.

"정신 차려. 무슨 방법이라도 생각해야 될 거 아니야."

수호의 말에 선우는 다시 정신을 차리며 들판의 백성들을 돌아보왔다. 죽은 사람이 반 살아 있는 사람이 반, 지금 살아 있는 사람들은 마지막까지 살려야만 했다.

언덕 위의 창은 제 살에 선우가 맞았나 가늠해보고 있었다. 처음엔 분명 심장을 향해 날아가고 있었는데, 자세히 보니 다른 놈이 끼어들어 방해받은 것 같았다. 다시 살을 먹이고 선우를 바라보았다.

"너무 멀어. 가까이 가야겠어."

"저 언덕을 넘으면 신라와의 경계입니다."

"그 전에 사냥을 끝내야지."

일렬로 선 궁수들과 창 태자가 들판을 압박하며 가까이 오고 있었다. 그 위용에 질린 백성들은 그야말로 아비규환이었다. 선우는 아이 엄마 앞에서 울고 있는 아로를 찾아내서 잡아 일으켰다.

"잘 들어. 우리가 올 때 머물렀던 국경 근처. 거기 공주가 있어. 사람들을 데리고 그쪽으로 가. 그동안 우리가 군사들을 다른 데로 유인할 테니까. 알았지?"

아로는 선우의 손목을 잡고, 안타까운 마음에 말문이 막혀 아무 말도 못 하는데, 선우가 희미하게 웃으며 아로의 어깨를 살짝 안아주고 뛰어갔다. 뛰어가는 뒷모습을 보다가 아로도 이를 악물고 아이를 안고 일어섰다.

선우의 예상대로 되었다. 일행이 백성들과 화랑들로 나뉘자 창과 궁수들은 화랑 쪽으로 몰려왔다. 백성들을 국경까지 안내하기로 한 반류가 달려가고, 남은 선우, 삼맥종, 수호는 서로 시선을 나누었다. 창의 군사들이 점점 더 가까워져 오고 있었다. 그때 삼맥종이 외쳤다.

"지금이야!"

세 화랑은 백성들이 피한 것과 반대 방향으로 흩어지며 말을 달렸다. 창의 병사들은 교대로 화살을 날리며 화랑들을 압박했고, 이제 화랑들 앞에는 언덕으로 오르는 길만 남았다.

"언덕이야. 오르면 표적으로 더 쉬워져."

수호가 경고했지만 당장 말머리를 돌릴 여유도 없었다. 삼맥종이 비장한 얼굴로 머리를 흔들었다.

"지금 와서 방향을 돌릴 순 없어."

선우가 창을 돌아보았다. 사냥감을 갈가리 찢기 직전의 잔인함으로 웃고 있는 창의 얼굴이 보였다. 이제 곧 고슴도치 신세가 되어야 할 때! 갑자기 반대편 언덕에서 화살이 날아오기 시작했다. 창의 군대가 주춤하여 멈추고, 선우와 삼맥종, 수호가 놀라서 올려다보니 언덕 너머에 말을 탄 위화와 화랑들이 창의 부대에 활을 겨누고 있었다. 선우와 삼맥종, 수호는 꿈인 것처럼 그들을 바라보았다.

위화가 흡족한 미소를 날렸다.

"내 등장이… 꽤 시기적절했던 모양이네."

위화가 말을 탄 채 앞으로 나와 창 태자 쪽을 향해 외쳤다.

"그쪽이 누구신지 모르겠지만, 지금 신국 땅을 밟고 계시오. 보아하니 사냥을 하다 길을 잘못 든 것 같은데. 자칫 전쟁이라도 일으키려 한다 오해받기 십상이요. 설마, 군사도 없이 화친을 위해 간 우리 사절단을 쫓아온 남부여의 창 태자는 아니실 테고. 이것저것 다 아니면, 영락없는 화적떼 같은데 어떻게 우리 화랑들 실력 한 번 보실라나?"

위화의 말이 끝나자 화랑들이 일사불란 하게 활시위에 살을 걸어

정조준한 채 미동도 없이 창을 보고 있었다.

"돌아가시죠. 지금은 때가 아닌 듯합니다."

윤조가 창에게 말하자 창은 이를 악물고 노려보다 돌아섰다. 창이 돌아서 달려가자 백제 병사들이 그를 따라 달렸다. 위화는 그제야 미소 지으며 활을 내리라는 신호를 주고는, 선우와 삼맥종, 수호를 보며 혀를 찼다.

"어디다 화랑이라고 내놓기엔 꼴이 형편없구나. 그 꼬라지만 빼고. 너희가 내 화랑이라는 게 자랑스럽다."

선우, 삼맥종 그리고 수호는 픽 웃으며 위화를 쳐다봤고, 화랑들을 보는 위화의 시선은 따뜻했다.

2장
원화의 운명

월성 내전으로 발 빠르게 달려온 김습은 생전 처음 기다리지 않고 문을 왈칵 열어젖히는 무례를 범하며 내전으로 달려 들어갔다. 응접실에는 아무도 없었고 아무래도 지소는 안쪽 방 어디에 있는 모양인데, 차마 그 문까지 허락 없이 열어젖히는 짓은 할 수 없어서 응접실 한가운데 무릎 꿇고 앉아 큰소리로 외쳐 보고하였다.

"전하! 남부여와의 화친을 도모하고자 떠났던 사절단이 맡은 바 임무를 완수하고 무사히 신국에 입성하였다 합니다."

우당탕, 내전에서도 은밀한 내실의 문틀이 흔들릴 만큼 확 열리더니 지소가 허우적거리듯 뛰어나왔다. 자던 중이었는지 화장기 하나 없는 파리한 얼굴에 얇은 잠옷 하나 그리고 맨발, 완전히 무방비한 상태의 지소였다.

"모두 무사하오?"

"네?"

"왜 그러시오? 누가 다쳤답니까?"

"아… 아닙니다. 모두 무사합니다. 무사히 돌아오고 있답니다."

'아' 한숨 소리를 내며, 지소는 그제야 안도한 듯 의자에 털썩 주저 앉았다.

김습은 눈앞의 지소가 너무 낯설었다. 원래 지소는 공사 구분 확실하고 일의 성패를 가르는 기준도 엄격한 데다가 누구에게도 자신의 무방비한 상태를 내보이지 않는 사람이었다. 그런데 오늘은 사절단이 일을 어떻게 처리했는지는 묻지도 않고 다친 사람 없이 무사한지만 챙기고 있다. 마치 자식을 걱정하는 연약한 어머니의 모습 같았다. 공주를 험지에 보내고 마음고생이 심하셨나 싶기도 하고, 아니면 소문대로 선우랑이 진짜 폐하이신가? 험지에 남매를 다 내놓으셔서 더 힘드셨나 싶기도 했다.

김습은 사절단이 이룬 성과도 말씀드렸다. 국경침범문제를 거론하지 않기로 했다는 것과 그곳에 잡혀 처형을 기다리던 백성을 구출해 왔다는 이야기까지. 그동안 모영이 가져온 실내화를 신고 겉옷을 입은 지소는 조금은 방비가 갖춰지기도 했거니와 잠도 깨는지 조금씩 평소의 지소로 돌아오고 있었다. 지소가 구출당한 백성들이 생계를 꾸릴 수 있게 도우라는 등의 명을 내리니, 김습은 아무도 몰래 안도의 한숨을 내쉬었다. 태후가 굳건히 버텨주지 않으면 참으로 곤란한 신국이니, 연약한 어머니의 모습은 아직 보고 싶지 않았다. 선우랑 정도라면 당장 왕으로 양위하셔도 별 탈 없을 테고, 그때는 어떤 모습이셔도 상관없겠지만.

"한데, 그 화랑이… 정말 폐하이십니까?"

"?"

지소가 무슨 소리냐는 듯 돌아봤다.

"이번에 선우랑 공이 크기도 하려니와 백성들 사이에서 선우랑이 폐하라는 소문이 파다합니다. 신국을 강하게 할 진짜 왕…."

김습은 하던 말을 중간에 끊고 얼른 입을 다물었다. 지소의 태도를 보아하니 선우랑이 폐하는 아닌 듯했다. 김습은 어쩐지 좀 아까운 생각이 들었다.

선문은 모처럼 활기를 되찾았다. 언제 죽을지 모르는 곳에 파견되었던 화랑이 돌아왔는데 그냥 돌아온 게 아니라 화랑의 손으로 백성들을 구출해왔다는 것이 화랑 각각의 자부심을 더 높여주고 있었다. 선문 어디에서나 화랑 둘만 만나면 자신들의 무용담으로 왁자지껄해지기 마련이었다.

화랑들이 웃고 떠들며 오가는 중에 선우와 아로가 걷고 있었다. 선우는 아로의 손이 잡고 싶어서 신경이 온통 손으로 몰려 있는 것 같았다. 손끝이 닿을 듯 말 듯 하는데, 어랏? 아로가 팔을 위로 들어 작게 기지개를 켜더니 큰 숨을 들이마시고 있었다.

"이제 돌아온 것 같네."

"그럼. 못 돌아올 줄 알았어?"

"응. 실은 나 그쪽만 무사할 수 있으면, 괜찮다고 생각했어요. 날 위해서 목숨을 걸어 준 사람이 있구나. 이렇게 아껴준 사람이 있어서 난 행복하구나. 죽어도 여한이 없겠다. 그러니 제발 그쪽만 무사했으면 좋겠다. 그런 생각."

선우가 아로를 말없이 한동안 바라봤다. 머릿속에서 아우성치는 자신의 말을 어떻게 전해야 할지 막막했다. 있는 그대로 똑바로 알려주고 싶었다. 아로에게도 알려주고 제 마음에도 각인시키고 싶었다. 선우는 나지막이 입을 열었다.

"네가 죽으면 나도 죽어. 네가 안 괜찮으면 나도 안 괜찮고. 어떤 상황이 와도 난 나보다 네가 먼저야. 그러니까 정말 날 위하고 싶으면 너부터 생각해."

아로가 선우의 진지함에 감화되어 고개를 끄덕했다.

"약속해?"

"약속."

아로가 새끼손가락을 뻗어왔다. 선우는 거기에 제 손가락을 걸더니 손깍지를 꼈다. 아로는 손깍지를 누가 볼까 봐 긴장되고 수줍어서 어쩔 줄을 모르는데 선우는 그제야 안심이 된다는 듯 아로를 보며 웃었다.

"약속하라니까 약속도 잘하고 착하네?"

"근데 그쪽은 착한 오라비 같진 않네, 뭐."

"나 안 착해."

선우가 아로를 빤히 보는데 아로는 심장이 저려오는 것 같았다.

몇 발 떨어진 곳에서 이런 둘을 한성이 빤히 보고 있는데 여울이 다가와 한성의 어깨를 툭 치며 웃었다.

"뭐 하나 꼬맹이?"

"저 둘… 이제 오누이 아니지?"

"뭔 소리야?"

저쪽에서 선우와 아로가 웃으며 머리 흐트러뜨리는 등 장난치며 가는 뒷모습이 보였다. 여울이 팔짱 끼고 그 모습을 감상하다가 흐음, 고개를 끄덕끄덕했다.

"저 녀석이 누이 대하는 법을 수호한테 막 배워서 저래. 그렇다고 둘이 형제는 아니잖아?"

"아니. 선우랑이 왕이면 둘은 오누이 아닌 거잖아."

"어? 그렇게 되나?"

"그럼 저 둘은 뭐지?"

한성과 여울은 심각하게 서로 보고 웃으며 어디론가 가는 선우와 아로의 모습을 한참 동안 바라보고 있었다.

없는 거 없이 다 있는 다이서의 요즘 대세 물건은 '화랑'이었다. 각 화랑들의 초상화는 없어서 못 팔았고, 아무 물건이나 '화랑' 이름만 붙으면 뭐든 다 팔렸다.

〈先雨郎 着用 頭巾(선우랑 착용 두건)〉

〈守護郎 着用 下衣(수호랑 착용 바지)〉

〈泮流郎 着 用裝身具(반류랑 착용 장신구)〉

〈翰星郎 着用 絹襪(한성랑 착용 버선)〉

등등 길거리 뒹구는 남새 한 포기 뽑아다가 선우랑이 먹던 남새라
고 붙이면 열 배 가격으로 팔 수 있을 정도였다. 덕분에 피주기는 장
사를 시작한 이래 오랜만에 재미다운 재미를 보고 있었다.

"화랑들의 얼굴을 자수로 놓은 손수건이 은편 열 개! 신국의 위대
하신 폐하로 추정되는 우리들의 영웅! 선우랑 껀 한 장밖에 안 남았
습니다! 다시는 볼 수 없는 한정판!"

"나, 나, 나요!"

"안 돼! 선우랑은 내 꺼야!"

무슨 물건이든 '한 장 남았습니다'라거나 '매진 임박'이라고 하면
그게 무슨 주문인 것처럼 하나 남은 물건을 차지하려는 싸움이 일어
나곤 했었다.

"두 배! 그 두건! 그건 내꺼요!"

"기분이다! 이제부터 지뒤랑은 그냥 끼워드립니다!"

"지뒤랑! 열 배!"

파오가 기분 나빠 죽겠다는 표정으로 손을 번쩍 들고 있었다. 선
우랑 갖자고 경쟁하던 여인네들이 바짝 붙어 파오를 변태 보듯 보며
자기네들까지 수군거리는데 파오가 피주기에게 다가갔다.

"열 장 주시오!"

"뭐야! 저리 비켜요!"

파오에게 자리를 빼앗기지 않으려는 여인네가 파오를 확 밀어버
리는 바람에 파오는 밀려 넘어지고 밟히고 말았다. 화랑 열풍으로

인해 다이서는 그야말로 아수라장이었다.

아수라장에서 일찌감치 물건 다 팔고 쉬고 있던 다이서 최고경영
자 피주기는 자신 앞의 이 아가씨를 어째야 하나는 심각한 고민에
빠졌다. 피주기의 옆에서 아로가 벙어리 아이를 앞에 두고 동정심
유발하는 눈빛으로 바라보고 있었던 것이다.

"아니, 멀쩡한 총각한테 애라니요."

"헉, 총각이었어?"

"순.수.한! 머리부터 발끝까지 십 할이 순수 총각!"

"그런 사정인 줄은 몰랐지만. 암튼 부탁하네."

발끈하는 피주기를 보면서 안 됐다는 듯 어깨를 토닥거리던 아로
가 말했다. 그때 아이가 피주기에게 다가가 의지하듯 손가락을 꽉
붙잡았다. 피주기가 깜짝 놀라 그 손을 뿌리치려는데 아이는 손가락
꽉 잡은 채로 그렁그렁한 눈망울로 피주기를 올려다보고 있었다.

"이런다고 누가 널 받아줄 것 같…냐?"

그러면서도 아이를 보는 피주기의 눈빛은 애틋해지고 있었다. 아
이는 그 뒤로 피주기가 움직일 때마다 바지 붙들고 껌딱지처럼 붙어
다녔다. 피주기는 귀찮은 척하다가도 엿을 꺼내서 먹이며 예뻐하며
데리고 다녔다. 그 모습이 흐뭇해서 바라보는 아로 옆에는 우울하고
어두운 표정의 수연이 있었다.

"세상은 칙칙하고 우울해. 왜 사는지 모르겠어. 악, 개짜증 나!"

"깜짝이야. 너희 오라비랑 반류랑도 무사히 돌아왔는데, 왜 그래?"

"남부여에서 온 뒤로 반류랑한테 연통이 없어. 이거 마음이 변한

거지? 너, 솔직히 말해. 남부여에서 딴 여인 만난 거 아니야?"

"우리가 거기서 그럴 여유는 없었거든."

"그럼 나한테 왜 그래?"

"모름지기 남녀 사이란 좋을 때도 있고 나쁠 때도 있고, 해가 비칠 때도 있고 비가 올 때도 있고 그런 거란다. 이 언니 믿고 조금 기다려 봐. 다 괜찮아질 테니까."

"정말?"

수연을 애타게 만드는 그 반류는, 남부여에서 돌아온 후 좋은 기분일 때가 한 번도 없었다. 사지에서 돌아온 아들을 붙잡고 한숨만 내쉬던 호공 아버지도 괴로웠고, 박영실에게서는 아무런 소식도 없었다. 심지어 일을 잘못했다 호통도 치지 않았다. 이제 각간 아버지는 없었던 걸로 생각해야 하나 싶은데, 그러다 보니 강성 같은 놈까지 반류를 무시하고 올라타려고 했다.

오늘도 강성이 반류 앞을 막아서더니 이죽거리며 약을 올렸다.

"넌 영실 공 말을 안 듣는 거냐. 못 듣는 거냐?

"꺼져."

"한 번도 그런 적 없었는데 지금은 네가 불쌍하단 생각이 든다."

"뭔 소리야?"

강성은 대답 대신 편지를 손가락 사이에 끼워 내밀었다. 편지에는 '勞而無功'이라는 글자만 있었다.

"노이무공. 애썼으나 아무 보람이 없다. 아무래도 네 아버지가 널 버리신 것 같지?"

"입, 다물어."

"넌 끝났어. 영실 공은 이제 너한테 아무런 기대도 없다고."

"입 다물랬지!"

반류가 확 강성의 멱살을 잡아도 강성은 멱살 잡힌 채 낄낄 웃고 있었다.

"오! 우리 반류랑 이런 얼굴은 처음 보네. 완전히 쫄았어."

반류는 강성의 말대로 완전히 쫄아 있었다. 각간 아버지 없이 살 수 있을지 어떨지 자신이 없었다.

한편 남부여에서 돌아온 삼맥종은 다시 잠을 잘 수 없는 시간이 늘어가고 있었다. 눈만 감으면 '너희 중에 왕이 누구냐'는 창의 목소리가 들려왔고, 벌벌 떨며 두려워 나서지 못했던 자신의 모습, 목이 베인 백성의 피, 두려움이 가득한 그들의 눈이 떠올랐다. 마무리는 항상 '내가 신국의 왕이다'라고 나서는 선우의 목소리였다. 그리하여 밤이면 밤마다 선문 이곳저곳을 헤매는 버릇이 생기고 말았다. 선문 구석구석을 돌아다니다 보면 새벽이슬이 내렸고, 그즈음 상선방에 몸을 눕히면 너무 지쳐서 아무 생각 없이 조금은 잘 수 있었다.

이번에도 홀로 팔각정에 앉아 괴로운 밤을 쥐어 패고 있던 삼맥종은 멀리 아로가 걸어오는 게 보여서 반가워 벌떡 일어났다. 오랜만에 아로더러 재워 달래야겠다는 생각을 하며 부르려다 보니, 아로 옆에 선우가 있었다. 저도 모르게 높이 쳐들었던 손이 슬그머니 내려왔다.

아로와 선우는 특별히 하는 일 없이 달빛 가득한 선문을 같이 걷고 있다는 것만으로 충분히 좋았다. 곁에 두고, 보고 싶을 때 볼 수 있다는 것이 이렇게 행복한 일인지 예전엔 미처 몰랐다. 환한 달을 머금은 연못가에서 아로는 선우에게 다가가 빤히 쳐다보았다. 선우 역시 아로를 바라보았다.

"미치게 안고 싶더라."

미치게 안기고 싶었던 아로는 제 마음이 들킨 것 같아 딴전을 피우며 선우의 시선을 피했다.

"다친 덴 괜찮아요? 어디 좀 봐요."

그대로 덥석 아로를 안아버린 선우가 나직하게 속삭였다.

"미안해. 널 외면해서."

"날 지키려고 그런 거 알아."

"너한테 달려가고 싶은 걸 참느라 죽는 줄 알았다."

아로는 선우의 품을 파고들어 더 깊이 그를 안아주었다.

"이럴 때 무슨 말을 해야 하는지 모르겠는데…."

선우가 목이 매어 말을 잇지 못하자 아로는 용기를 주듯 선우를 바라보았다.

"사랑해. 사랑한다."

선우가 다가와 아로에게 입 맞췄다. 두 사람의 길고 애틋한 입맞춤이 달빛과 함께 연못에 그득했다. 그리고 그런 두 사람을 팔각정에서 보고 있던 삼맥종은 혼란스러웠고 형언할 수 없는 열패감에 마음이 깨져버렸다.

한낮의 망망촌 개울가에 사람들이 보이지 않았다. 허리 빠져라 강바닥을 뒤지고 다니는 사람들도 보이지 않고, 농땡이 피우지 말고 더 열심히 주워 모으라고 호통치는 관리도 없었다. 더러운 옷가지를 걸쳤을망정 해맑게 웃으며 뛰어다니는 아이도 없고, 이놈들아, 조심히 다녀라, 하며 잔소리하다가 흐뭇하게 바라보는 노인네들도 없었다. 아무도 없었다. 망망촌은 여기저기에서 뭔가를 태우는 매캐한 냄새만 가득한 죽은 마을이 되어 있었다.

안지는 망망촌에 역병이 돈다기에 어떻게든 도움이 되고 싶어서 왔던 것이다. 하지만 그가 마을에 들어왔을 땐 마을 사람 절반이 죽은 후였고, 들어온 후 남은 사람 중 절반을 잃었다. 팔각회향이면 치료가 가능한 역병이었다. 문제는 팔각회향을 찾기가 하늘의 별 따기보다 어렵다는 것이었다. 왕경에서도 팔각회향 씨가 말랐다는 말을 1년 전부터 들어 왔었다. 약재 없이 의원이 할 수 있는 일은 별로 없었다. 환자를 분리하고 자연치유 되기를 기다리며 병증을 편히 견딜 수 있도록 도와주는 것. 환자가 쓰던 것을 끓이고 태워서 더 번지지 않도록 하는 것. 환자가 자연치유에 성공하면 감사해하며 집으로 돌려보내고 죽으면 태워서 장사지낼 뿐이었다. 자연치유에 성공한 사람은 지금까지 두 명, 나머진 대부분 죽었다. 그러다 보니 안지가 망망촌에 들어와서 한 일이라곤 태우고, 태우고, 또 태우는 것. 그뿐이었다. 오늘도 환자가 입던 더러운 옷가지들을 모아 태우는 안지 곁으로 우륵이 지친 발걸음으로 늘어지듯 다가와 앉으며 마른세수를 했다.

"역병엔 장사가 없소. 가뜩이나 배를 곯는 판에 약재라곤 구할 수 없으니… 개새 그놈이랑 그쪽 여식. 돌아왔을 것 같소?"

"돌아왔을 겁니다."

"안지 공도 돌아가시오. 여기 있다간 역병에 걸리겠소."

"지금 손을 놓으면 망망촌 사람이 다 죽어야 끝이 날겁니다."

"그건 여기 사람들 운명이고, 지금 손을 안 놓으면 안지 공이 죽어야 끝이 날걸."

"언젠가 약재가 있을 만한 곳을 알고 있다 하지 않았소?"

"구한다고 가져올 수나 있겠나, 어디."

"약이 어디에 있는데요?"

"망망촌 천인은 성문을 넘어선 안 된다…. 왜 그런 법이 있는지 아시오?"

"그야… 골품을 유지하고, 왕경에 천인들의 유입을 막으려고…."

"순진하시긴. 여긴 신국의 금줄이요. 황실과 박영실의 창고에 쌓인 금이 다 여기서 나간단 얘기지. 하루 종일 허리가 꼬부라지게 일해 캐낸 사금을. 그들이 온전히 가지려면… 그 금의 가치가 얼마나 대단한 건지 망망촌 천인들이 알아서는 안 되는 거요."

"그럼… 금을 갖기 위해 이곳을 고립시키고 있단 말이오?"

"금이 아니라 권세지. 다른 말로 군대고. 장차 신국의 패권이오. 그만 돌아가요. 여기 이렇게 있다고 해결될 건 없으니까. 아님 어떻게든 약재를 구해 오든가."

지소가 남부여 사절단을 월성으로 불렀다. 그 노고를 위로하고 위로하는 자리를 친히 베풀겠다고 하였다. 풍월주 위화는 날마다 정해진 일과가 있는 화랑을 중간에 이렇게 막 부르고 그러시면 곤란하다고, 그리고 남부여의 마지막 정리는 본인이 했는데 그건 모르시냐고 투덜거렸지만, 뭐 별로, 받아들여지지는 않았다. 선문 의원 아로는 왜 자기까지 치하받아야 하냐고 자긴 한 것이 아무것도 없을뿐더러 의원으로서 선문을 잠시라도 비우면 안 되기 때문에 절대 갈 수 없다고 버텼으나 역시 받아들여지지 않았다.

숙명을 필두로 선우, 수호, 반류, 삼맥종 그리고 맨 마지막에 불편하고 찜찜하고 괴로운 기색으로 어쩔 수 없이 따라가고 있는 아로가 현추와 몇몇 금군의 호위를 받으며 월성으로 가는 길을 걷고 있었다.

"아… 가기 싫다고. 내가 거길 왜 가야 하냐고…! 그림자도 밟기 싫다고."

월성이라는 이름을 생각만 해도 아로는 식은땀이 났다. 매서운 눈빛의 지소와 서슬 퍼런 칼을 내리치던 저 현추, 그리고 그때 느꼈던 죽음의 공포가 동시에 덮쳐들어서였다. 아로가 행렬에서 자꾸 뒤처지자 괴로운 것은 행렬 호위를 맞고 있는 금군이었다. 아로가 도저히 빠질 수 없는 거라면, 괜히 민폐 끼치지 말고 저 금군을 봐서라도 힘을 내자고 끄응 마지막 용기를 끌어올릴 때였다.

"뭐하는 자들이냐!"

현추의 벼락같은 호통에 아로는 오금이 저려 그 자리에 주저앉았다. 고개를 쭉 빼고 앞을 보니 행렬 앞쪽에 백성 하나가 선우 앞에 무릎을 꿇고 앉아 있었다.

"살려주십시오."

선우는 이 아저씨가 왜 이러시나 하는 표정으로 얼떨떨해 있었는데, 백성은 술술 준비한 말을 풀어냈다.

"매해 이때면 마을에 홍수가 나서 살 수가 없습니다. 배수를 정비하려고 해도 마을 장정들이 지난번 전쟁에 차출돼 돌아오질 못해서. 알면서도 매년 홍수 피해를 봅니다. 마을에 농사꾼 대신, 도둑만 늘고 있습니다. 살려주십시오."

선우는 얼떨떨하면서도 당혹스러워 어찌할 바를 몰랐다.

"그걸 제가 어떻게 살립니까?"

"우리 신국의 왕이시라면서요. 삼맥종 폐하!"

뒤쪽에서 딴청부리고 있던 삼맥종은 저도 모르게 백성에게 시선이 돌아갔다. 선우랑을 올려보고 있는 그 얼굴이 너무나 간절하여 보고 있는 삼맥종의 마음이 아플 정도였다. 선우도 백성의 간절함은 이해하고 알겠는데, 자신이 뭘 해줄 수는 없어서 난감하고 미안할 정도였다.

"비켜라. 비키지 못하겠느냐. 이 무슨 무례한 짓이란 말이냐."

현추가 나서 호통을 쳐도 백성은 무슨 일이 있어도 선우의 답을 듣고 가야 하겠다는 듯 그 자리에서 꼼짝도 하지 않았다. 그러자 다른 백성 하나도 얼른 부복하며 외쳤다.

"저희 마을엔 불이 자주 납니다. 저수지가 너무 멀어 불을 끄지도 못하고 속수무책입니다. 물길이라도 크게 병사들을 보내주시면…"

선우가 두 번째 당황하여 돌아보는데, 현추가 검 손잡이로 그들을 쳐내 자빠뜨렸다.

"비키라 했거늘!"

막무가내인 백성들에게 현추가 재차 검을 휘두르려 하자 사절단 모두 말리려 움직였다. 하지만 가장 빠른 건 삼맥종이었다. 삼맥종이 현추의 팔을 잡아 저지시키자 사절단과 주변에 있던 백성들 모두 입이 떡 벌어져서 그 둘을 바라보고 있었다. 세상천지 제정신 박힌 놈치고 금위대장의 팔을 막 잡아버리는 인간이 어디 있단 말인가?

"알아들은 것 같은데. 그만하지 그러시오."

삼맥종을 제외한 사람들은 모든 사람이 긴장하여 그 상황을 지켜보았다. 그런데 현추는 삼맥종을 잠시 보다가 순순히 손을 거두고 뒤로 물러섰다. 삼맥종이 무거운 얼굴로 백성들을 둘러 보는 사이, 숙명 공주는 삼맥종과 순순히 물러서는 현추를 유심히 살폈다.

월성 소연회장에 다과가 차려져 있었다. 보는 것만으로 예쁘고 먹음직스러운 음식들이 참으로 많았으나 수호, 반류, 아로는 손가락 하나 대지 않았다. 월성에 도착하자마자 선우는 따로 태후에게 불려가고, 숙명은 제 방으로 간 건지 코빼기도 안 보이고, 뒷간 간다던 삼맥종은 오다 길을 잃었는지 어느 순간부터 보이지 않았다. 수호, 반류, 아로만 뭘 기다리는지도 모른 채 그저 기다리고 있을 뿐이었다. 갑자기 아로가 자리에서 벌떡 일어났다. 초조하고 불안해서 이젠 앉아 있기도 힘들었다.

"아니, 왜 이렇게 안 오지. 무슨 일이라도 있나?"

월성에만 들어오면 마냥 편한 얼굴이 되는 수호가 작은 기지개를 켜며 말했다.

"오랜만에 뵀으니 하실 말씀도 많겠지."

"하이고, 그런 분위기가 아니라니까."

수호는 하루 종일, 며칠째 무거운 얼굴인 반류를 툭 건드렸다.

"넌 오늘 하루 종일 표정이 왜 그래? 무슨 일이라도 있나?"

"관심 꺼."

"또 까칠하다."

아로가 방안을 오락가락하면서 둘러보다가 물었다.

"근데, 지뒤랑은 어디 간 거요? 뒷간 갔다기엔 시간이 너무 지난 거 아닌가? 빠졌나?"

삼맥종은 뒷간에 빠진 게 아니고, 추억에 빠져 있었다. 고즈넉한 돌탑들이 있는 한갓진 월성 뒷마당은 태자궁과 가까워 어린 시절의 놀이터였다. 그동안 간혹 월성에 들어오긴 했지만 밤에 은밀히 드나들었던 것이라 한낮의 햇빛을 받으며 서 있는 돌탑을 보는 건 십 년 만이었다. 삼맥종은 추억에 잠겨 이것저것 만지고 돌아보다가 돌탑 구멍 안에 손을 넣어 보았다. 나무로 만든 말 모양의 장난감이 예전 넣어놨던 그대로 아직 있었다. 한쪽 다리가 부러져 있는 이 말을 얼마나 좋아했었는지 잘 때도 꼭 껴안고 자다가 깔아뭉개서 다리를 부러뜨렸었다. 다리를 붙여놓으라고 울고불고 떼쓰는 삼맥종을 달래다 못한 파오가 그 돌구멍 안에 넣어두면 천지의 기운이 모여 진짜 말이 될 거라고 했었다. 돌구멍에 넣은 다음날 진짜 말이 태자궁 마당에 매여 있었고, 그날부터 말타기 수업을 죽도록 받아야 했었다. 깜빡 속아 넘어갔었다. 파오, 이 사기꾼.

"그대가 어찌 이곳에 있는 것이오?"

숙명 공주였다. 삼맥종은 얼른 장난감 말을 품속에 감추고 천천히 돌아섰다.

"이곳은 궁인들도 잘 모르는 곳이오."

"길을 잘못 들었습니다."

"잘못 들 수 있는 길이 아니라니까. 일부러 찾아왔다면 모를까."

"제가 월성을 어찌 알겠습니까. 궁엔 뒷간 찾기도 쉽지 않다 보니 여기까지 왔을 뿐입니다. 그럼."

삼맥종이 대강 묵례하고 돌아서려는데 숙명이 다시 그를 불렀다.

"오라버니!"

삼맥종은 그 자리에 굳어버렸다.

"폐하이신 거죠?"

삼맥종은 울컥 쏟아지려는 눈물을 참으려 입술을 깨물었다.

"잘못 아셨습니다. 공주님."

몇 번이나 멈추라 하여도 아랑곳하지 않자 숙명이 삼맥종 앞을 막아서며 검을 겨누었다. 삼맥종은 그제야 숙명의 얼굴을 제대로 보았다. 칼을 내리고 한 걸음 더 다가와 삼맥종의 얼굴을 빤히 보던 숙명이 중얼거렸다.

"왜 못 알아봤을까."

삼맥종은 더는 숙명을 피하지 않았고, 숙명은 오라비가 안쓰러운 마음에 눈매가 촉촉해졌다. 십 년 만에 제대로 상봉한 남매는 서로를 확인하듯 바라보고 있었다. 오라비를 만나면 할 말이 많을 것 같았는데, 막상 삼맥종을 확인하고 보니 숙명은 할 수 있는 말이 없었다. 왕이었으나 왕으로 살 수 없었던 그의 시간들이 안쓰러울 뿐이었다.

"대체 얼마나 이렇게 사신 겁니까?"

"네가 상상할 수 없는 시간."

오랜 시간 떠돌아다니며 자신을 숨겼고 여전히 자기 자신일 수 없는 삼맥종이 쓸쓸하게 웃었다.

지소는 태후 자리에 앉아 작은 부채를 흔들며 정원에서 들어오는 꽃향기를 맡고 있었다. 지소 앞에는 그 자리에 앉은 지 한 시진은 족히 넘은 선우가 있었다. 한 시진이나 아무 말 없이 앉혀놓기만 하면 불안하고 두려운 마음이 들만도 하겠건만, 선우는 처음 앉았던 그 표정 그대로였다. 전혀 두려움이 없었다. 긴장도 없고. 시간이 지날수록 차라리 편해지는 것 같았다. 대체 어떤 놈이길래 저런 강심장을 갖는단 말인가? 지소는 선우가 이유 없이 싫었다.

"화랑 이전에 원화가 있었다. 남모와 준정. 두 원화가 낭도들을 이끌었지."

한 시진 만에 드디어 입을 연 지소의 이야기는 엉뚱했다. 선우는 무슨 이야기인지 모를 지소의 이야기를 듣고 있을 수밖에 없었다.

"남부여에서 네 누이가 백성들을 잘 다독였다 들었다. 진정한 원화의 모습이라 할 수 있지. 그래서 나는 네 누이를 원화로 삼으려고 해."

"뭐라고?"

"네 누이를 원화로 삼아 내 곁에 둘 생각이다."

선우의 얼굴이 확 굳어지자 지소는 픽 웃었다. 선우가 아무리 강심장이라 해도, 그의 누이를 들먹이는 것만으로 그를 조정하고 틀어쥘 수 있으리라.

"나 하나로는 부족한 겁니까?"

"널 제대로 쓰고 싶어 그 아이를 이용하는 것이다. 널 움직일 힘이 그 아이에게 있으니까."

"내가 뭘 어떻게 해야 하는데…요?"

"왕을 참칭했으면 계속 왕 노릇을 해."

"뭐?"

"원래 군주란 그런 것이다. 천하를 속이고 백성을 속이고 스스로를 속여야 한다. 난 신국의 왕좌를 지키기 위해서라면 어떤 짓도 할수 있어. 내 아들이 왕좌에 오를 수만 있다면. 난 겁날 게 없다. 너를 속이고, 내 아들을 속이고, 또 세상 모두를 속일 준비가 돼 있다. 그러니 너도 속여라. 네 누이를 잃고 싶지 않으면."

"뭘 어떻게 하라는 거요?"

"다들 너를 왕으로 알고 있지 않으냐. 난 널 미끼로 사용할 거다. 내 아들이 당할 위험을 네가 당하게 될 거야. 그러니 버텨. 살아남을수 있으면 살아남아. 나도 네가 버텨 주길 바란다. 그래야 나도, 내아들도 시간을 벌 수 있을 테니 말이야."

결국, 선우는 돌아오지 않았고, 삼맥종, 수호, 반류, 아로에게는 그만 가보라는 전갈이 내려왔다. 태후가 직접 담화를 즐기고 싶었으나 정무가 바빠 움직일 수가 없다며 각각 황금과 의복을 선물로 내려주었다. 그들은 허탈하고 허무하여 월성 밖으로 향하였다. 태후 얼굴한 번 보고 싶었던 수호는 이깟 황금 따위 개나 쥐버리고 싶었고, 반류는 '노이무공'이 머릿속에 꽉 차서 다른 생각을 할 여유가 없었으며, 삼맥종은 숙명과의 재회에서 온 회한으로 마음이 그득했다. 그리고 아로는 선우를 월성에 두고 혼자 나가야 한다는 것 때문에 마음이 놓이질 않았다.

"오라버니는… 어디 간 거야…?"

"여기까지 와서 태후 전하도 못 만나는 게 말이 돼?"

반류는 수호의 질문 같지 않은 질문을 무시해버렸고, 삼맥종은 누구와 말참견해주기에는 한 발, 한 발 떼는 것도 힘들었다. 그때 수호가 반가움에 소리쳤다.

"어, 저기 태후 전하야!"

지소가 내전 창문을 열고 그들을 보고 있었다. 삼맥종은 어머니가자신을 보기 위해 나왔다는 것을 알 수 있었다. 어머니가 애틋한 표정으로 삼맥종을 바라보고 있었다. 삼맥종은 달려가 누이를 만났다고, 누이가 나를 알아보았다고 말하고 싶었다. 그런데 애틋함은 잠시, 지소는 삼맥종을 보는 것 자체가 언짢다는 듯이 몸을 돌려버렸다.

"인사라도 드려야겠어. 나 김수호가 남부여에서 이렇게 멀쩡하게살아 돌아왔다고."

수호가 흥분하여 외치며, 말릴 틈도 없이 벌써 저만큼 달려 가버렸다. 반류는 참 피곤한 놈이라 생각하며 보고 있었는데, 지소는 수호가 자신에게 달려오는 것을 보면서도 냉정하게 탁, 문을 닫아버렸다. 수호는 코앞에 닫힌 문을 바라보면서 충격에 빠졌다. 그다지도 정중하고 사려 깊은 목소리로 선우랑을 부탁하셨던 분인데, 이런 매정함은 어디서 나온 걸까? 수호는 헛헛함에 잠시 그 자리에 앉아버렸다. 그 옆에 선 아로도 지소의 매서운 표정에 질려, 진심으로 선우가 걱정되었다.

"대체 태후 전하랑 무슨 얘길 한 거지. 왕이라고 한 것 때문인가. 어디 있는 거냐고…!"

선우는 왕경 뒷골목에 있는 보잘것없는 작은 주점에 홀로 앉아 있었다. 인적이 드문 곳인 데다 대낮 손님이라고는 잠깐 와서 국밥으로 요기나 하는 사람들인데, 꽃처럼 예쁜 젊은 청년이 백주에 나타나 술 한 동이를 시키더니 한 잔 따라놓고 보고만 앉아 있기를 벌써 반나절. 대체 뭐하는 청년인가 주모는 참으로 궁금하였다.

지소에게 놓여나서 월성에서 나올 때는 속이 뜨겁게 불타오르는 것 같아서 술 한 동이 아니라 열 동이라도 마실 수 있을 것 같았다. 마셔서 불을 끄지 않으면 다 타버릴 것 같았다. 그런데 막상 술을 보니 한 모금도 입에 넣고 싶지 않았고, 불타오르던 가슴도 조금은 진정되고 있었다.

'왕 노릇을 하라니, 입 다물고 계속 왕인 척하고 있으라니.'

태후는 자기 아들이 안전한 왕 노릇을 하게 만들겠다는 것 말고는 아무 생각이 없는 듯했다. 그런데, 왕이 그러면 되나? 자리에 앉아 있기만 한다고 왕이라면 그깟 왕이 왜 필요한가? 골품이니 뭐니 따져가며 죽자고 왕이 되어서, 왕입네 앉아 있기만 하니 신국이 이 모양 이 꼴 아닌가. 개울이 꽁꽁 얼어버리는 한겨울만 빼고 눈이 오나 비가 오나 강바닥을 기어 다니며 사금을 채취해야 하는 망망촌 사람들이나, 굶주려 피폐한 얼굴로 국경을 넘나들다가 죽임을 당하는 유민들이나, 다 하는 거 없이 앉아 있기만 하는 왕 때문에 생긴 불행이 아닌가 싶어 허탈하고 허무했다.

이때, 선우 맞은편 자리에 키 큰 남자가 털썩 주저앉았다. 선우는 처음 보는 남자, 휘경이었다. 휘경이 선우 앞에 놓인 술잔을 들어 벌컥벌컥 맛있게 마시더니 선우를 보고 웃었다.

"술은 식기 전에 마셔야 제 맛인데 아직 술맛을 모르는 모양이군."

"앉으란 소리, 안 한 거 같은데."

"술친구만큼 좋은 친구도 없다 하지 않소. 마침 나도 혼자고. 젊은 친구랑 한잔하고 싶은데 안 되겠소?"

"꺼지시오."

"듣자니, 거기가 왕이라던데. 백제 창 태자를 묵사발로 만들었다는 게 정말인가?"

선우는 갑자기 목이 타는 것 같았다. 앞에 놓인 술동이를 들고 꿀꺽꿀꺽 목구멍으로 술을 넘겼다.

"백성들은 화랑 중에 왕이 나타났다 기뻐하고 있소. 세상이 바뀔 거라고. 한데, 그 왕이 진짜가 아니라면, 실망도 크겠지."

"당신 뭐야?"

"세상을 바꿀 수 있다면 진짜 왕이 되고 싶은 생각 없나? 내가 만들어 줄 수 있는데. 세상을 바꿀 힘이 있다면, 그것이 옳은 일이라면, 망설일 이유가 뭐겠소? 또다시 성문을 넘다 친구를 잃을 건가?"

"무슨 개소리야?"

선우는 그 자리를 박차고 밖으로 나와 버렸다. 휘경이 자신의 뒷모습을 보면서 빙그레 웃든지 말든지 선우가 상관할 바가 아니었다. 세상을 바꿀 힘이 있다면, 그것이 옳은 일이라면 망설일 이유가 뭐냐고? 진짜 왕이 되라고?

"미친놈!"

아악아아아아아악! 비명을 질렀다. 발을 구르고 방방 뛰어봤다. 뭘 어떻게 해도 화가 풀리지 않았다. 별 거지깡깡이 같은 놈까지 붙어서 이게 대체 뭐냐! 이 더러운 세상.

더러운 세상에도 휴일은 있어, 오늘도 휴일을 맞이한 화랑들이 선문 밖으로 쏟아져 나오고 있었다. 그중에는 여전히 어두운 얼굴의 반류가 있었다. 반류는 아직도 각간 아버지 없이 살 용기가 나지 않았고, 각간 아버지에게 납작 엎드릴 융통성도 생기지 않았다.

"반류랑."

수연이었다. 수연이 반류의 손을 덥석 잡더니 달려 그들의 처음으로 입 맞췄던 곳으로 끌고 갔다. 수연이야 사람들 눈을 피해야겠다는 생각으로 그리했던 것이지만, 와서 보니 입 맞췄던 곳이라 자동 반사작용처럼 수줍고 얼굴이 발그레하니 달아올랐다.

"무사히 돌아오셨단 소식 듣고 많이 기다렸는데 소식은 안 오고. 뭐 그렇다고 원망한 건 아니고. 그냥 저라도 와야겠다 싶어서."

반류는 얼굴을 붉게 물들이며 수줍게 말하고 있는 수연이 예쁘다고 생각했다. 지금까지 봐왔던 어떤 여인보다 곱고 사랑스러웠다.

그렇기 때문에 이 관계는 끝내야 했다. 모략을 일삼는 두 아버지와 그들에게 반항 한 번 제대로 못하는 못난 자신은 수연을 더럽힐 것이 분명했다. 수연은 수연대로 곱고 사랑스러운 세상에서 살고, 자신은 더럽고 야비한 세상에서 사는 게 옳았다. 어이없게도 반류는 수연을 보자 비로소 각간 아버지에게 납작 엎드릴 융통성이 생겨버렸다.

"이제 오지 말아요."

"네?"

"난 나대로 살 테니, 그대는 그대대로 살아요."

"왜요…? 왜 이러세요? 정말 남부여에서 무슨 일이 있었군요? 그렇죠?"

"많은 일이 있었죠. 돌이킬 수 없는 일들이."

수연이 반류의 팔을 덥석 잡았다.

"무슨 일인지 모르지만 둘이서 해결해요. 세상에 해결 못할 일은 없어요."

수연의 말에 반류는 쓸쓸하게 웃었다.

"이래서 우리는 어울릴 수가 없어요. 그대는 세상에 해결 못할 일이 없겠지만, 나는 세상에 해결할 수 있는 일이 없어요."

"에? 무슨 말이에요? 그건?"

"다시는 그대를 보지 않겠어요. 그럼."

반류가 수연의 팔을 매정하게 뿌리치고 뒤돌아 가버렸다. 수연은 도저히 지금 상황이 믿기지 않아 반류의 등만 바라보고 있었는데, 세상에! 단 한 번도 뒤돌아보지 않고 그냥 쭉 제 갈 길을 가버렸다.

반류가. 일관성 있게.

반류는 그 길로 박영실의 집으로 찾아가 사랑채 앞마당에서 무릎을 꿇었다. 영실이 와서 볼 때까지 그냥 그렇게 앉아 있었다. 그날 밤이 되어서야 영실이 반류를 보러왔다. 그전에 호공도 와서 보고, 집사 청지기 하녀들까지 다들 몇 번씩 와서 보고 갔었으니 영실도 반류가 그곳에 무릎을 꿇은 그 순간 알았을 것이었다. 그런데 하루해가 넘어갈 때까지 모른척하다니, 반류는 모욕감에 속이 뒤틀릴 것 같았지만 꾹 참았다. 오늘은 참고 납작 엎드려 다시 들어가기로 작정한 일이니 그것에만 집중해야 했다.

"이게 '노이무공'에 대한 답이냐?"

"한 번만 기회를 더 주십시오. 아버지."

"내가 한때는 너를 왕으로 세우고 내 마음대로 한다는 계획을 세웠었지."

반류는 입술을 깨물었다. 제 권세와 안위를 위해서라면 사람이든 뭐든 다 도구로 쓰고 버리는 야비한 늙은이는 술술 다음 말을 뱉어냈다.

"근데 생각이 바뀌었어. 내가 왕이 되어야겠어. 못 믿겠어. 다른 놈들은."

"그럼… 돕겠습니다."

"이 애비를 왕으로 만들어 주겠단 말이냐?"

"예. 뼈를 갈아서라도 반드시 도울 것입니다."

반류는 바닥에 이마를 댄 채 이를 악물었다.

선문 연못에서는 위화가 홀로 앉아 빈 낚싯대를 드리우고 있었다. 머릿속이 복잡했다. 국경지대에서 화랑들을 구출해오면서 본 아이들, '폐하 만세'를 연호하는 백성들에게 자신은 왕이 아니라고 말하면서도 제 할 일을 하고 있던 선우, 불편해서 자리를 피해버린 삼맥종의 모습이 빈 낚시를 드리울 때마다 위화의 마음속에 떠오르곤 했다. '통'인가 '불통'인가, 위화 스스로 자신에게 내리는 평가이지만 그동안 받아왔던 어떤 평가보다 더 중요한 것임은 확실했다.

요즘은 참 낚시가 재미없었다. 하늘을 올려다보니 해 뜨려면 아직 멀었다. 이대로 밤새 앉아 있을 수도 있겠지만, 더 재미있는 일을 찾고 싶었다. 천천히 일어나 빈 낚싯대를 거두다가 위화는 바늘 없는 낚싯대를 한참 들어 보고 중얼거렸다.

"내가 뭔갈 낚긴 낚은 것 같은데⋯."

휴일이라 다들 빠져나가고 없는 고즈넉한 선문, 지현당에서 삼맥종은 자리에 앉아 눈을 감고 있었다. 잠을 잘 수 없어 밤새 선문 이곳저곳을 떠돌다가 새벽녘이 되어서야 잠자리에 드는 것은 여전하여서 잠자리 순례 중이었다.

거리에 나서면 백성들이 선우에게 무릎 꿇고 '폐하만이 해주실 수 있는 일'이라며 하소연을 하고, 선문 안에서는 화랑들이 '왕'이라며 수군거리는데 그걸 보면서도 정작 선우는 언제나 무덤덤했다. 그걸 신경 쓰고 긴장하고 질시한 것은 삼맥종의 몫. 그랬다! 삼맥종은 선우를 질투하고 있었다. 그를 부러워하면서 그를 질투했다. 그가 가진 것을 빼앗고 끌어내리고 싶은 못나고 한심한 인간이 자신이었다.

"이게 누구신가."

삼맥종이 천천히 눈을 떠 돌아보았다. 한밤중에 낚싯대를 어깨에 걸치고 있는 위화가 빙글빙글 웃으며 지현당으로 들어오고 있었다.

"큰 쥐 아니십니까?"

"쥐?"

"아아, 남부여 가느라 시경 수업 못 들으셨던가? 완전 명강의였는데…. 시경은 오랫동안 입에서 입으로 전해져 내려온 백성들의 노래로, 힘든 세상에 대한 한탄과 그럼에도 긍정하는 삶의 자세, 무기력한 군주에 대한 원망과 연민도 들어 있죠. 그중에 시 한 편 낭송해드릴까요? 제목은 큰 쥐."

"큰 쥐?"

"쥐야, 쥐야, 큰 쥐야. 내 보리 먹지 마라. 오랫동안 너를 섬겼건만 너는 나를 돌보지 않는구나. 기필코 너를 떠나 저 행복한 나라로 가리라. 행복한 곳. 행복한 곳. 그곳에서 옳음을 찾으리라."

삐딱하게 앉아 있던 삼맥종이 몸을 일으켜 반듯이 앉아 위화를 바라보았다.

"여기에서는 쥐는 누굴 뜻하겠습니까?"

"난가? 백성을 돌보지 않고 숨어서 곡식만 축내고 있는 군주?"

"캬, 역시 내 제자라 영특하시네."

위화가 지친 얼굴의 삼맥종을 한참 바라보다가 그 앞에 앉았다.

"이 시간에 여기서 뭐 하십니까?"

"휴일이니까 아무 시간에 아무 데나 가도 되는 거 아닌가?"

"휴일 아닌 시간에는 왜 돌아다니시는데?"

"에?"

"모르는 줄 아셨구만. 그래도 내가 선문 책임자 풍월주인데 아예 모를까? 조금은 알죠, 내가."

"쥐라서? 밤에 돌아다니는 습성을 버리지 못해서?"

"오호, 응용력도 있으시네."

삼맥종은 한숨을 길게 내쉬었다. 얼굴이 피곤에 찌들어서 힘들어 보였다.

"진심으로 묻는데, 왜 안 자고 돌아다니십니까?"

"공은 피곤한데 잘 수 없는 때는 어떻게 하시오?"

"눕죠."

"누우면 잠이 옵니까?"

"누웠는데 잠이 안 옵니까?"

"좋으시겠소. 나는 누우면 오라는 잠은 안 오고 배고픈 귀신들이 덤빈다오. 그 귀신들은 내 잠을 다 잡아먹고 그래도 배가 고파 내 정신을 잡아먹고 내 몸도 잡아먹고…."

"애비, 애비, 그런 쓸데없는 소리 그만하시고, 열도 없는데 왜 이럴까? 어디 아프신가?"

"잠을 못 자고, 비몽사몽이라."

"가서 누우라니까."

"맞아요. 나는 왕 자격이 없어요."

위화는 졸린 눈으로 중얼거리는 삼맥종을 돌아보았다.

"들킬까, 누가 날 알아볼까 전전긍긍 평생을 숨어다닌 것도 모자라 적국의 태자가 왕이 누구냐 묻는데도 나서지 못했소. 난 비겁자

일 뿐이오. 언제든지 숨고 얼굴을 감출 준비가 된, 쫄보."

위화는 위대하게 태어났으나 가련하게 살아가는 제자를 안타까운 마음으로 바라보았다. 삼맥종은 자괴감에 입술을 깨물고 있었다. 저 입술에 딱지가 앉을 지경까지, 괴로워할 수밖에 없는 제자에게 위화는 뭐라도 도움될 말을 해주고 싶었다.

"도움이 될지 모르겠습니다만. 세상엔 비겁한 왕은 많으나, 스스로 비겁하다 말하는 왕은 많지 않습니다. 스스로를 비겁하다 하는 것 또한 용기니까요."

"내가 왕이오?"

"왕이 되고 싶기는 하십니까?"

삼맥종은 한동안 대답하지 않았다. 왕이 되고 싶기는 한가 생각하고 또 생각했다. 그리고 삼맥종의 대답은 다시 또 하나의 질문이 되어 나왔다.

"내가… 진짜 왕이 될 수 있겠소?"

"감당하십시오."

"감당?"

"그것이 무엇이든. 높은 것이든 낮은 것이든! 더러운 것이든 아름다운 것이든! 위험한 것이든 안온한 것이든! 왕으로서 감당해야 할 것이 있다면, 모두! 모두 감당하시란 말입니다! 이것이 제 답입니다."

졸립고 피곤하여 엷은 안개가 낀 것 같았던 삼맥종의 머리가 싸악 걷히는 것 같았다. 진짜 왕이 되기 위해 견디고 겪어야 하는 것이 그것이라면 지금 이 순간도 진짜 왕이 되기 위한 과정이라 생각해도 될까? 유치하고 못나고 한심한 지금도 진짜 왕이 될 발판으로 쓸 수 있을까? 위화를 바라보는 삼맥종의 눈빛이 빛났다.

박영실은 태후의 부름을 받고 월성에 입궐하였다. 명색이 화백인데 월성이 너무 오랜만이라 곰곰 생각해봤더니 그동안 태후의 움직임이 뜸하긴 했었다. 남부여에 사절단을 보내면서부터였나? 정전 회의를 잘 열지도 않았고, 회의를 연다 해도 말없이 멍하니 앉아 있기만 했다. 그건 영실이 잘했다는 뜻이었다. 지소의 기를 확 죽여 놨기에 일어난 일이었다.

지소를 결정적으로 좌절시킨 것은 남부여 태자 창이 사절단을 모두 죽일 거라는 첩보를 입수하고 군대를 동원하려 했을 때였다. 지소로서는 촌각을 다투는 일이었을 텐데 화백들은 회의를 서너 번 한 다음에, 명분 없는 전쟁은 불가하다며 지소의 청을 받아주지 않았다.

"태후 전하, '죽일지도 모른다'는 첩보로 전쟁을 일으킨 전례는 없었습니다. 오히려 억지를 쓰며 군사를 일으켰다는 명분을 저들에게 줄 뿐입니다."

"그럼 다 죽어버린 다음에야 명분을 얻어 군사를 일으킬 수 있단 말이오?"

"아뢰기 송구하오나 명분이란 그런 것이지요. 왜 우리 사절단을 죽였냐고 책임을 물을 수 있는 정도."

그날 이후 날마다 하던 정전 회의가 없어졌다. 사절단이 월성으로 돌아오기 전까지.

지소로서는 패배가 뼈아팠다. 그런 일이 있을 때 화백을 쉽게 이용할 수 있도록 사절단에 화랑을 보냈던 것인데. 막상 남부여로 떠난 화랑은 영실의 아들 반류, 김습의 아들 수호, 그리고는 근본 모를 지뒤, 왕이라 의심받는 선우였다. 이들이 죽을지도 모른다는 첩보를 받았다고 화백들이 움직이겠는가? 영실만 눈감아버리면 아무도 움직이지 않는다가 답이었다. 당연히 영실은 눈을 감았고, 화백은 움직이지 않았고, 지소는 군사를 일으키지 못했다. 눈 번연히 뜨고 아들딸을 죽일 뻔했다. 스스로가 얼마나 약한 존재인지 그때 뼈저리게 느꼈으리라.

그랬던 것이 다시 슬슬 움직이려나 보다. 이번엔 또 뭐라고 신경을 긁을라나 은근히 기대도 해보는 영실이었다.

"지소가… 왜 날 보자 하는 것 같나?"

영실은 뒤에 따라오고 있는 호공에게 물었다. 호공은 뜬금없이 지소가 불러서 겁을 먹었는지 눈동자가 불안하게 돌아가고 있었다.

"혹… 창 태자에게 뇌물을 준 것을 문제 삼으려는 것이 아니겠습니까?"

영실은 진심으로 호공이 걱정되었다. 저렇게 사태파악 능력이 엉망진창인 자가 어떻게 이 정치판에서 살아 있는지, 영실이 아니었으면 진즉에 죽었을 사람이었다. 상황판단이라는 것을 할 줄이나 아는지 의심스러웠다. 호공이 영민해 보일 때는 오로지 제 아들의 이익을 챙겨줄 때뿐인 것 같았다.

"뇌물이라니? 남부여 황실과 우리 박씨 가문의 친분은 백 년이 넘었네. 친구 사이에 뇌물이 가당키나 한 말인가?"

"그럼 왜 부르셨을까요?"

"내가 먼저 물어봤잖나."

"송구합니다."

차라리 뇌물이라고 당하는 게 나을 뻔했다. 영실이 저도 모르게 헛기침을 하고, 제 기침 소리에 깜짝 놀랐다.

"방금 뭐라 하셨습니까?"

"섭정에서 물러나겠다고 했습니다."

"이 시점에서…왜요?"

"툭하면 섭정에서 물러나라 하시더니. 반갑지 않소? 백성들은 '삼맥종 폐하 만세!'를 외치고 있는 지금이 내가 자리에서 물러날 최적기가 아니겠습니까?"

"선우랑이 삼맥종 폐하라는 걸 인정한다는 말씀이십니까?"

"누구요?"

지소가 생전 처음 들어본 이름이라는 듯 순진무구한 표정으로 고개를 갸웃거리더니 아아, 탄성을 질렀다.

"아아, 안지 공의 자식 말씀하시는군요. 그 선우랑이 어쨌다구요?"

"선우랑이 삼맥종 폐하라고, 백성들이 그리 말한답니다."

"아아, 그렇답니까?"

가만히 생각하던 지소가 살짝 웃더니 덧붙였다

"재밌군요."

지소를 지켜보던 영실은 저도 모르게 속으로 욕을 했다. 저렇게 나오면 선우가 삼맥종인지 아닌지 너무 모호해지지 않는가? 대체 무슨 꿍꿍이일지 짐작조차 되지 않으니 영실은 머릿속이 너무 복잡해졌다.

"내가 주시한 것은 백성들이 삼맥종을 숭앙하고 있고 삼맥종을 원한다는 것뿐입니다. 다른 건 없어요."

"삼맥종 폐하가 선우랑이 아닌 걸 알면 많이 실망할 텐데요."

지소가 별소리를 다 한다는 듯 웃었다.

"백성이 평생 왕의 얼굴을 몇 번이나 본답니까?"

"어허."

영실의 입에서 괴상한 탄식의 소리가 흘러나왔다

"끝났어요. 각간. 내가 이기고 그대가 졌소. 어린 왕은 어미의 보살핌 없이 스스로 강해져 돌아왔어요. 황실은 이제 더 강해질 겁니다. 그대가 더는 할 일이 없단 얘기요."

그러나 졌다고 하기엔 너무 일렀다. 영실은 지소에게 노회한 미소로 대답해주었다.

"강한 황실이 구축되었다는 것은 신에게도 기쁜 일이지요. 그걸 어찌 졌다고 말할 수 있겠습니까? 이제 친정 선포를 하시려면 제법 바빠지겠습니다. 허허."

"공께서 잘 알아 준비해주시리라 생각합니다."

지소는 냉기 뚝뚝 흐르게 웃어 보였다.

영실은 관복이 날리도록 빠르게 걸어가고 있었다. 지소와 함께 있었던 시간이 너무 기분 나빠서 월성에서 조금이라도 더 멀리 떠나 있고 싶었다. 호공이 헉헉대고 따라오면서 물었다.

"그러니까 선우랑이 폐하라는 겁니까, 아니라는 겁니까?"

영실이 별안간 그 자리에 딱 서버렸다. 따라오던 호공이 영실이 등에 코를 박고 멈췄다.

"그걸 한 번 풀어보라는 거 아닌가. 왕이게, 아니게, 알아 맞춰봐, 그러고 있잖나."

"그러니까요."

"어허. 간악한 여인이로다."

"지금 친정 선포하시면 우리가 계획했던 것들은 차질 없이 진행될까요?"

"되겠나? 저 여인이 절대 섭정을 내놓지 않을 거라 생각하고 만들어놓은 것들인데."

"그럼 어떡하십니까?"

"계획이야 다시 만들면 그만이지만, 무슨 꿍꿍이지? 저 여인네가."

영실이 내전 쪽을 노려보며 혀를 찼다.

"그러니까 선우랑이….."

"몰라. 몰라. 지금 그걸 어떻게 알겠냐고!"

영실이 다시 도포 자락을 휘날리며 달렸다.

지소는 영실과 마주했던 그 자리 그대로 앉아 있었다. 덥지도 않은 날씨에 한들한들 부채질을 하는 건 깊은 생각에 잠겨 있다는 뜻이라 가만 기다리고 있는데, 너무 오래 부채질을 하는 것도 같았다. 아무 생각도 안 하고 있는 걸까? 옆에 서 있던 현추가 지소의 눈치를 살피며 걱정스럽게 말했다.

"지금 친정 선포를 하신다 해도, 폐하께서 당장 정사를 돌보시는 건 무리입니다."

"친정 선포? 그게 뭐야?"

"영실 공에게 섭정을 내놓으시겠다고… 그러면 삼맥종 폐하의 친정 선포로 이어지지 않습니까?"

"아아, 그거! 그런 건 없어. 친정 선포하기 전에 왕인지 아닌지 알아내야 할 테니 박영실이 바빠지겠지. 선우가 왕인지 아닌지부터 해결해야 할 테니 삼맥종에게 눈길을 돌리지는 않을 테고. 단지 그거야."

"하면 섭정은…."

"삼맥종은 어린애에 불과해. 지금 왕위에 올라 뭘 할 수 있겠어."

"안지 공의 아들이 가만있겠습니까?"

"가만있을 거야. 숨소리도 못 낼 거다. 내가 그 아이 숨통을 쥐고 있으니까."

아로는 살살살 적당하게 부채질을 해가며 지극정성으로 아버지 약을 달이고 있었다. 편지 한 장 써놓고 남부여에 다녀왔더니, 아버지는 편지 한 장 없이 사라져 소식을 알 수 없었다. 그러다가 며칠 전에 아주 상거지 꼴로 돌아와 '팔각회향'을 구해야 한다고 낮이고 밤이고 정신없이 돌아다니더니 덜컥 쓰러졌다. 방에서 나오던 안지가 '아로야' 이름도 다 못 부르고 그대로 넘어가는 바람에 아로가 얼마나 크게 울었는지 안골 사람들이 전부 달려왔을 정도였다. 마을 분들이 도와줘 자리에 잘 눕히고 진맥을 해봤더니, 과로 몸살이었다. 수선 떤 것에 비하면 너무 간단한 병이라 좀 창피하긴 했지만, 정말 진심으로 아버지 잘못되는 줄 알았었다, 그때는.

아버지에게 탕약을 올리고, 아로는 제가 쓴 약을 먹는 것처럼 오만상을 다 찌푸리며 지켜보고 있었다. 그래도 역시 안지는 진짜 의원이라 그깟 약쯤 아무렇지도 않게 다 마셔버리는 멋진 모습을 보여주었다.

"괜찮으세요?"

"너도 진맥해봤잖니. 단순한 과로인데 뭘. 그나저나 팔각회향을 구해야 하는데 큰일이구나."

"그걸 못 구하면 망망촌은 어떻게 되는 거예요?"

안지는 생각하기도 싫다는 듯 고개를 저었다.

"구해야지. 어떻게든."

"우륵 악사님이 약 있는 곳을 안다 하셨다면서요."

"송림이라 했는데… 거긴 귀족들 저택뿐이란다. 약재를 취급하는 곳이 아니야. 우륵이 뭘 잘못 알았나 싶더구나."

"하긴 왕경을 오래 떠나 계셨을 테니까."

"그런데 네 오라비는 요즘 집에 안 오니? 오늘 선문 휴일 아니냐?"

"못 와요."

"왜?"

아로는 고개를 가로저었다. 그러고 보니, 선우를 제대로 마음껏 본 것이 언제였나 생각이 안 났다. 지켜주고 함께 하고 싶다면 좋은 것만 같이 하지 말고, 안 좋은 것도 같이 해야 하는 거 아닌가. 좋을 때만 좋고 안 좋을 때는 사라지는 이 나쁜 버르장머리를 어떻게 고치긴 고쳐야 할 텐데 어디서부터 손대야 할지 모르겠다. 손 많이 가는 남자 같으니라구.

　휴일이라 아무도 없는 빈 선문을 걷고 있던 선우는 자기와 똑같이 빈 선문을 즐기던 삼맥종을 보았다. 둘은 서로를 발견하고 동시에 멈칫했다. 남부여에 다녀온 뒤로 정면으로 얼굴 본 게 이게 처음이 던가? 남부여에서부터 각자 서로에 대해 터져버릴 정도로 생각하던 두 사람이었다. 해결해야 할 일도 분명 있었다. 그래서 더 서로를 외면하고 피해왔는지도 모른다. 그런데 딱 여기서 부딪혀버렸다. 위화의 낚시 자리에 낚싯대를 드리우고 있던 삼맥종이 먼저 물었다.
　"뭐한다고 혼자 돌아다니고 있나?"
　"그러는 넌? 그 연못에 물고기 안 산다고 알고 있는데?"
　"갈 데가 없어서."
　선우가 고개를 끄덕이며 삼맥종 옆에 가서 앉았다.
　"…나도. 나도 갈 데가 없다."
　삼맥종이 다시 낚싯대로 시선을 돌리고, 선우는 낚싯대 드리우고 앉아 있는 삼맥종의 얼굴을 빤히 보았다. 모르는 척 가만있던 삼맥종이 픽 웃으며 선우를 돌아봤다.
　"생각보다, 잘 생겼지?"
　선우는 웃지 않고 여전히 끈질기게 빤히 보기만 했다.
　"왕치고는 잘 생겼잖아. 안 그래?"
　"실토하는 거냐? 네가 왕이라는 걸 드디어 실토하는 거야?"
　"글쎄다. 다들 너보고 왕이라는데, 너만 내가 왕이라고 생각하는 것 같아서… 너한테 맞춰봐 준거지."

삼맥종의 대답을 듣고 있던 선우가 혼잣말하듯, 우리와 상관없는 저 멀리 딴 사람 이야기하듯 그렇게 말을 시작했다.

"평생 이렇게 살아온 건가? 그 왕이라는 자. 누가 자길 해치지 않을까, 주변 사람들이 다치지 않을까, 불안해 잠도 못 자면서. 난 그렇던데."

삼맥종은 상관없는 저 멀리 딴 사람 이야기에 왈칵 눈물이 쏟아질 것 같았다. 삼맥종이 입을 열었다.

"꼭 그게 다는 아니겠지."

"다가 아니면? 세상을 어떻게 더 개판으로 만들면 왕만 배부를까 그런 생각 하나?"

삼맥종은 이번에는 대답하는 대신 하하 소리 내어 웃었다. 그런 왕 노릇도 재미있었겠다는 생각을 하면서.

"그 왕은, 백성의 마음을 안다고?"

이번 질문은 백성의 마음을 아느냐고 묻는 것일까? 삼맥종은 백성의 마음을 안다고 생각했던 때를 생각했다. 알고 보니 살고 있는 곳이 궐 밖이었을 뿐 만들어진 비단길 꽃길만 밟고 살아 왔었다는 것을 깨달은 게 최근이었다.

"백성을 아는 게 아니라, 백성처럼 살았겠지."

"그 백성 같은 왕이… 자기 얼굴을 본 자를 죽인다던데."

드디어 나왔다. 한 번은 해결해야 할 일. 삼맥종의 눈빛이 흔들렸고 목이 메어 왔다. 한동안 말을 못 하다가 겨우 입을 열었다.

"그… 그래. 그럴 거야."

불끈 쥔 선우의 주먹이 부르르 떨렸다. 붉게 물든 눈에서 당장에라도 눈물이 쏟아질 것 같았다. 삼맥종도 괴로웠지만, 선우의 시선을 피하지는 않았다. 지금 하지 않으면 영원히 할 수 없을 말을 해야만 했다.

"나중에 알았거나 모르고 지나친 적도 있겠지. 그런데 대부분은 자기 때문에 누가 죽는 것도 몰랐을 거야. 멍청하고, 어리석고, 죽이지 말라고 말할 힘도, 없을 테니까."

"그런 왕이 뭘 할 수 있어? 세상을 바꿀 수 있어? 그렇게 죽이고, 죽이는지도 모르면서 다 죽이고. 왜 아직 살아 있어야 하는데?"

삼맥종은 대답하지 못했다. 입이 얼어 붙어버린 듯 떨어지질 않았다. 선우가 절규하듯 물었다

"왜 살아 있냐고? 왜 너만 살아 있냐고?"

"죽이고 싶냐?"

"…"

"죽이고 싶어?"

이번에는 선우가 대답하지 못했다. 삼맥종이 재차 삼차 물어도 대답할 수 없었다. 삼맥종이 결론 내리듯 말했다.

"그럼 죽여."

기가 좀 죽었나 싶었던 지소가 심기일전하여 싸움을 걸어왔으니, 영실로서는 할 수 있는 모든 방법을 동원하여 성실히 대응해줄 수밖에 없었다.

우선, 첫 번째 방책을 마련하기 위해 석현제를 불렀다. 한때는 잘 나갔으나 이제는 쇠락하여 망할 날만 기다리는 집안의 마지막 수장으로서 석현제가 원하는 건 단 한 가지였다. 집안의 희망 한성이 번듯한 진골 집안 여인과 성혼하여 골품을 유지발전시키는 것. 그런데 워낙 집이 망해가는 중이라 번듯한 집안에서 미치지 않고서야 처자를 내줄 리 없으니 특단의 조처가 필요했다. 그 특단의 조처를 박영실이 해주겠다고 했다. 영실 집안에서 진골 처자 하나 빼주겠다고. 영실 집안과 인척 관계를 맺을 수 있다면 석현제 집안은 다시 비단길 꽃길을 걸을 수 있을 것이었다. 석현제는 영실에게 충성을 맹세했다.

석현제 집에서는 마침 휴일이라 집에 와 있는 단세와 한성이 검술 대련을 하고 있었다. 정확하게 말하면, 언젠가는 대등한 대련이 될 수 있기를 희망하는 일방적인 두들김이었다.

"안 해. 안 해. 이거 안 해. 맨날 형만 이기고 이게 무슨 대결이야. 나 이제 이거 절대 안 해!"

한성이 갑자기 자기 목검은 내 던지고 단세의 목검을 손으로 밀어버리면서 대련 판을 엎어버렸다.

"시끄러. 구백구십 번이야. 아홉 번만 더 이기면 천 번. 천 번 중에 한 번이라도 나를 못 꺾으면 나는 이 집을 나갈 거야."

"이건 아무리 생각해도 불공평해. 애초 대련 자체가 안 되는 건데 내가 왜 꺾어? 어떻게 꺾어? 나를 이기고 싶으면 치사하게 형이 잘하는 걸로 덤비지 말고 내가 잘하는 걸로 덤벼."

"야! 내가 너 이겨보고 싶어서 이걸 하는 거야? 너한테 검술 가르처 주는 거잖아."

"아, 그러니까 왜?"

"아, 그러니까 왜라니, 진정 몰라서 그러느냐?"

석현제였다. 단세 앞에서는 기세 좋게 덤비던 한성이 그 목소리를 듣자마자 팍 절반 크기로 쫄아서 고개를 푹 수그리며 인사를 했다.

"잘 다녀오셨습니까?"

석현제는 형제 옆으로 와서 말없이 한성과 단세를 노려보더니 갑자기 손에 들고 있는 채찍으로 착, 착, 착 단세를 갈겼다. 단세가 맞는 소리에는 한성이 더 자지러졌고 단세는 별 감흥이 없어 보였다.

"쓸모없는 놈. 한성은 아우가 아니라 네가 모셔야 할 주군이라고 몇 번이나 말했다. 한데, 애가 점점 더 이 모양이냐? 그 화랑이라는 게 안 좋은 영향을 미치는 거냐?"

"저는 화랑이 아니어서 잘 모르겠습니다."

착, 착, 착. 갑자기 석현제가 단세를 갈겼다. 단세의 대답이 마음에 안 들었다는 뜻이다.

"하나뿐인 석씨 가문의 적통이다. 네 뼈가 부서지도록 한성을 훈련시켜라. 최고의 화랑을 만들어. 알겠느냐?"

"…예."

"너 대신 단세가 맞은 거다. 정신 차려."

한성은 잔뜩 주눅 들어 고개를 끄덕였다.

"예… 할아버지."

"네가 해야 할 일이 결정됐다. 곧 선문으로 기별을 넣을 것이다. 이번 일은 어떻게든 해내야 한다. 알았느냐? 네가 어찌하느냐에 따라,

우리 가문의 존망이 달려 있음을 명심해라."

얼떨떨해진 한성이 걱정스럽게 보고 있는 단세를 돌아보았다. 석현제는 그 새를 못 참고 탁자를 내리쳤다.

"명심해라. 알았느냐?"

"네. 네. 할아버지. 명심하겠습니다."

휴일이 끝나고 화랑들이 선문으로 돌아오고 있었다. 그들 사이에 끼어 출근하는 아로는 오랜만에 상쾌한 느낌이 좋았다. 오늘은 어쩐지 좋은 일이 일어날 것 같았다.

의원실을 열고 들어가는데, 의원실 한가운데 앉아 있는 남자의 뒷모습이 보였다. 아로는 냉큼 달려가서 덥석 안으며 웃었다.

"나 안 보고 싶었나. 난 무지 보고 싶던데."

그러다가 깜짝 놀라 확 밀어버리자 바닥에 나동그라지는 것은, 선우가 아니라 삼맥종이었다.

"오라비인 줄 알고…."

아로는 어쩔 줄을 몰라 하며 일으켜주려고 앞으로 몇 발 갔다가, 그건 또 아닌가 해서 뒤로 몇 발 갔다가 안절부절못하고 있었다.

"너는 네 오라비하고 나하고 헷갈리는 것 좀 그만하면 안 되냐? 어딜 봐서 헷갈리냐? 뒷태를 보나 앞태를 보나…."

"에?"

"뭐가 에?"

"근래 굉장히 우울해 보이더니, 오늘은 좋아 보이십니다?"

"그러냐? 어젯밤에 죽다 살아났거든."

"에?"

"나를 죽이고 싶어 하는 놈이 있어서, 그럼 죽이라고 했더니…."

"우리 오라버니랑 또 싸웠어요?"

"너는 세상이 네 오라버니 중심으로 도는 것 같지?"

아로의 귀에는 삼맥종의 비아냥이 들리지 않았다. 당장 삼맥종을 위아래로 훑어보더니 부리나케 밖으로 뛰어나가려 했다.

"아! 어디 갈라구?"

"여긴 괜찮으신 거 같으니까 우리 오라버니 다쳤나 볼려구요."

"괜찮아. 괜찮아. 손가락 하나 안 스쳤어. 좀 앉아봐 정신 사나워죽 겠어."

아로는 여전히 밖으로 뛰어나가고 싶었지만, 삼맥종이 가리키는 의자에 얌전히 앉아 그를 쳐다봤다.

"죽이라고 허락까지 해 줬는데… 왜 그리 멀쩡하십니까?"

그러게. 그런데도 선우는 삼맥종을 죽이지 않았다.

"죽이고 싶냐? 그럼 죽여!"

삼맥종은 이제 그만 다 내려 놔버리고 싶었다. 번민, 고뇌, 자괴감 다 내려놓고 그냥 사라지고 싶어서였다. 선우가 불끈 쥔 주먹을 부 들부들 떨며 삼맥종을 노려보았다. 눈이 벌겋게 물들어 금방이라도 피눈물을 흘릴 것 같았다. 선우의 주먹이 삼맥종을 향해 날아오자 삼맥종은 눈을 찔끔 감았다. 그런데, 아무리 기다려도 그뿐, 달라지 는 게 없었다. 선우는 삼맥종 코앞에서 주먹을 멈추고 돌아서고 있 었다.

"너를 죽이는 건 얼마든지 할 수 있어. 지금은 너 하는 걸 지켜봐야겠다."

"안 죽인대 지금은, 나중에 보자더라. 그래서 밤새 기다렸어."

"뭘요?"

"너를."

"아… 왜요?"

"너한테 꼭 물어보고 싶은 게 있어서."

"물어보십시오."

"불가하다."

"왜요?"

"네가 분위기를 다 깨버려서."

"에?"

"밤새 고민했다고, 울면서 말할까 웃으면서 말할까, 어디에 어느 만큼 강약을 넣어야 내 마음이 전해질까, 자칫 오해하지 않을까. 그런데 네가 아침에 오자마자 네 오라비랑 나를 헷갈린 바람에 다 깨졌다. 다 깨졌다고."

"그럼 좀 가시죠? 청소해야겠는데?"

"할 이야기가 있다니까."

"못한다면서요? 이런저런 이유로 못하는 이야기라면 애초 할 필요가 없는 거였던 겁니다."

"누가 그래?"

"제가요. 나 이제 진짜 청소해야 하는데…."

"똑바로 서. 거기. 나 이제 이야기할 거야. 잘 들어."

삼맥종이 아로 앞에 서서 자세를 바로 하고 아로를 빤히 바라보았다. 지금까지와는 완전히 다른 삼맥종에 태도에 아로도 약간은 긴장하고 그를 바라보았다. 삼맥종이 크게 심호흡을 하더니 입을 열었다.

"나는 네가 정말 좋다. 내가 널 정말 많이 좋아해서… 너와 농사짓고 아이들을 낳고 평범한 백성으로 살고 싶다고 하면, 나랑 갈래?"

말을 하면서 삼맥종의 눈매가 젖어들기 시작했다.

"아무것도 못 해줘. 금은보화도 없고. 네가 좋아하는 은편도 없고. 어쩌면 변변한 집도 없을지 몰라. 하지만 지금, 내가 너한테 신국의 왕좌를 너와 바꾸겠단 말을 하고 있는 거야."

아로는 대답을 할 수 없었다. 당혹스러웠지만 삼맥종의 진심이 그대로 느껴져 섣불리 입을 열 수가 없었다. 삼맥종이 금방이라도 눈물이 흐를 것 같은 간절한 눈으로 아로를 바라보았다.

"같이 가줄래…? 아니. 가자."

밤이 깊었다. 그날 하루 어떻게 지났는지 전혀 모르겠는 정신없는 시간들이 지나고 어김없이 밤이 되었다. 상선방 화랑들은 나란히 누워 잠들어 있었는데, 반류만이 선우의 빈 침상을 보다가 일어서 밖으로 나갔다. 잠결에 반류가 나가는 소리를 들은 수호는 이상하다는 듯 문을 쳐다보다가 다시 눈을 감았다. 삼맥종만이 돌아누운 상태에서 선우가 나가는 소리와 반류가 따라 나가는 소리도 들으면서 처음부터 계속 잠 못 들고 있었다.

삼맥종은 의원실에서 아로와 있었던 일을 곱씹는 중이었다. 백성으로 함께 살고 싶다는 간절함이 전해졌는지, 아로는 쉽게 대답하지 못했다.

"그 녀석이 네 오라비가 아니어도 괜찮다. 네가 그 녀석을 좋아했어도 좋다. 하지만 이제 내게 와. 난 누구의 왕도 아닌 너만의 삼맥으로 살 테니까."

금방으로 눈물이 흐를 것처럼 붉어진 눈으로 보는데, 아로가 그를 빤히 보다가 물었다.

"…지금 제 핑계를 대고 도망치시려는 겁니까? 폐하는 왜 왕이 돼야 하는지 스스로에게 묻고 또 물으면서 살아오셨습니다. 왜 왕이 돼야 하고 왕이 돼서 뭘 해야 할지 알기 때문에. 그깟 고난, 피곤함, 두려움. 다 이기셨던 거고요."

"그걸 네가 어떻게 알아?"

"포기한 사람은 눈을 보면 알아요. 폐하는 아직 한 번도 포기한 적이 없으세요."

아로의 그 말이 삼맥종이 앞으로 가야 할 길을 확실하게 보여주었다. 백성으로 평범하게 아로와 함께 살 기회는 잃었지만 다른 기회가 열린 것이었다.

그 시각. 선문의 담을 넘는 자객들이 있었다. 담을 가볍게 넘은 그들은 담장의 그림자 속으로 들어가서 감쪽같이 자신을 위장했다.

어디선가 바스락 소리를 들은 수호가 벌떡 일어나 창가 쪽으로 가서 밖을 살펴보았다. 자다 깬 여울이 눈을 껌뻑거리며 수호를 바라봤다.

"무슨 일인데?"

"쉿! 뭔가 이상해."

수호가 선우의 빈 침상을 보고 물었다.

"선우랑 어딨어?"

선우는 오늘도 연못에 비친 달을 보며 생각에 잠겨 있었다. 위화의 빈 낚싯대, 언제나 드리워놓는 낚싯대 옆에 앉아 있자니 사람들이 왜 항상 여기에 앉아 있는지 이유를 알 것 같았다. 무념무상에 빠져들기 딱 좋은 장소였다. 엉덩이를 받쳐주는 넓은 돌, 적당한 고요, 높이도 적당해서 바닥을 벅벅 기어 다니는 불쌍한 중생들을 내려다보는 느낌도 있었다. 여기에서 한 잠 자도 좋을 것 같았다.

조금 떨어진 곳에서 선우를 확인한 반류가 돌아서 담장 옆으로 갔다. 담을 넘은 자객 하나가 기다렸다는 듯이 그림자에서 걸어 나왔다.

그에게 고개를 까딱, 아는체한 반류가 말했다.

"…연못 쪽에 있네."

자객이 알아들었다는 듯 신호를 주면 다른 자객들도 담 그림자 밑에서 일제히 빠져나와 연못을 향해 날아가기 시작했다. 반류가 그들을 보며 조금은 냉정해지려고 심호흡을 하기 시작했다.

연못가에 앉아 있는 선우를 향해 점점 다가오는 자객들의 그림자들. 선우는 풀숲의 바스락거리는 소리를 들었다. 뭔가 심상치 않은 기운을 느끼고 옆에 있는 낚싯대를 챙겨 들고 벌떡 일어났다. 하지만 순식간에 민첩하고 남다른 몸놀림을 보이는 자객들이 선우를 둘러쌌다. 선우는 낚싯대를 휘둘러 휙휙 소리를 내며 자객들을 훑어보았다.

"혹시… 왕을 죽이러 온 자객들인가?"

"쳐!"

자객들이 선우에게 일시에 덤벼들고, 선우는 죽음을 각오하고 자객들을 노려보는데, 획! 화살이 날아와 자객의 팔에 꽂혔다.

저쪽에 막 활시위를 놓은 단세가 서 있었다. 그 뒤로 수호와 여울이 검을 들고 뛰어왔다.

"괜찮냐?"

선우는 반갑고 고마워 고개를 끄덕였고, 수호가 자객들을 대차게 보며 말했다.

"여긴 신국의 화랑들이 있는 선문이다! 겁도 없이 여기가 어딘 줄 알고 들어온 거야?"

자객들이 화랑들을 보고 주춤하는데, 수호는 다치지 않은 팔로 검을 뽑아 든 채 자객을 향해 돌진했다. 여울이 수호 뒤를 따르며, 검 하나를 선우에게 던져주었다. 익숙하게 검을 받는 선우. 그리고 자객들과 화랑들의 싸움이 시작되었다.

수호, 여울, 단세, 선우는 검으로 자객들과 맞서 싸웠다. 그러나 왕경 최고 검술이라 평가받는 수호는 한쪽 팔 부상. 칼보다는 입이 더 치명적인 여울에, 검술보다는 막싸움이 더 맞는 선우가 전문적으로 키워진 자객 다섯 명을 상대하기에는 처음부터 문제가 있었다. 단세

혼자 자객 다섯 명을 다 상대하고, 남은 화랑은 살짝 거들기만 하는 상황. 자객들도 처음에 몰려온 화랑들을 보고 주춤했으나 몇 번 부딪혀보고는 자신감을 갖고 매섭게 치고 들어오기 시작했다.

"이럴 필요 없어. 저들이 노리는 건 나야!"

"뭔 소리야! 여기 들어온 건 우릴 공격하는 거야!"

수호의 말이 고맙기는 하지만 이대로는 곤란했다. 다른 방법이 있어야만 했다.

선우는 수호를 찌르려는 자객을 막고 그를 상대하기 시작했다. 선우가 화랑들과 살짝 멀어지자 다른 자객들이 화랑과 상대하면서도 진영을 만들어 선우를 고립시켰고, 선우는 자객 두 명을 상대하면서도 다른 화랑들의 도움을 받을 수가 없었다. 결국 자기 쪽으로 자객들을 유인하려던 선우가 급기야 자객의 칼에 맞아 쓰러졌다. 그 틈을 노린 한 자객이 선우에게 최후의 일격을 가하려는 찰나, 여울이 급하게 자신의 검을 던져 막았으나, 기어서라도 선우를 죽이겠다는 자객들의 몸부림은 어마어마한 것이었다. 화랑들을 선우를 둘러싸고 방패 모양으로 대형을 만들었고 자객들도 한숨 돌리며 검의 손잡이를 고쳐 잡았다. 자객들이 소리 없이 달려 들어오고 화랑들은 우아아 함성을 지르며 자객들을 기다렸다. 막 맞닥뜨려 챙! 검을 부딪치는 순간, 어디선가 '와아아아아' 하는 함성이 들려왔다. 화랑과 자객들의 시선이 소리 나는 쪽으로 돌아갔다. 진묵을 필두로 화랑들이 몰려오고 있었다. 당황한 자객들이 부리나케 검을 거두고 진묵의 반대편으로 달리기 시작했다.

"살았네."

여울이 손뼉을 치며 기뻐하고, 듬직하게 기뻐하는 단세와 악수를 한 수호는 선우를 바라봤다. 하지만 선우는 막 정신을 잃어 뒤로 넘어가는 중이었다.

박영실의 처소. 얼굴 가득 회심의 미소를 짓고 있는 박영실의 손에는 삼맥종의 팔찌가 쥐어져 있었다.
"폐하, 너무 오래 사셨습니다."
그건 그동안 박영실이 그토록 갖고 싶던 물건이었다. 보기만 해도 좋아서 잠을 잘 수가 없었다.
그때 훅 침실 불이 꺼지더니 손에 있던 팔찌를 누군가 낚아채 갔다. 무슨 일이지 싶어서 고개를 돌리는 순간 목에 닿는 차가운 금속의 느낌이 섬짓했다. 어둠에 눈이 익기 전이라 아무것도 보이지 않았지만 가까이 뜨거운 숨소리는 알 수 있었다.
"소리를 질렀다간 이 검이 네 모가지를 자를 것이다."
"누구냐?"
영실은 짐짓 근엄하게 물었다. 대답 대신 자신의 얼굴에 무언가 바짝 다가오는 게 보였다. 점점 어둠이 보이기 시작하는 영실의 눈에 보인 것은 왕의 팔찌였다.
"팔찌의 진짜 주인이다."
"뭐라고?"
"네 놈이 그토록 찾던 얼굴 없는 왕."
"그럴 리가 없어. 왕은 안지 공의 아들이야."
"그럴 수도 있었겠지. 하지만 잘못 짚었어. 내가 너의 주군 삼맥종이다."

"에잇!"

영실은 삼맥종을 밀어내고 소리를 지르려고 했다. 아무리 검이 빠르다고 한들 소리보다야 빠르겠냐 생각했던 것인데, 검이 더 빨랐다. 단검이 푹 찌르고 들어와 영실의 목에서 피가 주륵 흘러내렸다. 목을 만져 피를 확인한 영실은 경악하며 기절할 것 같았다.

"아직 죽을 정도의 상처는 아니다. 한 번 더 움직여보시지."

"원…원하는 게 무엇이냐."

왕의 팔찌가 다시 눈앞에 들이밀어졌다.

"지금은 이것, 다음엔 너의 명줄을 끊으러 올 것이다."

삼맥종의 단검이 휙 날아들자 영실은 눈을 질끈 감았다. 그런데, 아무리 눈을 감고 있어도 그다음 소리가 들리지 않았다. 한쪽 실눈을 살짝 뜨고 보니 방안에는 영실 혼자뿐이었다. 벌떡 일어나 종복을 부르려는데, 목이 쓰라렸다.

"삼맥종!"

영실은 분한 마음을 이기지 못하고 이를 빠드득 갈며 그의 이름을 불렀다.

월성 정전, 지소는 왕좌를 바라보며 걸어가고 있었다. 그런데 아무 일도 없었는데 갑자기 왕좌가 하얀 잿가루를 날리며 타들어가기 시작했다.

"안 돼!"

소리를 지르며 뛰어갔지만 이미 왕좌는 지소의 눈앞에서 한 줌 재로 산화해버렸다.

"헉!"

악몽이었다. 꿈에서 헤어나지 못하며 방을 둘러보는데 창문은 열려 있고 가리개가 바람에 날리고 있었다. 그리고 탁자 위에 삼맥종의 꽃이 놓여 있었다.

"…."

몸은 무겁고 마음은 더 무거웠다. 더는 잠을 이룰 수가 없었다. 지소는 어두운 정전 안으로 들어섰다. 꿈속의 그 장면이 떠올라 왕좌로 걸어가기 겁이 났고 그래서 조심스럽게 주위만 살폈다. 그러다가 문득 왕좌를 보니, 삼맥종이 앉아 지소를 빤히 보고 있었다. 둘의 시선이 마주치자 삼맥종이 말했다.

"더는 피하지 않으려 합니다."

"그게 무슨 소리냐?"

"이제 신국의 진짜 왕이 돼야겠습니다."

지소는 코웃음을 치며 아들을 비웃었다.

"네가 왕이 무엇인지 알기나 하느냐? 난 이 신국을 지켜왔다. 흔들리는 왕권을 부여잡고 버텼어. 내가 혹독한 시간을 견뎌냈기에 아직 성골의 신국인 것이다! 손에 피 한 방울 묻혀 보지 않은 네가! 왕좌를 지킨다는 것이 어떤 것인지 알지도 못 하는 네가… 진짜 신국의 왕? 흥!"

"압니다. 어머니가 지킨 신국이지요. 하나, 왕은 접니다."

"네가 살아 있는 건 내 덕분이다. 너를 베려 한 정적들을 내 손으로 먼저 벴기 때문에! 네가 숨을 쉬고 있는 것이다."

"절 핑계 삼아 어머니의 권력욕을 채우려던 거, 아니셨습니까?"

지소의 얼굴이 처참하게 일그러졌다. 온몸과 마음이 부들부들 떨려왔다.

"저 때문이라고 원망하고 싶으시면 하세요. 그 원망과 후회밖에 가지실 것이 없으실 테니까요. 제 신국입니다. 마땅히 제가 다스려야 할 저의 신국입니다!"

지소는 삼맥종을 그 자리에 두고 도망쳐 나왔다. 분노로 숨이 막혀서 삼맥종과 같은 자리에 있을 수가 없었다. 아주 예전에는 아들이 어미에게 감사하다 말할 거라 생각한 적이 있었다. 그러다가 감사 인사는 바랄 수 없다는 것도 알았다. 그러나 어미를 증오하고 저주하는 아들을 갖게 될 줄은 차마 몰랐다. 이건 지소가 바라던 게 아니었다. 침실로 돌아온 지소는 편히 눕지도 못하고 기대앉아 있다가 잠이 들었다.

"어머니, 이제 그만 두시지요."

삼맥종의 목소리가 들렸다. 그리고 어느새 다가온 삼맥종이 지소의 목을 조르기 시작했다.

"이제 그만 두실 때가 된 것입니다. 왜 모르십니까?"

손아귀의 힘이 점점 더 강해지고, 견딜 수 없게 된 지소의 숨이 딸깍딸깍 넘어갔다….

지소는 헉 숨을 뱉으며 소스라치게 일어났다. 온몸이 땀에 젖어 있었고, 목을 졸린 느낌은 생시인 듯 생생했다.

"모영아… 모영아."

모영이 안으로 뛰어 들어왔다.

"예. 태후 전하"

"안지 공을 불러라."

"안지 공은 망망촌으로 시료를 떠나 오지 못합니다."

아, 그랬었지. 다시는 안 올 거랬지. 지소가 불안하여 어쩔 줄을 몰라 하자 모영이 물었다.

"차를 올릴까요?"

"그래, 차를 마시자."

지소는 떨리는 몸과 마음을 주체할 수 없었고 악몽과 생시의 경계가 모호해 모든 것이 두려웠다. 오늘 밤, 어떤 것이 꿈이고 어떤 것이 생시였는지도 점점 알 수 없게 되었다.

아침이 밝았다. 위화는 침상에 누워 있는 선우의 얼굴을 가만히 쳐다보고 있었다.

진묵이 자객들을 다 놓쳤다고 했었다.

"그래… 진묵 자네가 놓칠 정도라면 보통 자객들이 아니란 얘긴데. 그런 자객들을 수하로 부리는 사람이라면 몇 없는데…."

"그렇습니다."

진묵이 고개를 끄덕이자 위화의 얼굴에 주름이 짙어졌다. 한 사람 있기는 하지.

"개새… 선우랑 상태는 어떤가?"

"아로 의원이 오기 전에는 알 수가 없죠. 오늘 출근이 늦습니다."

"아이고오. 또 엄청 시끄럽겠네."

그 길로 위화는 의원실로 달려와 선우의 얼굴만 보고 있었다. 저놈을 끌어안고 아로가 울고불고할 생각을 하니 벌써 골치가 지끈거렸다. 거참. 녀석. 어이없게도 눈감고 누워 있는 선우는 참 순해 보였다. 아무래도 일당백이 오기 전에는 정신이 들 것 같지 않았고, 할 일이 많은 위화는 남은 일은 화랑들에게 맡기고 의원실을 떠났다.

수호, 한성, 여울이 선우 곁으로 다가왔다. 수호가 이해가 안 된다는 듯 머리를 긁적이며 아까 물었던 말을 또 물었다.

"딱히 다친 곳도 없는데… 못 깨는 거라고?"

여울이 고개를 끄덕였다.

"내가 다 살펴봤거든. 멀쩡한 데가 하나도 없는 몸이긴 하지만 치명상을 입을 만큼 큰 상처는 없었어."

"그럼 왜 못 깨?"

"낸들."

"전부터 이상하긴 했어."

한성의 말에 수호와 여울이 돌아봤다.

"뭐가 이상해?"

"쓰러지는 거."

"쓰러져?"

"이 형… 갑자기 쓰러지는 거. 몰랐어?"

몰랐었다. 수호와 여울은 더 걱정스럽게 못 깨어나고 있는 선우의 얼굴을 바라보았다.

아로는 선우가 그 상태인 것도 모르고, 시장을 돌며 약재를 찾고 있었다. 선우를 키워주고 오라비를 키워준 마을 망망촌에 뭐라도 해주고 싶은데, 약재면 된다니, 어떻게 해서라도 꼭 필요한 약재를 찾아 대령하고 싶었다. 그런데 정말 약이 씨가 말랐나 보다. 역병에 관련한 약재는 팔각회향은 물론이고, 인삼과 백작약도 없었다.

아로는 머리를 쥐어뜯었다. 다리도 힘도 풀려서 아무렇게나 길가에 주저앉아 있을 때였다. 눈앞에 뭐가 떨어져 있는 게 보였다. 다가가 보니, 팔각회향이었다. 팔각회향이 점점점점 떨어져 있었다.

"아니, 이게 뭐야? 왕경에선 씨가 말랐다는 팔각회향이 왜 길바닥에 널려 있대?"

눈앞의 수레에서 하나씩 하나씩 떨어지는 게 보였다. 아로는 팔각회향을 하나씩 주워 담으며 수레 뒤를 열심히 따라갔다. 수레는 송림에 있는 어느 귀족의 저택으로 쏙 들어갔다.

"아아, 송림! 우륵 악사님이 말씀하신 송림이 여기였구나!"

그곳은 박영실의 저택이었다.

고방에 새로 들어온 물건을 점검하는 박영실은 몹시 신경질적이었다. 장부를 들고 같이 검사하는 호공은 영실 목에 감긴 하얀 붕대를 보면서 무슨 일이 있었나 짐작해보는 중이었다. 무슨 일이 있었는지 말을 안 해주는 것 보면 엄청난 일이었던 것 같았다.

호공은 한쪽 면을 가득 채우고 있는 약재 냄새를 맡아보고 역해서 고개를 돌려버렸다. 약재가 절반 정도는 썩고 짓물러져 있었다. 그러나 박영실에게 약재 썩는 것은 별 관심사항이 아닌 듯했다.

"왜 이렇게 지지부진이야?"

"망망촌에서 안지 공이 시료를 하고 있어 그런지 역병 기세가 예전 같지 않습니다."

"미운 놈이 미운 짓만 골라 하는군."

"지금이라도 시장에 내놔야 하지 않을까요? 다 썩어 가는데요."

박영실이 한심하다는 듯 호공을 노려보다가 말했다,

"이 약재를 금으로 바꾸는 방법이 뭔 줄 아나?"

호공은 고개를 저었다.

"여기 있는 약재 칠 할이 썩어나면… 이게 금이 되는 거네."

"네?"

"역병에 걸릴지 모른다… 약재를 구하지 못할 거란 두려움이 금을 만든단 말이지. 안지 같은 자 때문에… 내 금이 썩고 있는 거고."

박영실이 못마땅하다는 듯 집안 모든 것을 흘겨보며 사랑채로 돌아가는 동안 아로가 마당에 들어서고 있었다. 마당에는 마차를 부리고 마차 안에 있는 궤짝을 고방 안으로 옮겨 나르고 있는 짐꾼들로 분주했다. 아로의 눈에는 팔각회향, 인삼, 백작약 등 약재만 보이고 코에는 약재 냄새만 맡아졌다. 약재 썩어가는 냄새가 나는 것 같았다. 설마 천인들은 약재를 구하지 못해 죽어가는데 여기서는 약재가 썩어가는 걸까? 확인을 해봐야겠으니, 어떻게든 안쪽으로 들어갈 수 있을까 궁리하던 때였다.

한쪽에서 머릿수건을 두른 종복 여인들이 마차에 실린 다른 짐 중에서 고기나 생선 따위를 확인하여 가져가는 것이 보였다. 아로도 슬쩍 다른 종복 여인들처럼 머릿수건을 만들어 쓰고 아무 광주리나 들고 안으로 들어갔다.

고방 안에 들어간 아로는 제 눈을 믿을 수가 없었다. 한쪽 면에 가득 쌓여 있는 약재들, 상자 틈을 비집고 나온 팔각회향을 한 줌 집어 보았다. 냄새를 맡고 맛을 봐도 팔각회향이 분명했다.

"아니 이게 어떻게, 망망촌에서는 약재가 없어서 사람들이 다 죽어 나간다는데. 왜 여기에만 이렇게 쌓여 있는 거야?"

일단 출근하고, 그다음 대책을 마련하기로 한 아로는 의원실에서 나오는 위화를 보고는 얼른 그 앞을 막아섰다.

"왜, 왜. 또."

위화는 기겁을 하며 아로를 피하려고 했지만, 아로가 한 발씩 더 빨리 그를 막았다. 위화는 불길하게도 저번 참에 아로에게 막혀 결국 옷에 실례할 수 밖에 없었던 그날이 생각났다. 아아, 불길했다.

"꼭 드릴 말씀이 있습니다."

"알았으니까, 일단 비키게."

"수많은 사람의 목숨이 달린 중요한 일입니다."

"헙, 이번엔 커. 내 목숨도 경각에 있어. 이러다 죽…어."

위화의 간절한 눈빛에 아로가 한 발 물러서 주었다.

"그럼 비익재에 가 있을게요."

"고맙네."

아로가 비켜서자마자 후다닥, 멈칫하다 다시 달려가는 위화였다.

잠시 후, 해탈한 표정을 한 위화가 아로에게 자애롭게 웃어 보였다.

"그래, 우리 일당백… 할 말이 뭔가? 목숨이 달린 문제라니?"

"지금 망망촌에 역병이 돌고 있어 매일 사람들이 죽어 나가고 있습니다. 한데, 약재가 없어서 손도 못 써보고 있는 상황입니다."

"그래, 매년 역병이 돌면 천인들부터 죽어나가지. 그래서?"

아로가 주먹에 쥔 팔각회향을 탁자 위에 쏟아 났다. 위화는 뭔지 몰라서 보고만 있는데, 옆에 있는 피주기가 한눈에 알아보고 소리쳤다.

"어, 팔각회향이네? 이거 요새 못 구하는 약재인데… 어디서 났습니까?"

"왕경엔 씨가 말라 웃돈을 주고도 구할 수가 없는데., 한 곳에선 썩어날 정도로 넘쳐나고 있습니다."

"그게 어딘가?"

"영실 공 댁 고방입니다."

위화와 피주기는 말을 잃고 아로를 바라보았다.

"도와주세요, 풍월주. 제발 부탁드립니다."

"내가 무슨 힘이 있다고. 집도 없고 은편도 없는데."

순간 아로의 눈빛이 야수의 그것처럼 변해 위화를 노려보며 버럭 소리를 질렀다.

"그렇다고 이렇게 두고만 보시겠단 거예요?"

위화와 피주기가 놀라서 움찔거리는데, 아로는 계속 와왁거렸다.

"어떻게든, 무슨 방법을 찾아보셔야 할 거 아니냐구요."

"아니, 왜 나한테."

위화는 울상이 되어 피주기에게 도와 달라 신호를 보냈다. 피주기가 조심스럽게 눈치를 보며 말했다.

"저기, 오라버니한테는 가 보셨습니까?"

"오라버니가 뭐?"

"아니 지난밤, 자객한테 살짝. 아주 사알짝…"

"자객?!"

아로는 우당탕 문을 열어젖히고 비익재에서 의원실로 전속력으로 달렸다. 선우가 자객에게 당했다는 소식에 놀라기는 하였지만, 예전처럼 눈물부터 마구 쏟아지지는 않는 거 보면 이것도 면역력이 생기는 모양이었다. 아로는 눈에 차오르는 눈물을 야무지게 닦아내며 입을 앙다물었다.

"자객? 암튼 몸 성할 날이 없지. 많이 다쳤기만 해 봐. 아주. 그냥."

선우는 꿈을 꾸고 있었다. 햇빛이 찬란한 어느 날이었다. 선우가 앞서 걷고 아로가 뒤따라오고 있었다. 문득 서서 아로가 예쁘게 웃었다. 손을 뻗어 머리카락을 조심스럽게 넘겨주고, 뺨에 입을 맞췄다. 물빛에 햇살이 부서졌다.

의원실 침상에 누운 선우가 꿈 때문에 희미하게 웃고 있었다. 누군가 선우의 뺨을 가만히 만지는데, 선우가 그 팔을 잡아 자기 쪽으로 쑥 당기며 눈을 떴다. 얼굴 가까이에 바짝, 숙명이 선우를 바라보고 있었다. 선우는 아로가 아닌 걸 알고 잡은 손을 얼른 놓았지만, 숙명은 그대로 살짝 선우에게 입을 맞췄다.

마침 그때 의원실 문을 막 열려던 아로는 그대로 문을 닫고 돌아섰다. 심장이 미친 듯이 뛰어오르고 있었다. 숙명하고 선우가 입을 맞춰? 아니, 그건 아니고, 숙명이 선우에게 입을 맞췄다. 이 사태를 어떻게 받아들여야 할지 판단이 서질 않았다.

충동적으로 선우에게 입을 맞추긴 하였으나 아무래도 이런 건 역시 어색해서 숙명은 모르는 척 몸을 일으키고 딴청을 했다. 선우도 갑작스러운 이 상황에 누워 있을 수가 없어서 무거운 몸을 일으켰는데, 숙명이 마치 책임을 묻듯 샐쭉 토라지며 물었다.

"날, 누구라고 생각한 거요?"

"지금 그게 중요한 것 같진 않은데?"

숙명은 이리저리 시선을 피하던 것을 작정하고 선우의 눈을 딱 마주 보았다.

"난 정혼자가 있소. 당신 같은 반쪽을 내 남진으로 받아들일 생각도 없지만 이게 뭔진 알아야겠소. 그대를 보는 내 혼란스러움이 뭔지, 이 감정이 뭔지 말이오."

"나 때문에 뭐가 헷갈린단 얘기 같은데. 그럴 거 없소, 아까 그거라면 난 벌써 잊었으니까."

선우가 굳이 불편한 몸을 일으켜 의원실 밖으로 나가려는데 숙명이 잡아 세우듯 단정적으로 말했다.

"그대 생각이 궁금한 게 아니오. 내 마음이 궁금하단 거지."

숙명이 선우가 못 나가게 문을 막듯, 문 앞에 서서 선우를 똑바로 바라봤다.

"이건 신국의 공주로 내리는 명이오. 내 궁금증이 해결될 때까지

도망치지 마시오. 내가 더 이상 궁금하지 않을 때까지 그대로 있으라고."

숙명이 도도하게 턱을 치켜들었다. 선우가 숙명을 빤히 쳐다보며 다가갔다. 그러자 숙명은 방금 전 도도함이 어디로 도망가버렸는지 긴장감으로 입안의 침이 바짝 말랐다. 드디어 선우의 얼굴이 바로 턱 앞에 닿은 순간, 선우는 문손잡이를 잡아 밀더니 그대로 밖으로 나가버렸다. 숙명은 불쾌하면서도 야속한 마음을 삭이느라 눈을 감았다.

의원실 밖에 있는 아로는 모르는 척, 의원실 문을 열고 들어갈까? 그냥 멀리 가 있다가 좀 있다 올까? 아니, 그래도 의원실에 들어가야 하나? 더 민망한 꼴을 하고 있으면 그땐 어쩌누? 의원실은 내 방인데 내 방도 못 들어가나? 이러지도 못하고 저러지도 못해서 왔다 갔다 우물쭈물 하고 있었다. 그때 선우가 불쑥 의원실 밖으로 나와 버렸다. 도망가기에도, 숨기에도 너무 늦었다.

선우는 아로를 보자마자 애틋함에 달려가고 싶었지만, 선우를 조정하기 위해 아로를 이용한다는 지소의 말이 떠올라 차마 다가갈 수가 없었다. 아로와 어떻게든 틈을 만들어놔야 지소도 포기하고 아로를 건드리지 않을 것이다. 선우가 우물쭈물하자 사랑스러운 아로가 얼굴 잔뜩 걱정을 담고 다가왔다.

"선문에 자객이 들었다던데, 다친 거 아니에요?"

선우는 아로에게서 눈을 뗄 수 없었지만, 마음과는 달리 무뚝뚝하게 대답이 튀어나왔다.

"괜찮아."

"어디 봐요."

"멀쩡해."

선우의 대답에는 다가오지 말라는 숨은 뜻이 너무 강해서 아로는 멈칫 그 자리에 섰다. 젠장, 입맞춤을 숙명이 한 게 아니라 숙명이랑 진정 했나? 이런 말도 안 되는 생각이 순간 떠올랐으나 아로는 마음을 다스렸다.

"할 말 다했으면, 간다."

단호하게 가버리는 선우의 뒷모습을 보면서 아로는 짜증이 나면서도 마음이 아팠다.

"와! 또 시작이네. 뭔 사내가 밀당을 저렇게 하냐. 난 알면서도 또 아파."

터덜터덜 축 처져서 의원실 문을 열었는데, 숙명 공주는 아직 거기 있었다. 숙명이 선우에게 입 맞추는 장면이 또 생각나 욱! 치밀어 오르는 것이 있었으나 꾹 눌러 참았다.

"여긴 어쩐 일이십니까."

"네 말이 맞더구나. 내 오라비가 이 선문 안에 있었어… 지뒈랑!"

"아니, 그걸 어떻게?"

"말했잖아. 너만 내 오라비를 아는 건 부당한 거라고."

"혹, 다른 사람들도 알게 된 것입니까?"

"욕심이 지나치구나."

"욕심이라니요?"

"네 오라비는 왕이라 오해받아 자객까지 만났는데, 너는 아직도 내 오라비까지 챙기는 것이냐?"

"그건….“

"선우랑이 오라비가 맞기는 해? 선우랑을 보는 네 눈빛은 오라비를 보는 눈이 아니었다."

"무슨 말씀을 하고 싶으신 겁니까."

"한쪽 손엔 내 오라비를, 다른 손엔 선우랑을 들고 재고 있는 게 아닌가 묻고 있는 거다."

아로는 새삼스럽게 눈앞에 서 있는 이 막무가내 공주님을 바라보았다. 공주님이 아무거나 뱉으면 다 말인 줄 아는 것이 심히 거슬렸으나 일단 설명은 해줘야겠다 싶었다.

"욕심은 공주께서 부리고 계십니다."

"뭐라구?"

"상대는 마음이 없는데 억지로 갖고 싶은 게 욕심이죠. 전 그런 게 아닙니다. 공주님과는 다르죠."

아로는 지지 않겠다는 듯 가슴을 쭉 펴고 숙명을 빤히 쳐다보았다. 기가 막힌 숙명은 차라리 웃어버렸다.

"태후 전하께서 널 선택하신 이유를 알겠다. 넌 참, 거슬려."

태후 이름만 나와도 자동 반사작용으로 움찔 놀라는 아로가 의심의 눈으로 숙명을 쳐다봤다.

"선택하시다니… 그게 무슨?"

숙명이 코웃음을 쳤다.

"곧 알게 될 테니, 너무 궁금해할 건 없고."

숙명이 더러운 것을 치우듯 아로를 싹 밀어내고 도도하게 밖으로 걸어나갔다. 아로는 진심으로 저 뒤통수를 빡! 소리 나게 때려주고 싶었다.

    화랑들의 식사시간. 정양당에 모인 화랑들이 동방생들과 즐거운 점심을 즐기고 있는데 수호는 아예 손을 놓고 반류만 쳐다보고 있었다. 반류는 상선방 화랑들이 아닌 예전 패거리들인 기보, 신 등과 같은 자리에 앉아 있었다. 수호에게는 등을 돌린 채.

    여울과 한성도 수호와 나란히 앉아 반류를 보고 있었는데, 여울이 턱을 괸 채 안타깝다는 듯 한숨을 쉬었다.

    "반류가 저 자리에 앉았다는 건 예전으로 돌아갔다는 은유적 표현인가?"

    "저게 무슨 은유야. 대놓고 표현한 거지."

    "그래. 그건 그렇다."

    여울이 한성을 보며 고개를 끄덕이는데, 수호가 벌떡 일어나 반류에게 다가갔다.

    "너 어제 어디 있었냐?"

    "내가 어디 있든, 네가 무슨 상관이야?"

    "자객이 들었어. 선우랑이 죽을 뻔했다고. 근데 넌 밤새 코빼기도 보이지 않더라. 이게 우연인가?"

    "네가 뭘 상상하든 상관 안 해. 대신 좀 비킬래. 태후의 개를 보고 있으니까 밥맛이 떨어져서."

    기보와 신이 쿡, 낄낄 웃으며 수호와 반류의 눈치를 살피고, 어디 반격해보시지? 기대하는 눈빛으로 수호를 바라봤다.

    "또 도망치는 거냐. 못된 놈으로?"

반류가 탁 소리가 나게 젓가락을 내려놓고 수호를 노려봤다.

"경고하는데, 친구인 척하지 마."

"넌 어제 그 일이랑 아무 연관이 없어야 돼. 만약 조금이라도 관련이 있으면, 넌 개자식이니까. 나한테 죽을 거니까."

그때 정양당 안으로 선우가 들어오자 순식간에 얼어붙은 듯 정양당이 조용해졌다. 모든 화랑이 선우를 경외감으로 바라보고 있었다. 선우가 자리에 앉자마자 장현이 밥을 가져다가 선우 앞에 놔주고 갔다. 어색하고 낯선 분위기에 긴장한 선우가 상선방 화랑들을 봤다.

"뭐냐 이거?"

"어제 자객까지 쳐들어온 바람에 형을 왕으로 완전 인정하는 분위기."

도리어 신나서 떠드는 한성을 여울이 찰싹, 응징해주고 선우에게는 별거 아니라는 듯 웃었다.

"신경 쓰지 마."

"괜찮으십…냐?"

상선방 자리에 돌아온 수호는 선우를 보고 걱정스럽게 입을 열었다가 헤매고 말았다.

"너도 이상한 거 알지?"

"알아."

수호도 이 분위기가 참 마음에 안 들고 괴로웠다. 선우가 묵묵히 밥을 떠먹기 시작하자, 한성이 선우에게 반찬을 집어주며 해맑게 웃었다.

"이거 먹어, 이게 맛있어."

선우가 그런 한성을 따뜻하게 보는데, 여울이 주변 눈치를 살피다가 은밀하게 목소리를 낮추고 물었다.

"말이 나왔으니 말인데. 진짜 폐하신가? 우리한텐 살짝 얘기할 수도 있잖아."

왕이 아니라고 시원스럽게 말할 수 있으면 좋겠지만, 지소가 이미 아로를 인질로 하며 왕인 척하라 하였으니 그럴 수는 없고, 친구들에게 거짓말을 하고 싶지도 않아서 선우는 아무런 말도 할 수가 없었다. 선우가 불편한 기색을 보이자 수호가 여울에게 눈을 부라렸고 여울이 '아, 왜?' 억울해하는 중에, 선우는 숟가락을 내려놓고 일어섰다.

"왜?"

"밥 생각이 없어."

선우가 밥도 다 안 먹고 일어나 나가자 화랑들은 웅성웅성 시끄러워졌다. 그리고 앞에 앉은 여울을 확 발로 차버리는 수호였다.

위화는 혼자 있는 방에 삼맥종이 찾아오니 참으로 불편하였다. 왕이라는 것을 알고 있는 마당에 다른 화랑 대하듯 마냥 편할 수도 없고, 예를 갖추고 이런 건 좀 불편하고, 그런 거 하다가 딴 사람들이 와서 보게 되어도 곤란하고, 이럴까 저럴까 엉거주춤하는데 삼맥종이 픽 웃으며 말했다.

"앉아 계시오. 먼 조카뻘인 내가 서 있는 게 당연하지. 또 내 스승 아니신가."

"기왕이면 명령이라고 한 말씀만 덧붙이시면 좀 더 편해질 것 같

206

긴 한데."

"명이오."

"그럼."

위화가 하던 대로 편하게 자리 잡고 앉자 삼맥종이 물었다.

"진짜 왕이 되려면 감당하라고 했소?"

"예. 그랬습니다."

"감당하고 나면, 또 뭘 어떻게 해야 하는 거요?"

위화는 바로 대답하지 않고 삼맥종 말의 진의를 파악하려는 듯 가만히 쳐다보았다. 삼맥종은 그 시선을 피하지 않고 진지하였다.

"사람을 얻으십시오. 제가 얼굴 없는 왕이라면, 힘 있는 자를 얻겠습니다.

"힘 있는 자, 박영실 같은 자 말이오?"

"박영실을 얻을 수 있으면 박영실을 얻으십시오. 그럼 그 힘 또한 폐하 것이 될 것입니다."

"얻을 수 있다면 얻어라, 얻을 수 없다면 죽여야 하고?"

위화는 삼맥종의 말을 부정하지 않았다.

"내가 그대를 얻었소?"

삼맥종의 질문에 위화는 쉽게 대꾸하지 못하고 한참 동안 머뭇거리다가 말했다.

"명분을 얻으셨습니다."

"명분이 아니라면 다른 사람을 선택했다는 뜻이오?"

"때로 선택은 더 좋은 것이 아니라, 덜 나쁜 것을 해야 할 때도 있습니다."

위화의 수수께끼 같은 답에 생각이 많아진 삼맥종은 정양당에서 나오는 선우를 보았다. 선우도 삼맥종을 발견했고, 둘은 멈춰 서서 말없이 서로를 바라보고 있었다. 삼맥종이 먼저 입을 열었다.

"왕인 척하는 건 어떤 기분이냐?"

"알 텐데. 어떤 기분인지."

"알 리가 없잖아. 한 번도 해본 적이 없는데…."

잠깐 쓸쓸해하던 삼맥종이 빠르게 심기일전하고 물었다.

"자객 들었단 소리는 들었어. 괜찮냐?"

삼맥종이 걱정하는 말에 선우는 뜬금없이 생각했다. 친구로는 네가 처음이라던 삼맥종의 어이없었던 고백을.

벌써 몇 번째 돌고 있는 것인지, 반류는 선문 담장을 따라 걷고 있었다. 정양당에서 수호가 자객들과 아무 관련이 없어야 한다고 말한 게 귓가를 떠나질 않았다. 의심할 수밖에 없는 상황이지만 의심하지 않겠다는 건, 수호의 의지 표현이었다. 그렇지만 수호가 그렇게 나오는 것이 반류는 더 힘들었다. 다 잊고 박영실의 개라도 되어 아버지 호공의 욕망을 채워주겠다 결심했었다. 그래서 자객에게 선우의 위치를 알려주었다. 이제 그 길로 쭉 가겠다고 천명하기 위해 상선방 식탁을 떠나 기보, 신의 식탁에 앉았다. 그랬으면 저도 알아서 다 포기하고 예전처럼 으르렁거리기나 할 것이지 일말의 희망을 왜 붙들고 있단 말인가?

반류는 나뭇가지를 부러뜨려 바닥에 던졌다. 여기에서 마음이 약해질 수는 없었다. 어찌 아들이 아버지를 버릴 수 있겠는가? 그때 누군가가 작은 돌멩이를 반류에게 던졌다. 휙 돌아본 그곳에는 담장 밖으로 수연이 빼꼼 얼굴을 내밀고 있었다. 다시는 보지 않겠다며 팔을 뿌리치고 뒤도 안 돌아봐 줬는데, 그토록 못되게 굴었는데 저 아가씨가 또 와서 반류를 보고 있는 것이었다.

반류는 뭐에 홀린 양 수연에게 다가갔다. 담장을 사이에 두고 수연이 보고 있어도 그리운 듯 반류를 바라보고 있었고, 반류는 그 시선이 무겁고 아파서 똑바로 바라볼 수가 없었다.

"그동안 잘 지내셨어요?"

'잘 못 지냈습니다.'

마음으로 하는 대답을 들을 길 없는 수연은 대답 없는 반류를 조금은 원망스러운 듯 보다가 말을 이어갔다.

"다신 안 보겠다고 하신 거 아는데, 뵙고 싶고, 왜 안 보고 싶으신지 도저히 모르겠고, 안 그러려고 했는데, 그냥 왔어요. 마음이 변했대도 괜찮아요. 이제 제가 예쁘지 않대도 괜찮고, 처음부터 예쁘다고는 안 하셨지만 그래도 전, 반류랑이 고마워요."

"내가… 고마워요?"

수연은 반류의 대답 아닌 대답이 반가워 웃으며 고개를 끄덕였다.

"그럼요. 고맙죠. 세상에 우리 오라버니 같은 사내만 있는 줄 알았는데, 반류랑처럼 좋은 사내도 있다는 걸 알게 해줬으니까요."

"수호가 좋은 사내죠. 난 아니에요."

수줍어서 고개도 똑바로 못 들고, 눈물짓느라 한숨만 쉬던 수연이 처음으로 눈 동그랗게 뜨고 반류를 쳐다봤다.

"잘못 생각하고 계신 겁니다. 우리 오라버니는 친구들한테는 어찌

하는지 모르겠지만 여인들에게는 신의가 없어요. 자기를 좋아하는 여인은 자기 마음대로 해도 된다고 생각하죠. 반류랑은 안 그러잖아요. 제가 반류랑을 좋아하는 걸 알고 같이 걱정해주셨잖아요."

"그동안 나는 여인들에게…."

상처를 주었다고 말하려 했지만, 그간 어떤 여인이든 접근 자체를 못하게 해왔기 때문에 상처를 준 여인도 당연히 없다는 생각이 들었다.

"여인들에게 아무 짓도 안 하셨죠? 같이 할 수 없으니 접근 자체를 못하게 하셨잖아요. 우리 오라버니보다 백배 좋은 사내이십니다."

"그것만으로 좋은 사내라고는…."

"엉덩이 꼬집어놓고 가슴 만졌다 뒤집어씌워도 가만있으셨죠? 그것도 좋은 사내라는 증거입니다."

"그게 왜? 난 그때 그대가 너무 필사적이어서…."

"필사적인 제 마음을 읽어주고 오해를 받더라도 참아주셨잖아요. 어떤 사내가 그렇게 배려를 할 수 있겠어요? 반류랑은 제가 본 사내 중에서 최고의 사내이셔요. 그렇지만 이젠 저를 안 보시겠다고 하시니…."

방금 전까지 눈 동그랗게 뜨고 조목조목 따지던 수연이 갑자기 눈물을 흘리기 시작했다. 반류를 한숨을 내쉬었다. 이 집 남매들은 왜? 전생에 무슨 인연이었길래? 정해진 운명을 따라가겠다는 반류를 놔주지 않는단 말인가? 대체 왜?

정전 회의에 앉아 있었지만, 지소는 지난밤 몇 번에 걸친 악몽 때문에 피곤하여 회의에 집중할 수가 없었다. 쿨럭쿨럭 오늘따라 기침도 멈추지 않고, 자꾸 정신이 혼미해지는 것 같았다. 목에 붕대를 감고 있는 박영실은 그런 지소를 유심히 관찰하고 있었지만, 지소는 자기가 관찰당하는 것도 깨닫지 못할 정도로 정신이 없었다.

"천인촌에 역병이 돌고 있습니다. 빨리 약재를 풀어 손을 써야 하는데, 왕경에도 역병에 쓰는 약재가 씨가 말랐어요."

"지금 당면한 사안이 얼마나 많은데 고작 천인촌 역병 따위로 시간을 보내자는 겁니까?"

"맞습니다. 남부여와 고구려의 기세가 심상치 않은데, 저대로 두고 보실 겁니까?"

역병 이야기를 들고나오니 예상했던 대로 박영실파들이 득달같이 달려들어 일단 반대를 하고 들었다. 김습은 골치가 아팠다. 사안을 봐가면서 반대를 하든가, 반대를 위해 반대하는 어리석은 것들.

"역병이 언제 왕경을 넘을지 모르는데 경들은 두렵지도 않으십니까? 세금을 더 이상 걷기 어렵다면, 우리라도 십시일반 모아 뿌리를 뽑아야지요!"

"월성 고방을 열면 되지 않겠습니까. 월성 창고에 쌓인 곡식과 약재를 풀면 천인촌 하나쯤 살리고도 남을 텐데요."

"역병이 왕경을 덮치면 어쩔 겁니까. 월성은 왕경의 마지막 보루 같은 곳인데, 비축한 약재도 없이 어찌 역병을 어찌 대비하겠소?"

박영실이 느물거리며 한마디 거들었다.

"사정은 다 마찬가지 아니겠습니까. 그리 천인들이 귀하시면, 이 찬 곡간을 터시든가요."

"뭐요?"

"그깟 천인 촌 하나쯤 통으로 사라져도 달라질 게 없어요. 어차피 성문을 넘은 천인은 죽는다 알고 있으니… 함부로 문을 넘지도 못할 겝니다."

김습은 영실이 하는 말에 어이가 없었으나 뭐라 딱히 할 수 있는 말이 생각나지 않아 지소를 올려다봤다. 태후가 한마디 해주시면 좋겠는데, 오늘따라 태후의 상태가 너무 안 좋아 보였다.

지소는 박영실을 보고 있었다. 아니, 눈은 박영실을 향하고 있었으나 그 뒤 어둠 속의 무엇을 보고 있었다. 어둠 속의 그것은 웅성웅성 소란스럽게 뭐라 말하고 있었는데 소리가 울리고 뭉개져서 정확하게 알아들을 수가 없었다. 어둠 속이 그것들이 스멀스멀 기어 나와 화백들을 덮치고, 화백들과 힘을 합쳐 지소의 숨통을 틀어막듯 압박하며 다가오고 있었다.

"양위는 언제 하실 겁니까? 제게 말씀하지 않으셨습니까? 그 화랑이 삼맥종이라고."

지소가 소스라치게 놀라 영실을 보는데, 방금 들었던 말은 영실이 했던 말이 아니었다. 그것은 환청?

"양위하세요."

"내려오세요."

"이제 그만 두실 때가 됐습니다."

"양위."

"양위."

지소는 쓰러지지 않으려고 의자의 손잡이를 잡고 몸을 지탱했다.

걱정스럽게 지소를 부르는 김습의 소리가 어렴풋이 들려왔다. 지소가 정신 차리고 보면 어둠이나 웅성거림은 없고 의아한 듯 보고 있는 화백들만 있었다. 그중 박영실은 뭔가 알겠다는 표정이었다. 김습이 다시 지소를 불렀다.

"전하… 괜찮으십니까? 고구려에 사신을 보내야 할지 여쭈었습니다."

지소는 정신을 가다듬고 위엄을 찾아 최대한 평소의 지소처럼 보이려 노력하며 대답했다.

"전에도 말한 바대로, 그들의 과오를 사죄하고 다시는 같은 도발을 하지 않겠다 약조하기 전에, 어떤 교역도 불가하오."

매캐한 연기가 피어오르고 있는 망망촌, 지저분하고 지친 몰골의 안지가 죽은 시신에 거적을 덮고 있었다. 이대로 다 죽이고 말아야 할 것인가 허탈하고 허무했다.

"월성에선 아직도 아무 소식이 없소?"

우륵은 대답하기도 힘들다는 듯 고개만 저었고, 안지는 막막해서 한숨을 내쉬었다. 그때, 아이를 안고 뛰어온 젊은 여인이 소리쳤다.

"의원님, 살려주세요… 제 아이 좀 살려주세요."

안지가 여인에게서 아이를 받아 안았는데, 울컥, 여인이 구토하면서도 안지에게 매달렸다.

"저는 죽어도 좋습니다. 제 아이만… 제 아이만…."

아이에게는 이미 할 수 있는 일이 없었다. 그런데도 여인은 한사코 아이를 살려달라고 울면서 매달리고 있었다. 자신이 먼저 치료받아야 할 텐데. 보다 못한 안지는 행낭에서 약초를 꺼내 짓이기기 시작했다.

"그건 독초 아니요?"

"이거라도 써야겠소."

"아… 안 돼요."

"이대로 두고 볼 수는 없소."

안지는 여인의 입에 찧은 약초를 넣어주었다.

"씹어요. 독만 버티면… 살 수 있소."

여인은 약초를 씹으며 연신 고개를 끄덕여 감사 인사를 했는데 약초를 넘기자마자 울컥 피를 토했다. 그러더니 이내 쓰러지며 가느다란 숨을 놓아버렸다. 그를 보면서 안지는 허탈해 뒤로 주저앉아버렸다. 기력을 못 차리는 아이와 거적에 싸인 시신들. 망망촌의 현실 앞에 지독한 무력감을 느끼는 것 외엔 아무것도 할 수 없는 안지였다.

팔각회향. 위화는 탁자 위에 놓인 팔각회향을 가만히 쳐다보고 있었다. 천인들은 약이 없어 매일 죽어 나가고 있는데 영실의 고방에서는 팔각회향이 썩어나고 있다니! 아로의 말마따나 이걸 그냥 두고 볼 수는 없는 일.

그래서 위화는 선우와 삼맥종을 불렀다.

"내가 너희 둘을 부른 것은… 너희 둘에게 문제를 하나 내기 위해서다."

뜬금없이 불려온 선우와 삼맥은 위화가 무슨 말을 하는지 짐작도 못하겠어서 서로의 얼굴을 보는데, 문이 열리고 아로가 들어와 두 사람 앞에 섰다.

뜻밖의 등장에 삼맥종과 선우의 가슴이 쿵 내려앉았다. 아로를 가운데 둔 세 사람의 시선이 얽히고 어색한 정적이 흘렀다.

"여긴 일당백. 선문에서는 의원을 하고 있지만, 밖에서는 각종 잡일을 다 하는, 굳이 소개하지 않아도 알 테고. 암튼 우리 일당백이 재밌는 사실을 알았다지, 뭔가. 불이 핑-!"

"요즘 역병이 돈다는 건 아시죠? 그런데 왕경과 온 신국에 역병을 시료할 약재가 바닥난 상황이고, 망망촌에서는 천인들이 다 죽어 나가고 있는데 손도 못 쓰고 있습니다. 내가 우연히 이 약재가 어디 있는지 알게 됐는데, 그게, 각간 영실 공의 고방이요. 그 고방 안엔 신국의 모든 역병을 시료하고도 남을 만큼의 약재가 쌓여 있는데, 썩어나가도 문을 열지 않고 팔지도 않습니다. 조금이라도 약재가 나왔단 소리가 들리면 다 사모아 그 고방 안에 쌓아 놓고만 있습니다. 해서 왕경 안엔 웃돈을 주고도 약재를 살 수가 없는 실정입니다. 영실 공은 역병이 더 창궐하길 기다렸다가, 그 약재를 금보다 더 비싼 값에 팔려고 하고 있는 듯한데…."

"그 전에 망망촌 사람들은 다 죽어버릴 거 아니야."

분노를 참지 못해 버럭 소리 지르는 선우를 보고 아로가 고개를 끄덕였다.

"바로 그겁니다. 생명은 기다려 주지 못하니까요."

위화가 탁자를 탁탁 쳐서 모두의 시선을 집중시킨 후 입을 열었다.

"자, 여기서 문제다."

"문제?"

"들었다시피, 시간을 지체하면 망망촌 천인들의 목숨은 남아나지 않는다. 어떻게 하겠느냐? 이 문제는 반드시 너희 둘이 함께 풀어야 한다. 너희 둘이 왕 노릇에 대해 가장 많이 고민하고 있을 거 같아선데, 아님 말고. 어쨌든 난 문제를 냈으니 풀어라. 아님 말든가."

아로가 위화를 째려봤다. 어떻게 하라고 시켜도 아쉬운 판에 아님 말라는 건 또 뭔가?

"이 문제는 통과 불통이 걸린 문제가 아니다. 풀어도 그만이고 안 풀어도 그만이야. 이 길로 나가, 아무 소리도 듣지 않은 것처럼 귀를 씻어버려도 상관없다. 모든 결정은 너희가 직접 하도록 해라."

선우와 삼맥종이 굳은 얼굴을 하고 밖으로 나가자, 아로가 참았던 큰 한숨을 내쉬더니 홱 위화를 노려봤다. 위화는 반사적으로 찔끔 움츠러들어 비굴한 미소를 지으며 아로를 보았다.

"왜? 가만있을 거냐고 혼내길래 가만히 안 있어 본 건데?"

"알아서 하라고만 하면 어쩝니까? 당장 무슨 일이라도 저지를 거예요."

"아아, 그거?"

움츠러들었던 위화가 자세를 바로 하고 편히 앉으며 진지한 표정으로 아로를 쳐다봤다.

"무슨 일을 저지르라고 그런 거야."

"무슨 소립니까? 그게."

"무슨 일이라도 벌이지 않으면 세상은 바뀌지 않네. 어떻게 할지는 저들의 결정에 달려 있겠지. 저 아이들의 각성이 어쩌면 이 신국을 조금 바꿀지도 모르는 일이고."

위화가 씩 웃으며 덧붙였다.

"좋은 소리 한 거란 소릴세. 일당백도 좀 믿고 기다려봐."

"넌 못 풀어."

단호한 선우의 말에 삼맥종은 핏대가 서는 것 같았다.

"왜 내가 못 풀 거라고 생각하는데?"

"모르니까. 그들이 어떻게 사는지, 어떤 사람들인지, 그곳이 얼마나 아름다운 곳인지, 그래서 얼마나 지킬 가치가 있는지… 넌 모르잖아."

"고방에 약재를 쌓아두고 목숨으로 장사하는 게 죽을 짓이란 건 알아. 너만 있는 게 아니야. 나도 부당한 일을 보면 치밀어 오르는 게 있어."

"그게 얼마만큼 끈기 있는 마음인지는 알 수 없지."

"결론만 같으면 되는 거 아닌가?"

선우가 삼맥종의 마음이라도 읽겠다는 듯 똑바로 바라봤다. 삼맥종도 그 시선을 받아 피하지 않고 제대로 선우를 보았다.

마침내 선우가 입을 열었다.

"내 답은 하나야."

"내 답도."

상선방 화랑들은 방금 생전 한번 들을까 말까 한 황당한 소리를 뱉은 진지한 표정의 선우와 삼맥종을 바라보고 있었다. 그 와중에 혼자 신난 한성이 환호성을 질렀다.

"와, 신난다! 할 거야, 해. 무조건 할 거야!"

신나서 방방 뛰는 한성을 잡아끌어 제 옆에 앉혀 조용히 시키며 여울이 수호에게 눈짓을 했다. 그 눈짓을 받은 수호가 물었다.

"뭘 한다고?"

"난 꼭 해야 할 이유가 있지만, 니들은 그럴 필요 없어. 아무것도 책임져 줄 수 없는 일이니까. 잘 생각해."

"난 형이 한다면 무조건 한다니까."

용수철처럼 튀어 오르는 한성을 앉히며 여울이 샐쭉 삐져서 한마디 했다.

"너는 어떻게 선우한테는 그렇게 맹목적으로 그러냐?"

"좋아하니까."

크윽, 여울의 제 가슴을 움켜쥐고 탄식했다.

"이런 배신자, 내가 그리 저를 위해 사랑을 바쳤건만…."

"할게!"

수호가 진지하게 한 발 나섰다.

"나 때문에 하는 거야. 해야 할 일인 것 같아서. 이 소릴 듣고 찜찜해서 잠이 오겠냐?"

수호가 여울을 바라봤다. 가슴을 움켜쥐고 설레발을 치던 여울이 역시 진지하게 표정이 되어 말했다.

"나도 좋아. 어쩌면 각간이 숨겨진 내 아버지일지도 모르지만."

"왕경 안에 아버지가 너무 많은 거 아니냐?"

"우리 어머니가 워낙 애정이 넘치는 분이라."

"나도!"

한성이 벌떡 일어나 당당하게 형들을 바라보았지만 선우가 단칼에 잘랐다.

"넌 안 돼."

"아, 왜? 왜왜?"

여울이 한성을 다독이며 자리에 앉히며 물었다.

"반류는?"

수호가 고개를 저었다.

"반류도 안 돼."

"그래⋯. 각간 집 고방을 터는 일인데, 계획이 미리 새기라도 했다가는⋯."

"그런 게 아니야. 그래도 아버지인데, 그놈 발목을 잡을 수도 있잖아. 걘 모르게 해야 돼."

"자, 자!"

삼맥종이 모두를 둘러보며 씩 웃었다.

"작전을 짜야지? 작전명은, 약재 조달 작전!"

달빛 아래 고요한 박영실의 집. 고요한 방면 경비도 삼엄한데, 쾅! 쾅! 쾅! 누군가 박영실의 집 대문을 거칠게 두들기기 시작하였다. 급하게 뛰어나온 종복이 문을 살짝 열고 밖을 내다보니, 잔뜩 취한 위화가 비틀거리면서도 대문을 확실하게 조준해서 발로 걷어차고 있었다.

"누구?"

"화랑도 풍월주가 삼십 년 묵은 홍주를 마시러 왔다고 하게."

"예?"

"이거 말로는 안 되겠구만."

위화가 종복을 확 밀치고 집 안으로 들어섰다.

"아, 저… 저기! 이보십시오."

위화는 취기로 비틀거리면서도 한편으로 예리하게 마당을 쭉 둘러보았다. 고방 앞에는 험악한 인상의 무철과 덩치 크고 우락부락한 사내들이 보초를 서고 있는데, 위화는 마구잡이로 취한 척 비틀대며 고방 쪽으로 돌진하였다. 무철이 깜짝 놀라 막아섰다.

"이쪽으로 오시면 안 됩니다!"

"내가 급해서."

"아니, 지금 뭐하시는…?"

위화는 비틀거리면서도 급하게 허리춤을 풀어 젖히면서 히죽 웃어 보였다.

"괜찮아. 금방 끝나."

"여긴 뒷간이 아닙니다!"

"내가 괜찮다니까, 그러네."

위화는 비틀거리며 금방이라도 쌀 것 같은 자세를 잡았다.

박영실의 집 마당이 보이는 담장 한쪽, 위화가 소란을 벌이는 쪽으로 우르르 몰려가는 도고와 수하들이 보였다. 잠시 후 검은 옷으로 바꿔 입은 화랑들이 선우의 손짓에 따라 기민하게 담을 넘었다.

잠입에 성공한 화랑들은 고방 안의 압도적인 광경에 잠시 얼음이 되었다. 눈앞에 켜켜이 쌓은 금괴들이 천장까지 빽빽이 차 있고, 한쪽엔 약재 상자가 그득한데, 수호가 궤짝을 열어 보았더니 팔각회향과 인삼, 말린 백작약이 눈이 튀어나오도록 가득 들어 있었다.

"내가 여러 미친 짓을 봤지만, 그중 이게 제일인 것 같네."

삼맥종은 분노로 그것들을 보았다.

"황실보다 더 많은 금과 약재, 이런 자가 신국의 각간이라니…."

"이게 이곳의 질서냐?"

선우의 질문에 삼맥종이 단호하게 대답했다.

"아니, 이건 아니지."

고방 앞에서는 무철이 땀을 뻘뻘 흘리면서 간신히 위화를 말려 옷을 제대로 입혀놨더니, 이놈의 영감탱이가 더 비틀거리다가 아예 쓰러져버렸다. 무철이 터질 것 같은 마음을 간신히 가라앉히고 수하들에게 눈짓을 했다. 수하들이 얼른 달려와 위화를 부축해서 일으키는데, 위화는 뻗대듯이 일어나며 안주머니를 주섬주섬 더듬기 시작했다.

"가만, 내가 여기 뭘 갖고 왔는데…."

위화가 드디어 안주머니에서 찾은 것을 꺼내 툭 던졌다. 무철과 수하들이 이게 뭔가 보고 있는데, 꾸물꾸물 뱀이었다.

"배, 배, 배, 뱀!"

수하들이 이리 뛰고 저리 뛰고 난리가 났다.

그 난리법석 소란 떠는 소리를 들으며 화랑들은 자루에 약재를 열심히 담고 있었다. 여울이 금덩이 몇 개를 들어 보이며 물었다.

"얘들 몇 개는 괜찮지 않을까?"

"빨리 담기나 해!"

"아, 네."

"쉿!"

선우가 밖에서 나는 소리에 예민하게 반응하며 화랑들을 조용히 시켰다. 화랑들의 움직임이 멈추고, 밖으로 온 신경이 몰렸다.

뱀들은 꾸물꾸물 돌아다니고 수하들은 도망 다니며 소리 지르는 꼴을 위화는 아주 재미있어하며 보고 있었다. 세상에 싸움 구경, 불구경이 제일 재미있는 구경이라더니, 뱀에 도망 다니는 장정들 구경만큼 재미있지는 않을 것 같았다. 이때, 맨손으로 능숙하게 뱀을 잡아 올리는 손이 있었으니 도고였다. 도고가 맨손으로 뱀을 들고 위화를 보고 씩 웃어 보였다.

"영실 공께서 기다리고 계십니다."

위화는 끄응, 축 처져서 천천히 일어나 도고를 따라 움직이기 시작했다.

'나는 하는 데까지 했다. 개새야.'

진상 위화를 겨우 처리한 고방 경비들이 제자리에 돌아가 섰다.

고방 안에 있는 화랑들은 숨소리조차 죽이며 조용히 자리에 앉았다. 여울이 수호에게 속삭였다.

"우리 못 나가나 이제?"

"풍월주가 돌아오겠지."

"어떻게?"

삼맥종이 칼자루를 움켜쥐며 선우를 봤다. 선우가 고개를 끄덕였다. 그때 여울이 둘 사이에 손바닥을 끼워 넣어 둘의 시선을 갈라놓고 속삭였다.

"조금만 기다려보자. 풍월주가 생각이 있겠지, 설마."

"그래, 고방을 터는 게 목적이 아니라 약재를 안전하게 가져가야 하니까."

수호도 여울에게 동의하며 고개를 끄덕였다. 선우와 삼맥종도 시선으로 그들에게 동의했다. 여울이 무릎에 머리를 기대며 다시 속삭였다.

"한숨 잘까?"

"이 밤에 여긴 웬일이십니까."

박영실은 황당해서 취기로 얼굴이 시뻘건 위화를 쳐다보았는데, 의자에 아무렇게나 늘어지게 앉은 위화가 헤벌쭉 웃었다

"내 한잔하다 보니 그 전에 말씀하신 홍주가 생각나서."

"갑자기 홍주 생각이 나셨다?"

"듣자니, 이 집에 검을 잘 쓰는 공의 수하들이 많이 있다던데 그중 몇 사람만, 저희 선문에 보내주시지요. 최근 자객이 들어 화랑들의 안전을 위협하는 일이 있어서 말입니다… 아! 이미 보내셨나?"

박영실은 떨떠름한 표정으로 위화 공을 노려보았다. 얌전히 술을 마시러 온 것은 아닐 테고 자객 문제를 떠보러 온 것일까? 생각하고 있을 때였다. 밖에서 또 소란스러운 소리가 들려왔다. 이건 또 뭐냐

박영실의 얼굴에 짜증이 가득하여 밖에 신경을 쓰고 있는데, 굵은
청년의 목소리가 들려왔다.

"반류입니다! 아버지!"

"반류?"

박영실이 마당으로 난 문을 열었더니, 사랑채 마당에 무릎을 꿇고
앉아 있는 반류가 보였다. 그 옆에 무철과 종복들이 서서 난감해하
며 영실을 올려다보았다.

"무슨 짓이냐!"

"죽여주십시오."

말하는 반류의 발음이 괴상하게 꼬이는 것이 술을 마셔도 보통 마
신 모양이 아니었다. 박영실은 어이가 없어서 뒷목을 잡았다.

"술을 마신 게냐?"

"예, 마셨습니다. 괴로워서, 너무 괴로워서 마셨습니다. 일찍이 절
양자로 들이시고 원대한 뜻을 품으셨는데 매번 실망만 드렸으니, 살
아 견딜 수가 없습니다. 이번 선문 자객들도…."

"닥쳐라!"

버럭, 영실이 소리를 지르자 반류는 움찔 놀라더니 울먹이는 얼굴
로 영실을 올려다보았다. 반류가 하려는 말을 그냥 하게 두었다가는
위화에게 어떤 책을 잡힐지 모를 일이었다. 저 인간은 그리 청할 때
는 모른 척하다가 왜 하필 오늘 와서, 반류는 또 왜 하필 오늘 술을
저렇게 마셔서, 왜 하필 오늘? 위화를 보고 반류를 보던 영실의 표정
이 차갑게 변하기 시작했다.

"여기서 죽겠습니다."

버럭 외치며 일어난 반류가 옆에 있는 무철의 검을 빼 들더니 제 목에 바짝 갖다 댔다. 순식간에 검을 뺏긴 무철은 당황하여 어찌할 바를 모르고, 종복들은 제압을 해야 할지 말아야 할지 영실의 허락을 기다리는데, 영실은 그야말로 정신이 사나워 죽을 지경에 이르렀다.

"치워버려."

고개를 끄덕인 무철과 종복들이 반류를 잡으려는데 갑자기 반류가 검을 휘두르며 외쳤다.

"다가오지 마. 다가오면 죽어! 나 반류야! 장차 이 신국의 왕이 될 몸이라고."

영실이 머리를 감싸고 주저앉았다. 저것을 아들이라고 그동안 오냐오냐 귀하게 모셨던 세월이 아까웠다. 옆에서 느물느물 웃고 있는 위화의 낯짝도 짜증이 났다.

반류의 저항이 거세면 거셀수록 집 안의 장정들이 모두 사랑채 마당으로 모여들었다. 주인 아들을 다치게 할 수도 없고 외부인이 있는데 계속 난동을 부리게 둘 수도 없어서 일단 제압하는 것이 중요했다.

밖이 다시 소란스러워지자 숨소리까지 죽이며 얌전히 있던 화랑들이 몸을 일으키고 서로 시선을 나눴다. 밖의 수하들이 서로 소리치며 부르고 있었다.

"이봐, 이리이리 빨리 좀 와보라고."

"반류랑이 죽겠다고 검을 들고 설친단 말이야?"

"하… 각간 아들이 갑자기 왜 그러는 거야?"

그 말을 듣고 있던 화랑들은 이상하다는 듯 고개를 갸웃했다.

"반류가?"

어찌했건 그리하여 고방 앞이 또 깨끗하게 비었고, 화랑들은 그 틈에 고방에서 나와 다시 담을 탔다. 담 밖에서는 피주기가 기다리고 있다가 밖으로 던져지는 자루를 잡아 한쪽에 잘 두는 일을 하였다. 수호와 여울이 먼저 담을 넘고 선우와 삼맥종이 넘어오기를 기다리고 있었다. 그런데 아무 소식이 없었다. 애가 탄 피주기가 투덜거렸다.

"아, 좀 빨리빨리 좀 하시지. 이러다 밤새우겠네."

아무래도 이상했다. 걱정스러운 표정을 나눈 수호와 여울이 다시 담 위를 올려다보았다.

담 안쪽에서는 삼맥종과 선우가 난감한 표정으로 도고를 쳐다보고 있었다.

"이게 누구야? 이렇게 반가울 때가 있나, 개새!"

"도고."

"도장에서 봤던 그놈이잖아."

도고의 이름을 모르는 삼맥종도 도고의 얼굴은 알고 있었다.

선우는 난감했다. 아무래도 무력충돌을 피할 수 없을 것 같았다. 어떻게든 약재는 망망촌에 넘기겠지만, 이번 일로 화랑에게 피해가 가면 안 될 텐데, 그러려면 도고의 입을 확실하게 막는 수밖에 없었다.

도고는 아무래도 일 돌아가는 것이 수상하다고 생각했었다. 위화가 나타나서 난동을 피우더니, 한 번도 그런 적 없던 이 집 아들이 술에 잔뜩 취해 온 집안 식구들의 정신을 쏙 빼놓는 난동을 부린다?

분명 뭔가 있다는 뜻이었다. 그래서 담장 순찰을 하고 있었다. 그리고 드디어 월척을 낚은 것이었다. 담장 순찰을 하는 수하들에게는 어떤 일이 있어도 자리를 지키라고 했으니, 이놈들을 잡아 족치는 것은 누워서 떡 먹기였다.

"네 덕분에 아직도 날이 궂으면 화살 맞은 자리가 너무 아파."

선우가 일단 싸우려는 듯 들쳐 매고 있던 자루를 내려놓는데, 삼맥종이 선우를 막으며 한발 나섰다.

"나부터, 내가 쟤한테 감정이 더 안 좋아. 난 알지도 못하는데 그때 괜히 매달려 있었어!"

선우도 삼맥종의 마음을 이해할 수 있었고, 먼저 하라는 듯 고개를 끄덕였다. 도고는 둘의 하는 짓을 낄낄 웃으며 보다가 휘파람을 휘익 불었다.

약재 조달 작전이 있기 몇 시간 전. 선우와 삼맥종이 상선방 화랑들에게 참가 여부를 묻던 그 시간에 반류는 청운재 복도를 걷고 있었다. 밥도 따로 먹고 강의 들을 때도 따로 앉지만, 잠 잘 방을 따로 할 수는 없어서 간혹 한 번씩 방에 들러야 하는데 그때마다 난감하고 참 싫어서 되도록 들키지 않도록 최대한 조용히 움직여야만 했었다. 상선방에 들어가려고 막 문을 열었을 때, 살짝 열린 문 사이로 수호의 목소리가 새어 나왔다.

"반류도 안 돼."

"그래⋯. 각간 집 고방을 터는 일인데, 계획이 미리 새기라도 했다가는⋯."

"그런 게 아니야. 그래도 아버지인데, 그놈 발목을 잡을 수도 있잖아. 걔 모르게 해야 돼."

"자, 자! 작전을 짜야지?"

반류는 그대로 문을 닫고 뒤로 물러 나왔다. 정말 이놈의 남매들이 돌아가면서 계속 반류를 가만두지를 않는다. 계속 반류를 쥐고 흔들었다.

그래서 이 밤 반류는 생전 한 번도 해본 적이 없는 술주정을 하고 있는 것이었다. 반류가 검을 들고 있는 대로 설쳤더니 온 집 안의 장정들이 총동원된 듯했다. 이 정도면 된 것 같아서 대강 검을 뺏겨주고 제압당해 주었다. 뭣 때문에 이 집의 고방을 털려 하는지는 몰랐지만, 그들이 한다면 의미 있는 일일 것이라는 믿음이 있었기에 반류는 할 수 있는 한 최선을 다해 그들을 도왔다. 결국 수호, 수연 남매가 반류를 완전히 흔들어버린 것이었다.

한편, 도고와 정면으로 맞닥뜨린 삼맥종이 도고와 먼저 풀 일이 있다며 한 발 나서자 도고가 비웃듯 낄낄 웃다가 휘익 휘파람을 불었다. 당연히 근방을 지키는 수하가 달려올 거로 생각했던 것이었지만, 아무도 오지 않았다. 올 수가 없었다. 반류가 휘두르는 칼을 막아야 했으니까. 도고가 당황해서 획획 휘파람을 불어봤지만, 역시 아무도 오지 않았다.

"다 어디 간 거야. 이것들이?"

"휘파람. 그거, 내 꺼거든!"

삼맥종이 도고에게 달려들어 붙는 것을 보고 선우는 담 위로 올라가 자루를 밖으로 넘겼다. 담 밖에서 걱정하고 있는 수호와 여울이 반갑게 자루를 챙기며 올려다보자, 선우가 여울을 보고 소리쳤다.

"내놔."

"뭐?"

"금."

선우의 목소리가 워낙 다급해서 항의도 못 해보고 여울이 금덩이를 던지자, 선우가 그것을 받아 삼맥종에게 던졌다. 칼을 빼 들고 공격하는 도고를 맨몸으로 상대하던 삼맥종이 금덩어리를 받아 도고를 가격하자, 한 방에 쿵 넘어가버렸다. 선우가 내민 손을 잡고 담을 넘은 삼맥종은 서로 싱긋 웃어 보였다.

상선방에 먼저 돌아온 수호와 여울이 한성에게 오늘 있었던 일을 신나게 이야기해주자 한성은 두 눈동자를 반짝반짝 빛내며 빠져들었다.

"그렇게 대단했어? 아, 진짜, 나도 데려가지."

"나중에, 나중에 데려가 달라고 해. 네 형한테."

수호가 가리킨 선우의 빈 침상을 보면서 한성이 크게 고개를 끄덕였다.

"그래야지. 나중에 꼭, 선우랑이랑 가봐야지. 그래서 이번엔 금을 잔뜩 털어야지."

"그렇게 묵직한 금은 처음 만져봤는데, 아직 손에서 그 느낌이 안 사라져. 근데 반류는 왜 그 난리를 친 거지? 우연이라기엔 알 수가 없네.”

“글쎄다.”

선우는 바로 대답하지 않았지만 혼자 생각이 많았다.

시간이 흘러 상선방 아이들이 다 잠이 들었을 무렵, 반류가 방문을 열고 조용히 들어와 제 침상에 누웠다. 수호에게는 등을 돌리고 눈을 감는데 자고 있는 줄 알았던 수호가 작게 속삭였다.

“고맙다.”

살짝 눈을 떴다가 아무 대답 없이 다시 감는 반류였지만 입가에 살짝 미소가 떠올랐다. 등 뒤의 수호도 마치 반류의 얼굴이 보이는 듯 웃었다.

안지는 잠자는 것도 잊고 맥 놓고 앉아 새벽이 밝아오는 것을 보고 있었다. 어제도 사람이 죽었고 오늘도 사람이 죽어 나갈 것이었다. 언제까지 이 일을 하고 있어야 할지, 언제까지 사람이 죽어 나가는 것을 보고 있어야 할지 점점 자신이 없었다. 그때 새벽 안개를 뚫고 저쪽에서 수레 하나가 다가오는 것이 보였다. 안지는 자리에서 천천히 일어났다.

“아니, 저게 뭐랍니까?”

밤새 가얏고를 뚱땅거리던 우륵이 장지문을 열고 나섰다. 수레가 집 앞에 멈춰 섰고, 마부가 짐을 부리기 시작했다. 우륵이 마부에게 달려가 물었다.

“이보시오. 이게 어디서 오는 무엇인데 여기다 이렇게…?”

“여기가 미친 악사 우륵의 집이 아니오?”

"엥?"

"아니오?"

"아… 아니 맞소. 내가 그 미…미친 악사 우륵이오."

"그럼 이 집에 가져다주는 게 맞소. 미친 악사 우륵 집에 가져다만 주면 된다고. 운임은 벌써 받았으니, 짐이나 좀 부려주시오."

"이게 뭔데?"

"뭔지는 나도 모르지. 보고만 있을 거요?"

우륵이 달려가 마부와 같이 짐을 부리기 시작했다. 마부가 떠나기 직전에 품에서 종이 한 장을 꺼내 주었다.

"이걸 깜빡할 뻔했네. 그럼 난 가겠소."

종이에는 '飮盡大笑'라 적혀 있었다.

"음진대소, 마시고 크게 웃어라."

"이건 주령구에 있는 문구가 아니오?"

"설마. 그놈이?"

우륵이 급하게 자루를 열어보고는 안지를 보고 활짝 웃었다. 자루 안에는 약재들이 그득했다. 자루 하나하나를 열어보고 약재를 확인하면서 안지는 울음이 쏟아질 것 같았다. 우륵이 옆에서 흥얼흥얼 콧노래를 흥얼거리면서 혼잣말하듯 중얼거렸다.

"누가 키웠는지 그놈 참…."

선문 지현당 앞마당을 거닐며 주령구를 던졌다 받았다 하고 있던 선우는 우륵의 말이 들리는 듯 피식 웃었다. 스스로도 뿌듯하고 자랑스러웠다. 가슴이 벅차서 잠을 잘 수가 없었다. 이제 곧 새벽 수련

시간이니 괜히 누워서 괴로워하지 말고 미리 운동을 시작할 생각으로 나왔는데 그것도 뜻대로 되지 않았다. 지금쯤 수레가 왕경을 벗어났겠지. 지금쯤은 집에 도착했겠구나. '미친 악사 우륵'을 찾는다고 해서 화를 내지는 않았을까? 지금은 약재를 확인했겠구나. '음진대소'를 읽었겠구나. 생각하느라고 운동에 집중할 수가 없었다.

글자를 좀 더 알면 망망촌 사람들을 살리고 싶은 마음을 멋지게 써서 보냈겠지만 알고 있는 범위 안에서 글자를 써서 보내려니 그것밖에 없었다. '이걸 먹고 병 다 나아서 행복하게 살아보자'는 뜻이었는데, 물론 알아들었을 거였다. 혼자만의 생각에 빠져서 선문을 거닐고 있는데, 어디선가 탁, 탁 화살이 박히는 소리가 들려왔다.

숙명이었다. 숙명이 선문 뒷마당에 마련된 활터에서 활을 쏘고 있었다. 과연 숙명은 활을 쏘는 자세마저도 도도하고 군더더기가 없었다. 머리를 곧게 세워 과녁을 마주 보고 활을 당겼다. 피우웅, 시위를 떠난 살이 표적 중앙에 박혔다. 표정이나 자세에 아무런 변화 없이 다음 활을 시위에 메기는데, 동백이 조용히 다가와 옆에 섰다. 숙명이 활을 쏘기 시작하면 백 개를 채울 때까지 절대 옆으로 오지 않는 동백이었다. 그런데 오늘은 중간에 들어선 걸 보면 중요한 전갈이 있는 게 분명했다.

"무슨 일이냐?"

"태후 전하의 전갈입니다. 지체 말고 당장 월성으로 들어오라 하십니다."

"왜?"

"아마도 원화…."

동백이 말끝을 흐리며 숙명의 눈치를 살폈다.

숙명은 잠깐도 고민하지 않았다. 활을 내려놓고 손짓하자, 활터 시종이 달려와 활을 받아갔고, 숙명은 그 길로 돌아섰다. 그러다 문득 저 멀리 선우가 서 있는 것이 보였다. 발걸음이 늦춰지면서 선우를 보는 숙명의 눈동자가 잠깐 흔들렸다.

숙명은 남부여에서 돌아오자마자 지소에게 불려갔던 때를 생각하였다. 다른 사람들 고생에 비할 바는 아니었지만, 숙명도 나름대로 힘들었던 시간이었다. 화적에게 털렸고, 남부여 태자에게 모욕을 당했으며, 선우가 그 결투에서 졌다면 창의 수많은 부인 중 하나가 될 뻔했었다.

이 정도라면 아무리 어머니라도 조금은 위로의 말을 해주지 않을까 했었지만, 과연 어머니는 어머니였다. 숙명은 보고했고 태후는 보고받았을 뿐이었다. 어머니의 그러한 매정한 태도에 특별히 그것에 상처를 받았다거나 그런 건 아니었다. 한두 번 봐온 어머니도 아니고, 그저 그렇더라는 것.

"안지 공의 아들이 스스로 왕이라 나섰다…? 죽음을 각오하고 싸워 백성들을 구해 돌아왔단 말이지? 넌 그 화랑에 대해 어찌 생각하느냐."

"제가 어떻게 생각하는지는 중요하지 않습니다."

"중요한지 아닌지는 내가 판단할 것이다. 대답해 봐."

"정의롭고, 두려움이 없으며, 무리를 이끌 능력이 있는 자로 보였습니다."

"혹 마음에 두고 있는 것이냐?"

아무래도 선우에 대한 평가가 너무 후했는지, 지소가 당장 의심하는 눈빛으로 숙명을 바라보았다. 숙명은 그에게 관심이 있다고 말할 생각은 추호도 없었다. 숙명의 진심이 무엇이든 어머니에게 보일 생각은 없었다. 진심이라는 것. 세상 사람 모두에게 말하고도 마지막까지 숨겨야 할, 한 사람이 있다면 그건 바로 지소 태후여야 했다.

"그럴 리 있겠습니까?"

"난 여인으로 사는 대신, 군주로 사는 것을 택했다. 군주에겐 두 개의 검이 있다. 하난 죽이기 위한 것이고. 하난 상을 주기 위한 것이다. 넌 어떤 검을 택하겠느냐."

"검은 본디 양날을 씁니다. 하나, 검이란 본디 베기 위해 존재하는 것입니다."

지소는 숙명의 대답이 마음에 들었으나 내색하지 않았다. 그저 희미하게 웃어 보였을 뿐이었다.

"화랑 이전에 원화라는 것이 있었다. 화랑은 너무 강해졌어. 백성들은 화랑을 칭송하고 따르는데 화랑이 내 손아귀에 쥐어지지 않는구나. 그래서 원화를 세워야겠다. 화랑에 집중된 세력을 분산시켜야겠다."

"왜 저에게 그 말씀을… 제가 원화입니까?"

"네가 한 명의 원화이고, 또 한 명의 원화를 둘 생각이다."

"…아로인가요?"

지소가 웃었다.

"너는 나를 너무 닮았어…. 그래! 나는 너와 아로를 원화로 세울 생각이다. 원화가 어떤 운명을 맞았는지 알고 있느냐?"

"두 원화가 서로를 죽였습니다."

"두렵지 않으냐?"

"전… 어머니를 닮았으니까요."

어머니는 선우가 두려웠을 것이다. 사람들은 삼맥종 폐하 만세를 연호하고 있지만, 그건 진짜 삼맥종을 말하는 것이 아니었다. 선우가 조금만 다른 마음을 먹는다면 삼맥종은 왕좌에 제대로 앉아보지도 못할 것이다. 그러니 선우를 틀어쥐기 위해서는 아로가 필요했을 것이다. 숙명이 선우를 갖기 위해 아로를 잡았던 것처럼.

아로가 원화로 간택되었다는 것을 알면, 선우는 어떻게 나올까? 불같이 화를 내며 월성에 쳐들어올까? 숙명은 불경스럽게도 선우의 분노가 어느 정도일지 보고 싶어졌다. 설령 그것으로 월성이 불타게 된다 할지라도.

새벽에 거의 반강제적으로 월성에 불려 들어온 아로는 지소 앞에서 덜덜 떨고 있었다. 아무리 안 하려고 해도 지소를 보면 한가위 축연 밤에 있었던 일이 떠올라 너무 무서웠다.

지소가 한 마리 작은 새처럼 오들오들 떨고 있는 아로를 보며, 저렇게 보잘것없는 아이가 자신의 아들을 바꿔놨다고 생각하니 어이가 없었다.

"삼맥종이 스스로 왕이 되겠다 하더구나. 예전에 삼맥종은 그런 아이가 아니었다. 내가 물려줄 신국을 기다리고 있는… 착한 왕이었지. 네가 그렇게 만든 것이냐?"

"예?"

"네가 삼맥종의 마음을 뒤흔든 것이냐? 네 어미가, 네 아비에게 그랬던 것처럼?"

"전하, 아닙니다! 전 그런 적이 없습니다."

"상관없다."

"그럼, 저는 집에 돌아갈 수 있습니까?"

"아니, 널 원화로 세울 것이다."

"원화요?"

"너를 원화의 운명대로 살게 할 생각이다."

원화의 운명? 준정과 남모, 두 명의 원화가 질투하여 서로를 죽였다는 그것?

선우는 무작정 선문을 뛰쳐나왔다. 숙명이 굳이 선우 앞까지 걸어와 말해준 소식이 얌전히 선문 안에 있을 수 없게 만들었다.

오늘 새벽에 지소 태후가 아로를 궁으로 데리고 갔는데, 그것은 언젠가 선우에게 말했던 원화라는 것을 만들기 위해서라고 했다. 원화를 화랑 위에 두어 화랑을 장악하기 위해서인데, 그게 이유의 다가 아니라고 했다.

"그럼 다른 이유는 뭔데?"

"다른 이유는 너. 네가 딴생각 못하도록."

"내가 무슨 딴 생각을 해? 왕인 척하라 해서 시키는 대로 했어. 죽으라 하면 죽는 시늉이라도 할 참이야. 여기에서 무슨 딴 생각을 한다는 거야?"

"너무 오래 왕인 척하다 보면 진짜 왕이 된 듯 착각할 수 있으니까, 혹시 그럴까 봐 걱정되셨겠지. 아로가 인질로 잡히면 그런 짓은 못 할 거니까."

"도대체 왜 그 왕이니 태후니 하는 이들은 나는 전혀 생각하지 않은 것을 생각하고, 미리 제거하고 미리 죽이고 왜 그러는 거야?"

"권력을 가진 자는 갖지 못한 자보다 더 많은 것을 생각하고 봐야 하니까… 너무 걱정하지 마. 당장 아로를 죽이지는 않아. 앞으로 어떻게 될지는 모르지만."

걱정 말라고 하면서, 정작 걱정해야 할 것만 잔뜩 늘어놓은 숙명은 아로를 새 원화로 만들기 위해 할 일이 많다며 가버렸다. 선우는 갈 데가 없었다. 아로는 월궁에 잡혀 있으니 궁문을 깨 부시지 않는 한 찾아올 방법도 없고 그리곤 딱히 할 수 있는 것이 없었다. 아무생각도 없이 걷다가 문득 정신 차려 보니 이곳이었다. 안골 근방의 허름한 주막. 키 크고 머리 긴 신비로운 남자를 이곳에서 봤었다. 그가 왕이 되어볼 생각이 없냐고 했었다.

"네 방식대로 세상이 바뀔 수 있다면. 너와 네 누이를 누구도 마음대로 할 수 없는 힘이 생긴다면… 어떻겠냐?"

만나게 되면 정말 그런 힘을 가질 수 있냐고 물어보고 싶었다. 다른 건 다 필요 없고 나와 내 누이를 건드리지 않을 정도의 힘만 갖게 되려면 어떻게 해야 하냐고. 그런데 주막 안 어디에도 그의 모습은 보이지 않았다. 생각해보니 그때 주막에 있었던 것도 그가 아니라 선우가 먼저였다. 선우가 앉아 있는데 그가 왔다.

'그 남자를 무슨 수로 찾나? 이름도 모르는 남자를. 어이없는 짓을 했다.'

다 너무 급하게 생각해서 저지른 짓인 것 같았다. 급하게 생각할 건 아니었다. 원화를 당장 죽이지는 않을 것이다. 당장 원화로 만들 수 있는 것도 아니다. 무슨 제사를 지내고 난 다음에 임명한다고 했었다. 그러니, 그 전에 아로를 빼내 올 방법을 찾으면 된다.

오늘은 돌아가 선문 이탈한 벌로 동방생들에게 피해 안 가게 해달라고 사정해봐야 하나 고민하면서 돌아섰을 때였다. 선우는 제 눈을 의심했다. 아무리 찾아도 안 보이던 그 남자가, 키 크고 머리 긴 신비한 남자가 거짓말처럼 앞에 서 있는 게 아닌가? 선우를 바라보고 은은하게 웃으며.

"나를 찾고 있었니?"

귀신에 홀린 듯 멍하니 그 남자를 보고 있던 선우가 멍청하게 대꾸했다.

"물어볼 게 있어서 왔어."

휘경이 선우를 데려간 곳은 옥타각이었다. 옥타각은 선우에게는 여전히, 막문을 구타해도 아무런 제재를 받지 않던 귀족들의 장소였다. 옥타각 입구에서부터 반감을 표시하는 선우를 보며 휘경이 말했다.

"한 번 싫은 건 죽어도 싫다 생각한다면, 네가 갖고 싶은 걸 가질 수 없어."

"뭐?"

"네가 이곳이 싫은 이유는 알겠다만, 이곳이 단지 그 이유로만 있었던 건 아니잖니. 다른 각에서도 볼 수 있어야지. 여긴 선문에서 가까워, 네가 나를 찾으려고 안골까지 달려가지 않아도 되는 곳이고, 왕경 귀족들의 움직임을 한눈에 볼 수 있는 곳이야. 그런데, 안 좋았던 기억 때문에 이곳을 거부한다면, 네가 어떻게 큰 힘을 가질 수 있겠니?"

"무슨 헛소리야. 들어가기나 해."

"자, 이제 말해라. 물어볼 것이 있다면서?"

옥타각 방에 자리 잡은 후에야 휘경은 선우가 말을 할 수 있도록 허락했다. 안골 주막에서부터 내내 '도착한 후에 말하라'며 제지당하다가 막상 허락을 받으니 무슨 말부터 해야 할지 막막했다.

"그 애가 잡혀갔어. 원환지 뭔지. 어떻게 하면 그 앨 거기서 데리고 나올 수 있는지 알려줘."

휘경이 피식 웃었다.

"그렇게 앞뒤 없이 지껄이면 알 수가 있나. 알아듣게 얘길 해야지."

"알잖아. 내가 무슨 말 하는지. 당신은 다 아는 사람이잖아. 내가 안골 주막에서 헤매고 있는 걸 옥타각 방에 앉아서도 아는 사람이 당신 아닌가? 말해봐. 어떻게 해야 그 애를 데리고 나올 수 있는지."

"지소는 원화를 이용해 화랑 위에 올라서려 할 거다. 그리고 필요가 없어지면, 죽이겠지. 신국 황실은 위기에 처할 때마다 원화를 세웠고, 필요가 없어지면 온갖 이유를 붙여서 폐했다. 원화는 황실에 이용당하고 결국 다 죽었어."

알려달라는 말은 안 알려주고 계속 죽인다는 소리만 하는 통에 울컥 마음이 상해서 선우는 버럭 소리를 질렀다.

"그러니까 묻잖아. 내가 뭘 어떻게 해야 하는지!"

"진짜 왕이 되어 보겠느냐?"

"뭐?"

"네가 왕이 되면, 누이가 해를 당하지 않을까 걱정하지 않아도 된다. 네가 원하는 세상을 만들 수 있어. 더는 네 친구 놈처럼 목숨을 잃는 일도 없을 거다. 진짜 왕이 되겠느냐?"

"대체 당신 누군데 자꾸 이런 헛소릴 하는 거야?"

"네 아버지를 잘 아는 사람."

"나한테 아버지가 어딨어?"

어이없어 콧방귀를 뀌는 선우를 한참 동안 말없이 바라보던 휘경이 말했다.

"있어. 너에게도 아버지가."

휘경의 분위기가 심상치 않아 마냥 무시할 수 없게 된 선우는 불현듯 화가 났다. 아버지라는 게 있었으면 어머니라는 것도 있었나? 아버지, 어머니라는 게 있었으면 이렇게 살고 있으면 안 되는 거 아닌가?

"내 아버지가 누군데?"

"네가 선우면, 안지 공이겠지. 신국에서 가장 덕망 높은 의원이자 진골 중의 진골. 네가 삼맥종이라면, 입종갈문왕이 네 아비일 테고."

픽, 선우는 휘경을 비웃었다. 되도 않는 말장난에 넘어갈 뻔했다. 진짜 아버지를 아는 사람이라고 잠깐이나마 생각했던 것이 어이없었다.

"하나, 네가 이름도 없는 망망촌 개새. 무명이라면…."

선우의 얼굴에서 비웃음이 사라졌다. 진짜 내 아버지를 아는 건가? 이 사람?

휘경을 똑바로 바라보는 선우의 눈에 긴장한 티가 역력했다. 휘경은 꾹꾹 참았던 비밀을 비로소 털어놓듯, 한편으로는 이제야 숨이 쉬어지는 것처럼 입을 열었다.

"넌, 내 아들이다."

선우는 제 귀를 의심하며 앞에 앉은 남자를 바라봤다. 휘경은 그런 선우를 보며 다시 말했다.

"내가 네 아버지다."

선우는 말문이 막혔다. 생각 문도 막혔다. 앞에 앉은 사람이 지금 뭐라고 말하고 있는 건지 알아들을 수가 없었다.

"널 원화로 세울 것이다. 그리고 원화의 운명대로 살게 할 것이다."

아로는 두려웠지만, 눈빛만은 피하지 않고 지소를 맞받아보고 있었다.

"원화가 어찌 됐는지 아느냐?"

"서로를 질투해서 죽였다 들었습니다."

신국 대부분의 사람이 알고 있는 이야기를 아로가 하자, 지소가 헛헛하게 소리 내어 웃었다. 아로는 지소 웃음의 의미를 짐작할 수도 없어서 그를 올려다보고 있었다. 지소가 아로를 바라보더니 담담히 말했다.

"내가 죽였다. 신국엔 왕을 보필할 수 있는 강한 힘이 필요했어. 해서 원화 같은 성가신 장애물은 없어야 했다. 난 너를 이용해 화랑도를 내 손아귀에 쥘 것이다. 네가 성가신 장애물이 된다면 너 또한 죽일 것이다."

아로는 숨이 턱 막히는 것 같았다. 태후가 원화를 죽이다니, 야설로 봐도 급반전의 이야기였다. 어쩌다가 이 지경까지 빠졌는지, 스스로가 너무나 불쌍했다. 옥타각에서 끝내주게 야설을 풀어 삼맥종을 잘 재워준 값이라고 하기엔 너무 거하지 않은가? 애초 야설 들으면서 잠을 자는 것 자체가 이상한 거였는데. 정신을 차려야만 했다. 이 난관을 빠져나가려면 어찌해야 할지 생각해내야만 했다. 이대로 끝날 수는 없었다.

지소가 아로의 마음을 안다는 듯 말했다.

"도망치고 싶겠구나."

"아니, 전 도망치지 않을 겁니다. 살아낼 것입니다. 어떻게든 버텨서 길을 찾을 것입니다."

"기특하구나. 하지만 헛된 희망은 사람을 고통스럽게 만든다. 발버둥 쳐봐야, 어망에 잡힌 고기는 비늘이 벗겨지고 목에 칼이 박히지."

"가끔은 펄떡이던 고기가 다시 강물로 돌아가기도 합니다."

"그런 헛된 기대로 살다니, 불쌍하구나. 아이야."

지소는 제 그물에 걸린 아로를 진심으로 불쌍하다고 생각하였는데, 아로는 눈에 보일 정도로 두려움에 떨면서도 지소의 시선을 피하지 않았다. 어떻게 해서든 이 상황에서 벗어날 것이라고 결심하고 또 다짐하였다. 선우와 아버지를 위해서라도 꼭 그래야만 했다.

아로는 월성 한쪽에 마련된 원화 처소에 안내되어 갔다. 한쪽에는 선대왕들의 작은 위패들을 모신 정갈한 느낌의 제단이 있고, 대부분은 텅 비어 있는 널찍한 방이었다. 두렵고 낯설어 두리번거리고 있는데, 문이 열리고 숙명이 안으로 들어왔다. 숙명을 보자마자 아로는 가장 궁금했던 것을 물었다.

"왜 제가 원화입니까?"

"원화는 벌이 아니다. 네겐 분에 넘치는 광영이지."

"그러니까… 왜요? 저는 그런 거 바란 적도 없고… 바라지도 않습니다."

"살면서, 네가 바라지 않는다 해서 일어나지 않은 일이 있더냐? 이미… 어머니가 그러기로 하셨어. 그러니, 네가 바라든 바라지 않든 넌 원화가 될 거야. 그리고 이제 알게 될 거야…. 원화가 어떤 자린지."

"부탁이 있습니다. 선문에 다녀오게 해주세요. 잠깐이면 됩니다. 인사만 하고 오겠습니다."

숙명은 아로가 안 됐다는 듯 바라보며 한숨을 내쉬었다.

"네가 곱게 작별인사를 할 여유를 주실 거라면 왜 새벽에 급하게 반강제로 끌고 오셨겠니?"

"태후님은 안 된다 하시겠죠. 공주님이 해주시면 되잖아요."

"태후가 내 윗분이고, 나는 그의 명령을 받는 일개 공주다. 내가 뭣 때문에 윗분의 뜻을 거스르고 너를 돕는단 말이냐?"

"사람의 마음으로, 측은지심으로, 얼마나 애달플까 공감하는 마음으로."

평상심을 잘 유지하고 있던 숙명의 표정이 아주 잠깐 흔들렸다. 애달파하는 아로가 안 되었다는 생각이 잠깐 들었다. 그러나 이내 고개를 저어 쓸데없는 생각을 없애버렸다.

"시끄럽다. 나는 내 할 일을 하고 너는 네가 할 일을 하면 될 것이야. 들어라."

숙명이 명하자 원화 궁녀들이 우르르 안으로 몰려들어왔다. 아로는 이건 또 무슨 상황인가 겁이 나서 뒤로 물러나는데, 숙명이 건조하게 명령했다.

"씻기고 꾸며라."

궁녀들이 아로에게 달려들어 아로의 옷을 벗기기 시작했다. 귀족들이야 벗고 입고를 제 손으로 하지 않는다지만, 아로는 언제나 제 손으로 모든 일을 해오던 사람이었다. 갑자기 덤비는 궁녀들이 마치 자신을 추행하는 듯하여 두려웠다.

"왜들 이러는 거요? 이러지 마시오. 그거는 이리 주시오."

숙명은 무표정하게 꼿꼿하게 서서 아로가 최선을 다해 반항했지만 속절없이 당하는 것을 바라보고 있었다.

지소는 내전 태후 좌에 앉아 복도를 걸어 들어오는 사람을 바라보고 있었다. 처음 본 사람도 반하게 만들었던 신비로운 매력을 가진 사람. 아름다운 것을 즐기고 음악을 즐기고 세상을 즐길 줄 알았던 사내. 한때 지소가 자랑스러워하고 사랑했던 오라버니. 휘경 공이었다.

한동안, 오랫동안 보이지 않았었다. 언제부터 못 보았던가? 입종 숙부와 혼인하던 때부터였나? 삼맥종을 낳을 즈음이었나? 그 뒤로 죽었는지 살았는지도 모르고 살아왔었다. 지소가 힘들고 외롭고 의지할 데가 필요했을 때 오라버니는 옆에 없었다. 지소가 승냥이 떼 같은 화백을 상대로 싸울 때도 오라버니는 없었다. 어머니가 돌아가셨을 때도 오라버니는 나타나주지 않았다. 그런데, 요즘 왜 이렇게 자주 얼굴을 보이는 걸까? 무엇을 위해서? 그것이 무엇이든 지소가 갖고 있는 것을 뺏으려는 게 분명하다고, 지소는 그렇게 생각하였다.

휘경은 지소가 삼맥종의 세력을 공고히 하기 위해 자신이 낳은 아들이라도 제거하려고 했던 보도 왕후를 피해 도망 다녔던 것이었지만, 그걸 알 리 없는 지소에게 휘경의 실종은 이해할 수 없는 일이었고, 이제 재등장은 실종보다 더 어이없는 일이었다.

그렇게 나타나서 처음엔 섭정을 내놓으라고 하더니, 오늘은 원화를 왜 다시 만드느냐 따지고 있었다.

"어째서… 원화를 다시 만들려 하시는 겁니까. 일찍이 원화 남모

와 원화 준정이 어찌 됐는지 모르십니까?"

"준정이 남모를 질투해 죽였고…. 남모의 낭도들이 준정을 죽였지요."

"전하께선 진실을 알고 계실 텐데요."

"무슨 진실이오? 진실이 달리 있을 리가 있습니까?"

휘경이 지소를 바라보았다. 서늘하고 무심한 얼굴이었다. 가슴 설레게 부드럽게 웃던 얼굴이 언제든지 서늘하고 차갑게 변할 수 있는 사람이었다. 휘경은.

"여기서 멈추십시오. 그럼 저도 멈추겠습니다."

"멈춘다?"

"섭정에서 내려오세요. 화랑은 건드리지 말고. 그러면 아무 일도 일어나지 않을 겁니다."

"어찌 황실을 흔드는 역도들처럼 양위를 입에 담으시는 겁니까? 나의 화랑이오. 유령이나 다름없는 자가, 감히 참견할 일이 아니란 말이오."

"지소! 감히 네가! 섭정 따위가! 본래 주인에게 통치권을 돌려주는 것을 양위라 말한단 말이냐?"

휘경의 벼락같은 호통에 지소는 말문이 막혔다. 한 번도 소리쳐본 적이 없는 사람이 아니었던가? 언제나 부드럽게 웃기만 하던 사람이었다.

"뭐라?"

"섭정이 임금이더냐? 임금을 대신하는 자일뿐이다. 네가 섭정 자리에서 물러나는 것이 어찌 양위이냐? 그야말로 역도의 마음이 아니냐?"

"감히 나에게 어찌 그런 말을?"

"섭정 자리에 너무 오래 있어 스스로를 왕으로 착각하고 있는 것이냐? 이제라도 정신을 차려. 제 것이 아닌 것을 내놓고, 있어야 할 자리에 있으란 말이다."

"그만두시오. 그만두란 말이오. 어째서 나를 괴롭히는 거요? 아무도 나를 막지 못해. 아무도."

"내가 막는다."

"뭐?"

"내가 너를 막을 거다. 지소야. 네가 가만히 두었다면 아무것도 바라지 않았을 거야. 이름도 없이, 애초에 태어나지도 않은 것처럼 그렇게 살게 됐을 거야. 그러나 이제는 안 되겠다. 너를 막고, 찾아야 할 것을 찾게 하겠다."

"대체 무슨…?"

"똑똑히 기억해 둬. 이 모든 일은 지소 네가 시작한 일이라는 걸."

절룩거리며 나가는 휘경의 뒷모습에 울음 섞인 거친 숨소리가 들리는 듯했다. 예전 어느 날 밤 지소가 흐느끼던 소리였다.

그날 밤, 지소는 준정에게 검을 겨누었고 이제 찔러 넣어야만 했었다. 세상에 단 하나 있는 친구였는데 제거해야 할 상대가 되어버렸고, 그래야만 하는 상황이 버겁고 힘들었다.

"너, 너를 죽여야 한다. 넌 계속 화근이 될 거야."

준정은 죽어야 하는 것이 너무 두렵고 한편으로는 지소가 어떤 마음일지 짐작되어 너무 아팠다. 그리고 아직 태어나보지도 못한 자신의 아이는 어찌 해야 한단 말인가. 준정은 조금 부른 배를 감싸며 애원했다.

"살려 주세요. 우린 둘도 없는 동무가 아니었습니까."

지소가 애처럼 흐느끼기 시작했다.

"신국 황실에 방해만 되는 원화는 이제 더는 필요 없다. 남모가 죽었듯 너도 살아 있어서는 안 돼. 네가 모든 누명을 뒤집어써야 한다. 내 아들을 위해서, 난 널 죽여야 해."

"아이를 봐서라도 목숨만, 이 아이도 성골의 핏줄입니다."

지소는 흐느낌을 멈추고 준정을 바라보았다. 준정이 두 팔로 배를 감싸 안았다.

"이름도 없을 것입니다. 살아도 산 것이 아닐 것입니다. 자기를 모르는 채로, 자기가 아닌 채로 살 것입니다. 그러니 제발 살려 주십시오."

지소는 심호흡을 깊게 하고, 이내 준정의 심장 근처에 칼을 박았다. 준정이 짧은 비명을 삼키는데 지소가 칼에 힘을 주어 더 깊숙이 찔러 넣었다.

"그 아이는 세상에 나와서는 안 된다."

마지막으로 애원하듯 준정이 속삭였다.

"지소야…."

지소는 눈을 꾹 감았다. 다른 생각을 모두 지우고 외마디 비명을 지르며 칼날을 더욱더 깊숙이 준정으로 몸에 밀어 넣었다. 헉, 고통으로 떨며 지소를 바라보는 준정, 그 앞에서 더 어쩌지 못하고 지소는 오열하였다.

위화가 내전에 소환되어 왔다. 예정에 없던, 갑작스런 소환이었다. 이제 이 정도면 분명히 안 좋은 일이 있을 거라고 짐작할 수 있었다. 위화는 내전 앞에 멈춰 서서 어떤 일에도 놀라지 않으리라 마음을 다지며 크게 숨을 쉬었다.

위화는 얼음장같이 차가운 지소에게서 멀찌감치 떨어져 예를 갖추었다.

"공사가 다망하실 텐데 어찌 찾으셨습니까?"

"왜 찾았다 생각하십니까?"

"화랑을 잘 훈육하고 있으니 노고를 치하하는 상이라도 주실 생각이 아니십니까?"

"원화를 부활시킬 생각입니다."

위화는 놀랐다. 놀라지 말자고 심호흡까지 크게 하고 들어왔건만 이건 전혀 예상치 못한 일이라 놀라지 않을 수가 없었다.

"들라."

지소가 명하자 내전의 문이 열리고 안으로 두 사람이 들어왔다. 숙명과 아로가 제대로 성장하여 아름답게 차려입은 모습으로 위화를 바라보았다.

"사흘 뒤, 원화 남모 공주의 사당에 참배하고 돌아오면, 두 원화의 임명식이 있을 겁니다."

"예?"

"원화는 이제 화랑도의 수장이 되어 화랑을 이끌게 될 것입니다.

풍월주는 화랑도의 수장 자리를 내놓아야 할 것이오. 풍월주는 두 원화에게 예를 갖추시오."

위화가 이거였구나, 하는 얼굴로 지소를 보며 허탈하게 웃었다. 화랑을 뺏어가시겠다? 지소는 차가운 얼굴로 위화를 몰아쳤다.

"풍월주는 원화에게 예를 갖추라!"

위화는 담담하게 보다 두 원화에게 허리를 깊이 숙여 예를 갖추었다. 숙명은 당당하고 흐트러짐이 없는데, 아로는 놀라고 당황하여 위화를 따라 같이 허리를 숙이며 절을 했다. 아로의 얼굴이 울상이 되어 있었다. 위화는 아로가 안쓰럽기도 하고, 참 복잡한 심정으로 지소를 바라보았다.

"이게 진정 원하시는 겁니까?"

"그렇소."

"신국의 미래를 위한 인재를 키우자 하심이 아니셨습니까? 화랑들은 지금 그런 인재가 돼 가고 있습니다."

"그런 인재가 내 발 앞에 꿇기를 바라는 것이었소. 그게 내가 계획했던 거였고."

"원하시는 대로 되지는 않을 겁니다! 이미 생각하시는 그런 화랑들이 아니니까요."

위화는 노여우면서도 안타깝고 슬프기까지 하였다. 저 태후를 어찌할까. 한때는 참으로 영민하고 현명하였는데 이제는 스스로 뭘 하고 있는지 모르고 있는 것이 아닌가? 어째서 모든 것을 끌어다 제 발밑에 꿇리려고만 하는 걸까? 위화가 걱정을 하든 말든 지소의 표정은 냉랭하고 차갑기만 했다. 원래 얼음가면을 쓰고 앉아 있어 내심을 읽기 힘든 사람이기는 하였으나, 이제는 아예 아무런 생각도 하지 않고 있는 것이 아닌가도 싶었다.

위화는 터벅터벅 걸어 내전을 빠져나오고 있었다. 하, 심정이 몹시 답답하여 잘 걷기도 힘이 들었다. 멈춰 서서 바라보는 하늘이 허무했다. 헛웃음만 새어 나왔다.

위화에게 절을 받는 어이없는 짓거리를 하고 나서 아로는 그야말로 혼란의 도가니에 빠져버렸다. 이런 일인지 몰랐다. 원화 하라기에 그냥 입혀주는 옷 입고 얌전히 있으면서 탈출기회를 엿보면 될 줄 알았다. 그런데 풍월주에게 절을 받게 만들었다. 사흘 뒤에는 정식 임명식까지 한다는 것이 이번엔 또 누구한테 절을 받게 만들 참일까?

원화 궁녀가 아로가 쓸 물건들을 가지고 들어와서 정리하기 시작했다. 궁녀는 슬프게 앉아 있는 아로를 옆 눈으로 슬쩍슬쩍 보다가 큼큼 헛기침을 했다. 아로가 쳐다보자 궁녀는 귀엽게 웃으며 위로하듯 말했다.

"아로 원화님, 참 고우십니다. 이리 고우신 분인 걸 처음엔 몰랐지 뭡니까?"

"그렇소?"

"네. 원화 임명식을 하시고 나면 신국의 사내며 여인네가 모두들 아로 원화님을 사모하게 될 겁니다."

"신국의 모든 사내?"

"그럼요."

아로는 신국의 모든 사내중의 한 명, 선우를 생각했다. 아로가 궁에 잡혀 들어온 걸 알았으면 펄펄 뛰고 난리가 났을 텐데. 설마 미련하게 월성 담을 넘겠다고 하고 있는 건 아니겠지?

"에이, 아무리 그래도 그렇게 막무가내는 아니지."

"네? 뭐라 하셨습니까?"

"아니오. 혼잣말이오."

아로는 한숨을 내쉬었다. 한숨 끝에 눈물도 맺혔다. 그러나 울고 있으면 안 된다. 울지 말고 정신 차려야 했다. 정신 차려서 빠져나갈 방법을 꼭 찾아야만 했다.

삼맥종은 선문 빨래터에 앉아 있었다. 빨래터는 선우와 아로에게 추억의 장소였지만, 삼맥종에게도 마찬가지였다. 이곳에 오면 아로가 생각났다. 두 눈 동그랗게 뜨며 어이없다는 듯이 쳐다보는 아로도 생각나고, 어쩔 수 없다는 듯이 무릎을 내주며 재워주는 아로, 오라비 때문에 울고 있는 아로도 생각이 났다. 그 아로를 월성에 잡혀 가게 만들었으니 삼맥종은 스스로를 용서하기 힘들었다.

몸도 마음도 축 늘어져 왕의 표식 팔찌를 만지작거리고 있는 삼맥종을 바라보면서 파오가 안절부절못하다가 입을 열었다.

"폐하 잘못이 아닙니다."

"아니야. 나 때문이다. 내가 진짜 왕이 되겠다고 했기 때문에, 그래서 어머니가 손을 쓰신 거야."

파오는 삼맥종을 위해 해줄 수 있는 말이 생각나지 않아 그저 안타깝게 바라보기만 하였다.

"파오."

"예. 폐하."

"내가 어떻게 왕이 될까? 이렇게 아무것도 없는데."

자괴감에 괴로운 삼맥종을 보며 파오는 단호하게 대답했다.

"이미 왕이십니다."

"아니! 힘이 없으면 왕이 아니야. 그러니까 내 사람도 지키지도 못하지. 이대로 있으면 난 아무것도 아니야."

삼맥종이 파오를 돌아봤다. 마음 아프게 삼맥종을 바라보고 있던 파오가 삼맥종을 같이 마주 보았다.

그때 삼맥종이 뭔가 결심한 듯 눈빛이 단단해지고 있었다. 그를 보며 파오는 저도 모르게 주먹이 불끈 쥐었다. 삼맥종이 원하시면 무엇이든 할 준비가 되어 있는 파오였다.

석현제는 의관을 정제하고 날이 밝기 전 사당 문을 열고 새벽 일찍 길은 우물물로 새로 밥을 지어 조상님께 올리고 향을 피웠다. 석현제가 그의 아버지에게 이 일을 물려받은 이후, 단 하루도 빼놓지 않고 해왔던 일이었다. 석씨 가문의 역사는 참으로 유구하여 신국의 탄생과 함께한다 해도 과언이 아니었다. 이것이 다 조상님의 보살핌이 없었다면 있을 수 없는 일이었으리라. 그런데 참으로 불효하게도 석현제 대에 이르러 가문의 쇠락이 눈에 보일 정도가 되었으니 망극하기가 그지없었다. 다 저 뒤에 있는 단세 때문이었다.

단세의 아버지, 석현제의 아들 석숭문은 그야말로 인재 중의 인재였다. 석현제는 숭문을 두고 참으로 원대한 계획을 세웠다. 숭문이라면 집안을 일으켜 줄 것이라고 믿어 의심치 않았었다.

그런데 어느 날 집안에서 부리던 종복을 임신시키더니 그때부터 하는 짓이 가관이었다. 아침에 깨어나면 잠이 들 때까지 술을 마시고 종복을 희롱하고 집안 살림을 탕진하였다. 태어나서 그때껏 한 번도 빠지지 않았던 사당 참배도 나 몰라라 했다.

석현제는 숭문을 불러 차분히 타일러보려 했었다. 그랬더니 숭문이 눈을 부라리며 소리쳤다.

"그깟 조상, 무슨 소용입니까? 혼인 한 번 하자고 얼마 남지도 않은 집안 재산 한 귀퉁이 헐어내야 하는 집안. 출사라도 마음대로 할 수 있습니까? 조상이 해준 게 뭐냐구요?"

석현제는 아들의 말을 듣고 기가 막혔지만 뭐라 할 말은 없었다. 진골 집안 아무 데서도 시집보내주지 않아 마지막 남은 향촌의 땅을 팔아 신부를 사오다시피 했던 것이 영민한 마음에 상처를 주었구나 싶었다.

그리고 태어난 게 단세였다. 차라리 계집이었으면 좋았을 걸 집안의 장자가 반쪽이라니 절망스러웠다. 그렇지만 곧이어 한성이 태어나주었고 그걸로 다시 희망을 삼았다. 석현제는 한성을 두고 다시 원대한 계획을 세우기 시작했다.

그후 숭문이 술에 절어 죽었고, 한성의 어미는 친정으로 돌아가버렸으나, 괜찮았다. 한성이 남았으니까. 저 눈엣가시 단세를 이용해서 한성의 길을 닦으면 될 일이었다.

"창대했던 우리 가문을 일으키기 위해서는 어떻게든 박영실의 비위를 맞춰야 한다. 기왕에 꿇어야 한다면 가장 강한 놈에게 꿇어야지. 그래야 더 작은놈들에게 꿇지 않아도 되는 거다."

오늘은 단세를 박영실에게 인사시켜놓을 생각이었다. 이놈을 그 집의 종복으로 밀어 넣어 집안을 살릴 수 있다면 당장에라도 그리할 텐데 박영실이 종복을 원하지 않으니, 그게 문제였다.

박영실은 고방을 턴 범인들이 선우와 지뒤였다는 보고를 들었고, 역병의 기세가 꺾이고 있다는 소식까지 들었다. 호공은 그 말 꺼내기가 얼마나 어려웠던지 정말 큰 결심을 하고 겨우 입을 열었다.

"아무래도 역병 기세가 꺾이는 듯합니다. 일기도 예년 같지 않고, 또 안지 공이 손을 써놔서…."

"약재까지 얻었으니, 장사 끝났군."

호공은 반류가 그날 밤 한 짓 때문에 영실 앞에서 얼굴 한 번 제대로 들지 못했다. 아니나 다를까 영실이 또 호공을 노려보고 소리 질렀다.

"반류를 화랑도에서 끌어내!"

"하지만 갑자기, 무슨 명목으로… 알겠습니다."

호공은 영실이 노려보는 얼굴을 보고, 더 물을 수 없었다. 그나저나 반류를 어떻게 끌어낼 수 있단 말인가. 으휴, 한숨을 쉬며 영실을 따라가던 호공은 눈앞에 서 있는 석현제를 보고 흐유우, 길게 한숨을 내쉬었다. 저 노인네에게 영실 공이 마지막 동아줄인 걸 이해는 하지만, 너무 뻔질나게 드나드는 바람에 저 노인네만 나타나면 영실 공 짜증이 말로 다 할 수가 없었다. 안 그래도 석현제를 보자 영실의 얼굴이 완전히 일그러졌다. 오늘은 손자까지 데려온 것이, 눈치가 없어도 어떻게 저렇게 없을 수가 있을까? 호공은 고개를 절레절레 흔들었다.

석현제는 박영실을 놓칠까 두려워 얼른 다가가 고개를 숙였다.

"영실 공! 긴히 드릴 말씀이 있어 왔습니다."

"왕 모가지. 가져오셨습니까?"

"예?"

"분명 그리 얘기한 것 같은데. 다른 얘긴 그 뒤에 하자고."

석현제가 당황하고 말문이 막혀 멍하니 박영실을 보는데, 영실은 상종하기도 귀찮다는 듯 종복에게 '하마석'을 가져오라 소리쳤다. 석현제가 갑자기 박영실 앞에 엎드렸다. 박영실이 어이없어 내려다보는데, 석현제가 납작하게 등을 댄 채로 말했다.

"밟으십시오."

석현제를 마뜩잖게 내려 보던 영실은 그 등을 밟고 말에 올라탔다. 말이 떠난 후에도 석현제는 한참 동안 일어나지 못하고 그대로 엎드려 있었고, 단세는 할아버지를 차마 버리고 갈 수 없어 다가가 일으켜 주었다. 단세의 부축으로 아픈 무릎 절뚝거리며 일어난 석현제가 단세에게 확인했다.

"들었나? 왕의 모가지?"

"예?"

"네가 해야겠다. 화랑 안에 있다는 왕! 그놈 목을 가져와!"

그때 선우는 위화가 월성에 다녀왔다는 소식을 듣고 급히 비익재로 달려갔다. 위화는 탁자 앞에 앉아 쓸쓸한 속내를 다스리고 있다가 벌컥 들이닥친 선우 때문에 놀라서 더 속이 뒤집어질 것 같았다.

"월성에 갔다 왔다던데, 아로는?"

"네 누이, 우리 일당백은 아직 무사하다. 뭐 여기 있을 때보다 신수는 외려 더 나아 보이는 것 같기도 하고. 그래, 그게 궁금해서 온 것이냐?"

"왜 가만있습니까? 태후가 어떤 사람인지 알면서."

"뭘 바라는 거냐. 내가 검을 들고 태후의 목을 치기라도 바라는 거야?"

"내가 힘을 가지면….''

선우는 어떻게 말을 해야 할지 한참 말을 고르다가 결국 있는 그대로 물어봤다.

"왕은 이런 일을 안 당하나?"

"뭐… 뭐라?"

"왕이 되면 이런 일을 안 당하게 되는 거냐고."

위화는 심장이 덜컥 내려앉는 것 같았다. 선우가 어쩌려고 이러는지 심히 걱정되어 바라보는데, 위화를 바라보는 선우의 눈빛은 흔들림이 없어 보였다. 위화가 한숨을 내쉬며 선우에게 물었다.

"내가 뭐라고 대답해줬으면 좋겠니?"

"있는 그대로 사실."

"왕이라고 이런 일 저런 일 안 당하겠니? 지금 얼굴 없는 왕은 왕이 아니어서 얼굴도 못 내놓고 살고 있다든? 그런데 말이다. 내가 지금 너에게 말해주고 싶은 있는 그대로 사실은, 네가 지금 강의 들어야 할 시간인데 여기 와 있다는 거다. 좋은 말로 할 때 지현당으로 가라. 응?"

"제대로 대답을 못 하는군."

"뭐라고?"

"얼굴 없는 왕이 그러고 다니는 것은 권력을 빼앗겼기 때문이고, 내가 말한 왕은 권력을 가지고 있는 제대로 진짜 왕. 그리고 지금은 강의 시간이 아니고 휴식 시간. 더 들을 이야기가 없는 것 같으니 그만 가겠어."

위화는 선우가 나간 뒤에도 떡 벌어진 입을 다물지 못했다. 선우저 녀석에게 무시당한 것 같은 느낌은 그냥 느낌일 뿐이라고 애써위로하며 입을 다물고 싶은데, 입이 말을 안 들었다.

"애들 참 무섭네."

위화를 무섭게 할 또 한 명, 삼맥종은 서고에 앉아 파오의 보고를듣고 있었다.

"원화 임명식 전에 숙명 공주님과 아로 의원이 남모 원화 사당에참배를 하러 가실 겁니다."

"준정에게 목숨을 잃었다는 그 남모 공주 말이냐?"

"밖에 알려진 건 그런데, 준정이 누명을 썼단 얘기도 있습니다. 시신을 못 찾아서 아직 살아 있단 얘기도 있구요."

"그래?"

"어쨌든 기회는 그때뿐입니다."

삼맥종이 고개를 끄덕이며 말했다.

"남모 공주의 사당에서 돌아올 때, 아로를 빼돌려."

"그 뒤에는요?"

"어디든 보내. 서역이든 양나라든 어머니 손이 닿지 않을 곳으로. 이게 지금 내가 할 수 있는 최선 같으니까."

머릿속에 복잡하게 엉켜 있는 실타래 하나도 속 시원하게 풀어내지 못한 삼맥종은 그저 한숨만 내쉬었다. 어머니가 아로를 붙잡고 있으면 선우만 운신의 폭만 좁아지는 것이 아니라, 삼맥종조차 옴짝달싹할 수 없었다. 어머니가 그것까지 알고 하신 것 같지는 않지만, 선우뿐 아니라 삼맥종을 위해서라도 아로가 인질이 되어서는 안 되었다. 무엇보다 먼저 아로부터 해결해야만 했다. 문득 삼맥종은 허탈하게 웃었다. 아로는 '유일한 내 백성'이었는데, 그 백성을 손아귀에 쥐고 흔드시다니. 지소 태후는 얼마나 위대하고 대단하신 분인가, 새삼 두려워졌다.

한성이 청운재 복도를 두리번거리며 선우를 찾고 있었다. 아까 강의가 끝나자마자 선우가 뛰어나가길래 이쪽으로 왔나 했는데, 한성이 아무리 찾아도 보이지 않았다. 상선방에 있나 싶었으나 역시 없었다.

"아… 아무도 없네."

방에 있던 여울이 버럭 소리를 질렀다.

"야, 나 있잖아. 안 보여?"

"선우랑 어딨는지 못 봤어?"

"아우, 저 선우랑 귀신. 너는 내가 밖에 나가면 내 존재감이 어느 정도인지 알고 네가 지금 나한테…."

"아아, 선우랑 어딨냐고?"

지현당 뒷마당에 앉은 선우는 골똘히 생각에 잠겨 있었다. 휘경이 아버지라 한 것은 조금 놀라기는 하였으나, 우륵과 살면서 따로 아버지라는 존재를 생각해본 적이 없었기 때문에 큰 감흥은 없었다. 막문처럼 그리워할 추억이라도 있었다면 모를까 그것도 아니었고. 그런데 그가 왕이 되겠냐고 자꾸 물어보고 있다.

"네가 왕이 되면, 누이가 해를 당하지 않을까 걱정하지 않아도 된다. 네가 원하는 세상을 만들 수 있어. 더는 네 친구 놈처럼 목숨을 잃는 일도 없을 거다. 진짜 왕이 되겠느냐?"

그런데 진짜 왕은, 되겠다고만 하면 될 수 있는 것인가? 선우의 머릿속이 복잡하게 얽혀지고 있었다.
"여기 있었네?"
언제 들어도 해맑은 한성이었다. 선우는 살짝 눈을 떠 아는 척은 해주었지만 여전히 자기 생각에 잠겨 있었다. 한성이 선우 옆에 와 눕듯이 기대며 자리를 잡더니 언젠가 선우가 했던 말을 하기 시작했다.
"세상에 처음부터 길이었던 길은 없습니다. 누군가는 먼저 걸어야 길이 되는 거고. 단단한 흙을 두들기고 깨뜨리고 뚫고 나가야 물길도 생기는 겁니다."
"뭐하는 거야?"

"할아버지한테 편지 쓰려고. 이번엔 진-짜 내 마음 다 말할 거야. 나 때문에 형도 더 이상 괴롭히지 못하게 할 거야. 나 이런 거, 그러니까, 할아버지한테 반항하는 거. 처음이다!"

"갑자기 왜 그러는데?"

"형한테 배웠지. 형이 말한 것처럼 내 길을 만들어야겠다고 생각했어. 형! 완전 멋있어!"

선우는 자신을 보며 눈을 반짝반짝 빛내는 한성에게 되려 감동을 받아 가슴이 꽉 차오르는 거 같았다. 그런데 한성이 갑자기 진지하고도 심각해지더니 걱정스러운 얼굴로 물었다.

"나 같은 겁쟁이도 형처럼 그럴 수 있을까? 내가 만든 길에 아무도 안 와주면 어째? 나 혼자 걸어가야 하나?"

선우가 한성의 머리를 흩트렸다.

"내가 같이 걸어 줄게."

"정말?"

선우가 고개를 끄덕이자, 한성은 좋아서 환호성을 질렀다.

"정말이다? 약속했다!"

한성은 노래까지 흥얼거리며 편지의 남은 부분을 마무리하기 시작했다.

"화랑 안에 있다는 왕의 목, 네가 그 목을 베지 못하면 우리 가문은 끝이다. 더 이상 진골로서 버틸 힘도 없어."

"저와 상관없는 일입니다."

"상관있을 거다."

단세는 얼굴을 감싸 쥐고 고개를 푹 숙였다. 할아버지 석현제의 비열한 얼굴이 낄낄 웃으며 온종일 곁에서 떠나질 않았다.

"형."

한세의 목소리에 단세는 얼른 표정을 감추며 고개를 들어 봤다.

"여기서 뭐 해?"

"너는 왜 왔니? 검술 연습하자고 할 때는 도망만 다니더니."

"이제 안 그래. 같이 걸어줄 사람도 있고."

"그게 무슨 소리야?"

한성이 씩 웃어 보이며 작은 나무 상자를 불쑥 건네주었다.

"이거 할아버지가 보내셨더라. 형 이름이 적혀 있는데 나한테 보냈어."

단세는 상자는 받아 품에 넣었다. 평소와 달리 비장해지는 단세를 보면서 한성이 고개를 갸우뚱했다.

"뭔데 그렇게 심각해?"

"너 지금 풍월주 강의 시간 아니야?"

"알았어."

지현당 쪽으로 가던 한성이 갑자기 돌아서더니 외쳤다.

"근데 형도 같이 걸어야 해."

"뭐?"

"형은 무조건이야. 형은 내 형이니까. 알았지?"

한성이 수수께끼 같은 소리를 하더니 활짝 웃어 보이고 돌아서 뛰어갔다. 단세는 다시 머리를 쥐어뜯으며 얼굴을 처박았다.

한참 달리던 한성은 '아차!' 그 자리에 멈췄다. 나무상자와 같이 있던 서찰을 깜빡 잊고 전하지 못했던 것이었다. 돌아보니 단세가 또 머리를 쥐어뜯으며 웅크리고 있었다. 강의도 늦었고, 형도 기분이 좋아 보이지 않으니 나중에 전해야겠다고 생각하고 다시 뛰어가는 한성이었다.

"이번에 우리 가문이 영실 공과 손을 잡지 못하게 된다면 난 한성과 목숨을 끊을 거다."

"왜 한성이를, 그 애가 무슨 죄가 있다고?"

"내가 당한 굴욕을 보고도 그리 말하는 것이냐? 이번 일이 잘못되면, 다음엔 한성이가 하마석으로 엎드리게 될 거다. 석씨 가문의 적통이 그렇게 살게 둘 순 없어."

"겁박하시는 겁니까?"

"이 독을 네 검에 발라. 스치기만 해도 중독되어 죽을 거다. 네가 왕을 죽이는 데 실패하면, 그 독은 한성이와 내가 마신다."

그날 석현제가 보여준 약병이 오늘 나무 상자에 담겨 왔다. 이 나무 상자를 한성에게 먼저 받게 한 것은 독약 마시고 죽겠다는 말을 기억하라는 뜻이었을 거다. 기어이 한성을 인질로 삼겠다고? 나무 상자를 열어보는 단세의 손이 부들부들 떨렸다. 평범해 보이는 작은 약병을 손에 쥐고 한참을 보던 단세는 결심한 듯 일어섰다. 가문

따위, 할아버지 따위 아무래도 상관없었지만 한성을 잃을 수는 없었다.

예상했던 대로 선우는 혼자 검술 연습을 하고 있었다. 선우 역시 번뇌가 많아 검으로 그 생각들을 잘라내고 있는 듯 보였다. 검을 휘두르는 얼굴이 괴로워 보였다. 단세는 크게 심호흡을 하고 그의 곁으로 다가갔다.

"저와 대련하시겠습니까?"

단세를 돌아보는 선우는 번뇌와 피곤함에 찌들어 있었다. 누구와 대련을 할 상태가 아니게 보였다.

"나중에 해."

"아니오. 지금이오."

단세는 돌아서려는 선우를 막아서며 진지하게 바라보았다.

"피할 수 있으면 피하십시오. 일 합도 밀리면 안 됩니다. 스쳐서도 안 됩니다. 이 말이 제가 드릴 수 있는 최대한의 배려입니다."

"어차피 네가 나보단 나을 텐데 뭘 이렇게 정색이야?"

"송구합니다."

"넌 뭐가 그렇게 송구하냐? 그냥 편하게 하라고 몇 번을 말해."

단세는 울컥 눈물이 났지만, 이를 악물고 '이야아압' 기합을 지르며 달려 들어갔다. 가벼운 마음으로 시작했던 선우는 단세가 무섭게 몰아치는 통에 심한 압박감을 느끼며 점점 밀리기 시작했다. 일촉즉발의 위험한 순간에 재빨리 몸을 뒤로 빼며 피하는데 그 순간에도 단세의 검이 날아들어 선우의 옷자락을 베어냈다.

"너, 대체 왜 이래?"

"얘기가 너무 깁니다. 못다한 말은 저승에서 하시죠."

선우는 예상하지 못한 단세의 정식 공격을 받아내다 뒤로 밀리면서 그래도 질 생각은 없어 단세와 검을 부딪쳤다. 그때 선우를 발로 차내며 돌진하는 단세, 선우가 버티다가 단세가 휘두른 검에 자신의 검을 놓쳐버렸다. 선우가 당황하여 단세를 보는데, 단세는 이야야 압! 마지막 기합 지르며 달려가 검을 내리쳤다.

이때, 두 사람 사이를 막아선 누군가가 있었으니 한성이었다. 한성이 선우를 감싸며 단세의 검을 쳐냈다. 겉으로 보기에는 큰 상처가 아니었지만, 한성의 손은 맨 손이었고, 단세의 검에는 독이 발려 있다는 것이 문제였다. 단세는 믿을 수 없다는 듯 파르르 떨며 한성을 바라보았다.

"너… 너 무슨 짓이야?"

"형이야말로 무슨 짓이야? 왜 이러는 건데?"

한성이 나동그라진 선우에게 손을 내밀며 물었다.

"형은 괜찮아?"

그 손을 잡고 일어나려던 선우가 깜짝 놀라 한성을 쳐다봤다. 한성도 제 손을 내려다보는데, 단세의 검에 베였던 부분이 시커멓게 변해가고 있었다. 한성이 단세에게 손을 보여주자 단세가 눈물을 뚝뚝 흘리기 시작했다.

"이게 뭐야?"

"한성아…."

"이게 필살이야?"

"네가 그걸 어떻게?"

"나무상자랑 같이 온 서찰을 안 전해줘서…."

지현당에 앉은 한성이 강의가 지루하기도 하고 할아버지가 형에게 뭐라 편지를 썼을지 궁금하기도 해서 밀봉된 서찰을 살짝 뜯어보았다. 석현제의 편지 안에 '必殺'이란 글씨가 쓰여 있었다. 어이가 없었지만 아무래도 신경이 쓰여서 단세를 찾아다니던 한성은 선우와 대련하는 형을 찾았던 것이다. 어찌나 무섭게 덤비는지 저러다가 큰일 나겠다 싶어서 뛰어들었던 건데, '필살'이 검술만을 이야기했던 것은 아니었던 모양이었다.

"형, 왜 그랬어? 형은 좋은 형이잖아."

한성의 얼굴이 금방 파리해지고, 턱이 숨이 차올랐다. 그리고 곧 비틀거리더니 무릎을 꿇으며 쓰러졌다.

"아, 안 돼."

단세가 무너지며 절규하는데, 선우는 놀라서 한성을 안아 올리며 단세를 쳐다봤다.

"뭐야? 얘 왜 이래?"

"독, 독입니다. 맹독."

선우는 일단 한성을 안고 뛰었다. 그러나 의원실에는 아로도 없고 어디로 가야 할지 알 수가 없었다. 숨이 턱턱 막혀 말도 제대로 할 수 없으면서도 한성이 오히려 선우를 안심시키고 있었다.

"괜찮아… 아로 의원이… 낫게 해줄 거야…."

"그래, 그러니까 정신 잃지 마."

"형, 같이 걸어준댔지."

한성의 목소리가 잘 들리지 않을 정도로 작아져 있었다. 선우가 눈물이 맺혀 한성을 바라보는데 한성이 희미하게 웃었다.

"우리 형, 미워하지 마."

선우를 향해 다가오던 한성의 손이 툭 떨어졌다. 달리던 선우의 발걸음이 멈췄다. 한성이 마지막 숨을 몰아쉬더니 그의 몸이 축 늘어졌다. 평온하고 깊은 잠에 빠진 것처럼 보이는 한성을 안고 선우는 먹먹하여 바라보고 있었다.

모든 화랑이 모여 있는 지현당, 그 안으로 선우가 축 늘어져 있는 한성을 안고 들어왔다. 선우가 지현당 가운데 한성을 내려놓자 여울이 얼른 한성을 살펴보더니 선우를 올려다봤다.

"왜 이래? 이 녀석."

선우는 아무런 대답을 못 하고 서 있는 것도 힘들어 있는데, 강단에 있던 위화가 내려와 한성의 맥을 짚어보고는 깊고 아픈 한숨을 길게 내쉬었다. 잠든 아이 같은 한성의 얼굴을 보며, 화랑들은 갑작스러운 상황을 믿을 수 없어 침묵할 수밖에 없었다.

고방에 갇힌 단세는 이제 눈물도 나오지 않았다. 멍하니 아무 생각 없이 그저 앉아 있을 뿐이었다. 어찌 보면 정신을 놔버린 것처럼 보이기도 했다.

"죽지 마라."

선우의 목소리가 들려왔지만, 단세는 그쪽을 보지도 않았다. 마치 동상처럼 그냥 멍하게 앉아 있을 뿐이었다. 선우는 고방에 기대서서 단세의 뒷모습을 보며 마음이 쓰라렸다. 가버린 한성보다 남아 있어야 하는 단세의 마음이 어떨지 너무나 잘 알지만 잘 알기에 섣불리 위로도 할 수 없었다.

"이거, 한성이가 할아버지에게 보낸다 했는데 난 왠지 너한테 가는 편지 같아서…."

선우가 고방 창살에 한성의 편지를 끼워놓았다. 여전히 단세는 시선조차 주지 않고 있었다.

"여기 둘 테니까 읽어보고 싶어지면 그때 읽어봐. 그럼."

"왜죠?"

고방에서 나가려던 선우가 단세를 돌아봤다.

"나는 선우랑을 죽이려고 했어요…. 그런데 왜 나에게 이런 걸 해주죠?"

"너는 내 낭두니까."

그제야 단세는 선우에게 시선을 주었다. 선우는 그 시선에 크게 신경 쓰지 않고 무심하게 밖으로 나가버렸고, 단세는 다시 고방 창살에 끼워진 한성의 편지에 머물렀다.

단세는 천천히 일어나 편지를 들어 펼쳐보았다.

할아버지 한성입니다. 저는 선문에서 잘 지내고 있습니다. 처음엔 할아버지께서 억지로 집어넣으셨지만, 이젠 이곳 생활이 좋아졌습니다. 좋아하는 벗으로부터 길이 아닌 곳도 길이 될 수 있다는 걸 배웠습니다. 한 사람, 두 사람이 발자국을 남기면, 함께 갈 수 있으면 험한 길도 길이 된다는 것도 알게 되었습니다.

이렇게 편지를 드리는 건, 이제부턴 제 벌은 제가 받겠다 말씀드리고 싶어서예요. 형은 아무 잘못이 없어요. 신분, 골품 그런 거 전 잘 모르겠지만 형은 그냥 제 형입니다. 세상에서 가장 믿을 수 있는 제 편입니다.

한성의 장례를 치르고 온 날이었다. 장례에 진골 귀족은 아무도 오지 않았다. 오로지 화랑들뿐이었다. 단세는 여전히 스스로를 고방에 가두고 밖으로 나오지 않았고, 가문을 살리겠다는 욕심으로 결국 손자를 죽여버린 석현제 혼자 초라하게 장례식장을 지키고 있었다.

선문으로 돌아와, 위화는 지현당에 앉아 있는 화랑들의 얼굴을 하나하나 바라보았다. 한성의 죽음 이후 화랑들의 눈빛이 보다 진중해지고 무거워졌다.

"아프냐? 그럼 울어라."

위화의 말이 신호탄인 듯 여기저기서 흐느껴 우는 소리가 새어 나왔다. 위화 역시 찢어지는 마음으로 화랑들을 찬찬히 돌아보며 말을 이었다.

"이 신국엔, 아직도 화랑들을 흔들고 자기 뜻대로 해도 된다고 생각하는 이들이 있는 모양이다. 하나, 다시는 친구를 잃지 마라. 누군가 만들어놓은 질서가 너희들의 질서가 되도록 침묵하지 마라. 너희는 장기판의 말이 아니라 이 세상 그 누구보다 자유로운 화랑이다. 그걸 잊지 마."

의관을 정제한 석현제가 석씨 사당에 들어섰다. 사당을 구석구석

청소한 뒤에 문 하나하나를 신경 써서 굳건하게 닫고 잠금쇠까지 끼워놓았다. 마지막으로 조상들에게 큰절을 올리고 망설임 없이 사당 구석구석에 불을 놓기 시작했다. 이미 기름을 잘 먹여놓은 사당 건물이 한순간에 불길에 휩싸였다. 사당 한 중앙에 자리 잡고 앉은 석현제는 사방에서 불이 타오르는 것을 지켜보며 회한의 눈물을 흘리고 있었다. 눈물로 뿌예진 그의 눈앞에 해맑게 웃는 한성의 목소리가 들리는 듯했다.

　할아버지, 전 이곳에서 어른이 되는 법을 배우고 있습니다. 누구에게도 기대지 않고, 스스로 내린 판단에 대해 책임지며 사는 법이요.
　할아버지, 저 여기서 같이 길을 걸어주겠다는 화랑 형도 만났어요. 전 자유롭게 살겠습니다. 가문이니 권력이니 그런 거 생각 안 하고 화랑으로 살겠습니다.

지소도 한성의 이야기를 전해 듣고 있었다.
"저런, 어리고 가냘픈 목숨이 아깝게 갔구나."
그러나, 지소의 표정에서는 동정도 연민도 찾아보기 힘들었다. 그 죽음이 삼맥종에게 줄 이득이 계산되어서 연민을 느낄 여유가 없었다.
"그렇지만 헛된 죽음은 아니구나. 선우가 왕이라고 더욱 믿게 될 터이니."
현추가 걱정스러운 얼굴로 지소를 바라보았다.
"그리만 생각하실 일이 아닌 듯합니다. 백성들이 선우랑을 폐하라 여기고, 이 새로운 왕에 대한 기대가 날로 커지고 있습니다."

"가짜를 향한 헛된 기대다."

"하나, 이대로 두면 걷잡을 수 없을지도 모릅니다."

그러면 어찌하면 좋은가? 깊이 생각해보려 하자 머리가 지끈지끈 아파오기 시작했다. 요즘에 들어 두통이 더 극심해지고 있었다. 아무것도 생각하지 않고 멍청하게 하루를 흘려보낸다면 두통 없이 지낼 수도 있겠지만, 생각해내야 할 것은 점점 더 많아지고 있었다.

"모영아."

이름을 부르자마자 모영이 기다렸다는 듯이 차를 내왔다. 안지가 차를 보던 눈빛을 생각하면 안 마셔야 옳을 것 같은데, 그래도 이걸 마시면 두통이 조금은 잦아드니 안 마실 수가 없었다. 지소는 따끈한 차를 두 잔째 연거푸 마시며 안지가 언제 왕경에 돌아올까 기다리는 마음이 되었다.

그때 안지는 막 왕경에 들어서고 있었다. 봇짐을 멘 채 지친 얼굴로 남루하고 초라하기 그지없는데, 왕경 사람들은 그런 안지에게 고개 숙여 인사하며 존경심을 표했다. 안지가 망망촌의 역병을 잡아, 왕경으로 번지는 것을 막았다는 소문이 이미 돌아 안지는 왕경 사람들에게도 생명의 은인이 되어 있었던 것이었다. 왕경 사람들이 인사하면 안지는 피곤한 중에도 하나하나 따뜻하게 답을 해주었다. 그러다가 문득 고개를 들어보니, 저쪽에서 휘경이 자신을 바라보고 있는 것이 보였다.

휘경은 안지를 옥타각으로 데려가 술을 대접하였다.

"망망촌 역병을 이기고 돌아온 의원치곤 얼굴이 밝지가 않네?"

안지는 휘경의 얼굴을 보며 참담했던 심정을 토해내기 시작했다.

"약초가 없어 독초까지 먹었습니다. 피를 토하며 죽어가는 병자를 보면서 스스로 의원인지 살인자인지 헷갈렸습니다. 살리지도 못하고 죽이지도 못해 고통으로 몸부림치고 있는데."

안지는 숨을 크게 내쉬고 앞에 놓인 술을 꿀걱 단숨에 마셔버리고 휘경을 바라봤다.

"그렇게 몸부림치는 동안 누군가는 약초가 썩어나는데도 움켜쥐고 풀지 않더군요. 왕경 사람들은 제가 망망촌의 역병을 잡아줘서 고맙다고 인사하지만, 실은 그들은 망망촌 사람들이 얼마나 죽었는지, 얼마나 힘들었는지는 관심이 없겠죠. 그 병이 왕경에 들어오지 않은 것이 기쁠 뿐이지."

휘경이 안지의 잔을 다시 술을 따라주면서 습관처럼 웃었다.

"그것이 사람의 마음인 것을, 그걸 어찌 이기적이다, 욕할 수만 있겠나? 그렇게 버텨가는 살아가는 사람들인데…"

안지는 휘경이 따라놓은 술을 또 꿀걱 한 번에 털어 넣고 휘경을 바라보았다.

"그사이 너무 많은 이들이 죽었어요. 그곳에서 전쟁을 치르는 동안 이곳은 모든 것이 너무 안일하기만 했습니다."

"전쟁은 어디에나 있지."

"여기에는 어떤 전쟁이 있었습니까?"

휘경이 어떻게 말해야 하나 고민하는 표정으로 또 술을 따라주더니 안지를 빤히 바라보았다.

"자네 여식이 원화가 되었다네."

"원화요?"

휘경이 무겁게 고개를 끄덕였다.

"원화라니, 그 원화 말입니까? 준정의 그 원화요? 아니 왜 지나간 원화를…."

이해할 수 없어 아무 말이나 중구난방 중얼대던 안지가 갑자기 알아버렸다는 듯 순식간에 허탈해진 표정으로 휘경을 바라보았다.

"지소입니까? 또 지소가 그런 겁니까? 그 아이의 목숨으로 무엇을 거래하려고요?"

"역병에 독초를 썼다 했나?"

새로운 느낌의 분노로 눈동자가 벌게지며 손이 부들부들 떨리는 안지가 휘경을 바라보았다.

"지금 이 신국의 형국이 그러하네. 역병이 창궐하는데 약재를 구할 수 없는 망망촌과 진배없어. 자네라면 어쩌겠나. 하늘에서 약재가 떨어지길 기대하시겠나? 아니면 독초라도 써보겠나?"

"독초라뇨?"

"그대의 아들을, 아니 내 아들을 왕으로 만들어야겠어."

안지는 제 귀를 의심하며 휘경을 바라보았다. 누구의 아들을 무엇으로 만든다고? 그러나, 휘경은 그 눈을 피하지 않고 안지를 똑바로 맞받아 보았다.

휘경과 헤어진 안지는 그 길로 월성으로 달려왔다. 다시는 지소를 보지 않겠다고 공언하고 망망촌으로 떠났었는데, 상황이 상황인지라 오지 않을 수 없었다. 한참 동안 월성 앞에 서서 궁궐이 지소인 양 노려보던 안지가 드디어 월성에 들어섰다.

안지가 왔다는 소식을 들은 지소는 달려나가지 않았다뿐이지 기쁨을 감추지 못하고 그를 맞이했다. 그런데 거기까지. 안지의 표정을 보고는 평소 자신의 싸늘한 표정이 될 수밖에 없었다. 오늘도 역시 안지는 좋은 일로 온 것이 아님이 분명했다. 안지의 얼굴에 적의만이 확실하게 보였다.

"내 딸을 원화로 만드셨습니까?"

"그랬소."

"어째서요? 그 아이만은 그냥 두겠다 하지 않으셨습니까?"

"원화는 화랑의 수장이 되는 자리요. 그 아이에게는 광영이지. 공이 화를 낼 일이 아닌 듯한데?"

"아직도 날 농락할 수 있다 생각하시는 겁니까?"

"무엇을 보고 농락이라는 거요?"

"당신의 추악한 속내를 숨기고 그럴듯한 말로 포장하여 속여 넘기려는 것! 그것이야말로 농락이 아닙니까? 아로를 원화라는 미명 아래 가두고, 그 아이를 미끼로 누굴 조정하려는 겁니까? 선우입니까? 선우가 왕이라 오해받으면서 그 인기가 올라가고 있어서?"

"그 입 다무시오!"

지소가 벼락같이 호통치며 안지를 무섭게 노려보았다. 눈에서 불덩어리가 쏟아질 듯했다. 그러나 안지도 지지 않고 똑같이 지소를 노려보았다. 그동안 무능하게 아내와 아들을 빼앗겼는데 딸까지 잃을 수는 없었다. 무슨 짓을 해서라도 아로를 되찾아야만 했다.

"나는 이 나라의 태후요. 왕좌를 지키기 위해서라면 내가 못할 게 뭐요? 감히 나에게 향촌의 의원 따위가 뭐라 지껄이는 것인가?"

"당신 아들이 무사히 왕좌를 지킬 수 있을 거라고 생각하시오?"

"뭐라?"

"그럴 수 없을 겁니다."

"무엄하구나!"

"내 아들을 왕으로 만들 겁니다."

지소는 코웃음을 쳤다.

"잠깐 인기를 얻었다고, 천인의 피가 흐르는 하잘것없는 핏줄이 왕이라니 그게 가당키나 한 소린가?"

"잘못 알고 계십니다."

지소는 안지를 쳐다봤다. 잘못 알고 있다는 말의 내용 때문이 아니라 그가 말하는 목소리 때문이었다. 그동안 안지가 이렇게 확신에 찬 목소리였던 적이 있었던가? 지소는 안지가 그다음 말을 하기도 전에 더럭 겁이 났다. 무슨 말을 하려는 것인가?

"그 아이는 신국의 왕좌에 앉을 자격이 있습니다."

"뭐?"

"준정, 그 아이가 준정의 아들입니다. 휘경 공의 아들, 이 신국의 성골."

갑자기 지소의 귀 가까이에서 여자의 흐느낌이 들려왔다.

지소야. 내 아이를 살려줘. 성골의 피가 흐르고 있어.

지소는 두 손으로 제 귀를 막았다. 아무리 틀어막아도 준정의 흐느끼는 울음소리가 계속 들려왔다. 지소는 파랗게 질린 채로 털썩 주저앉았다. 그렇지만 안지를 바라보는 눈에는 독기가 창창했다. 인정하지 않을 것이었다. 설령 이 자리에 지금 준정이 나타난다 해도 절대 받아들이지 않을 이야기였다.

"그 말을 믿으란 거요? 준정이 어찌 되었나 잊었소?"

"압니다. 준정은 칼에 찔렸지요."

"죽었소."

"칼을 찌른 사람은 무슨 이유에선지 마지막 일격을 가하지 못했지요. 준정은 어떻게든 아이를 살리고 싶어서 저를 찾아 왔습니다."

지소의 얼굴이 경악으로 일그러졌다.

"준정은 죽었지만 아이는 살았습니다."

"거짓말! 거짓말이야."

지소가 소리를 질렀다.

"거짓말이 아닙니다."

"절대 그 말을 믿지 않아. 누구도 믿지 않을 거요. 어떻게 증명할 건데?"

"휘경 공이 증명하실 겁니다."

지소는 순식간에 온몸에서 기력이 다 빠져나가버린 것 같았다. 앉아 있을 기운도 사라져가고 있었다. 그렇지만 지소는 마지막까지 그 말을 받아들이고 싶지 않아서 안지에게 끝까지 버텼다.

"그 말을 믿을 것 같소?"

안지는 한참 동안 말없이 지소를 바라보고 있다가 입을 열었다.

"태후께서 믿지 않더라도, 이것은 운명입니다."

그 말을 남기고 안지는 돌아섰다. 안지가 나가는 것을 바라보면서 지소는 숨이 막혀왔다. 그동안의 죄를 이렇게 한순간에 갚아야 하는 가? 절망스러웠다.

이것이 운명이었다.

오래전 준정이 피투성이가 되어 찾아왔던 때가 생각났다. 그때 이미 준정은 살아 있다 할 수 없는 상태였다. 준정의 몸종이 마치 자루를 옮겨오듯 수레에 태워 데려왔었다. 준정이 매달렸다. 제발 아이만은 살려 달라고. 그리고 정신은 놓아버렸지만, 아이를 살리고 싶은 준정의 의지였는지 아이가 어미에게서 분리되어 첫울음을 터트릴 때까지 준정의 숨은 붙어 있었다. 그리고 거기까지였다. 준정의 숨이 멈췄고, 몸종은 준정과 아이를 수레에 태우고 돌아갔다. 오늘 있었던 일은 잊어버리시라고, 그러는 것이 안지 공의 가족을 지키는 길이라는 말을 남기고.

그 말 때문이었는지, 안지는 그때 일을 까맣게 잊고 있었다. 휘경이 선우가 제 아들이라 밝힐 때까지는. 휘경이 아들을 찾아 왕을 만들기로 결심했으니 신국이 안정을 되찾게 될 것이라고 안지는 믿었다. 꼭 그렇게 되었으면 좋겠다고 안지는 기원했다. 지소에게 농락당하는 일은 제발 이제 그만 하고 싶었다.

원화 처소에서 아로는 두 손을 간절히 모으고 눈을 감아 기도하듯 정신을 모으고 있었다. 그러다가 반짝 눈을 뜨더니 두 손 모아 쥐고 있던 윷을 던지며 소리를 질렀다. 대충 깎아 만든 윷이 반듯하게 엎어지며 모가 되었다. 그 앞에 앉아 있는 궁녀들이 안타까운 한숨 소리를 내는데 아로는 신났다.

"아싸! 도, 개, 걸, 윷, 모! 잡고."

다시 던지면 이번에는 걸이었다.

헉 놀라며 벌러덩 엉덩방아를 찧는 궁인에게 아로는 씩 웃어주더니 도. 개. 걸! 가서 또 잡았다. 다시 던지면 이번에는 한데 업은 조악돌 말들이 한꺼번에 이동했다. 그야말로 종횡무진 동에 번쩍 서에 번쩍이었다. 아로가 두 손을 번쩍 올리며 환호성을 질렀다.

난처한 표정의 궁인들이 제 이마를 문지르며 울상이 되었다. 아로가 인정사정 봐주지 않고 궁인들 이마에 가운뎃손가락 튕겨 딱밤 때리고 있었다.

"한 판 더?"

아로는 아싸, 소리를 지르며 윷을 던지는데, 궁녀들이 부리나케 일어나 허리를 숙이며 뒤로 물러나고 있었다. 돌아보면 숙명이 동백을 대동하고 어이없다는 듯이 아로를 내려다보고 있었다.

"그새 또 사람들을 사귄 걸 보니, 참 네 재주가 용하구나."

"…버텨보려 길을 찾고 있는 중입니다."

"제 오라비의 목숨은 어찌 된 지도 모르고…"

아로는 저도 모르게 침을 꿀꺽 삼키며 숙명을 바라봤다. 숙명이 아로를 보다가 선심 쓰듯 소식을 말해줬다.

"폐하로 오해받아 선문에서 공격을 받았다."

"아아… 네에."

"어찌 됐냐고 묻지도 않는 거냐?"

"무사할 겁니다."

"어째서 그렇게 확신하는 거냐?"

"믿으니까요. 분명, 괜찮을 겁니다."

순간 숙명은 아로를 질투하는 듯 혹은 비웃는 듯 보면서 말했다.

"너 때문에 네 오라비가 위험에 닥쳤을 때도 그런 식으로 스스로를 달래는 모양이지?"

"절 자극해 무슨 빌미라도 잡고 싶겠지만, 전 절대 넘어가지 않습니다."

"뭐라?"

"전 살아야 합니다. 그게 오라비를 살리는 길이구요."

아로는 단호하고 강건했다. 숙명은 진심으로 아로의 믿음에 질투가 났다. 상대가 누가 되었던 저만큼 믿을 수 있다는 것에, 그것이 가능하다는 것이 질투가 났다. 아로가 부럽기까지 했다. 자신이 가져보지 못한 것은 갖고 있는 저 보잘것없는 계집이.

원화 임명식 날이 밝았다. 간밤을 뜬 눈으로 보낸 지소는 현추를 불렀다. 안지는 지소가 충격받아 모든 것을 포기할 걸 기대하고 선우가 휘경의 아들이라는 말을 했겠지만, 지소는 여기에서 포기할 생각이 추호도 없었다. 오늘 원화들이 남모 사당에 참배를 갈 것이고, 이때가 아니면 월성 밖에서 원화를 보기가 힘들다는 것은 그놈도 알

것이었다. 오늘이 잘못된 것을 바로잡아야 할 때였다.

"원화들이 남모 사당에 간다는 사실을 알렸으니, 반드시 움직일 것이다. 오늘이 그 아이에게 몇 번 오지 않을 기회지만, 그건 우리에게도 마찬가지. 실수가 없어야 한다."

지소의 눈빛은 형형하다고 말하기에도 부족하게 빛나고 있었다. 광기에 번들거리는 그 눈을 보며 현추는 진심으로 지소가 걱정되었지만, 지금은 그의 명을 받는 수밖에 없었다.

그때, 내전 문이 조용히 닫히는 것을 현추와 지소는 보지 못했다. 숙명이었다. 원화 행차에 나서기 전, 지소에게 인사를 하러 왔다가 심상치 않은 두 사람의 대화를 듣고 조용히 돌아서고 있었다.

원화 처소에서는 궁녀들이 아로에게 원화복을 입히고 있었다. 아로는 두 손 두 발 꼼짝 못 하게 잡아놓고 옷을 입혀주는 시중이 어색하고 난감하기만 했지만 달리 수가 없었다. 그때 숙명이 방으로 들어왔다. 숙명이 평가하듯 아로를 위아래로 훑어보더니 한동안 말을 하지 않았다. 아로가 보기에는 망설이고 있는 것처럼 보여서 의아한 듯 쳐다봤는데, 그 시선을 받고도 말없이 있던 숙명이 갑자기 홱 돌아섰다.

"시간이 됐다. 가자."

그때 삼맥종은 선문에서 원화 행차가 시작되기를 기다리고 있었다. 마침내 파오가 다가와 고개를 끄덕였다.

"지금 남모 공주의 사당으로 원화들과 수행단이 출발했습니다."

"그래, 그럼 계획대로…."

"근데 좀 이상한 게 있어서…."

"이상하다니?"

"수행단의 호위무사가 턱없이 부족합니다. 수행단이 거의 궁녀들로만 구성되어 있어요."

"원래 원화들은 궁녀들만 데리고 다니지 않았나?"

"그래도 그게 정도껏 이어야죠. 병력이 얼마 없다는 것을 눈으로 보여주겠다는 건데…."

"함정이라는 거야?"

파오가 고개를 끄덕였다.

"그 녀석을 잡겠다고? 어머니가?"

"원화 호위를 결정하는 건 태후 전하시니…."

"어머니가 왜? 그 녀석이 지금 상태를 유지하고 있는 것이 나의 안전을 보장받을 길이라 생각하실 텐데?"

"다른 상황이 생기지 않으셨을까요?"

이거 참 난감한 상황이었다.

"그 녀석이 덥석 그 함정에 들어설까?"

"안 가겠습니까?"

"가겠지."

삼맥종이 파오를 쳐다봤다. 그 눈빛이 너무 간절해서 파오가 살짝 뒤로 한 발 물러났다. 삼맥종은 행여 더 뒤로 무를까 봐 파오의 팔을 덥석 잡았다.

"파오, 아로를 빼돌리고 거기에 하나 더 그 녀석도 살려줘."

"저도 그럴 수 있으면 좋겠습니다만, 제가 혼자 몸인데 말입니다."

"나는 너 말고 달리 기댈 데가 없어."

삼맥종의 말에 파오가 갑자기 벌떡 일어섰다. 이렇게까지 말씀하시는데 한 몸 가루가 될지라도, 그 말씀을 받들고야 말 것이었다.

남모 사당으로 향하는 산길에는 그 녀석, 선우가 달리고 있었다. 아로를 놓치지 않으려는 듯 다급하게 움직이는 그의 눈에는 오로지 원화 수행단의 흔적만 보였고, 수풀 속에 자신을 따르는 예리한 눈이 있다는 것은 보이지 않았다.

남모 사당에서는 영정 앞에 향을 올리며 예를 갖춘 숙명이 물러나면 뒤이어 아로도 예를 올리고 있었다. 그 모습을 빤히 보던 숙명이 조용히 혼잣말을 했다.

"남모 공주와 준정이… 꼭 우리 같구나…. 공주와 귀족의 반쪽 딸이라…."

아로는 어쩐지 섬뜩해서 숙명을 보았고, 겁에 질린 아로의 모습을 보고 숙명이 픽, 짧게 비웃었다.

"겁먹긴."

"궁금한 게 있습니다. 제가 원화가 된 이유가 폐하의 얼굴을 알기 때문입니까? 백제에서 왕 노릇을 한 선우랑의 누이라서입니까?"

"스스로 과대평가하는구나. 네가 뭘 했거나, 뭐라서가 아니야. 널 이용할 수 있기 때문이지."

"예?"

"너를 잡고 있으면 네 오라비가 숨도 크게 못 쉴 테니까, 네가 여기 있으면 위험하다는 걸 알아도 네 오라비는 널 구하러 올 테니까."

"오라비가 여기에 올 거라는 겁니까?"

숙명이 이번에는 좀 길게 비웃었다.

"여기가 위험하다는 말은 안 들리는구나?"

"위험해요?"

"이렇게 뭘 몰라서야… 네가 살아야 오라비가 산다 했니? 아니, 네가 옆에 있으면 선우랑은 위험해져. 더 큰 세상 밖으로 나가고 싶어도 너 때문에 나갈 수가 없어. 네가 네 오라비의 발목을 잡고 있는 것이다."

숙명의 말이 모두 사실인 것 같아 아로는 반박할 수가 없었다. 돌이켜 생각해보면 선우가 다쳤던 그 모든 일이 다 아로를 구하자고 그랬던 것이었다. 그렇지만 선우는 한 번도 아로를 탓하지 않았다.

"네가 죽으면 나도 죽어. 네가 안 괜찮으면 나도 안 괜찮고, 정말 날 위하고 싶으면 너부터 생각해."

아로 때문에 피를 흘리면서도 그렇게 말했었다. 아로는 지나간 일들이 생각나고, 그래서 괜히 선우에게 더 미안해지고 눈물이 났다.

"진짜 나 때문에 오라버니가… 아니야. 누가 그딴 말에 마음 흔들릴 줄 알고…."

울다가 마음을 다잡다가 그러면서도 눈물이 나고 있었는데, 저쪽에서 아로를 보고 있는 사람이 있었다. 아로는 잘못 본 건가? 이게 꿈인가? 싶은데 그가 점점 다가와서 아로 앞에 섰다. 선우였다.

"이거 꿈인가?"

아로를 바라보는 선우의 눈빛은 따뜻하고 애틋했다. 아무리 생각해도 생시가 분명하고 아무리 봐도 선우가 분명했다.

"여긴 어떻게 알고 왔어요?"

"네가 어디 있든 내가 못 찾을 것 같아? 이제 너, 어디에도 안 보내. 내 옆에만 둘 거야."

아로는 눈물이 핑 돌아 선우를 바라봤다. 선우가 아로에게 손을 내밀자 아로도 그 손을 잡았는데, 갑자기 아로가 선우를 막아서며 앞으로 튀어나왔다. 그리고 아로의 심장을 향해 화살이 박혔다. 마지막 순간 선우를 본 아로는 의식을 놓아버렸다. 쓰러지는 아로를 받아 안은 선우는 죽은 듯이 누워 있는 아로를 보고 하늘이 무너져 내린 듯 절규했다.

3장
화랑이 선택한 왕

월성 정전에서는 화백 회의가 열리고 있었다. 요즘 화백 회의의 화두는 친정선포였다. 남부여에서 스스로 삼맥종 폐하라 하신 분이 태자 창을 꺾고 하옥되어 있던 신라 유민들까지 구출해 왔는데 왜 친정선포를 하지 않느냐는 것. 예전의 지소 태후였다면 사실 말을 꺼내기도 무서울 수 있었는데, 요즘의 지소는 병색이 완연하고 절반 정도는 정신이 딴 데 가 있는 것 같을 때가 많아서 눈치를 살펴가며 할 말은 하는 식이었다.

"이제 백성들이 왕이 누군지 다 아는 마당인데, 왜 친정 선포를 미루신다는 겁니까?"

"지금 신국에 당면한 상황이 얼마나 많은지 아십니까? 우린 전쟁에 나갈 진짜 왕이 필요합니다!"

"욕심이 과하신 게지요. 언제까지 섭정 태후가 이 나라를 주무르고 있어야 한답니까."

이렇게까지 말하고 헙, 스스로 입을 막은 김형원이 살짝 지소 태후의 눈치를 살폈다. 요즘 아무리 하고 싶은 말은 하면서 산다지만, 이건 너무 나간 발언이지 않은가. 그런데 지소는 김형원의 말을 못 들은 것 같았다. 쿨럭쿨럭 밭은기침을 하며 불안한 시선으로 대신을 둘러보지만, 정작 그 눈은 대신들을 보고 있지 않은 듯했다.

사실 지소는 정전 안에 있는 것은 아무것도 듣지 못하고 아무것도 보지 못하고 있었다. 세상이 어른거리며 울렁거렸고, 귀에서는 '준정의 아들'이니, '신국의 성골'이라는 안지의 목소리만 들리고 있었다.

햇빛 찬란한 시간, 그 빛을 한 몸에 받으면서 삼맥종은 비장하게 월성 정전을 바라보고 서 있었다.

삼맥종은 이곳에 오기 전에 제 뜻을 정하기 위해 마지막 대화를 위화와 나눴다.

"화랑들이 더 이상 다치는 걸 원치 않소. 화랑들을 지켜야겠소. 내가!"

"어떻게 말입니까? 비위가 상해 적과도 손잡지 못하고, 자기 대신 왕 노릇 하는 친구도 지키지 못하는 왕 나부랭이가… 어떻게 이 선문을 지킨단 말입니까?"

삼맥종은 위화에게 대답하지 않았다. 행동으로 보여줄 생각이었다. 드디어 그는 정전으로 오르는 첫 계단에 발을 디뎠다. 첫발 딛기가 힘들었을 뿐 오르는 것은 어렵지 않았다. 한 발, 한 발 천천히 올라가다 보면 정전이 나올 터였다. 더는 피하고 도망치고 숨지 않을 것이다. 당당하게 제대로 왕 노릇을 할 것이다. 그것이 제 친구를 지키고 제 백성을 시킬 길이었다.

삼맥종이 두 손으로 정전의 문을 열어젖히자 정전을 채우고 있던 빛이 그의 얼굴 가득 온전히 쏟아졌다. 순간, 그때까지 불평을 토로하고 있던 화백들은 일순 조용해졌다. 그들은 일제히 고개를 돌려 정전 문을 열어젖힌 삼맥종을 바라보았다. 삼맥종이 천천히 안으로 들어섰고 그의 팔찌가 빛을 받아 반짝였다.

귀신을 본 듯 하얗게 질려 있는 영실에게 호공이 물었다.

"대체 저게 누굽니까?"

지소의 눈에는 끊임없이 일렁여 어지러운 가운데로 빛을 등에 지고 걸어 들어오는 검은 그림자가 보였다. 점점 다가오는 그는 삼맥종이었다. 꿈인지 생시인지 아득하기만 한 지소는 천천히 자리에서 일어났다.

삼맥종은 정전의 대신들 사이를 지나 당당하게 왕좌까지 걸었다. 단 위에 올라서 왕좌 앞에 선 삼맥종이 대신들을 향해 돌아섰다. 마침내 삼맥종이 입을 열었다.

"내가 그대들의 왕, 신국의 대왕 삼맥종이오."

웅성거리던 대신들의 소리가 뚝 끊겼다. 모두들 멀거니 서서 삼맥종을 보고만 있었다. 이런 경우 어떻게 해야 하더라? 왕을 본 게 워낙 오래전인 사람들이라 얼떨떨하기만 했다.

"신 김습, 대왕을 뵈옵니다."

김습이 무릎을 꿇고 삼맥종에게 고개를 숙였다. 김습을 따라 화백들을 하나하나 무릎을 꿇고 고개를 숙였다. 화백이 하는 것을 떨떠름하게 보고 있던 영실도 결국 마지막에 무릎을 꿇고 고개를 숙였다.

"신 박영실, 대왕을 뵈옵니다."

삼맥종은 그런 대신들을 차갑고 당당하게 바라보고 서 있었다.

남모 사당이 잘 보이는 수풀 속에는 현추의 지휘를 받는 금군들이 매복해 있었다.

선우가 휘경의 아들이라는 소리까지 들은 지소는 더는 그를 살려둘 수 없었다. 삼맥종을 안전하게 왕위에 올리고자 싸워왔던 지난 세월을 한순간에 물거품으로 만들 수는 없는 일이었다. 그렇다고 그를 공개적으로 처형할 수는 없었고. 자객들처럼 선문의 담을 넘을 수도 없었다. 그를 선문 밖으로 불러내 은밀하게 죽여야 했다.

원화들이 남모 원화의 사당에 참배하는 날을 기다려 왔던 것도 그런 이유에서였다. 선우는 그때가 아니면 아로를 보기 힘들 것을 알기 때문에 꼭 사당으로 올 것이라 믿었다. 선우가 선문을 나와 돌아다니는 날이라면 지소도 놓칠 수 없었다.

모든 것이 예상대로 되고 있었다. 선우에게 붙여놓았던 금군에게서 선우가 남모 사당으로 가고 있다는 보고가 먼저 도착했고, 뒤이어 선우도 도착하는 게 보였다.

선우가 사당 앞으로 한 발, 한 발 다가오는 것을 지켜보며 현추는 활을 쏠 가장 좋은 때를 노리고 있었다. 되도록 조용히 최소한의 화살로 해결할 수 있어야 했다.

바로 지금! 아니, 잠시! 아로가 사당 안에서 나오고 있었다. 숙명에게 자신이 선우의 발목을 잡고 있다는 소리는 들은 아로는 아닌 척했지만 의기소침해 있었다. 자신 때문에 넘어지고 구르며 수도 없이 찔리고 베이고 다쳤던 선우를 생각하면 숙명의 말이 틀리지 않았다. 그렇지만 여기서 마음이 약해지면 안 된다고 스스로를 다지던 중이었다. 그런데 꿈인 듯 눈앞에 선우가 서 있었다. 눈을 껌뻑껌뻑해봐도 여전히 선우였다.

"여긴 어떻게 알고 왔어요?"

"네가 어디 있든 내가 못 찾을 것 같아?"

그의 대답에 아로는 눈물이 핑 돌았다. 울먹이며 바라보는 아로에게 선우가 손을 내밀었다.

"이제 너, 어디에도 안 보내. 내 옆에만 둘 거야."

아로가 천천히 팔을 뻗어 그 손을 잡으려 했다. 그때 아로는 보았다. 반짝 빛나며 선우를 향해 날아오는 화살을. 아로는 두 번 생각할 겨를도 없이 선우를 막아서며 앞으로 튀어나왔다. 공기를 가르며 날아온 화살이 아로의 심장을 향해 박혔다. 아로는 비명 한 번 지르지 못하고 그대로 쓰러졌다.

떨어지는 아로를 받아 안은 선우는 갑작스러운 상황에 얼떨떨해 어찌할 바를 몰랐다. 그 위로 다시 화살이 날아들었다. 그것이 선우를 꿰뚫을 것 같은 찰나, 갑자기 튀어나온 파오가 검으로 화살을 쳐냈다.

파오가 선우에게 소리쳤다.

"가십시오! 여긴 제가 맡겠습니다."

그러나 선우는 바로 움직이지 못한 채로 눈물을 흘리며 아로만 바라보고 있었다.

"살려야 될 거 아닙니까? 선우랑!"

선우가 그제야 정신 차리고 아로 안고 일어서 파오가 가리키는 방향으로 달려갔다.

활로는 더 이상 안 될 거라고 판단한 현추가 검을 빼 들고 달려와서 파오를 보고 소리쳤다.

"네가 왜 여기에?"

"저분들 지키러 왔다."

"내가 누구 명으로 여기 있는지 모르는 것인가?"

"난 누구 명으로 왔겠냐. 그리고 너 계속 반말하는데… 내가 너보다 금군 밥 십 년은 더 먹었어."

"물러서라. 태후 전하의 명을 받아 감히 왕을 참칭한 역도를 처단하러 온 것이다."

파오는 침을 탁 뱉으며 중얼거렸다.

"누가 가짜 왕인지 모르겠네."

현추가 눈을 부라리며 노려보는데, 전혀 기죽지 않는 파오가 깐죽거리며 말했다.

"가짜 왕만 모시다 보니 헷갈리지? 저분들을 지키라는 게 진짜 왕명이다."

선우는 이미 말에 올라타고 있었다. 현추가 그를 막아 잡으려는데 파오가 다시 막아섰다.

"왕명이라 했다! 따라가면, 왕명 거역이다!"

파오가 검을 예리하고 화려하게 공중에서 휘두르고 현추를 노려 봤다.

"감당할 수 있겠냐?"

현추도 파오를 향해 검을 겨누었다. 파오를 먼저 해결하지 않으면 선우 쪽으로 가는 것이 불가능했기 때문이었다.

"너부터 처리해주마."

현추가 파오에게 검을 들고 달려드는데, 그때 위협하듯 현추의 발 앞에 화살이 꽂혔다. 파오는 어디서 날아온 화살인가 놀라서 보는 데, 현추는 그것을 무시하고 얼떨떨하게 서 있는 파오에게 공격을 시도했다. 그러자 이번에는 현추의 다리에 화살이 꽂혔다. 그 바람에 현추는 앞으로 고꾸라지며 무릎을 꿇었다.

현추와 파오가 화살이 날아온 쪽을 보니, 숙명이 막 시위를 당긴 활을 내리고 있었다. 숙명이 위엄을 갖추고 명령했다.

"금위장은 왕명을 따르라."

"거봐라. 내가 뭐랬니?"

파오가 으쓱거리며 현추를 쳐다보는데, 현추는 선우를 놓친 것이 뼈아팠다.

선우는 정신을 잃은 아로를 안고 미친 듯이 산길을 달려 나왔다. 그는 안골에 있는 안지에게 달려가고 있었다. 아로를 살릴 수 있는 사람은 그밖에 없었다.

그때 안지는 자신이 한 짓을 되짚어보느라 짐도 제대로 풀지 못하고 있었다. 아로가 원화로 잡혀갔다는 소식을 듣고 눈에 보이는 것도 없고 귀에 들리는 것도 없었다. 어떻게든 지소가 겁에 질려 두려워하는 것을 보고 싶었다. 선우가 준정과 휘경의 아들이라는 것은 지소를 위협하기에 충분한 것이었다. 그래서 선우가 성골이라 밝힐 때는 아무 생각이 없었다. 그런데, 그것이 잘한 짓이었는지 자신이 없었다. 그것 때문에 선우가 새로운 고초를 겪게 되는 게 아닌가 걱정이 되기도 했다.

그때 아픈 허리를 부여잡고 피주기가 집 안으로 들어왔다.

"어딜 그렇게 집을 비우고 돌아다니셔서 가지고, 내가 허리가 아파서 여길 몇 번이나 허탕 친 줄 아십니까!"

그러나 안지는 피주기가 들어온 걸 미처 깨닫지도 못한 듯 심각한 표정이었고, 눈치 빠른 피주기는 안지가 뭣 때문에 이러고 있는지 금방 알아차렸다.

"아아! 아로 아가씨 원화 됐단 얘기, 들으셨구나? 걱정을 마세요! 솔직히 이런 집에서 원화가 났으면 잘 된 거 아닙니까?"

그제야 피주기를 돌아본 안지가 물었다.

"언제 데려갔나?"

"한 사나흘? 아가씨가 선문에 안 오신 게 그쯤 되니까…참, 그 얘기 들으셨습니까? 아니, 이 댁 아드님이 왕이라고, 어이가 없어서. 삿갓이 왕경에 올 때부터 내가 다 봤는데… 왕이라는… 그런 말도 안 되는 얘기들을 씨부리고…."

어이가 없어서 깔깔 웃다가 보는데 같이 웃을 줄 알았던 안지가 긴장한 얼굴로 굳어 있었다. 피주기는 고개를 갸우뚱하며 안지를 다시 쳐다보았다.

"어라. 왜 이러실까? 이 반응이 아닌데…."

그러나 안지는 피주기에게 대꾸할 여유가 없었다. 그는 미친 듯이 달려오는 말 한 필을 보고 있었다. 달리는 말에서 뛰어내린 선우가 구르듯이 집으로 달려 들어왔다. 그의 품에는 아로가 있었다. 화살을 맞아 피를 흘리고 이미 죽은 듯 축 늘어져 있는 아로의 얼굴이 보였다.

"살려줘."

안지는 순간 정신을 잃을 듯 아득해졌다. 그동안 자신이 한 잘못으로 딸이, 아로가 이리된 것이다. 지소를 겁주고 싶어서 했던 말이 이렇게 돌아온 것이다.

아로의 몸은 이미 맥을 놓은 듯 축 처져 있었고, 얼굴엔 핏기 하나 없이 창백했다. 그런 아로의 얼굴을 보며 안지는 아무 생각도 할 수 없었다.

선우가 발로 약재 창고 문을 걷어차 열고 아로를 그곳에 데려다 눕혔다. 안지와 덩달아 피주기까지 약재 창고 안으로 들어와 아로를 바라보았다.

아로를 자리에 눕히고 나서야 선우는 제정신이 돌아오는 듯했다. 무엇보다 먼저 죽은 듯 누워 있는 아로를 보며 뜨거운 눈물이 펑펑 쏟아지기 시작했다. 이대로 아로를 잃게 될까 봐 두려워 온몸이 부들부들 떨리기 시작했다.

그런 선우를 지켜보던 안지가 냉정하게 명령했다.

"나가라."

"싫어."

"이 아이의 아비이자, 의원으로 하는 말이다. 방해되니, 나가."

선우가 안지의 말에 두 번 거부는 못 하고 그렇다고 나가지도 못한 채 바라보고 있는데, 안지는 선우를 아예 나간 사람 취급하며 피주기를 보고 말했다.

"자네가 좀 도와줘야겠네."

"제, 제가요?"

안지는 칼을 화로에 넣었다가 식히면서, 아로의 저고리를 벗겨 화살촉의 위치를 확인했다. 다행히도 화살은 심장을 비켜 꽂혀 있었다. 안지는 망설임 없이 화살촉에 불로 소독한 칼을 찔러 넣었다. 그 모습이 끔찍해서 오만상을 찌푸리면서도 피주기는 안지의 시중을 들고 있는데, 차마 더 볼 수 없었던 선우는 떨리는 손을 움켜쥐고 밖으로 나와 버렸다.

자신을 밀어내고 화살에 맞고 쓰러지면서 바라보는 아로의 얼굴이 선명했다. 다시는 어디에도 보내지 않고 어떤 위협에도 굴하지 않고 옆에만 두겠다 결심했었다. 그런데 설마 이렇게 놓쳐버리게 되는 것일까? 선우는 눈을 질끈 감고 얼굴을 감싸며 땅바닥에 주저앉았다.

"내가 그대들의 왕, 신국의 대왕 삼맥종이오."

삼맥종의 선언에 화백들은 무릎을 꿇고 머리를 조아렸다. 하지만 거기까지, 그들은 더 이상 아무것도 하지 않았다. 할 수 있는 것이 없었다. 회의는 자동으로 멈췄고, 서로 눈치만 살피면서 불편한 기색을 감추지 못하고 앉아만 있을 뿐이었다. 보다 못한 지소가 오늘은 그만 물러가라 명하자 다들 이제 겨우 살았다는 듯 부리나케 달려 나가버렸다.

대신들이 다 나가자 지소가 삼맥종을 돌아보았다. 단 위에 우뚝 서 있는 삼맥종의 모습이, 지소의 눈에는 참으로 외롭고 쓸쓸해 보였다. 그런 아들에게 지소는 해 줄 말이 없었다. 예기치 않은 일이었고, 급작스러웠다. 그동안 지소가 세우고 실행하던 계획이 한순간에 어그러지고 무너졌다. 이 모든 것이 삼맥종의 충동적인 결정 때문이었다고 생각하니 쓸쓸하기 그지없었다.

지소마저 삼맥종을 버려두고 정전을 나가버리자, 삼맥종은 무너지듯 천천히 왕좌에 앉았다. 오늘의 정전, 화백들의 반응, 지소의 태도는 상상했던 것과 달랐다. 솔직히 그동안 무슨 큰 기대를 한 건 아니었지만, 이런 그림은 아니었다. 그래도 일단 해냈고 이젠 돌이킬 수 없었다. 첫발을 내딛기가 힘들었을 뿐, 이미 디뎠으니 쭉 이대로 걸어가면 될 일이었다.

안지가 아로를 치료하는 동안 선우는 돌이킬 수 없는 지난날을 곱씹고 또 곱씹었다. 그동안 아로가 위험에 처하거나 다친 건, 모조리 다 선우 때문에 일어난 일이었다. 지금까지는 요행히 운이 좋아 아로를 살려낼 수 있었지만, 이번에도 가능할까? 이번에 겨우 살려낸다 하면 이다음에는 또 어떻게 될까? 아로까지 잃게 되면 살아갈 수 있을까? 울컥 눈물이 떨어졌다.

그때, 소매까지 피에 젖은 안지가 약재 창고 밖으로 나왔다. 눈물 닦을 생각도 못 하고 안지를 돌아온 선우는, 그러나 차마 어떻게 됐냐고 묻지도 못하고 바라보기만 했다.

"다행히 목숨은 건지겠구나."

선우는 그제야 숨을 길게 쉴 수 있었다. 안도하는 선우를 보고 있던 안지가 물었다.

"어떻게 된 일이냐?"

"날 죽이려고… 금군이 나에게 쏜 화살을 대신 맞았어."

"너희 둘은 어떻게 같이 있었고?"

"원화인지 뭔지… 아로를 빼내 오려고 갔었으니까."

"금군이 너를 기다리고 있었다는 거니?"

"그랬겠지."

안지는 차라리 눈을 감았다. 어리석었던 자신의 행동이 초래한 결과가 참담했다. 그 기회를 놓치지 않고 파고들어 이 사달을 낸 지소에게는 무력감까지 들었다. 무슨 일을 해도 소용이 없을 것 같았다. 눈을 감고 뼈저린 절망감을 겨우 다스리고 있는데, 선우가 불쑥 말했다.

"떠나있을게."

안지는 눈을 뜨고 선우를 쳐다보았다. 눈물을 닦아낸 선우의 눈빛이 강렬했다.

"무슨 소리냐?"

"내가 옆에 있으면⋯ 또 저 애를 위험하게 만들 거야. 나를 움직이는 게⋯ 아로라는 걸 아니까. 그걸 해결하기 전까지는 오지 않을 생각이야."

"어쩔 생각인데?"

선우는 대답하지 않았다. 단지 강한 의지로 안지를 마주 볼 뿐이었다.

약재 창고 침상에 누워 있는 아로는 핏기 하나 없이 창백하였지만 예뻤다. 깊이 잠들었지만 고통과 싸우고 있을 아로의 고운 이마에 땀이 배어 나와 잔 머리카락이 젖어 있었다. 선우는 그 모습이 애틋하고 소중하여 조심스럽게 땀을 닦아주며 속삭였다.

"이러고 있는 거 안 어울려. 빨리 일어나."

깊은 잠에 빠져 있으면서도 선우의 속삭임을 들은 듯 아로가 살짝 웃는 것 같았다. 그 모습을 먹먹한 심정으로 바라보던 선우가 차분하게 입을 열었다.

"나 같은 놈, 세상에 안 태어났어도 그만이라고 생각했는데 너를 만나고 처음으로 태어난 걸 감사했어. 내가 아직 살아 있는 이유가 너여서 다행이라고⋯. 미안하다⋯ 그리고 사랑한다."

선우는 가만히 다가가 아로의 입술에 입을 맞췄다. 다시는 오지 않을 순간, 이것이 아로와의 마지막일 것 같아 떨어지고 싶지 않았다. 아로를 바라보는 선우는 마음이 아파, 눈길이 파르르 떨렸다.

삼맥종은 사위가 어둑해질 때까지 정전 왕좌에 앉아 있었다. 왕이 돌아왔다 선언하였건만 그뿐, 정전 왕좌에 앉아 있는 삼맥종을 찾아오는 이는 아무도 없었다. 밥때가 되었으니 밥을 먹자는 이도 없었고, 밤이 깊어가니 이제 그만 편전으로 드시자는 이도 없었다. 지소가 허락하지 않으면 월성 궁인 중 누구도 삼맥종에게 물 한 모금 주지 않을 것이었다. 삼맥종은 허탈하게 웃었다. 어디서부터 손을 대야 할지 알 수가 없었다.

그때, 정전문이 열리더니 지소가 안으로 걸어 들어왔다. 왕좌에 앉아 있는 것은 삼맥종이었지만 왕의 위엄을 갖고 있는 것은 지소였다. 지소는 왕좌에 앉아 있는 삼맥종을 어리고 한심하다는 듯 일그러진 얼굴로 보았다. 삼맥종은 그런 어머니에게 차라리 담담한 마음이 들었다.

"네가 저지른 실수는 내가 덮어주마."

실수? 삼맥종은 대꾸하지 않았다. 아들이 마지막까지 짜낸 필생의 용기를 실수라는 말로 폄하하는 어머니라니.

"넌 가만히 있으면 된다. 아무도 네 얼굴을 알지 못했던 때처럼 내가 널 보호할 테니. 네가 살 만한 별궁도 마련해 놓았다. 당분간 거기서 지내라. 화백들의 입은 내가 다물게 할 것이니…."

"실수가 아닙니다."

삼맥종의 단호하고 분명한 대답에 조금은 살가웠던 지소의 표정이 싸늘하게 굳었다.

"실수가 아니면? 준비 없는 왕이 왕좌에 올라 뭘 할 수 있다는 것이냐? 힘이 없는 왕이 결국 뭐가 되는 줄 아느냐? 노리개다! 화백들에게 놀아나다 결국 모든 것을 빼앗기고 말겠지. 왕좌를 뺏기고, 목숨마저 잃게 될 것이다. 네 어리석은 치기로 성골을 명맥을 여기서 끊을 셈이냐?"

"전 이미 왕입니다. 오늘 그것을 드러냈을 뿐입니다."

지소가 잠깐 말을 멈추고 생전 처음 보는 사람인 양 삼맥종을 바라보았다. 그동안 저를 어찌 살려냈는데, 이런 배은망덕한 소리를 듣게 되다니, 기가 막혔다.

"넌 아직 왕이 아니야. 그 명분으로 내 그늘에 있었을 뿐이지."

"예. 전 어머니 그늘에 숨어 있었습니다. 압니다. 제가 어머니 덕분에 살아 있다는 거. 그 그늘이 안락할 때도 있었고 다행이다 여길 때도 있었지만, 그렇게 사는 것이 좋지는 않았습니다."

지소는 진심으로 아들이 미웠다. 저런 철없는 소리를 듣자고 지금껏 죽을힘을 다해 지켜 온 것이 아니었다. 그늘에 숨어 있어야 하는 것이 어찌 좋고 나쁨을 따질 수 있는 문제이겠는가? 그렇게 살아남아 힘을 키웠어야지.

"이제 스스로 서려고 온 것입니다. 누구 앞에서도 얼굴을 숨기지 않고 스스로 감당하겠다 온 것입니다! 내가 꿈꾸는 신국! 그 신국의 미래를 내 손으로 만들어 보겠다. 그래서 온 것이란 말입니다."

"후회할 것이다. 반드시!"

"그 후회마저 제 몫입니다. 제가 감당해 낼 것입니다."

어머니가 쌍수를 들어 환영해줄 거라고 생각하지는 않았지만, 이렇게까지 격렬하게 반대할 거라고도 생각하지 않았었다. 얼굴이 드러나면 어머니로서도 별수 없을 거라고 생각했던 면이 조금은 있었는데, 그것이야말로 잘못한 생각이었던 모양이었다. 지소는 삼맥종의 얼굴이 밝혀지기 전보다 더 심하게 삼맥종을 숨기려 하고 있었다. 삼맥종은 어머니의 그런 모습에서 심지어 광기를 보았다고 생각했다. 한 치도 물러설 생각이 없는 어머니와 아들이 서로를 팽팽하게 노려보았다.

내전으로 돌아온 지소는 아무래도 분노를 누그러뜨릴 수가 없어 자리에 가만히 앉아 있지 못했다. 우리에 갇힌 짐승처럼 내전 안을 왔다 갔다 하면서 부들부들 떨었다. 한밤에 갑자기 불려온 이찬 김습은 그런 지소를 불안한 시선으로 바라보며 조용히 앉아 있었다. 오늘 삼맥종 폐하가 급작스럽게 나타나신 것이 놀랍기는 하였으나 태후가 저 정도로 침착성을 잃을 일은 아닌 것 같은데 무슨 일일까? 걱정되었다. 지소 태후가 있는 곳이 바로 그가 있는 곳이라던 금위장 현추도 보이지 않으니 뭔가 사달이 나도 크게 난 것 같은 느낌만 있을 뿐이었다.

"아무것도 모르는 치기와 무모함 따위로 왕좌에 앉겠다? 어찌 만든 신국인데, 내가 어찌 지킨 신국인데!"

지소는 순간 어지럼증을 느껴 듯 멈춰 서 숨을 골랐다. 만사가 짜증 나고 예민하게 거슬렸다.

"모영아! 차는? 차는 아직 멀었느냐?"

모영이 서둘러 안으로 달려 들어왔다. 차반을 탁자에 내려놓기도 전에 지소는 차를 들어 꿀꺽꿀꺽 마셔버렸다. 그러고도 목이 탔으나 처음보다는 진정이 된 듯하였고, 비로소 김습의 얼굴이 눈에 보였다.

"이찬."

"예, 전하"

"경이 준비해줘야 할 일이 있소."

김습이 명령만 내리시라는 듯 허리를 깊게 숙이며 지소에게 다가섰다.

한편, 선우는 깊은 밤 흥이 파한 옥타각으로 걸어 들어가고 있었다. 손님들이 집으로 돌아가고 장사가 끝난 한밤중이라 옥타각엔 화려한 불빛도 없고 오가는 사람도 없어 괴괴하여 처량하기까지 하였다.

옥타각의 한 방에서는 휘경이 홀로 앉아 술을 마시고 있었다. 오래전부터 만나왔던 사이인 듯 선우가 방안에 들어와 아무렇게나 털썩 주저앉자, 휘경은 올 줄 알았다는 듯 희미하지만 따뜻하게 미소했다.

"왔니?"

선우는 굳이 대답하지 않고 그저 휘경을 빤히 바라보기만 하다가, 여전히 의심이 가득한 목소리로 물었다.

"당신이 내 아버지라면…."

거기까지 말하고 선우는 한참 말을 잇지 못했다. 처음 불러보는 호칭을 입에 올리려고 하니, 아무래도 어색해서 입이 떨어지질 않았다.

"어…머니, 나한테도 어머니…그런 사람이 있었던 건가?"

선우를 바라보는 휘경의 눈빛이 애틋했다. 조금이라도 건드리면 금세 눈물이 쏟아질 것 같았다. 그렇지만 휘경은 최대한 감정을 숨기고 입을 열었다.

"준정, 신국의 원화였다. 아름다운 사람이었어. 백성들의 신망을 한 몸에 받을 만큼 덕망 높은 사람이었다."

"원화?"

"원화는 약한 황실에겐 위협이었다. 게다가 성골의 아이를 가진 원화라면 더더욱 그랬겠지."

휘경은 그다음을 차마 말할 수 없어 눈을 감았다.

칼에 찔렸다는데, 준정은 달빛을 받아 하얗다 못해 푸르게 빛나고 있었다. 덥석 잡은 손이 따뜻하기까지 했다. 휘경은 기가 막히고 애가 타서 울 수도 없었다. 꺽꺽 괴상한 소리를 내며 제 가슴을 치는 휘경 옆에서 준정의 몸종 길례는 차분하게 지소에게 당한 이야기, 안지에게 갔던 이야기를 했다. 그리고 강보에 싸인 아이를 건네주었다. 아이는 주변의 격노, 슬픔과는 아무 상관이 없다는 듯 새근새근 잠들어 있었다. 아이를 보는 휘경에게 길례가 울먹이며 말했다.

"이름도 뭣도 아무것도 없이 세상에 나왔던 흔적일랑 없이 그렇게 바람처럼 구름처럼 살다 가게 해달라 하셨습니다."

이야기를 다 들은 선우는 허탈한 마음으로 휘경을 바라보았다. 어쩌면 원망하는 마음도 있는 것 같았다.

"난 똑같은 난데, 천인이었다가 반쪽이었다가 이제 와서 성골? 이제 와서 아버지?"

"세상 살기가 힘들었다는 거 안다. 하나, 미안하단 얘긴 않으마. 난

302

네가 이름도 없이 세상이나 왕좌 따위 상관없이 자유롭게 살길 바랐다. 이게 내가 널 지키는 최선이라 생각했으니까."

선우는 휘경이 말하는 그것이 무엇인지, 그가 어떤 마음이었을지 알 것 같았다. 사랑하는 사람을 잃고 난 다음이 어떨지 짐작할 수 있었다. 그래서 휘경을 바라보는 마음이 조금은 부드러울 수 있었다. 그렇다고 그를 아버지로 받아들였다거나, 그가 하는 말을 그대로 할 생각을 가진 것은 아니었다.

"널 오랫동안 지켜봐 왔다. 그리고 이제 준비됐다. 너를 왕으로 만들 준비! 신국의 누구도 너처럼 강하지 않아. 누구도 너만큼 백성의 마음을 알지 못한다. 혼란스러운 신국의 현재와 미래를 바꿀 새로운 왕, 그게 너다!"

선우는 확신에 찬 휘경의 말에 대답할 말이 생각나지 않았다. 그저 그의 결기에 찬 얼굴을 바라볼 뿐이었다.

선문은 웅성웅성 소란스러웠다. 화랑들이 하나같이 그 이야기를 전해 듣고 경악을 금치 못하고 있었다.

"그 얘기 들었어? 왕이 바뀌었대!"

"뭔 소리야?"

"아, 이 답답. 얼굴 없는 왕! 그 왕이 바뀌었다니까!"

"그러니까! 지뒤랑이 왕이라고!"

화랑들이 처음부터 그 말을 곧이곧대로 믿었던 것은 아니었다. 십중팔구 그 말을 처음 들었을 때는 말 전한 사람을 면박주기 일수였다.

"에이, 말 같은 소리를 해야지."

"따뜻한 밥 먹고 뭔 쉰 소리냐."

그러자 아버지가 화백이라 정전 회의에 다녀온 사람들의 증언이 시작되었다.

"내 정보통에 따르면, 분명해. 벌써 월성에 들어가서 내가 그대들의 왕이다. 딱! 했대!"

"그 허여멀건 한 놈이 왕? 그럼, 개새랑은 뭐야?"

"내 말이!"

화랑들을 열이면 열 모두 지뒤랑이 왕인 것보다 개새랑이 왕이 아닌 것을 더 믿을 수 없는 분위기였다. 어찌했든 그 이야기는 해도 해도 재미있고, 하면 할수록 재미있어서 화랑들은 두 명만 모이면 개새랑이 아니라 지뒤랑이 왕이었다는 이야기를 하곤 했다.

삼삼오오 모여서 수군거리고 있는 화랑들 사이를 걸어가며 반류는 어쩐지 쓸쓸함을 감출 수가 없었다.

"선우가 아니라, 지뒤가 왕이라는 거냐?"

"그러게. 좀 충격이긴 했지만 재밌잖아? 이래서 사람은 끝까지 봐야 한단 거야… 헉!"

갑자기 여울이 반류의 팔을 잡으며 큰일 났다는 듯 숨을 멈추자, 반류도 덩달아 걱정스러운 얼굴로 쳐다봤다.

"뭘?"

"기억이 안 나!"

"뭐가?"

"내가 그동안 지뒤랑한테 잘했던가? 잘했어야 하는 건데… 그래야 평생 별 탈 없이 먹고 놀면서 살지."

반류는 어이가 없어서 여울의 손을 뿌리치고 돌아서는데, 저쪽에 앉아 깊은 생각에 잠겨 있는 수호가 보였다. 반류와 여울은 수호에게 다가갔다.

"선우랑이 진짜 왕이 아니라서 놀란 거냐?"

가볍게 말을 거는 여울을 보며 수호는 일어났다. 그러나 걱정스럽게 자신을 바라보고 있는 반류의 얼굴까지 봤으면서도 아무 대꾸 없이 다른 쪽으로 가버렸다.

"왜 저래? 가뜩이나 선문 분위기 심란한데."

여울이 투덜거림을 들으며 반류는 진심으로 수호가 걱정되어 축 처진 뒷모양을 한없이 바라보고 있었다.

지뒤가 왕이라는 소식은 미진부에게도 전해졌다. 미진부는 이 어마어마한 소식을 혼자만 알고 있을 수 없어서 위화의 처소 비익재로 달렸다.

문을 확 열고 들어서는데 위화는 뭘 하는 중인지 돌아보지도 않는데, 미진부가 급한 마음에 버럭 소리를 질렀다.

"풍월주! 지뒤랑이 삼맥종 폐하란 얘기 들으셨습니까?"

"아, 깜짝. 아, 왜 소리는 지르고⋯."

"설마 알고⋯."

미진부는 뒷말을 잇지 못했다. 위화의 방이 어수선 정도가 아니라 완전 뒤집혀 있었다.

"아니, 풍월주? 지금 뭐하시는 겁니까?"

위화가 짐을 싸던 손을 멈추고 미진부를 돌아봤다.

"나, 짤렸어요."

지현당에 앉아 있는 화랑들도 강의 준비는 전혀 하지 않고 지뒤랑이 왕이라는 이야기만 하느라 뒤숭숭한 분위기였다. 반류가 못마땅하다는 듯 인상을 찌푸리며 혀를 찼다.

"개판이군."

"넌 아무렇지도 않냐?"

이 모든 것이 그저 재미있기만 한 여울이 물었다. 반류가 무슨 소리냐는 듯 쳐다보자 여울이 재차 말했다.

"너도 개새가 왕이라고 생각했잖아."

"왕이라고 생각할 만했잖아. 그놈."

"음?"

반류가 너무 순순히 인정해버리자 여울이 오히려 당황스러워졌다. 깊은 대화를 나누자고 덤볐으면 난감할 뻔했는데, 더 말 시키지 말라는 듯 딱딱하게 앉아 있는 것이 오히려 고마웠다.

그때 미진부가 잔뜩 어두운 얼굴을 하고 지현당에 들어섰다. 미진부가 들어서자 웅성거리던 화랑들은 말을 멈추고 자세를 바로 했는데 여울이 이상하다는 듯 물었다.

"풍월주 강의에 부제께서 웬일이십니까?"

미진부는 바로 말을 꺼내지는 못하고 화랑들의 얼굴을 하나하나 보면서 목소리를 가다듬더니 겨우 입을 열었다.

"풍월주께선 오늘부로 이 선문을 떠나셨다. 해서, 오후에 있던 시경 강의는 없다. 휴일이니 나가도 좋다."

그러고는 행여 질문이 나올까 두려워 서둘러 밖으로 나가버렸다.

풍월주가 선문을 떠나다니, 그동안 충격적인 일이 많이 있었지만 이보다 더 충격적일 수는 없었다. 화랑들이 서로에게 어떻게 된 일이냐 물었지만, 무엇이라도 알고 있는 사람은 없었다. 여울이 한숨을 푸욱 내쉬었다.

"아휴 정말, 선문 분위기 심란하네."

월궁 내전 복도에 선 숙명은 심호흡을 크게 했다. 남모 사당에서 일이 있은 후 처음 지소 태후와 대면하는 순간이었다. 다행인지 불행인지, 남모 사당에서 그 난리가 난 날, 삼맥종이 얼굴을 드러낸 바람에 지소가 숙명을 찾을 여력이 없었다. 그래서 그날은 그냥 넘어갔는데, 지금 안 찾는다고 아주 안 찾을 것은 아닐 것이라 하루하루가 불편했다.

문을 열자, 숙명을 힐난하는 지소의 파리한 얼굴이 한눈에 들어왔다. 숙명은 그 시선에 꿀리지 않도록 더 당당하게 지소를 바라봤다.

"네가 내 뜻을 거스르다니⋯ 그 화랑이 얼마나 위험한 존재인지 얼마나 큰 화근이 될지, 넌 몰라."

숙명은 한 발도 물러설 생각이 없었다. 자신은 왕명을 따르고 행했을 뿐이었다. 그리고 그 왕명은 선우와 아로를 살리는 것이었다.

"하나, 왕명이었습니다."

"왕명? 헛, 왕명! 이 신국에선 내가 내리는 것이 왕명이다!"

숙명은 지소가 발작적으로 외치는 것을 보며 처음으로 어머니가 두려운 마음이 들었다. 자리에 편히 앉아 있을 수도 없이 초조하고 불안한 마음에 왔다 갔다 하던 지소가 희번덕거리며 외쳤다.

"내가 왕좌에 삼맥종을 앉혔다. 모두 다 내가 만든 거야. 내가!"

"태후 전하."

부들부들 떨면서, 겁에 질려 자신을 바라보는 숙명을 노려보던 지소가 갑자기 그대로 무너지듯 쓰러져버렸다. 숙명이 놀라서 지소에게 달려갔다.

"어머니."

화백 회의장에서 앉아 있는 화백들은 하나같이 영실의 눈치만 살피고 있었다. 삼맥종이 왕이라고 나타난 이후 화백들의 하루는 영실의 눈치를 보는 것으로 시작해서 끝이 났다. 그나마 아직 정전 회의가 소집되지 않아 다행이지 당장 왕이 정전 회의를 소집하면 어찌해야 할지도 영실의 눈치 봐야 할 것 같았다.

그런 대신들의 마음을 아는지 모르는지 금구슬로 손장난을 하던 영실이 삼맥종이 낸 목의 상처를 만지다가 갑자기 픔, 웃음이 터졌다. 기뻐서 웃는 것은 물론 아니고 마치 광인처럼 괴기하게 웃어대기 시작했다. 그 모습에 대신들은 더 긴장하여 서로 시선을 주고받으며 어찌 된 일이냐 눈을 묻는데, 이유를 아는 사람은 아무 데도 없었다.

그러다 갑자기 웃음을 뚝 그친 영실이 차가운 목소리로 명령했다.

"들어와."

영실의 명으로 문이 열리자 지소의 궁녀 모영이 들어와서 영실에게 고개를 숙였다. 그녀가 모영이라는 것을 알아본 화백들은 어떻게 된 일인지 어안이 벙벙하여 둘이 하는 것을 보고만 있는데, 영실은 항상 하던 일이라는 듯 아무렇지도 않게 물었다.

"지소의 상태가 어떠하냐?"

"이제 증상이 나타난 듯합니다. 손이 떨리고 혼절도 하시며 헛것을 보시기도 합니다."

"얼마나 먹었지?"

"대왕께서 자취를 감추신 때부터니까요."

"그래. 기나긴 세월이었지. 의원들 아무도 모르게 미량의 독을 먹이는 게 쉬운 일은 아니었다."

모영이 그 말에 긍정하듯 조용히 고개를 숙이는데, 화백들은 영실이 한 말에 놀랍고 두려워 어찌할 바를 몰라 했다. 그러거나 말거나 영실은 못내 아쉽다는 듯 한탄했다.

"삼맥종만 잡아 죽이면 끝날 일이었는데 말이다."

영실은 잠시 말을 멈추고 화백들을 한 명, 한 명 뜯어보더니 다시 말을 이어갔다.

"얼굴 없는 왕은 밖에서 떠돌다 소리 없이 죽고, 지소는 시름시름 지병으로 앓다 죽었다면 이 박영실이 신국의 왕좌를 차지한들 누가 반기를 들겠소?"

화백들은 등줄기가 서늘해져 두려운 얼굴로 영실의 시선을 피하기도 하고, 역시 무서운 사람이라는 듯 한숨을 내쉬며 고개를 푹 숙이기도 했다. 호공은 영실을 대신하여 그들 화백의 반응을 하나하나 기억에 담아두고 있었다.

"그러나 여전히 기회는 있어요."

화백들은 이제 영실이 하는 말을 듣기가 두려운 지경이 되었으나, 감히 반박할 수도 없었고 자리를 박차고 나갈 수도 없었다.

"여전히 지소는 죽어가고 있고, 삼맥종은 힘이 없거든. 하던 대로 계속 지소에게 독을 먹이면서 적당한 때에 삼맥종을 죽여 없애버리면 그만이지 않겠소."

"그렇지만 각간."

김형원이 손을 들어 발언권을 요청했다.

"아무리 힘이 없다 하나 우리의 왕입니다. 왕좌에 앉아 있는 자를 죽인다는 것은 역모에 해당하는 일입니다."

그때 영실이 몸을 숙이며 화백들에게 가까이 다가오라 손짓했다. 화백들이 서로의 눈치를 보면서도 영실이 손짓하는 대로 가까이 가자 영실이 속삭였다.

"삼맥종을 죽일 방법이 있긴 있어요. 역모 아니고도."

영실의 말이 끝나자마자 화백들은 옆 눈으로 다른 화백들의 눈치를 살폈다. 영실이 하는 말이 내포한 뜻을 아는 사람을 찾는 시선이었으나 누구도 그 뜻을 아는 자가 없었다. 모두 다 얼떨떨하긴 마찬가지였다.

역모가 아니면서 현 왕을 죽일 방법이 무엇이 있단 말인가?

월성에서 돌아가는 음모 계략과는 관계없는 풍요의 상징 왕경 거리는 오늘도 활발하게 움직이고 있었다. 멀리 서역에서 온 상인들까지 어울려 시장은 북적이고 아이들은 몰려다니며 즐겁게 뛰어놀

왔다.

"아이구, 이 녀석들아, 좀 살살 뛰어다녀."

상인들의 구박에 혀를 내밀고 도망가는 녀석들의 까르르 웃음소리가 하늘 높이 울려 퍼졌다. 이 녀석들이 하나둘 넓은 마당에 모이자 누가 먼저랄 것도 없이 노래하기 시작했다. 요즘 왕경에서 가장 유행하는 노래였다. 가락이 쉬워서 누구나 쉽게 따라 할 수 있는 이 노래는 주로 아이들 사이에서 인기였는데, 이제는 어른들도 따라 부를 정도가 되었다.

가사는 간단했다.

"랑 중에 랑은 지뒤랑이요, 왕 중의 왕은 선우랑이네."

"저런 노래를 퍼트려도 괜찮을까요?"

수타박수 노천 탁자에 앉아서 아이들 노래를 듣고 있던 우륵이 걱정스러운 얼굴로 휘경에게 물었다. 조용조용 아이들 노래를 따라 하고 있던 휘경이 별소리를 다 듣는다는 듯 우륵을 쳐다봤다.

"누가 퍼트렸다는 건가?"

"누구라뇨? 분명히 공께서…."

"내가 노래를 알려주긴 했지."

"그게 그거 아닙니까?"

"나는 알려주기만 했을 뿐… 노래 스스로 퍼진 거지."

"그럼, 이게 민의란 말씀이십니까?"

"백성을 위해 아낌없이 목숨을 거는 왕과 스스로 왕이라 밝히지도 못한 얼굴 없는 왕, 누굴 왕으로 두길 바라겠나?"

우륵은 한동안 대답하지 않았다.

아이들이 더 많이 모이는가 싶더니, 편을 나누어 누가 이기나 보자는 듯 번갈아가며 바락바락 악을 쓰듯 노래를 부르기 시작했다.

"랑 중에 랑은 지뒤랑이요. 왕 중의 왕은 선우랑이네."

"아이구우, 이 녀석들아 시끄럽다. 저쪽 가서 놀아."

넓은 마당 앞 상인이 아이들을 쫓아내자 아이들을 도망가면서도 바락바락 노래를 불렀고, 아이들을 보며 상인도 빙긋이 웃으며 저도 모르게 노래를 흥얼거렸다.

"랑 중에 랑은 지뒤랑이요. 왕 중의 왕은 선우랑이네."

우륵은 고개를 끄덕였다.

"민의는 그 아이에게 있는지도 모르지요."

"민의면 되었지 또 뭐가 필요한가?"

"민의만으로는 안 되는 일 아닙니까?"

"우리에겐 힘도 있어."

"예?"

"두고 보게. 내가 던진 미끼를 반드시 물고 말 테니까."

드디어 삼맥종이 화백들을 소집했다. 왕으로서 여는 첫 정전 회의였다. 한 치의 실수도 없어야 했다. 하루 전에 모든 화백에게 소집령을 내렸고, 하다못해 정전 대청소까지 했다. 삼맥종은 너무 떨리고 설렌 나머지 잠을 자고 있을 수 없어서 날도 새기 전에 일어나 앉아 있었다. 원래 잠을 못 자긴 하였으나 오늘은 특별하였다.

삼맥종은 궁인들의 도움을 받아 용포를 입었다. 궁인들이 야무진

손놀림으로 주름을 세우고 대를 묶으며 옷을 마무리했다. 그들의 일하기 편하게 양팔을 벌리고 서 있는 삼맥종의 심장은 빠르게 뛰고 있었다. 왕으로서 여는 첫 정전회의가 어떨지, 긴장되고 설레였다.

마지막 마무리까지 끝나자 궁인들이 조심스럽게 뒤로 물렀고, 삼맥종은 천천히 돌아섰다. 처음부터 다 지켜보고 있던 파오가 감격에 겨워 조금은 울먹이면서 가까이 다가왔다. 이리도 위엄 있는 왕이라니, 그동안 얼마나 보고 싶었던 모습이었던가? 차마 그 말을 입 밖으로 꺼내지 못하고 눈망울만 굴리는 파오를 보면서 삼맥종도 가슴이 뭉클해져서 괜히 더 잘난 척 으스대며 물었다.

"어떠냐, 내 모습이?"

벌써 찔끔찔끔 눈물을 흘리고 있던 파오가 훌쩍 콧물을 들이마시며 황급히 눈물을 닦아냈다.

"진짜, 왕이신 거 같습니다."

"진짜 왕 맞는데…."

"그러니까 원래 진짜 왕이오."

"그래, 그러니까 원래 진짜 왕이었다고."

"아이구우, 진짜. 됐고요. 얼른 정전으로 가시지요."

자꾸 말장난 하는 삼맥종을 흘겨보며 파오가 등을 살짝 밀었다. 그런 파오를 보고 같이 웃던 삼맥종이 지나가는 말인 듯 물었다.

"근데, 너 나한테 해야 할 말이 있지 않냐?"

무슨 말인지 바로 못 알아들은 파오는 잠시 궁리하다가 '아!' 하며 고개를 끄덕였다. 선우와 아로의 안부를 묻는 것이 분명했다. 그런데 이 상황에 아로가 다쳤다고 말해도 괜찮을지 파오는 자신이 없었다. 그래서 최대한 머리를 굴려 가장 그럴듯한 답을 내놓았다.

"제가 폐하를 정말 사랑한다는 말이오?"

"응?"

"그러면, 오늘 회의 잘하시라는 말?"

"에?"

"그러면 뭘 까나? 그동안 밖으로만 나돌다가 월성에서 지내니 아주 좋다는 말?"

삼맥종은 그제야 파오와 왕과 신하로 대화해야 할 필요성을 느끼고 주위를 물렸다. 파오가 일부러 해야 할 이야기를 비켜가고 있는 것이 아무래도 수상했다. 잠깐 나가 있으라 손짓을 했더니, 파오가 모르는 척 궁인들과 함께 방에서 나가려고 하는 것이야말로 수상함의 극치였다. 삼맥종은 파오를 붙잡아 끌어다 놓고 다시 물었다.

"뭔데? 말해."

"뭐, 뭘요?"

"그놈이 어찌 됐냐고? 네가 멀쩡하게 내 옆에 있는 거 보면 그 녀석도 무사할 거라고 생각했는데, 그게 아니었어?"

"처음으로 정전에 대신들 회의를 주관하러 가시려던 거 아니셨습니까? 나중에 들으셔도 될 텐데요."

"말하라 했다."

삼맥종이 근엄하게 왕처럼 말하자, 차마 입이 안 떨어져 괴로워하던 파오가 드디어 입을 열었다.

"선우랑은 멀쩡합니다."

그 대답에 삼맥종의 표정이 확 구겨졌다.

"아로가 다쳤단 말이냐?"

"그게… 예상했던 대로 매복하고 있던 자들이 있었고, 활을 쏘았고 아로 의원이 확 달려들어서 그 활에 그냥 확…."

삼맥종의 얼굴이 하얗게 질려 쓰러질 것 같아 보이자 파오는 얼른 안심하라는 듯 웃어 보였다.

"목숨에 지장이 없다 합니다. 게다가 아무래도 아버님이 의원이시니…."

삼맥종은 안도의 한숨을 내쉬다가 어금니를 사리물며 두 눈을 질끈 감았다. 결국 또 이렇게 누군가를 다치게 한 어머니가 원망스러웠다. 괴로워하는 삼맥종의 얼굴을 보며 파오는 차마 고개도 바로 들지 못했다.

"송구합니다. 폐하."

눈을 뜬 위로 답답한 천장이 보였다. 매번 날아오를 수 없도록 내리누르는 천장, 더 크게 움직일 수 없게 옥죄는 벽. 삼맥종은 갑갑한 몸과 마음을 풀어놓아주고 싶었지만, 평생 이렇게 갇혀 살아야 할 것 같아 절망스러웠다. 그러나 이내 마음을 고쳐먹었다. 절대 깨지지 않을 것처럼 보이는 이것을 깨려고 어머니의 그늘에서 뛰쳐나오는 용기를 낸 것이었다. 가슴 아파할 수는 있겠으나 좌절해서는 안 될 일이었다. 마음을 다지고 북돋워 가야 할 길을 가야만 했다.

그렇게 제 길을 당당하게 걸어가려고 하였건만, 정전에 나와 있는 대신이 없었다. 단 한 사람 박영실만이 홀로 서서 삼맥종을 맞이하였다. 삼맥종은 어금니를 굳게 사리물었다. 정전 중앙에 우뚝 서서 기분 나쁘게 웃는 저 박영실의 말을 들어봐야 했다. 일부러 듣지 않아도 절대 좋은 말일 수 없을 테지만, 그걸 듣는 것이 왕의 일이라는 생각을 하였다. 일단 영실은 참으로 정중하게 예를 갖추며 삼맥종을 올려다보았다.

"오셨습니까, 폐하."

"어찌 된 거요. 다른 대신들은?"

"제가 오지 말라고 했습니다."

박영실의 얼굴은 여전히 웃음이 가득했다. 왕이 참석하라 명령한 회의에 불참하라 했다는 말을 태연자약하게 웃으면서 하는 강심장이라니, 왕이 그렇게 우스운가? 소문으로만 듣던 '노회한 박영실'이란 게 바로 이런 것이리라.

"오지 말라고 했다? 왜?"

"긴히 폐하께 상의 드릴 것이 있어서요."

"상의? 그대와 내가 상의할 일이 뭐가 있겠소?"

"이 늙은이가 다리가 아파서. 좀 앉아도 되겠습니까?"

앉히는 거야 위화도 많이 허락해준 삼맥종으로서는 앉겠다는 것을 굳이 반대할 생각이 없었지만, 의자 하나 없는 곳에서 바닥에 그냥 쪼그려 앉겠다는 것인가? 싶어 그냥 보고 있었다. 그랬더니 박영실이 삼맥종을 비웃으며 뚜벅뚜벅 단 위로 올라가더니 당당하게 왕좌에 앉아 버렸다. 그 모습에 경악하여 노려보며 삼맥종이 소리 질렀다.

"지금, 뭐하는 짓이오?"

박영실은 삼맥종은 아랑곳하지 않고, 왕좌에서 자세를 바꿔가며 착석감도 느껴보고 팔걸이도 두들겨보고 장난감을 처음 받은 아이처럼 즐길 만큼 즐기더니 빤히 삼맥종을 쳐다보면서 혼잣말처럼 본심을 내뱉었다.

"이렇게 편한 줄 알았으면 진즉부터 앉을걸."

삼맥종은 어이가 없어서 대꾸할 말도 생각이 안 나고, 그저 노려보고만 있었다. 박영실은 목의 상처를 만지며 삼맥종에게 물었다.

"세상에 나가서 사시니 어떻던가요? 백성을 향한 정의, 신의, 연민. 이런 것들이 보이시던가요?"

박영실이 왕좌에서 일어나 천천히 삼맥종에게 다가왔다.

"그런 것에 익숙해진 왕은 결단력이 흐려지지요. 폐하처럼."

모욕감으로 부들부들 떨고 있는 삼맥종 곁에 선 박영실이 가만히 속삭였다.

"난 왕을 바꿀 생각입니다. 오늘 제가 드릴 말씀은 그것이었지요. 얼마 해보지도 못할 왕 노릇 많이 즐기십시오. 왕좌가 참 편하긴 하더군요."

박영실이 아랫사람 대하듯 삼맥종의 어깨를 턱턱 쳐 주더니, 낄낄낄 웃으며 정전을 빠져나갔다.

영실이 비릿하게 웃으며 정전에서 나오자, 밖에서 기다리고 있던 호공이 바싹 옆으로 따라붙었다. 호공이 영실이 눈치를 살피다가 살짝 물어보았다.

"삼맥종을 어떻게 끌어내리실 건지…."

"이이제이!"

"이이제이라면… 누굴 이용하신단 말씀이십니까?"

"명분은 명분으로 꺾어야지."

"예?"

영실은 친절하게 설명할 마음은 없는 듯 거기까지만 말하고 앞장서 가버렸고, 호공은 이 어려운 수수께끼를 풀 도리가 없는 머리를 갸우뚱거리며 영실의 뒤를 따랐다.

정전에 남겨진 삼맥종은 굴욕감에 부들부들 떨다가 그 또한 부질없어 허탈감에 털썩 주저앉았다. 바닥의 차가운 기운이 몸을 타고 올라왔다. 냉기에 몸이 잠식당할 때까지 그렇게 주저앉아 있던 삼맥종은 자괴감을 못 이겨 홀로 지껄였다.

"나는 약하고, 아무것도 할 수 없고 아무 대안도 없다. 저렇게 나오는 자, 그 자리에서 참살해야 하거늘, 나는 아무것도 못한다."

그때 또 정전 문이 열렸다. 삼맥종은 돌아보지도 않고 버럭 소리를 질렀다.

"누구냐! 아무도 들이지 말라 했는데."

"접니다."

숙명이었다. 숙명은 삼맥종의 눈빛에서 만감이 교차하는 것을 보고 마음이 아파서 차마 똑바로 바라볼 수가 없었다. 바닥에 퍼질러 앉아, 일어날 줄도 모르는 가엾은 왕이었다. 그렇지만 숙명은 다정하게 다독이는 말을 할 줄 모르는 사람이었다. 게다가 지금 삼맥종이 다정한 위로나 듣고 있어야 할 사람도 아니었다.

"스스로 왕이 되셨네요."

"네 눈엔 내가 그리 보이냐?"

"아니오."

냉정하게 판단하게 딱 잘라 말하는 숙명의 목소리에 삼맥종은 퍼뜩 일어서야겠다는 생각이 들었다.

"그래 잘 봤다. 난 왕도 아니고, 아무것도 아니다."

"그걸 저만 아는 건 아닌 듯합니다. 이 신국 모두가 알고, 또한 어머니가 아시죠."

반듯하게 선 삼맥종이 무슨 뜻인지 알아듣지 못해 숙명을 바라보았다.

"어머니께서 혼례를 서두르고 계십니다."

"혼례?"

"성골끼리의 혼례, 말입니다."

"너와 나의 혼례 말이냐?"

삼맥종이 기가 막혀서 버럭 소리를 지르는데, 숙명이 고개를 끄덕였다.

"저도 이 혼례가 폐하만큼이나 끔찍합니다."

"성골을 잇겠다. 왕권을 지키겠다고 억지로 이어지는 구역질 나는 혼례!"

흥분하여 진짜 구역질을 할 것 같은 삼맥종을 빤히 보던 숙명이 이미 오래전부터 알고 있었다는 듯 아무렇지도 않게 말했다.

"오라버니는 아로를 원하시죠?"

"?"

삼맥종이 미처 대답하지 못하는데, 숙명은 역시 또 사사로운 일을 이야기하듯 아무렇지도 않게 덧붙였다.

"저는 선우랑을 갖고 싶습니다. 그러니 오라버니가 어머니를 설득하세요. 그래도 왕이라면 뭐라도 해야 할 것 아닙니까?"

삼맥종은 박영실에게 뒤통수를 맞아 떵한 상태의 머리를 숙명에게 또 얻어맞은 듯했다. 헛헛한 마음을 풀 길이 전혀 없어 보였다. 숙명의 무표정한 얼굴을 보며 허허, 헛헛하게 웃어볼 뿐이었다.

그때 지소는 내전 응접실에 버티고 있는 수호를 쳐다보고 있었다. 이찬 김습이, 현추가 상처를 입어 맡은 바 임무를 다 할 수 없자 그 자리에 수호를 들이밀었던 것이었다. 김습은 누구보다 믿을 수 있는 존재가 아들이었을 테니 당연한 선택이었겠지만, 지소는 그런 것들이 다 귀찮기만 했다.

게다가 수호가 시위라도 하듯 손에 쥐고 있는 부채는 언젠가 지소가 떨어트렸던 것, 지소도 그때 있었던 일을 생생하게 기억했다.

제 명을 어기고 남부여에 가서 죽을 고비를 넘기고 온 아들 삼맥종을 따로 불러 만나지도 못하고 먼발치에서 봐야 했을 때 수호 저 아이도 있었다. 삼맥종이 지소의 애틋한 마음도 몰라주고 쓴웃음을 지을 때, 수호는 상기된 얼굴로 뛰어 왔었다. 그게 뭐라고, 지소가 떨어뜨린 부채 하나를 소중하게 주워와 내밀었다. 지소가 당황해서 그의 얼굴에 생채기를 냈는데도 개의치 않았다. 선우랑을 부탁한다는 지소의 말을 지키기 위해 선우에게 날아오는 화살을 대신 맞았다던가?

지소는 수호의 충성이 귀찮았다. 자신을 바라보는 수호의 상기된 얼굴이 편하지 않았다. 눈동자에서 일렁이는 불꽃이 부담스러웠다. 그런데 현추 대신 밀어 넣다니, 헛웃음이 나왔다.

"이찬이 쓸데없는 짓을 했군."

수호를 바라보던 지소는 그 말 한마디로 상황을 정리하려 했다. 애들은 보내고 쉬고 싶었다. 내전 침실로 가려던 지소가 비틀거리며 쓰러질 듯하자 수호가 달려와서 지소를 부축했다.

"눠라."

"압니다. 혼자 가실 수 있는 거. 하나, 지금은 화랑이 아니라, 전하의 호위무사로 있는 겁니다. 그러니 할 수 있게 해주십시오."

"너 같은 어린 애가 날 지킨단 말이냐?"

"전 어린 게 아니라 젊은 겁니다. 폐하를 보고 있으면 이렇게 가슴이 미친 듯이 뛸 만큼… 금위장이 회복될 때까지 제가 지켜 드리겠습니다."

지소는 말문이 막혀 더 이상 할 말이 없었다. 수호는 지소가 거절하지 않았으니 승낙한 것이라 생각하였고, 어쩌면 지소도 거절하지 않은 것으로 이미 승낙한 것인지 모를 일이었다.

아로가 목숨을 건졌다고는 하지만, 그것은 죽지 않았다는 것이지 금방 털고 일어나 건강하게 지내고 있다는 뜻은 아니었다. 선우가 알 수 없는 다짐을 하고 집을 떠난 후, 안지는 혼자 남아서 아로를 살리는 데만 전력을 다했다.

꾸준히 약초를 갈아붙이고, 약을 입안에 흘려 넣었고, 잠시도 옆을 떠나지 않고 붙어 너무 열이 오르지 않도록 물수건으로 닦아 주었다. 그것 외엔 안지가 해줄 수 있는 것이 없었다.

아로의 의식은 빨리 돌아오지 않았다. 계속 깊은 잠에 빠져 있는 것 같았다. 어쩌면 꿈속에서 헤어진 어미를 만나고 있는지도 모를 일이었다.

'자이야, 아로를 데려와 줘. 아로를 보내줘.'

안지는 아로를 간호하면서 간절하게 자이를 불렀다. 자이라면 아로를 살릴 수 있을 것 같았다. 바꿔 말하면 자이라도 도와주지 않는다면 아로가 살아날 수 없을 것 같았다.

안지는 붉게 물든 눈으로 딸을 바라보며 아로에게 하는 약속, 어쩌면 자신에게 하는 다짐을 입 밖으로 꺼내 말하기 시작했다.

"다시는 너를 이렇게 다치게 두지 않겠다. 다시는 그 사람이 널 해치지 못하게 하마. 약속하마."

자이를 잃고 선우를 잃고 이제 아로까지 잃을 수는 없었다.

"운명."

안지가 붉어지다 못해 피라도 흐를 것 같은 눈을 질끈 감았다. 과연 운명이라는 것이 있고, 그것에서 벗어날 수 없는 것일까?

선우가 정말 휘경의 아들이냐고 놀라 묻는 안지에게 휘경은 '운명'이라는 말을 했었다.

"그대의 아들과 내 아들이 함께 자란 게 우연인 것 같소? 그대가 그 아이를 살렸던 것처럼 나도 그대의 아들을 살리고 싶었소. 살려서 지소는 물론이고 세상 아무도 모르게 그렇게 숨어서 지내길 바랐소."

그날 밤, 피투성이가 된 준정이 안지의 마당에 들어섰을 때부터 아이들의 운명이 정해진 것인지도 모를 일이었다.

"준정 원화… 아니, 이게 무슨 일입니까?"

준정이 안지의 팔을 부여잡고 간절하게 애원했다.

"아이를… 아이를 살려 주십시오."

준정이 까무룩 정신을 잃자, 안지는 사립문 밖에 서 있는 준정의 몸종을 바라보았다. 여기까지 수레에 태워온 모양이었다. 몸종은 무표정하고 건조하게 해야 할 말만 했다.

"아씨께서 위독하십니다. 본인은 틀렸다 하시고, 아이만은 살리고 싶으시다 하셨습니다. 안지 공이시라면 살려 주실 거라고. 그래서 여기까지 달려왔습니다."

안지는 준정을 약재 창고에 데려다 눕히고 준비를 하면서 끊임없이 준정에게 말을 걸었다.

"준정 내 말 잘 들어요. 들리는 거 알아요. 아이를 살리고 싶으면 준정이 살아 있어야 해요. 여기서 숨을 놔 버리면 아이도 같이 죽어요. 정신을 차려야 해요."

자신이 자리를 비워야 하면 몸종에게 계속 말을 걸라고 시켰고, 마지막 순간에는 잠깐씩 의식이 돌아온 준정이 몸종에게 뭔가 속삭이기도 했다. 안지에게는 무표정하고 건조했었지만, 준정의 손을 잡고 준정의 이야기를 들으면서는 펑펑 울던 몸종의 얼굴이 지금도 선명했다.

그렇게 안지는 아이를 건져내었고, 준정은 아이의 울음소리를 확인하더니 희미하게 웃으며 숨을 놓았다.

"어떻게 된 일이오?"

허탈해진 안지가 몸종에게 물었다. 몸종은 너무 울어 퉁퉁 부은 얼굴을 하고도 안지에게만은 건조하게 사무적으로 말했다.

"어찌된 일인지 모릅니다. 아이는 제가 데려가겠습니다."

"아이를 어쩔 셈이오?"

"아버지에게 데려가면, 알아서 하실 겁니다."

안지는 고개를 끄덕였다.

"그렇군. 아버지가 있겠군."

"아씨께서 오늘 있었던 일은 다 잊어버리시라 하셨습니다. 그래야 안지 공 가족이 무사하실 수 있다고…. 그리고 구천에서라도 이 은혜를 꼭 갚겠다 하셨습니다."

"준정은 살려내지 못했소."

"그런 걱정하실 거라고. 그런데 아씨는 이미 죽은 목숨이셨습니다. 아이를 살리기 위해 버티셨던 겁니다. 아씨를 대신해서 감사드립니다."

몸종이 안지의 도움을 받아 준정을 수레에 눕히고, 아이는 준정의 겉저고리로 둘둘 싸서 품에 안고 떠났다.

몸종은 다 잊어버리라고 절대 꿈에서라도 돌이키지 말라고 신신당부를 했었고, 그 때문인지 휘경이 말을 꺼내기 전에는 정말 그날 밤 일을 까맣게 잊어버리고 있었던 안지였다.

안지는 준정에게 가만히 기원했다.

"준정, 내 딸을 살려줘요. 아로를 그대의 아들 곁으로 돌려보내 주
시오."

아로는 천천히 눈을 떴다. 깜빡깜빡 눈꺼풀을 움직이는 것이 여간
힘든 게 아니었다. 게다가 여기가 어디인지 잘 생각나지 않았다. 어
디선가 많이 본 천장인 것 같긴 한데, 어디더라?

그러다 순간 가슴에 날카로운 고통이 느껴졌다. 아아, 그렇다! 날
아오는 화살 앞으로 뛰어들었었다. 선우를 살리기 위해. 헉, 오라버
니는 무사한가? 아로가 옆을 둘러보려는데 안지가 벌떡 일어나 아
로의 손을 잡았다.

"아로야. 깼니? 애비다. 알아보겠어?"

"오라버니는?"

안지가 안도의 한숨을 내쉬었다.

"괜찮다. 그 애는 괜찮아."

괜찮다니 되었다. 아로 역시 천천히 안도의 한숨을 내쉬고, 안지
의 얼굴을 보았다. 얼마나 누워 있었는지 모르겠지만 아버지 얼굴이
까칠해졌다.

"죄송해요. 아버지."

안지는 아로의 맥을 잡아 확인하면서 고개를 끄덕였다.

"됐다. 됐어."

"그런데 오라버니는 어딨어요?"

"글쎄다."

이해할 수 없는 말을 하고 사라지기는 했지만, 아로가 깨어난 것은 보고 싶을 텐데 어떻게 연락을 해야 할지 모르겠다. 안지는 눈만 껌벅거리는 딸을 난감한 얼굴로 바라보았다.

급작스럽게 위화가 선문을 떠나며 휴강이 된 바람에 예상치 못한 휴일을 맞은 화랑들은 왕경 거리로 쏟아져 나와 여기저기 산책을 즐기고 있었다.

반류와 여울은 수타박수 노천 탁자에 앉아 하릴없이 노닐고 있었는데, 한 무리의 아이들이 지나가면서 목청 높여 노래를 불렀다.

"랑 중의 랑 지뒤랑, 왕 중의 왕 선우랑."

아무 생각 없이 노래 가사를 들으며 되씹던 반류가 깜짝 놀라며 아이들을 쳐다봤다. 아이들은 그 노래를 계속 부르며 벌써 저만치 멀리 가 있었다.

"이 노래가 뭐냐?"

여울도 노래 가사의 심각성을 느끼고 있었던 듯 보기 드물게 심각한 얼굴을 하고 되물었다.

"뭐 같아? 내 생각엔 우리 동방생 모가지 날아가는 노래 같은데…."

반류는 깊은 한숨을 내쉬었다. 아버지가 이 노래를 들으면 어찌할지 걱정이 밀려왔다.

"아버지가 이 노랠 들으셨다면…."

"벌써 들으셨어. 분명히!"

반류는 여울이 가리키는 쪽을 돌아보았다. 박영실과 호공이 옥타각 쪽으로 가고 있는 것이 보였다. 그 바로 앞을 지나며 아이들이 노래를 불렀다.

"랑 중의 랑 지뒤랑, 왕 중의 왕 선우랑."

영실이 그 노래를 들으며 비릿하게 웃어 보였다. 그 모습에 놀란 반류가 벌떡 일어나자 박영실이 반류를 못마땅하고 경멸하는 시선으로 보았다. 어찌했건 아버지이니 반류는 자신이 할 해야 도리로 예를 갖춰 인사한 뒤, 피하지 않고 그 시선을 똑바로 맞받아 보았다.

"아무 짝에 쓸모없는 놈."

영실이 침이라도 퉤 뱉을 듯 반류를 노려보다 옥타각 안으로 들어가버리자, 호공은 몸 둘 바를 몰라 눈치를 보다가 따라 들어갔다. 반류는 그런 호공을 연민의 눈으로 바라보았다.

"옥타각에 각간이 납셨다? 옥타각 맛 간 거 아니냐? 물이 왜 저렇게 됐어?"

여울이 어이없다는 듯 혀를 찼다.

영실과 호공은 옥타각 휘경의 방으로 들어섰다. 아무런 예고 없이 찾아왔는데도 휘경은 놀라는 기색 없이 고개를 끄덕이며 맞이했다.

"오셨소? 일어서서 맞지 못하는 건 이해들 하시고… 편히들 앉으시오."

영실이 오히려 놀라 삐딱하게 서서 훑어보다가 별수 없어 자리에 앉았다.

"놀라지도 않으십니다. 갑자기 찾아왔는데?"

"말씀하시지요."

휘경은 영실의 도발에는 전혀 관심이 없었다. 그가 올 것도 알고 있었고, 무슨 말을 하기 위해 왔는지도 알고 있다는 듯이 보였다. 영실은 휘경이 감추고 있는 것을 알고 싶었다. 이렇게 차분하게 올 것을 미리 예견하고, 하고 싶어 하는 말을 짐작하는 듯한 분위기라니. 뭐지? 이 사람.

영실이 말을 하고 있지 않자 휘경이 제 잔을 단숨에 들이키더니 영실을 똑바로 보며 말했다.

"제 아들을 왕으로 삼고 싶어 오신 겁니까?"

영실은 순간, 어쩌면 자신이 휘경이 쳐놓은 그물에 걸린 고기인지도 모른다는 생각이 들었다.

선우가 휘경의 아들이라는 것은 모영에게 이미 들은 바였다. 안지가 정신 못 차리고 지소에게 다 말해버렸을 때, 모영도 그 방에 있었으니까. 모영이 아는 것은 당연히 영실도 아는 일이었다. 선우가 한 명 더 있는 성골이라는 것은 영실에게는 삼맥종을 견제할 수 있는 좋은 무기였다. 천군만마를 얻은 듯 기뻤다. 그런데 휘경의 태도를 보면 그게 꼭 마냥 기뻐할 일은 아닌 것 같았다. 어쩌나? 이제라도 그냥 나가버릴까? 그러나 정말 그물인가? 부왕에게 버림받은 비운의 적통왕자로서는 제 아들을 왕으로 만들고 싶은 조급함이 있는게 당연한 일. 조급함 때문에 저러는 거라면 오히려 영실에게 유리한 상황이었다.

문이 너무 멀리 있는 듯 느껴졌다. 바로 뒤에 있는 문인데도 백 리 더 밖에 있는 것 같았다. 돌아갈 수는 없었다. 새로운 도박을 시작해

보는 거다. 영실이 마음을 굳히고 휘경을 바라보았다.

휘경은 그런 마음의 움직임을 다 안다는 듯 희미하면서도 신비한 미소를 지으며 영실을 바라보고 있었다. 민심을 얻었고 힘을 얻었으니 이제 선우를 왕으로 만들 일만 남았다.

선문에서 쫓겨난 위화는 다이서 특별실에 둥지를 틀고 아무 데도 가지 않고, 누구도 만나지 않으며 지냈다. 빗지도 않고 씻지도 않으니, 머리는 봉두난발이오, 몸에선 백 만년 묵은 젓국 냄새가 났다.

특별실에 들어온 피주기는 인상을 팍 쓰고 창문을 열어 환기부터 시켰다.

"아이구우, 꼭 이렇게 티를 내야 하나?"

말투도 은근히 짧아진 것이 위화를 한심해 하는 것이 팍팍 느껴지는 태도였다.

"이 사람! 내가 무슨 티를 낸다고?"

"남들도 한 번씩 다, 짤리고들 살아요. 혼자만 별난 것처럼….."

"자네가 처음부터 날 못 봐서 그러네. 이게 원래 나야."

위화가 손가락으로 콧구멍을 파더니 코딱지를 둥글둥글 뭉쳐 탁 튕기고는 배를 득득 긁었다. 피주기가 기겁을 하여 위화의 코딱지가 날아간 쪽을 뒤지며 잔소리를 하기 시작했다.

"아이구, 진짜, 지금 밖에선 뭔 일이 벌어지고 있는 줄도 모르고….."

"뭔일? 얼굴 없는 왕이 나타난 얘기? 그게 뭐 별일이라고….."

"그게 아니라, 왕이 바뀐다는 얘깁니다!"

"왕이 바뀌다니?"

"지금 사방팔방 노래가 쫙-! 지뒤랑은 랑 중의 랑이고, 선우랑은 왕 중의 왕이다! 이런 노래가 장안에 파다하다니까요."

위화가 그제야 긴장하여 자세를 바로 하는데, 기다렸다는 듯 특별실 문이 열리며 선우가 들어섰다.

"어? 호랑이도 제 말 하면 온다더니… 삿갓, 개새, 암튼… 오셨네."

"방금 뭐라 했냐?"

못 들을 말 들은 것처럼 굳은 얼굴로 선우를 바라보던 위화가 다시 확인했다. 둘이서만 할 이야기가 있다고 피주기더러 자리를 피해 달라더니 뭐라? 뭐가 어쩌고 어째?

"나 같은 놈이 왕이 되면, 이 신국이 조금은 나아질까…? 라고 물었어."

위화가 무슨 말을 못하고 껌뻑껌뻑 붕어처럼 입만 열었다 닫았다 하는데 선우가 씩 웃었다.

"나한테, 왕이 될 자질 같은 게 있어 보여?"

"세상에 널 막을 수 있는 벽 따윈 없다더니…! 막가기로 작정한 게냐?"

"다른 얘기 말고 묻는 거나 대답해. 백성을 위해서 먼저 걷고 길을 내는 그런 왕, 그런 왕이 되겠냐고…."

위화가 심각하게 선우를 바라보자, 선우는 위화의 답을 기다리며 비장한 얼굴이 되었다.

"네가 괜찮은 왕이 될 것 같은가 묻는 거냐?"

선우가 고개를 끄덕였다.

"글쎄, 그럴지도 모르지. 길 가는 사람 셋 중 하난, 지금 있는 왕보다 나을지도 모른다. 하지만, 명분이 없이 왕이 되려는 건 모반이다. 그게 뭔지는 알겠지? 명분이 없으니 싸워야 하고, 그 싸움은 다시 백성을 피폐하게 만들 것이다. 네가 바라는 왕은 그런 거냐?"

"아니. 내가 바라는 왕은 지켜야 할 사람을 지킬 수 있는 거야. 착하고 약하고 예쁜 사람. 그 사람을 지키는 거. 어떻게든 지켜야 돼, 지킬 거야. 더 이상은 안 잃어. 못 잃어. 그러니까 말해. 만약 나한테… 그 명분인가 뭔지, 만약 그딴 게 있다면. 그래서 지킬 수만 있다면…."

위화가 긴장해 있는데, 선우가 위화를 똑바로 보며 말했다.

"한번 해볼까 하니까. 왕!"

이제 운신을 하게 된 아로는 마당에 나와 앉아 있을 정도가 되었다. 약재 창고에 앉아 있으면 약재 창고대로, 방에 앉아 있으면 방대로, 마당에 나와 있으면 또 마당대로 선우 생각이 났다. 골목길로 나선다고 선우 생각이 안 날까? 아로는 선우가 두고 간 주령구를 빤히 바라보며 입을 삐쭉대고 있었다. 아로가 깨어났을 때 옆에 있기를 바랐던 선우는 없고, 아버지가 주령구를 건네주었다. 그걸 옆에 두고 떠났다고…. 급히 해야 할 일이 있어서 한동안 오지 못할 거라 했다고….

아로는 주령구가 선우인 양 원망의 말을 해보았다.

"옆에 좀 있지. 어디 간 거예요…."

"아직 살아 있구나?"

아, 이런 목소리를 내 집 마당에서 듣게 되다니! 아로는 놀람 반 짜증 반으로 숙명을 돌아보았다. 진짜 숙명이 차고 도도한 얼굴로 사립문 앞에 서 있었다.

막상 얼굴을 보니 또 두려움이 몰려와 아로는 고개를 숙이며 뒤로 물러섰다.

"여긴 어찌… 오신 겁니까?"

숙명은 어이없다는 듯이 픽 웃으며 움츠러든 아로를 봤다.

"내가 무서워?"

아로는 어깨를 바로 펴려다가 상처가 아파서 포기하고 구부정한 자세로 숙명을 삐딱하게 쳐다보며 말했다.

"입장을 바꿔놓고 생각하시면 아실 텐데요. 이런 일이 한두 번도 아니고…."

"네 오라비는 내가 살렸어."

"예?"

"넌 네 오라비를 위험에 처하게만 하고, 살리는 건 나구나."

"제가 죽길 바라신 것 같습니다?"

숙명이 아로를 한참 바라보다가 순순히 고개를 끄덕였다.

"그래. 그랬다. 네 오라비는 네가 생각한 것보다 귀한 사람이야. 내가 지켜줄 수 있어. 너만 아니면."

"말씀드렸지만, 전 살아남을 거예요. 어떻게 해서든. 그게 우리 오라비가 바라는 일이라는 걸 누구보다 잘 아니까요. 그러니까 어떤 말씀을 하셔도 어떻게 흔들어도 소용없습니다."

숙명이 가소롭다는 듯 아로를 노려봤다.

"제 오라비는 제가 지켜요. 내 사내는 내가 지킵니다."

"넌 입으로 모든 걸 다하는구나. 하지만 난 정말 선우랑을 지켜줄 수 있다. 어떤 곳, 어떤 상황! 누구에게서도!"

선우는 휘경을 만나러 왔다. 지난번 만났을 때 휘경이 말하기를 '너야말로 신국의 현재와 미래를 바꿀 새로운 왕'이라 하였으니, 이 번에 만나려면 그것에 대한 답을 가져와야 한다는 것은 선우는 알고 있었다.

휘경은 선우가 그 답을 가져왔을 것을 짐작할 수 있었다. 그런데 선우는 아무런 말도 하지 않았다. 한동안 말없이 선우를 마주 보고 있던 휘경은 선우의 입으로 직접 듣고 싶어 물었다.

"마음 정리가 된 거냐?"

선우는 답하지 않았다.

"아직 아닌가 보네. 그렇지만 이건, 너의 선택이 아니야. 너로 인해 바뀔 신국의 선택이지. 막문이와 네가 살았던 망망촌을 기억해라. 지금 네가 하려는 선택은 가장 중요하고 의미 있는 일이 될 거다."

선우는 휘경의 말을 묵묵히 듣고만 있었다. 휘경은 어쩌면 선우의 확실한 대답은 그리 중요하지 않을지도 모른다는 생각을 하였다. 선우가 이 자리에 앉아 있다는 것이 답일 테니까. 그러면 이제 일을 진행할 때가 된 것이었다.

"널 만나고 싶어 하는 사람이 있다."

"누군데?"

"그건, 가보면 알아."

등잔 하나가 놓여 있을 뿐 어두운 방에 뒤 돌아 서 있는 사람이 있었다. 그가 위화인 듯도 하고 혹은 우륵인 듯도 하고 혹은 전혀 모르는 누군가인 듯도 하여 선우는 섣불리 발을 들이지 못하고 경계심 가득한 목소리로 물었다.

"누구지? 누군데 날 보자는 거야?"

그리고 그가 돌아섰다. 박영실이었다. 선우는 놀랍기도 하고 어이가 없기도 하여 그의 얼굴을 쳐다보고 있는데 박영실은 씩 웃었다.

"놀랐나?"

선우는 대답하지 않았다. 저자와 말을 섞어가며 이 자리에 있다는 것 자체가 싫었다. 저자가 싫은 이유를 대자면 백 가지가 넘지 않을까? 휘경이 저자를 만나게 한 것은 싫은 이유 백 가지를 넘어서는 무엇이 있기 때문일까?

"내게 좋은 감정이 아니라는 거, 아네."

"아니, 모를 거야. 그쪽이 생각하는 것보다 훨씬 더 안 좋거든."

박영실이 정말 재미있다는 듯이 낄낄 웃더니, 선우를 애정 어린 눈으로 바라봤다.

"이러니 내가 삼맥종이라고 헷갈렸지. 안 그런가?"

"여기 온 이유가 뭐요? 왜 날 만나자고 한 건데?"

영실이 얼굴에서 웃음기를 걷고 똑바로 서서 선우를 바라보았다.

"왕을 만들어줄까 하고."

선우의 얼굴이 싸늘하게 굳었다. 이런 자에게까지 '왕' 운운하는 소리를 들어야 하다니. 신국의 왕이라는 것이 이 정도로 아무것도 아닌가? 불쾌했다.

영실이 그 표정을 살피는 듯 또 웃어 보였다.

"저런, 휘경 공께 내 얘길 못 들으신 겁니까?"

"내가 정말 당신 같은 인간의 도움을 받을 거라고 생각하는 건가?"

"그렇습니다만."

"어째서?"

"권력이란 그런 거니까요. 휘두르지 않으면 당할 수밖에 없는."

영실이 다시 선우의 표정을 살피더니 부드럽게, 달래듯 말을 이어 갔다.

"여태껏 당해오신 것 아니셨습니까? 그래서 왕이 되려고 하시는 거고! 그러니 당연히 도움을 받으셔야죠. 그래서 권력에 당하지 않고 휘두르셔야지 않겠습니까?"

"아니, 도움받을지 말지 선택은 내가 하는 거지. 내가 필요해서 똥줄 빠지는 건 그쪽인 것 같으니까."

영실은 허를 찔린 듯 당황스러웠다. 어린놈에게 이런 지적을 당하게 될 줄은 몰랐다. 휘경 부자를 만만히 봐서는 안 될 것 같았다. 이제라도 발을 빼야 하나 어째야 하나 갈등이 생겼다. 그러나 지금 발을 뺀다면 삼맥종 밑으로 들어간다는 것의 의미했는데, 그건 또 그것대로 싫었다. 영실은 저도 모르게 목에 있는 상처를 만지며 선우를 바라보고 있었다.

선우가 득의만면하게 웃었다.

"이런 게 권력인가 보네. 휘두르지 않으면 당하는 거!"

지소의 불안증은 더 심해지고 있었다. 그녀의 호위무사가 되어 그런 모습을 지켜보아야 하는 수호는 무력한 자신의 모습에 부끄러운 심정이었다.

지소는 삼맥종을 부르라 명해놓고, 잠시도 자리에 앉아 있지 못하고 불안하게 서성거리고 있었다. 수호가 잠시 앉아보시라 권해보았으나 소용이 없었다. 그때 삼맥종이 도착했다는 소리가 들렸고, 지소는 긴장해서 문 쪽을 보며 당당해 보이도록 자세를 고쳐 잡았다.

삼맥종이 내전으로 들어와 지소에게 예를 갖추고, 수호에게도 눈인사를 했다. 수호는 삼맥종에게, 윗사람에게 올리듯 예를 갖춰 인사했고 난감해하는 삼맥종에게 웃어 보이는 걸로 자신의 뜻을 전했다. 삼맥종도 웃어 보이고 지소에게 시선을 돌렸다.

"안색이 창백하십니다."

지소에게는 걱정하는 아들의 소리는 들리지 않았다. 삼맥종이 정전 회의를 소집하였으나 대신들은 아무도 오지 않았고, 박영실에게 수모를 당했다는 사실만이 중요했다.

"고작 각간에게 그 꼴이나 당하려고 왕좌에 앉겠다고 한 것이냐!"

삼맥종은 박영실에게 당했던 굴욕이 다시 생각나 입안이 썼다.

"네가 저들에게 빌미를 준 것이다. 황실을 능멸하고 앞으로 이 신국의 성골을 뿌리째 흔들려 하는 것이다. 너 때문이다…. 다 너 때문이야!"

삼맥종은 어머니의 노여움에 지지 않고 선언했다.

"이길 것입니다."

"이겨? 네가 어찌 이긴단 말이냐?"

구체적인 대안을 바로 내놓지 못하는 삼맥종 한심하다는 듯 보고 있던 지소가 명령했다.

"숙명과 혼인해."

"그럴 수 없습니다. 그런 일은 하지 않을 것입니다."

"네가 다르다는 걸 보여. 저들과 넌, 세상이 두 쪽이 나도 같아질 수 없다는 것! 그걸 증명할 길은 성골 간의 혼인뿐이다."

"화랑으로 힘을 키울 것입니다. 내 화랑으로! 저들을 장악할 것입니다."

"화랑?"

지소가 가소롭다는 듯이 소리 내어 웃었다.

"그 화랑이 네게 어떤 존잰지 짐작도 못 하는구나."

"그들을 자유롭게 풀어주면 너의 편에 설 자들이 얼마나 있을 것 같으냐? 반류, 기보, 신 그들은 언제든지 너에게 칼을 겨눌 자들이다. 그들의 아비가 그러하니까. 그리고 선우! 선우야말로 너를 왕좌에서 끌어내릴 아이지."

삼맥종은 지소의 말이 놀랍기도 하고 도저히 받아들일 수가 없어서 어머니를 노려봤다.

"선우가 왜요? 선우가 어떻게 저를 왕좌에서 끌어내린답니까? 그 아이는 저의 유일한 친구입니다."

"유일한 백성에 이어 유일한 친구냐?"

"믿을 수 있는 사람입니다."

지소가 하하하, 소리 내 웃기 시작했다.

"너에게 믿음이라는 건 뭐니? 그 아이가 가진 게 있는데 마냥 너의 믿음만 받고 있을 거라는 거니?"

"선우가 가진 게 뭡니까?"

"선우는 휘경의 아들이다."

"누구요?"

"휘경 공. 나의 오라버니. 선왕의 적통장자였으나 왕위를 물려받지 못했던 사람. 그의 아들. 선우 그 아이도 성골이란 말이다. 너와 왕좌를 두고 전쟁을 치를 또 다른 성골! 네 목을 조를 너의 정적이란 말이다."

충격을 받아서 말문이 막힌 삼맥종은 눈만 껌벅거리며 지소를 바라보고 있었다. 그 모습이 지소가 잔인하게 웃었다.

"선우를 죽이지 않으면 네가 죽임을 당하게 될 거야."

선우는 오늘도 선문의 담을 뛰어넘어 안골로 달리고 있었다. 아로가 깨어났다는 소식을 이제야 들은 것이었다.

"아니… 아직도 모르셨단 말입니까? 깨났죠~! 버어어얼써."

정양당에서 만난 피주기가 어떻게 아직도 모르고 있었냐며 핀잔을 주며 그렇게 말하는 순간 이미 달리고 있었다. 그동안 내내 비장

338

하고 씁쓸하고 비아냥거리던 선우의 얼굴이 아로에게 달려가는 동안 점점 밝아지고 환하게 빛나고 있었다.

아로는 여전히 주령구를 만지며 마당에 앉아 있었다. 숙명에게 당했던 것이 못내 마음에 걸렸다.

"아, 뭐라고 확! 한마디 했어야 되는 건데…"

버럭 화를 내다가 금방 또 풀이 죽어 자괴감에 빠지곤 했다. 숙명의 말이 맞는 것도 같으니 어쩔 수가 없었다. 시무룩했다가 소리를 질렀다가 혼자 주거니 받거니 하는 중이었다.

"하, 내가 정말 짐인가?"

"아니거든! 절대 아니거든! 와! 나 말릴 뻔했네."

다시 벌떡 일어서며 소리를 질렀다. 가슴이 아팠지만 소리 지르는 게 더 급했다. 그러다가 털썩 평상에 주저앉았다. 이거든 저거든 무슨 상관이랴, 선우를 언제 볼 수 있을지도 모르는데…. 아로는 주령구를 만지작거리다가 던져 보았다.

有犯空過

"유범공과? 덤벼드는 사람이 있어도 참기?"

그때 거짓말같이 선우가 마당 안으로 휙 뛰어들어오더니 아로를 와락 끌어안았다.

아로를 꼭 안은 채로 선우가 물었다.

"너 괜찮나?"

아로도 감정이 격해져서 차마 말은 못하고 선우의 품 안에서 고개
만 끄덕였다.

"안 아파?"

"…아픈데."

선우가 깜짝 놀라는데, 아로가 어색하게 웃으며 말했다.

"화살 맞은 데가 눌려서…."

선우가 그제야 얼른 떨어져서 마치 깨지는 유리라도 되는 듯 조심
스럽게 아로를 자리에 앉혔다. 아로가 픽 웃는데 한동안 말없이 바
라보던 선우가 진지하게 말했다.

"나 너한테 할 말 있어."

아로가 선우를 똑바로 바라보며, 선우의 다음 말을 기다렸다. 선
우는 자신의 속마음을 처음 풀어놓는 사람이 아로인 것을 감사하며
말을 이어갔다.

"내가 누군지 알았어. 왜 내 이름이 없고 어디서 왔고 또 어디로
가야 하는지… 근데, 그게 널 위한 건지 모르겠다."

선우의 시선에서 혼란해 하는 마음이 그대로 드러나는 것을 보며
아로가 대답했다.

"난, 나보다 그쪽을 더 믿는데… 그러니까 자길 믿어요. 내가 알기
론 세상에서 가장 믿을 수 있는 사람이니까. 누구보다 자기 길을 제
대로 찾을 사람이니까…."

선우는 아무런 말도 못하고 아로를 바라보기만 하고 있었다.

"어떤 선택을 한다고 해도, 누가 뭐래도, 난 마지막까지 그쪽 편이
에요. 선택한 길을 가요. 그게 맞는 길이니까."

아로를 바라보는 것만으로 선우는 힘을 얻고 있었다. 온전히 신뢰하는 아로의 눈빛은 선우의 마음을 단단하게 다져주었다.

삼맥종은 말할까 말까 망설이며 겨우 더듬거리는 파오의 보고를 듣고 있었다.

"그러니까 왕경에 유행하는 노래가 있는데…."

파오가 도저히 말 못하겠다는 듯 고개를 절레절레 흔들자, 삼맥종은 말없이 노려보았다. 그 시선에 파오가 괴로워하며 입을 가만가만 노래하기 시작했다. 따라 부르기 쉽고 가사도 간결한 그 노래였다.

"지뒤랑은 화랑 중의 화랑이요, 선우랑은 왕 중의 왕이라네. 이런 노래입니다."

삼맥종은 대꾸하지 않고 가만히 생각에 잠겨 있다가 픽 웃었다.

"선우가 왕일만 하긴 하지."

"예? 어찌 그런 말을."

파오가 기겁하는데, 삼맥종은 다시 침묵에 빠져들었다. 지소의 광기 어린 절규가 귀에 맴돌았다.

"그 아이도 성골의 피다! 너와 왕좌를 두고 전쟁을 치를 또 다른 성골, 네 목을 조를 너의 정적이란 말이다!"

삼맥종이 표정이 싸늘하게 굳어 파오를 바라봤다.

"선우를 찾아와."

선우가 파오를 따라 월성 정전에 도착했을 때 왕좌는 비어 있었다. 파오가 약간 당황하며 여기 계실 거라 했는데 어딜 가셨나 급하게 찾으러 나간 동안, 선우는 비어 있는 왕좌를 바라보고 서 있었다. 아버지 휘경 공이 한 말이 귓가를 울렸다.

"이제 준비됐다. 너를 왕으로 만들 준비. 누구도 너처럼 강하지 않아. 누구도 너만큼 백성의 마음을 알지 못한다."

그리고 아로가 했던 말도 생각했다.

"어떤 선택을 한다고 해도, 누가 뭐래도, 난 마지막까지 그쪽 편이에요. 선택한 길을 가요. 그게 맞는 길이니까."

왕좌를 바라보는 선우의 눈빛이 단단하게 굳어지는데, 그때 선우의 목에 차가운 검이 겨눠졌다. 뒤에서 나타난 삼맥종이 선우를 차갑게 노려보며 물었다.

"저 자리에 앉고 싶은 것이냐?"

선우는 전광석화처럼 돌아서며 삼맥종의 목에 검을 겨눴다. 서로의 목을 향해 겨눠진 두 사람의 검은 한 치의 흔들림도 없었다. 선우는 담담하게 제 감정을 감추고 삼맥종에게 물었다.

"네가 진짜 저 자리의 주인이라고 생각하나?"

삼맥종은 대답하지 않았다. 싸늘하게 노려보기만 할 뿐이었다. 선우의 눈이 점점 붉어지기 시작했다.

"머릿속에서 너를 수도 없이 죽이고 또 죽였다. 넌 내 하나밖에 없는 친구를 죽게 만든 놈이니까. 절대로 용서할 수 없는 놈이니까…."

올 것이 왔다. 삼맥종의 시선이 차분해졌다. 선우를 볼 때마다 하나밖에 없는 친구라 좋으면서도, 그의 친구를 죽게 했다는 자책을 버릴 수가 없었다. 언젠가는 선우가 자신에게 그 일을 물을 것을 알고 있으면서 변명도 제대로 못 했었다. 지금도 역시 아무런 말도 할 수 없었다.

"널 만날 때마다 죽이지 못했어. 네가 왕이라는 확신이 드는데도 왕이 아니라고 믿고 싶었다."

선우의 눈에서 눈 한 방울이 똑 떨어졌다. 삼맥종도 가슴이 먹먹하여 선우를 바라보다가 바닥에 검을 던져버렸다.

"날 죽여야 끝나는 거라면… 베!"

선우는 삼맥종에게 겨눈 검을 거두지도 못하고 휘두르지도 못한 채 복잡한 마음으로 그를 바라보고 있었다. 그런데 삼맥종이 검 앞에서 똑바로 보며 물었다.

"근데 정말 나만 없애면, 끝나는 거냐?"

선우는 아무런 대답도 하지 않았다. 거기에 대고 삼맥종이 다시 물었다.

"앞으로 얼마나 더 죽여야 끝날까? 왕경의 화백들을 죽이고 귀족들을 죽이면 끝날까? 아니, 또 다른 누군가 그 자릴 차지하고 앉아 똑같은 짓을 하겠지. 그럼 그땐 누굴 죽일 건가?"

삼맥종은 대답 없이 자신을 노려보기만 하는 선우를 보다가 다시 말을 이었다.

"너와 같이 이 신국을 바꾸고 싶었다. 다시는 골품 때문에 목숨을 잃게 하지 않겠다고 생각했다. 이 좁디좁은 신국을 넘어, 삼한 통일의 꿈을 꾸고 싶었다. 한데, 여기가 끝이라면… 할 수 없지."

삼맥종이 선우를 똑바로 보고 두 팔을 벌린 채 말했다.

"베라!"

선우가 검을 휘둘러 내리쳤다. 칼 놀림은 거셌으나 그것으로 삼맥종을 쓰러트리지는 않았다. 대신 삼맥종이 손등에서 핏방울이 떨어지고 있었고, 바닥에는 끊어져 떨어진 성골 팔찌가 있었다.

"이걸로 너와 나 사이에 더 이상 빚은 없다."

삼맥종은 허무하고 쓰린 얼굴로 선우를 보고, 피가 흐르는 제 손등을 보았다.

"이걸로 끝인가?"

"우린 가는 길이 다르니까."

"그럼, 다음에 만날 땐 적이겠군."

선우는 대답하지 않았다. 미처 다 말하지 못한 것들이 들끓어 서로를 바라보는 둘의 시선이 깊었다.

선우는 그 길로 아로에게 달려왔다. 아로는 약재 창고 침상에 누워 잠들어 있었다. 평화롭게 잠들어 있는 아로를 하염없이 바라보던 선우가 나직하게 속삭였다.

"너보다 날 더 믿는댔지?"

선우는 아로를 깨워 오늘 삼맥종과 있었던 이야기를 해주고 싶었다. 삼맥종의 팔찌를 끊어내고 그와의 관계도 끊어버렸다는 이야기를 해주고 싶었다. 이런대도 나를 믿겠냐고 묻고 싶었다.

"난 태어나서 지금까지. 한 번도 친구를 사귄 적이 없어. 네가 내 유일한 친구인 것 같다."

오글거리던 삼맥종의 고백은 어이가 없으면서도 두려웠다. 누군가의 마음을 받는다는 것은 쉽게 할 수 있는 일이 아니었다. 그가 죽여야 할지도 모를 상대일 때는 더욱더.

"여기 백성들이 사는 꼴을 보고도, 왕을 두둔하는 거냐? 그런 멍청하고 무능하고 겁 많은 왕을?"

백성들이 삶을 제 것인 양 아파하고 자괴감에 빠져 있던 그를 보고서는 혹시 그가 왕이라 밝혀지더라도 단칼에 죽이지는 못할 것이라 생각했던 적도 있었다.
역시나 그랬었다. 그가 왕이라는 것을 알았어도 그를 죽이지 못했다. 선우는 다시 아로에게 속삭였다.
"마지막까지 내 편이랬지? 내가 선택한 길을 그냥 가랬지?"

선우는 다시서 특별실에서 시간을 죽이고 있는 위화를 찾았다. 머리를 긁적긁적 긁으며 위화가 무심하게 선우를 보더니 대강 편하게 앉고는 손톱 때를 긁어내며 말했다.

"왕이 된다더니… 아직 못 된 모양이구나."

선우는 비장하게 단도직입으로 물었다.

"처음부터 길이었던 길은 없다, 기억합니까?"

위화가 생각하는 척했다. 사실 생각하는 척하지 않아도 기억하는 말이었다. 선우가 그 말을 한 그때부터 '아하, 이놈 봐라' 생각하며 한 번씩 더 유심히 지켜보곤 했었으니까.

"누군가는 먼저 걸어야 길이 되는 거고, 단단한 흙을 두들기고 깨뜨리고 뚫고 나가야 물길도 생기는 겁니다."

심장을 울리던 그 말을 어찌 잊을 수 있겠는가. 위화가 픽 웃으며 물었다.

"그래서 두들기고 깨뜨리고 뚫고 나가 물길을 만들겠다?"

"장기판의 말로 사는 건 더 이상 못 해 먹겠으니까."

"누군가 만들어놓은 질서가 너희들의 질서가 되도록 침묵하지 마라. 너희는 장기판의 말이 아니라 이 세상 그 누구보다 자유로운 화랑이다."

아, 그랬었지. 선우는 위화가 했던 말을 되묻고 있는 거다. 그제야 위화는 자기가 그런 말을 했었다는 것도 기억했다. 아무래도 애들을 너무 잘 가르친 모양이었다. 그런 말 일일이 기억해서 대꾸하는 제 자라니.

"더 이상 침묵하지 않겠습니다."

"침묵하지 않겠다. 결국, 모반을 결심한 것이냐?"

"힘이 없는 왕은 아무것도 할 수 없습니다. 지금 신국에 필요한 건 신국을 바꿀 의지를 가진 강한 왕이니까요!"

위화는 선우의 고집을 아는지라 뭐라 말한다 해도 꺾이지 않을 것을 알았고, 그래서 불안한 마음을 한숨으로 달랠 수밖에 없었다. 선우가 그런 위화를 보며 결연하게 말했다.

"풍월주의 도움이 필요합니다."

"날더러 모반에 앞장서라고?"

어이없어서 웃는 위화를 보며 선우는 비장하고 결의 어린 눈빛으로 탁자 위에 서찰 하나를 꺼내놓았다.

"누굴 선택할지는 풍월주 뜻에 맡기겠습니다. 그 전에 읽어봐 주던가."

그리고 그대로 밖으로 걸어나가 버렸다. 위화는 선우가 두고 간 서찰을 바로 열어보지 않고 쳐다보고만 있었다. 마치 그 안에 뱀이라도 있는 것처럼.

드디어 박영실은 반태후파 화백들을 한자리에 불러 모았다. 박영실을 위시하여 호공, 김형원, 박인주는 온전히 믿을 수 없는, 그렇다고 믿지 않을 수도 없는 자들이었다. 제 이익을 위해서라면 언제든 배신할 수 있는 자들이었으나 지금 건은 그들의 이익에 완전히 부합하는 일이었다. 같이 하지 않을 수 없으리라.

화백 하나하나를 차갑게 평가하듯 바라보던 영실이 마침내 입을 열었다.

"왕을 바꿔야겠어요."

화백들은 영실의 말에 놀라기는 했지만, 전혀 예상 밖의 말도 아니었다. 김형원이 조심스럽게 물었다.

"그럼 삼맥종을 끌어내리고 다른 왕을 세우시겠단 겁니까?"

"아니. 왕을 세우지 않겠단 얘기지. 성골이라는 명분만 가진 허깨비를 세우겠단 거요."

"그게 누굽니까?"

"백제에서 왕 노릇 했다는 화랑. 휘경 공의 아들! 선우랑이오."

"휘경 공이라면, 버림받은 성골 아닙니까?"

"아들이 있었어요?"

"아무리 병약해졌다 해도 태후가 이 일을 두고 보진 않을 겁니다. 선대왕이 죽고 아무도 없었을 때도 홀로 태자를 지켜낸 지소가 아닙니까."

"지소에게는 성골 후계라는 명분이 있습니다."

"백성들이 모반이라 여길 수도 있습니다."

영실이 낄낄낄 비웃었다.

"백성…? 아무리 틀어쥐고 짜내도 굽실거리며 살겠다고 머리를 조아리는 게 백성이오. 뭐가 두렵겠소? 이 신국을 우리 것으로 만들잔 말이에요. 그래야 당신들 고방도, 앞으로도 쭉 가득 차 있을 테니까!"

화백들은 두려우면서도 영실의 말에 수긍할 수밖에 없었다. 이렇게 하는 것이 그들의 영화를 이어가는 방법이라는 것을 알고 있었기 때문에. 영실은 그들의 마음을 한눈에 읽어내며 탐욕스럽게 웃었다.

이제 화백들은 한 손에 넣었으니, 다음 것을 손에 넣을 차례가 되었다. 내일 아침 일찍 날 밝는 대로 움직여야 할 터였다.

삼맥종은 서서히 날이 밝아오는 정전을 바라보고 있었다. 선우와의 싸움이 있고 난 뒤, 하루의 대부분을 정전에서 보내는 삼맥종이었다. 다친 손은 깨끗한 붕대에 감겨 있었지만, 더불어 그 손에는 끊어진 왕의 표식을 꼭 들고 있었다.

어두워지고 밝아질 때까지 왕좌에 앉아 있던 삼맥종이 파오를 불렀다. 파오가 정전으로 뛰어들어와 예를 갖추었다.

삼맥종은 오랜 고민 끝의 명령을 하기 위해 힘겹게 입을 열었다. 그러나 이미 내리기 시작하는 명령은 단호했다.

"날이 밝는 대로 원화 아로를 월성으로 끌고 오도록 하라!"

파오는 명령에 깜짝 놀라 삼맥종을 올려다보았으나, 쓸데없는 질문은 하지 않았다. 오로지 그 명을 받을 뿐이었다.

다음날, 영실은 아로가 월성으로 잡혀 들어갔다는 소식을 듣고 주먹으로 탁자를 내리쳤다. 화백을 틀어쥔 다음에 손에 넣어야 할 것이 바로 아로였다. 아로만 잡고 있으면 선우쯤은 마음대로 조종할 수 있다는 것을 이미 알고 있었다. 그런데, 아로를 데려오라 보냈던 놈들이 한 발 늦었다고 보고한 것이었다.

"뭐라? 삼맥종이 안지 공 딸을 궁에 데려가?"

"저희가 한 발 늦었습니다."

"선우랑을 틀어줄 확실한 미끼인데. 그걸 놓쳤으니. 일이 복잡하게 됐어."

영실이 언짢아서 끙 신음을 내며 돌아앉았다. 이 실수를 어떻게 만회해야 하나 궁리하고 있는데 종복이 뛰어왔다.

"영실 공! 손님이 찾아오셨습니다."

영실이 사랑채에서 마당으로 난 문을 열어보자 마당에는 지팡이를 의지하고 있는 휘경이 서 있었다. 영실이 힐끗 보고 대수롭지 않게 안으로 청하다 보니, 선우가 마당으로 들어서고 있었다. 순간 영실의 입이 함지박만하게 벌어지며 만면에 미소가 피어올랐다.

이리 반가울 수가 없었다. 미끼를 드리우지 않아도 알아서 잡혀 올라오는 월척이 아닌가!

"재밌는 그림이네. 이리 보니, 닮으신 것도 같고."

휘경과 선우를 앞에 앉혀두고 영실은 연신 싱글벙글이었다. 자고로 큰일을 하는 사람은 제 속내를 감출 줄도 알고 제 마음과 다른 표정도 지을 줄 알아야 하는 법. 영실은 그 분야에서는 탁월한 능력을 지닌 사람이었다. 그런데 오늘만큼은 감추어지지가 않았다. 완전 무장해제의 날이었다.

선우는 아무래도 영실을 찾아온 것이 마음에 들지 않는다는 듯 영실의 얼굴을 바로 보려고도 하지 않았다. 영실은 그것도 넓은 마음으로 이해할 수 있었다. 그동안 해놓은 짓이 있는데 어찌 민망하지 않을 것이며, 그 민망한 마음을 다 숨겨버릴 수 있다면 그건 또 얼마나 징그러울 것인가? 아직 어리니 그럴 만하다 생각했다. 이렇게 속이 빤히 보이는 아이도 세월이 흐르면, 황홀하게 아름다운 미소를 짓고 있지만, 그 속마음을 전혀 알 수 없는 저 휘경 같은 사람이 될 거라는 것이 안타깝기까지 한 영실이었다.

영실이 제 승리를 충분히 즐길 수 있게 기다리던 휘경이 분위기 전환을 위해 입을 열었다.

"중요한 얘길 해야 할 때가 온 것 같아 왔습니다."

휘경의 이야기라면 되었고, 영실은 선우에게 직접적인 이야기를 듣고 싶었다. 방에 들어와 앉은 뒤에 탁자만 응시하고 있는 선우에게 물었다.

"당하지 않고 권력을 휘두르기로 결정하신 건가?"

선우는 바로 대답하지 않았다. 영실은 조금 답답해졌다. 선우의 확실한 대답을 어서, 빨리 듣고 싶었다. 이런 관계에서는 조급한 쪽이 지기 마련인데, 왜 이리 완급조절이 안 되는지 영실로서도 불가해한 일이었다.

"삼맥종이 안지 공의 여식을 잡아갔다는 소식을 들으셨나?"

그러자 선우가 고개를 들어 강렬한 눈빛으로 박영실을 바라보았다. 역시, 선우를 조종하려면 안지 공의 여식이 있어야 했다. 선우는 간결하고 단호하게 말했다.

"신국의 주인을 바꿔야겠소."

"내가 뭘 도와드리면 될까?"

"그쪽이 도울 건 없소. 나와 화랑들이 함께 할 거니까."

"그럼 난 뭘 하면 될까요?"

"그 자리에서 다른 화백들과 함께 날 왕으로 추대하시오."

박영실의 얼굴이 흡족하게 늘어졌다. 원하는 대답을 들었으니 더 바랄 게 없었다. 이제 선우를 이용하여 왕좌를 뺏고 허수아비로 두면서 제 맘대로 권력을 휘두르면 될 일이었다.

아로는 월성 원화 처소에 갇혔다. 아침에 눈 뜨자마자 잡혀 오길 두 번째. 처음엔 당장 숨이 끊어질 듯 무섭기만 하더니 이것도 적응이 되는지 처음보다는 덜 무서운 것이 다행이라면 다행이었다.

화살을 맞은 가슴이 뻐근하더니 등까지 저려왔다. 한쪽에 앉아 통증을 가라앉히려는데 문이 확 열리면서 삼맥종이 들어왔다. 아로는 뭘 생각할 겨를도 없이 벌떡 일어났다. 아팠다! 그러나 아픈 내색 없이 다부지게 삼맥종을 바라보고 있었다.

삼맥종이 아로를 차갑게 바라보았는데 한참 뒤에 나온 말투는 더 차가웠다.

"이렇게 해야… 널 곁에 두고 볼 수 있구나."

차가운 삼맥종이 말투가 처음이어서인지 아로는 본능적으로 두려움을 느꼈지만, 그 또한 잘 눌러 앉혔다.

"다쳤다 들었는데 상처는 어떠하냐?"

"괜찮습니다."

"그래, 괜찮아 보이는구나."

"이곳에 오지 않았다면 더 빨리 나았을 겁니다."

"더디게 나아도 상관없다. 어차피 넌 이곳 밖으로 나갈 수 없을 테니까."

"예? 무슨 말인지…?"

"네가 무엇인지 알려주지. 넌 인질이다. 네 오라비가 감히 내 왕좌를 위협할 수 없게 만들 인질."

"이건 폐하답지 않으십니다."

"나다운 것."

삼맥종이 차갑게 픽 웃었다.

"내게 어머니의 피가 흐른다는 걸 잊은 거냐? 어쩌면 이번 기회에 네가 나를 제대로 알 수도 있겠구나."

아로는 삼맥종의 차갑고 날카로운 눈빛이 낯설었다. 이런 표정을 할 수 있는 사람이라고 생각해 본 적이 없었다. 눈으로 보고도 믿을 수 없었다.

그러나 아로가 몰랐을 뿐이지 정전 회의에서도 삼맥종은 싸늘한 사람이었다. 그가 입을 열면 너무나 차가워서 그 목소리만으로 바로 얼어붙을 것 같았다.

"정전 회의를 시작한 지 이레가 됐는데. 오늘도 이게 다요?"

싸늘하지 않을 수가 없었다. 첫 정전 회의 때 박영실에게 수모를 당한 이후 언제나 이런 식이었다. 김습과 태후파 몇 명 말고는 회의에 참석하는 대신들이 없었다. 왕을 능멸하는 자들을 상대로 어찌 자애로울 수 있겠는가?

"송구합니다."

결석 한 번 없이 언제나 참석하는 김습만 이번에도 송구할 뿐이었다.

"모두가 고뿔에 걸리거나, 괴질에 걸렸다?"

"월성 안팎에 흉흉한 소문이 돌아, 제 몸 사리기 바쁘니…."

"흉흉한 소문이라니?"

김습은 말을 꺼낸 순간, 아차! 후회했지만 이미 늦었다. 다른 대신들끼리 서로 눈치를 보며 난감해하는데 삼맥종이 추상같이 호령했다.

"말하시오."

김습은 눈을 질끈 감으며 아뢰었다. 말 안 해서 혼이 나나 말해서 혼이 나나 마찬가지, 알려야 할 것은 알려야겠다는 마음이었다.

"송구하오나… 왕이 바뀐다는 소문입니다."

김습은 마치 자기가 소문을 낸 사람인 듯 머리를 조아리며 죄송스러워했다. 미간이 일그러질 대로 일그러진 삼맥종은 파르르 떨리는 것을 참으며 겨우 물었다.

"결국 또 그놈 얘긴가?"

김습이 삼맥종을 살피다가 조심스럽게 말을 꺼냈다.

"태후 전하의 말씀을 따르시는 게 어떻겠습니까? 숙명 공주님과 혼례를 올리십시오. 폐하의 정통성을 만방에 알리는 길은 그것밖에는 없습니다."

"듣기 싫다."

지소는 나날이 쇠약해져 가고 있었다. 어떤 때는 눈을 뜨고 있을 기운도 없었다. 그런 지소가 겨우 눈을 뜨고 앞에 서 있는 삼맥종을 바라보았다.

"친정 선포라 했느냐?"

"그리하여야 제가 힘을 얻을 수 있습니다."

"그 전에 숙명과 혼인해라."

지소는 더 말하기도 귀찮다는 듯 눈을 감는데, 삼맥종은 그런 어머니가 징그러울 정도로 싫었다. 왜 가당찮은 조건을 내거는지 이해할 수 없었다. 절대 받아들이지 않겠다는 조건을 걸고, 그것이 받아들여지지 않으면 한 발도 물러서지 않겠다는 것은 자리를 내놓지 않겠다는 것과 같은 뜻이었다.

"그 자리를 내놓으시기가 그리 힘드십니까?"

지소가 작은 한숨을 내쉬더니 또 힘을 내어 눈을 뜨고 삼맥종을 바라봤다.

"아직도 날 왕좌를 탐하는 어미로만 보는 게냐?"

삼맥종은 아니라고 답하지 않았다. 고집스러운 아들의 얼굴을 한참 보던 지소가 어지럼증을 참아내고 고개를 들었다.

"왕좌는 냉정해야 지킬 수 있다. 왕은 친구의 목숨도 끊을 수 있어야 해! 어쭙잖은 온정을 가진 왕은, 나라를 비탄에 빠뜨리고, 결국 백성 모두를 죽게 만든다. 하나, 냉정한 군주는 가장 적게 죽일 수 있을 때 가장 빠르고 잔인하게 죽이지. 그렇게 하면 더 죽일 필요가 없어진다."

"왕은 반드시 누군가를 죽여야 하는 자리라는 겁니까?"

믿을 수 없다는 듯 대꾸하는 삼맥종을 보며, 지소는 여전히 왕이라는 자리에 순진무구한 생각을 품고 있는 아들이 가여웠다.

"화랑이 네 것이라 생각하느냐? 화랑들은 선우를 왕재라 여기고 있다. 제 목숨을 걸고 왕이라 나서서 백성들을 구하는 걸 눈앞에서 봤으니. 한데, 화랑들이 널 따라줄 거라 생각하는 거냐?"

"제 화랑으로 만들 것입니다."

"어떻게?"

"어머니가 말씀하신 대로 가장 **빠르고**, 가장 적게 죽일, 저만의 방법을 찾아야겠지요."

삼맥종의 싸늘하지만, 결의에 찬 대답을 들으며 지소는 새삼스럽게 삼맥종이 걱정스러워졌다. 지소는 아들이 진의가 무엇인지 궁금했으나, 삼맥종은 제 마음을 들킬 생각은 없는 듯하였다. 삼맥종을 보는 지소의 눈빛이 날카로웠다. 무언가를 숨기고 있는데, 그것이 무엇인지 영원히 알 수가 없을 듯했다. 영원히 가까워질 수 없는 모자 관계처럼.

다음날 아침, 삼맥종은 겉으로나마 평화로워 보이는 선문 앞에 서 있었다. 함께 온 숙명이 조금은 걱정스럽다는 듯 재차 확인했다.

"정말 선문을 장악하실 겁니까?"

"내 화랑이다. 장악하는 게 아니라 처음부터 내 것. 지금 눌러놔야지 안 그러면 걷잡을 수 없어."

차갑고 결연한 삼맥종의 대답을 들으며 숙명은 불안했다. 이게 마음먹은 대로 될지 아무래도 자신이 없었다. 화랑들이라는 게, 네 것이나 내 것 혹은 누르거나 장악할 수 없는 존재가 아니었던가? 이미 자유로운 화랑을 경험했으면서, 이 오라버니가 뭣 때문에 이런 무리수를 두는지 이해할 수가 없었다. 그러나 삼맥종이 굳은 얼굴로 앞서가니 숙명은 뒤따를 수밖에 없었다. 삼맥종은 선문 계단을 천천히 올라가는데, 파오가 앞서가며 외쳤다.

"신국의 대왕이시다. 문을 열어라!"

육중한 선문의 문이 열리고, 삼맥종과 숙명은 그대로 통과하여 안으로 걸어 들어갔다.

마침 선문은 휴식시간, 화랑들은 선문 여기저기에 흩어져서 자유로운 시간을 보내고 있었다. 상선방 화랑 여울과 반류는 한성을 그렇게 보내고 수호가 지소의 호위무사가 되어버린 후에는 별수 없이 둘이 붙어 다닐 일이 많았고, 오늘도 나란히 앉아 담소를 즐기는 중이었다.

여울이 한숨이 쉬며 말했다.

"풍월주도 없고. 한성이도 없고. 이러다 선문 문 닫는 거 아니냐?"

여울은 아무 대답이 없는 반류를 살짝 살피며 말했다.

"넌 집에서 화랑도 나오라고 했다며?"

"나오라면 나가야 되나?"

"오! 쎄게 나오네? 너 솔직히 말해봐. 여기가 좋지? 떠나고 싶지 않은 거지?"

"맘대로 지껄여라."

아닌 척 무심하게 대답하는 반류지만, 여울은 반류의 변화가 느껴져 기분이 좋았다. 한성은 잃었지만 반류는 얻은 것이랄까.

문득 반류가 긴장하여 귀신이라도 본 듯 문을 바라보았다. 반류의 시선을 따라가던 여울은 놀라서 벌떡 일어났다. 그들의 본 것은 파오와 호위무사들을 이끌고 다가오는 삼맥종이었다.

"저게 누구야? 지뒤랑?"

옆에 있던 장현도 깜짝 놀라며 다른 친구들에게 이 소식을 알리려고 뛰어갔는데, 반류와 여울은 일단은 예를 갖춰 인사했다. 까칠한 반류야 따로 반가운 척하고 싶은 마음은 전혀 없으니 되었고, 여울은 신기하고 반가운 마음에 예의 있는 절 말고 뭐라도 더해서 반가워하는 마음을 표현하고 싶었지만 삼맥종은 차갑게 그들의 시선을 피하며 걸어 가버렸다. 여울은 서운하기도 하고, 참 의외인 삼맥종의 모습이 의아하였다.

"옷이 달라지면 성격도 변하는 건가. 딱 태후네. 인정머리 없어 보이는 게."

삼맥종 일행은 지현당에 들었고, 화랑들도 그곳에 소집되었다. 화랑들은 어제까지 같은 화랑이었던 삼맥종이 낯설고 조금은 두렵기도 했고, 한마디로 설명하기 어려운 복잡한 감정으로 그를 지켜보고 있었다.

"화랑들은 폐하께 예를 갖추라."

미진부가 화랑들에게 명하였다. 화랑들은 얼떨떨하지만 어쩔 수 없이 삼맥종 앞에 고개를 숙여 예를 갖추었다.

"나는 화랑의 주군 삼맥종이다. 내가 화랑 안에서 본 너희들은 게으르고 나약했다. 권세 있는 가문의 응석받이에 불과했다. 이제 신국 황실의 통제 하에 머리끝부터 발끝까지 강한 무사로 다시 태어나게 될 것이다."

지현당 안에 있는 사람들은 삼맥종의 연설을 듣고 경악하였다. 화랑들은 불쾌하여 적개심으로 그를 보았고, 파오는 이게 정말 '나의 폐하'가 맞나 싶을 정도였다. 언제나 냉정함을 유지하는 숙명 공주 빼고는 당황하여 술렁거리고 있었다. 여기에 삼맥종이 대못을 쾅 때려 박듯이 말했다.

"이런 중요한 자리엔 증인이 있어야겠지?"

그러자 지현당 문이 열리고 박영실과 호공 그리고 김습 등 화백들이 들어왔다. 떨떠름하고 못마땅해하는 화백들은 전혀 원치 않은 자리에 끌려 나온 듯한 표정이 역력하였다. 삼맥종은 그들을 보고 차갑게 웃으며 말을 이었다.

"이들이 증인이다. 장차 너희가 뒤를 이을 신국의 화백들이시다. 아주 대단하신 분들이시지. 이 신국을 끊임없는 싸움판으로 만들고 손에 쥔 골품과 권세를 놓지 않으려 아등바등 하시는…."

"거기 서 있는 왕은 뭐가 좀 다른가?"

선우였다! 선우가 성큼성큼 걸어 들어오고 있었다. 삼맥종은 자신의 말을 그런 식으로 끊고 들어서는 선우를 당혹스럽고 분한 얼굴로 바라보았다. 삼맥종 바로 앞까지 걸어온 선우는 그 자리에 서서 삼맥종을 삐딱하게 노려보며 말했다.

"나약하고 힘이 없는 건. 이쪽이나 그쪽이나 마찬가진 거 같아서…요."

삼맥종은 대꾸할 가치가 없다는 듯 선우를 압도하듯 내려다보았다. 선우 역시 지지 않고 그런 삼맥종을 노려보았고 둘의 시선에 불꽃이 일었다.

여울이 긴장감에 몸을 떨며 뇌까렸다.

"와우, 난 무서워서 못 보겠다."

"선우랑은 폐하께 예를 갖추어라."

미진부가 명하였으나, 선우는 꼼짝도 않고 노려보기만 하였고 보다 못한 파오가 외쳤다.

"무엄하다. 화랑 선우는 삼맥종 폐하께 냉큼 예를 갖추지 못할까?"

파오는 소리는 쳤으나 아무래도 마음에 걸려 안절부절못하는데, 이젠 숙명도 신경이 쓰여 선우만 바라보고 있었다. 그 와중에 박영실은 입가에 번지는 미소를 감추려고 애썼다. 그들의 시선을 한번쓱 돌아본 선우가 마지못해 고개를 숙였다. 그의 인사를 받은 삼맥종이 입을 열었다.

"사흘 뒤 친정 선포를 할 것이다. 너희는 황실의 친위대이자, 왕을 수호하는 화랑으로서 의무를 다하라."

"화랑은 자유로워야 합니다."

다시 선우였다. 선우가 고개를 들어 삼맥종을 똑바로 바라보며 말했다.

"화랑이 스스로 움직이고 판단할 때 신국의 새로운 미래를 꿈꿀 수 있다. 들어보셨을 텐데…요."

"내게 반기를 드는 것이냐?"

"왕을 받들지 말지는 우리가 결정한단 얘길 하고 있는 겁니다. 선택받을 자신이 없으십니까?"

선우와 삼맥종이 서로를 죽일 듯이 팽팽히 노려보는데, 지현당은 그들의 살기로 터질 지경이 되었다. 두 사람을 보는 화랑들의 복잡한 심경이 그들의 표정에 묻어나왔다.

숙명은 선문 회랑에서 선우를 기다리고 있었다. 아니, 딱히 기다렸다기보다는 서 있으면 지나가지 않을까 생각을 했었다. 얼마 지나지 않아 생각대로 선우가 나타났다. 선우를 보자 화살에 맞은 아로를 안고 눈물을 흘리던 얼굴이 생각나서 숙명은 마음이 아파졌다.

선우는 숙명의 표정은 못 본 척하고, 덤덤하게 인사만 하고 스쳐 지나가려 하였다.

"아로."

역시 아로 이름을 말하는 것만으로 선우는 멈춰 서고 돌아보았다.

"누이는 괜찮소. 지금 원화궁에…."

"…압니다."

숙명은 선우를 보내기 싫어 무슨 말이든 하고 싶었지만 할 수 있는 말이 없어 안타까웠고, 그런 숙명을 보고 있다가 선우가 말했다.

"고마웠습니다. 그땐."

"아!"

그때 현추를 막은 것을 선우가 알고 있으리라 생각해 본 적이 없어서 숙명은 더 할 말이 생각나지 않았다.

"…미안합니다. 내가 그쪽한테 괜찮은 사내가 아니라서."

선우가 진심을 다해 말했고 그 진심이 숙명에게 닿았다. 숙명은 씁쓸하게 웃었다.

"미안해하는 게 당연하죠. 나 같은 여인을 이리 대하다니."

"난 그쪽한테 좋은 사내가 아니지만, 그쪽은 좋은 여인이오. 그러니까. 당신 마음과 같은 사내를 만나요."

선우가 눈인사를 하고 그 자리를 떠났다. 숙명은 이제 그를 더 이상 잡을 생각을 하지 않았다. 이렇게 보내는 것도 나쁘지 않을 것 같았다.

정양당에 모인 화랑들은 지현당에서 있었던 대결 아닌 대결 이야기를 하느라 정신이 없었다. 어쩌나 충격적인 장면이었는지, 앞으로 몇 날 며칠 그 이야기만 해도 모자랄 것 같았다. 어디서 그렇게 물어오는지 새로운 정보들도 꽤 있었다.

"선문 안에 왕이 둘이라니…."

"뭐가 어떻게 돌아가는 거야?"

"내 정보통에 따르면. 왕이 바뀔 수도 있대!"

"선우랑, 반쪽 천인인 줄 알았더니 숨겨진 성골이었다니!"

"난 놈인 줄은 알았지만… 아까 지뒤랑 잡는 거 봤지?"

"지뒤랑이라니? 삼맥종 폐하지."

그들은 말해놓고도 우습다는 듯 '삼맥종 폐하'가 무슨 우스갯소리인 양 낄낄대며 웃기 시작했다.

그들을 보며 여울이 찜찜한 기분에 한숨을 쉬었다.

"화랑을 제압하기는커녕 미운털만 박혔네. 지뒤랑."

반류 역시 입 밖으로 내서 말하지는 않았지만 화랑들의 반응이 심란하기는 마찬가지였다.

"이럴 때 수호라도 있어 줘야 하는데… 우리 둘은 심히 미약하네. 그렇지?"

반류는 그 말에도 대꾸하지 않았다.

수호는 그때, 월성 내전 복도를 걷고 있었다.

지소를 지킬 수 있다는 것이 그의 가장 큰 기쁨이었으나, 지소가 점점 쇠약해진다는 것이 가장 큰 괴로움이었다. 지소의 생명이 사그라지는 것을 속절없이 지켜보기만 해야 하다니. 내전 의원들은 하나같이 원인을 알지 못한다 하였고, 백약이 무효했다.

수호는 문득 저쪽 복도 끝을 지나는 수상한 그림자를 본 듯했다. 발소리를 죽이고 그림자를 밟아 간 수호는 몸을 숨겼다. 움직임이 수상했던 그림자는 모영이었다. 모영이 검은 옷은 입은 자에게 작은 약병을 건네받았고, 검은 옷을 입은 자는 건네자마자 날아올라 담을 뛰어넘어 갔다. 저런 움직임이라면 본 적이 있었다. 선문을 습격했던 자객의 모습이었다.

모영이 약병을 두 손으로 꼭 쥐고, 주변을 살피며 탕비실로 들어갔고, 잠시 후 지소의 차를 준비해 나왔다.

수호가 내전에 들어섰을 때는 모영이 지소의 찻잔에 차를 따르고 있었다.

"됐다. 그만 나가보아라."

모영이 고개를 숙여 내전을 나갔다. 모영이 나간 것을 확인한 수호는 지소가 마시려는 찻잔을 빼앗아버렸다.

"무슨 짓이냐?"

"이 차를 조사해봐야 합니다."

지소는 귀찮다는 듯 손을 내밀었다.

"뭔가 넣었을 것 같습니다."

"이리 내라."

"독일지도 모릅니다."

수호는 안타까워 소리쳤지만, 지소는 상대하기 귀찮다는 표정으로 지엄하게 명령했다.

"이리 달라는 데도."

"뭔지도 모르면서 전하가 드시게 할 수는 없습니다."

수호가 찻물을 바닥에 쏟아버리자, 지소는 다른 찻잔에 차를 따라 마시려고 했다. 수호는 죽음을 각오하고 그 잔을 뺏어 자기가 마셔 버렸다. 결연한 표정의 수호를 보면서 지소가 희미하게 웃었다.

"그렇게 바로 나타나는 독이 아니다. 몸에 쌓이고 쌓여야 증세가 나타나는 독이지."

"알면서도 드셨다는 겁니까?"

"짐작 정도…."

지소는 말을 끝맺지 못했다. 쿨럭쿨럭 기침이 끊이지 않더니 이내 피를 울컥 토하고 말았다.

"전하!"

지소는 조용히 하라 하면서도 몸이 바들바들 떨리고 증세가 깊어진 게 한눈에 보일 정도였다.

"의원을 부르겠습니다."

"소란 떨지 마라. 어차피… 오래된 증상이니까."

지소는 담담히 대답하였으나, 수호로서는 도저히 그냥 두고 볼 수 없는 일이었다.

수호의 보고를 받은 삼맥종은 그 즉시 내전으로 달렸다.

양손으로 활짝 문을 열고 들어섰을 때, 하필 또 지소는 차를 마시려 하고 있었다. 삼맥종은 거침없이 달려가 찻잔을 쳐버렸다.

"이게 무슨 짓이냐?"

노여워하는 지소를 뒤로하고, 삼맥종은 그 옆에 서 있던 모영의 목에 검을 겨누었다. 그제야 발각된 것을 깨달은 모영은 무너지듯 주저앉아 부들부들 떨기 시작했다. 삼맥종은 정말 죽여 버리고 싶은 것을 참느라 이를 악물고 물었다.

"박영실이냐?"

모영은 대답하지 않았다.

"네게 이런 짓을 시킨 것이 박영실이냐고 물었다."

그러나 모영은 감히 고개도 들지 못해 벌벌 떨고 있으면서도 배후를 말하지는 않았다.

직접 죽여 버리고 싶은 것을 꾹 눌러 참고 삼맥종은 파오를 불렀다. 파오가 얼른 뛰어들어와 예를 갖추었다.

"하명하십시오. 폐하"

"죽여라."

파오는 지체하지 않고 모영을 끌고 밖으로 나갔고, 그제야 살려달라고 외치기 시작하는 모영의 외침이 공허하게 들려왔다. 그 모든 상황을 지켜보고 있던 지소는 이제는 숨 쉴 기운마저 없어 보였다. 삼맥종은 어머니를 보는 것만도 비참했다. 털썩 지소 앞에 무릎을 끓으며 울컥 눈물이 났다.

"대체 왜 그러신 겁니까?"

"무엇이 말이냐?"

지소도 울컥 올라오는 것을 애써 참으며 모르는 척 답했다.

"독인 줄 알면서 왜 차를 드신 겁니까?"

지소는 삼맥종을 먹먹하게 보았다.

"몰랐다. 알았을 땐 너무 늦었고."

무너지는 삼맥종을 보며 지소는 담담하게 말을 이었다.

"차를 거부했다 해도, 그들은 다른 방법을 썼을 거다."

"차라리 다 버리고 도망치지 그러셨어요. 태후고 뭐고, 왕좌 그딴 거 다 버리고… 도망치지 그러셨냐구요!"

"도망치려 했다. 피하고 싶었어. 하지만 난… 내 운명대로 살아야 했다."

뜨거운 눈물을 흘리는 삼맥종을 보며 지소가 말했다.

"지키고 싶은 것이 있다면 강해져라. 강해야 싸울 수 있다. 인간의 작은 마음 따위 믿지 마. 왕은 그래야 한다. 아들아."

"어머니…."

삼맥종이 지소의 무릎에 얼굴을 묻고 어깨를 떨며 울었고, 지소는 그런 아들의 머리를 쓰다듬으며 뜨거운 회한의 눈물을 흘렸다.

고요한 달밤의 선문, 상선방에는 모처럼 반류, 여울, 수호, 그리고 선우가 모여 있었다. 그들은 방금 전 선우의 폭탄선언을 듣고 감히 숨도 크게 쉬지 못하고 있었다.

오랜 침묵을 깨고 반류가 다시 확인했다.

"그러니까 그게 너의 결정이란 건가?"

반류에게 대답하는 선우는 비장했다.

"남부여에서 만난 백성들, 박영실의 고방에서 우리가 본 것들, 그리고 아무 이유 없이 죽은 한성이 그리고…."

선우는 차마 말할 수 없는 막문을 생각하며 잠시 눈을 감았다가 화랑들을 돌아보았다.

"이게 바로 신국의 현실이야. 이대로도 괜찮다고 생각하나?"

화랑들은 선우의 질문에 재깍 답을 해내지는 못했다. 찬물을 끼얹은 듯 무거운 침묵이 흐르는데 또 반류가 그 침묵을 깼다.

"화랑도에 들어와서 내가 가졌던 모든 것들이 다 가짜라는 걸 알게 됐어. 껍데기로 호의호식하는 것이 얼마나 부질없는지도. 나는 갈게!"

여울이 고개를 끄덕이며 동조했다.

"알았으면 뭐라도 해봐야지."

선우는 달라진 반류의 모습을 의미 있게 보고, 여울에게 고개를 끄덕이며, 무겁게 듣고 있는 수호를 바라보았다.

그때 상선방 문이 열리고, 단세가 들어와 섰다. 까칠하고 그늘이 드리워진 얼굴로 차마 다가오지 못하고 망설이며 서 있기만 했다. 선우가 기다렸다는 듯이 단세를 환영했다. 선우는 단세의 어깨를 감싸고 화랑들을 돌아보았다.

"상선방 일원이라고 생각해. 한성이 대신."

한성이 생각에 핑 눈물이 돈 여울이 단세를 보며 웃었다.

"환영이다."

단세가 모두에게 눈인사를 하고 단단한 눈빛으로 말했다.

"저도 선우랑과 함께 가겠습니다. 한성이도 같은 선택을 했을 겁니다."

이제 남은 사람은 수호뿐, 방 안의 모든 시선이 수호에게 향했다. 내내 무겁게 듣고 있던 수호가 고개를 들었다.

"나도 간다."

선우는 그제야 안도하듯 미소 지었고, 다섯 사람은 서로의 의지를 눈빛으로 나누었다.

선문의 다른 쪽에서는 몸도 씻고 머리도 잘 빗은 위화가 다시 풍월주 옷을 차려입고 들어서고 있었다. 평소와 다르게 웃음기 하나 없는 결연한 표정은 그의 의지를 짐작하게 했다. 지금 선문으로 돌아가는 위화의 마음은 몹시도 복잡하였다.

"왕이 되는 날 왕이 바뀐다."

위화는 벌써 삼맥종에게 불려 정전에 다녀왔었다. 삼맥종은 선문으로 다시 돌아가라고 명했다.

"풍월주로 다시 돌아가란 말씀이십니까."

"그렇소."

"태후 전하의 명을 거스르실 생각이십니까?"

"내 뜻이 태후 전하의 뜻이오. 내 뜻이 신국의 뜻이고."

이 말의 진의를 어찌 파악해야 하나 궁리하는 위화에게 삼맥종이
말했었다.

"화랑을 지켜주시오. 그게 내 뜻이니까."

화랑을 잡아달라는 소리는 개새 그놈도 했던 말이었다.

"돌아와서 화랑들이 흔들리지 않게 잡아줘. 지금 흩어지게 되면
제대로 끝낼 수 없어."

"내가 왜 너를 도울 거라고 자신하는 거지?"

"같은 마음일 테니까."

위화는 할 말을 잃고 선우를 바라보고만 있는데, 선우는 처음으로
예를 갖춰 고개를 숙이며 경의를 표했었다.

"신국의 미래가 걸린 일입니다. 풍월주."

위화가 참으로 오랜만에 지현당 연단에 모습을 드러냈다. 화랑들
은 평소와 달리 시끌벅적 떠들지 않고 삼삼오오 밀담을 나누고 있
다가 예상하지 못한 등장에 처음에는 얼떨떨해하다가, 반가워 어쩔
줄을 몰라 했다. 위화는 오랜만에 보는 그들에게 따뜻한 미소를 보
였다.

"다시 얼굴 보니 좋구나. 잘들 있었냐?"

"예, 풍월주!"

"내가 오늘 여기 선 것은. 너희들이 꽤 어려운 과제를 받았단 얘
길 들었기 때문이다. 난 이 선택이 이전과 다른 신국을 만드는 일이
될 거라 믿는다. 또한 그 선택을 내릴 만큼 너희가 성장했다고 확신

한다."

위화는 잠시 말을 멈추고 화랑들을 쭉 둘러보았다. 그들이 무거운
책임감을 느끼고 있는 것이 보였다.

"누군가는 이걸 모반이라고 부를지도 모르겠다. 또 누군가는 과업
이라 부를지도 모르지. 선택은 너희가 하는 것이다. 이 나라를 뿌리
부터 바꾸는 화랑이 될지, 아니면 아무것도 하지 못하는 존재로 남
을지 선택해라! 그리고 선택했다면, 끝까지 스스로를 믿어! 너희는
화랑이다! 너희가 화랑이란 걸 잊지 마라."

위화의 말에 화랑들의 진지하고 결연한 눈빛으로 그를 바라보았
다. 그리고 그들 중 형형한 선우의 눈빛이 위화를 사로잡았다.

월성에 새로운 날이 밝아오고 있었다. 삼맥종이 친정을 선포하는
날이었다. 즉위하였으나 즉위하지 못한 왕, 얼굴 없는 왕으로 살아
왔던 지난날을 끝내고 진정한 신국의 왕으로 다시 태어날 것이었다.

삼맥종은 하루를 시작하기 전에 원화궁에 있는 아로를 찾았다. 원
화궁에 홀로 앉아 있던 아로는 창문을 활짝 열어 아침 햇살을 방안
에 가득 들이고 상쾌한 공기를 가슴 깊이 들여 마시고 있었다. 아침
햇살에 반짝이는 아로는 그 모습만으로 아름다웠다. 삼맥종은 홀린
듯 그의 모습을 빤히 바라보며 서 있었다. 시선을 느끼고 돌아본 아
로는 삼맥종을 발견하고 일단 경계하였다가, 평소와 다른 기색을 살
피고 물었다.

"무슨 일 있으십니까?"

"내가 왜 왕이 돼야 하는지 스스로에게 묻고 또 물으면서 살아왔다 했냐?"

언젠가 삼맥종이 신국의 왕좌를 버리고 평범한 백성으로 살고 싶다 할 때 아로가 했던 말이었다.

"폐하는 왜 왕이 돼야 하는지 스스로에게 묻고 또 물으면서 살아오셨습니다. 왜 왕이 돼야 하고 왕이 돼서 뭘 해야 할지 알기 때문에. 그깟 고난, 피곤함, 두려움. 다 이기셨던 거고요."

"내가 한 번도 포기한 적이 없다고, 내 눈을 보면 알 수 있다고 했느냐?"

"네, 그렇게 보였습니다."

삼맥종이 아로를 애틋하게 보며 말했다.

"네 말이 다 맞았으면 좋겠구나."

아로는 그 말이 맞다 확신을 주듯 그를 바라보았다. 삼맥종은 그런 아로를 뚫어질 듯 바라보다 작은 한숨을 내쉬었다.

"네 마음은 한 번도 움직인 적이 없는데, 이렇게 나만 요동치고 있는 거겠지?"

그 말에는 차마 답할 수 없어 아로는 시선을 피하며 말했다.

"오늘 친정 선포를 한다 들었습니다."

"그래. 난 오늘 진짜 왕이 될 것이다."

삼맥종을 바라보는 아로의 얼굴이 조금은 어두워졌다.

"지금 그건 날 걱정하는 얼굴인가?"

"왕좌는 외로운 자리 같아서. 그런 자리에서는 더 잠을 못 주무실 것 같아서."

삼맥종은 그런 아로를 잡고 싶어서 보는 것이 괴로워졌다. 내 것이 아닌데 내 것으로 하고 싶은 아이. 그러나, 쓸데없는 욕심을 버려야 할 때였다. 마지막으로 아로에게 할 말을 하고 끝내야 할 때였다.

"고맙다 말해야겠지. 너 때문에 강해졌으니까. 네 덕분에 난 여기까지 올 수 있었다. 고맙다."

아로는 삼맥종의 말에서 '마지막'의 느낌을 읽고 어쩐지 불안해졌다. 그러나 삼맥종은 각오하듯 결연해졌다.

친정 선포식을 할 곳은 조원전이었다.

대왕이 매해 정월에 백관의 신년하례를 받는 곳이며, 나라에 이변이 생길 때 제단을 베풀고 하늘에 제사를 지내는 곳이고, 사신을 접견하는 등 신국 황실의 권위를 상징하는 곳이었다. 화랑의 임명식도 이곳에서 거행되었었다. 그때의 삼맥종은 세상에 첫발을 내딛는 것이 두렵기만 했었는데, 이제는 왕이 되려고 하는 것이다.

대소신료 화백들이 속속 도착하여 단 아래 섰다. 그때, 휘경이 절룩거리며 나타났다. 대신들은 휘경의 모습에 놀라 조금 웅성거리며 눈빛을 주고받는데, 휘경은 전혀 개의치 않고 자신의 자리를 찾아가섰다.

이어서 병색이 완연한 지소가 수호를 대동하고 조원전 안으로 걸어 들어왔다. 수호는 단 아래 자리 잡고, 지소는 단 위에 마련된 태후

좌를 향해 갔다. 당장에라도 쓰러질 것 같은데 이를 악물고 당당히 걷는 지소였다.

그 모습을 보며 박영실이 느물느물 바깥을 보면서 중얼거렸다.

"제때 나타나 줘야 할 텐데…."

왕으로 성장한 삼맥종이 금관을 받든 궁인을 앞세우고 조원전에 들어섰다. 대신들이 일제히 고개를 숙여 그를 맞이하였다. 그를 따르던 파오와 금위군은 단 아래 수호 옆에 자리 잡았고 삼맥종은 천천히 왕좌를 향해 걸어갔다.

지소는 그런 삼맥종을 벅찬 감정으로 바라보는데, 박영실은 피식, 비릿한 미소를 지으며 화백들 사이의 오가는 음모 어린 눈짓을 확인하였다.

삼맥종은 왕좌에 앉아 위엄 있게 대신들을 내려다보았다. 지소가 고갯짓으로 신호를 주자 금관을 받든 궁인이 경건하게 앞으로 나섰다. 김습이 자리에서 일어났다. 친정 선포식이 시작되었음을 선언할 참이었다.

"오늘 우리 모두가 여기 모인 것은 신국을 이끌어 갈…."

"멈추시오!"

박영실이 벌떡 일어나 소리를 치자, 그에게 모든 시선이 집중되었다. 깜짝 놀란 김습은 자리에 돌아가지도 못하고 멀거니 그 자리에 서 있을 뿐이었다.

박영실이 앞으로 나와 삼맥종을 똑바로 바라보았다.

"진정 그 자리의 주인이라고 생각하십니까?"

지소가 경악스러워 노려보는데 삼맥종은 흔들림 없이 그저 박영실이 하는 모양을 보고 있을 뿐이었다.

"저희 화백들이 생각은 다릅니다."

"예가 어디라고 감히…."

지소가 참지 못하고 소리를 질렀으나, 박영실은 전혀 상관치 않고 제 할 말을 이어갔다.

"신국의 각간 저 박영실은, 또 다른 성골, 휘경 공의 아들 선우랑을 왕으로 추대하겠습니다."

이때 닫혀 있던 조원전의 문이 장엄하게 열리고 선우가 안으로 들어왔다. 뒤에 선우를 따르는 화랑들의 모습은 당당하기가 이루 말할 수 없었다. 제때 나타난 그들을 바라보며 박영실은 만족스러운 미소를 보였다.

지소는 놀라서 그 자리에 얼어붙었고, 현기증이 나서 비틀거리려는 것을 죽을힘으로 버티고 있었다. 삼맥종 또한 선우와 화랑의 무리를 긴장한 마음으로 보았지만 흔들리지는 않았다.

선우가 한 발자국씩 삼맥종을 향해 다가가는데 화랑들이 차례로 그 뒤에 도열하였다. 지소를 따라왔던 수호도 그 화랑들 사이에 자리 잡고 섰고, 그 모습에 김습은 기절할 듯 놀랐다.

선우와 삼맥종이 팽팽하게 불꽃이 튀는 시선 주고받자 수호가 한 발 나서 결연하고 단단한 시선으로 선언하였다.

"화랑들은 오늘, 신국의 앞날을 위한 왕을 선택했습니다! 우리 화랑들은 이 자리에서, 신국을 강하게 하고 백성의 뜻을 받들 폐하 앞에 충성을 맹세하고자 합니다."

374

수호의 말이 끝나자, 화랑들이 첫째 줄부터 한쪽 무릎을 꿇고 예를 갖추기 시작했다. 착착착착 뒤까지 차례로 이어지는 장관이 연출되었다. 이 광경을 지켜본 모두의 시선은 선우에게 집중되었다. 이제 그가 신국의 새로운 왕이 될 것이 분명했다. 흐뭇하게 바라보는 박영실과 강렬한 선우의 눈빛이 부딪혔다.

선우가 천천히 입을 열었다. 모두가 숨죽이며 선우의 말 한마디 한마디에 집중하였다.

"화랑은! 신국의 정신으로! 신국과 신국의 주군을 위해! 충성을 다하라!"

지소는 분노로 부들부들 떨고, 박영실의 자신이 원하는 걸 이루었다는 만족감이 젖어 있는데. 공중에서 선우와 삼맥종의 눈빛이 부딪혔다. 선우가 검을 빼 들며 외쳤다.

"삼맥종 폐하 만세!"

화랑들은 그를 따라 검을 빼 들며 외쳤다.

"삼맥종 폐하 만세!"

상상도 못한 말에 놀란 박영실은 그 자리에 굳어버렸다. 선우가 박영실에게 다가가 검을 겨누었다. 그제야 박영실은 분하고 억울한 마음이 솟아나며 얼굴이 일그러졌다.

"폐하의 목숨을 노리고 모반을 도모한 역적 박영실은 이제 그 죄를 받아라! 또한 이자와 같은 마음인 자가 있다면, 지금 나와라! 화랑의 검이 용서하지 않을 테니!"

일시에 제압당한 화백들은 삼맥종 앞에 고개를 급히 조아렸다.

이때 삼맥종이 왕좌에서 천천히 한 발자국씩 내려왔다. 모든 이들이 숨죽여 지켜보는 가운데 삼맥종은 선우 앞에 섰다. 서로를 먹먹하게 벅찬 우정과 연대로 바라보는 선우와 삼맥종이었다.

"···너와 같이 이 신국을 바꾸고 싶었다. 다시는 골품 때문에 목숨을 잃게 하지 않겠다 생각했다. 이 좁디좁은 신국을 넘어, 삼한 통일의 꿈을 꾸고 싶었다."

그때 삼맥종의 고백 아닌 고백을 듣고 선우는 그를 벨 수 없었다. 그가 꿈꾸는 것은 선우가 꿈꾸는 것이기도 했었기 때문이었다.
선우는 삼맥종에게 물었다.
"네가 꿈꾸는 게 이뤄질 수 있긴 한 거냐?"
"쉽진 않겠지. 하지만 시도조차 하지 않고 숨만 쉰다면 그건 살아도 산 것이 아닐 테니까."
"만약 내가 널 죽이려는 자를 제거해 준다면, 신국을 바꿀 수 있겠냐?"
삼맥종은 아무 말도 하지 않았지만 그의 눈은 확고하게 대답하고 있었다. 그리하여 선우는 박영실을 속이고, 휘경도 속이고, 화랑을 조직하고 이끌어 오늘의 일을 만들어냈던 것이었다.
"이제 이 왕좌는 네 거다. 그러니 꿈꾼 대로 바꿔봐. 네가 가진 모든 힘을 다해서."
삼맥종이 웃었다.
"널 실망시키지 않기 위해서라도 가보지. 끝까지."
선우와 삼맥종은 벅찬 마음으로 서로를 따뜻하게 바라보았다.

삼맥종은 금관을 쓰고 왕좌 앞에 당당하게 섰다. 지소는 그제야 미소를 지으며 벅찬 감정으로 삼맥종을 바라볼 수 있었다. 눈물 많은 파오는 한쪽에 숨어 훌쩍거리며 기쁨의 눈물을 흘리고 있었고, 수호가 씩 웃으며 삼맥종을 보았다.

눈물 하면 빠질 수 없는 여울은 울지 않으려고 다잡고 있는데, 마냥 기쁠 수만은 없는 반류는 그래도 자신의 선택을 믿고 미소 지었다. 모두가 지켜보는 가운데 삼맥종이 검을 빼 들고 선포하였다.

"나 신국의 왕 삼맥종은 화랑과 함께 백성을 먼저 생각하는 강한 신국의 천년대계를 이끌 것이다!"

삼맥종의 말에 화랑들이 강한 함성으로 대답하였다. 누구의 것이 아닌 자유로운 화랑이 자신의 왕을 선택하였고, 천년대계를 함께 이끌 것이라는 확고한 약속이었다.

위화는 화랑들을 조원전으로 떠나보내고 언제나 앉아 있던 그곳에 낚싯대를 드리우고 있었다. 읽든지 말든지 마음대로 하라며 다이서에 놓고 간 선우의 서찰에는 이런 말이 적혀 있었다.

백성은 즐겁고 군주는 고통받는 나라. 백성은 나라를 위해 걱정하지 않는데 군주는 백성을 걱정하는 나라.

그것은 언젠가 과제를 내렸을 때 선우가 대답했던 '왕'의 모습이었다. 삼맥종이 화랑이 되겠다고 위화를 찾아왔을 때도 그런 왕이 있는 나라에서 살고 싶다고 말했었다.

"백성은 즐겁고 군주는 고통받는 나라. 백성은 나라를 위해 걱정하지 않는데 군주는 백성을 걱정하는 나라. 이게 그쪽이 바라는 나라요? 나도 그런 나라에 살고 싶어져서."

위화가 흐뭇한 미소를 지으며 서찰을 접어 품에 넣었다.
"이 자식들… 내가 뭘 남긴 남은 모양이네."

선우는 자신을 따뜻하게 바라보며 서 있는 휘경에게 사과부터 했다. 영실을 속이기 위해서 어쩔 수 없이 휘경도 속여야 했기에 더 미안한 마음이었다.
"죄송합니다. 미리 말씀드리지 못해서."
휘경이 고개를 저었다.
"네 선택이 그거라면 존중하마. 난 네가 자랑스럽다. 네 어머니도 이런 널 보면 기뻐할 거다."
선우는 어머니라는 말에 새삼 울컥해지며 말문이 막혔다.
"난 신국의 유령이라 불리던 때로 돌아갈 거다. 그리고 행여 신국이 위태로워지면 너에게 다시 물으마. 왕이 될 생각이 있냐고."
"그런 일은 없을 겁니다. 신국을 위태롭게 하지 않을 거니까요."
휘경이 선우를 애틋한 눈으로 보다가 절룩절룩 지나쳐 갔다. 선우는 옆을 지나쳐가는 그를 잡지 못하였고, 휘경은 눈물 섞인 미소로 마지막 인사를 대신했다.

조원전의 예식을 무사히 마치고 돌아오는 길에 지소는 기어이 정신을 잃고 쓰러져버렸다. 수호가 쓰러진 지소를 안은 채 급히 내전으로 향하였다.

그때 내전응접실에는 안지가 지소를 기다리고 있었다. 한동안은 선우가 왕이 되어 지소와의 싸움을 끝내주지 않을까 기대했었지만, 이것은 누가 대신해 줄 수 있는 싸움이 아니라 자신이 해야 할 것임을 새삼 깨달았다. 그러니 오늘이 안지에게는 결전의 날이었다.

그때, 내전이 문이 열리고 지소를 안은 수호가 안으로 들어왔다. 피를 토한 흔적이 선명했다. 수호가 안지를 보고 소리쳤다.

"도와주십시오. 중독되셨습니다."

안지는 침상에 눕혀놓은 지소를 바라보기만 하고 있었다. 옆에 서 있던 수호가 조급하여 안지를 다그치듯 소리쳤다.

"뭐하십니까? 어서 봐주시지 않고."

안지는 수호의 말과는 상관없이 복잡한 심경으로 지소를 보다가 맥을 잡았다. 수호가 바짝 다가섰다.

"상태가 어떠십니까?"

"시신이나 다름없네."

수호가 울컥 눈물을 쏟아내는데, 지소가 간신히 움직여 안지의 손을 잡았다.

"그대에게 할 말이 있소."

안지는 그 손길을 뿌리치고 돌아섰다. 그때 수호가 안지의 앞을 가로막았다.

"곁에 있어 주십시오. 부탁입니다."

안지는 다시 지소의 옆에 앉아 그의 마지막 상태를 지켜보고 있었다. 지소가 간신히 눈을 뜨고 안지 공을 바라보았다.

"차라리 당신 손에 죽었으면 좋았을 걸…."

지소의 슬픈 눈을 보며 안지는 말문이 막혔다. 그녀를 보는 자신의 심정이 한 가지가 아니듯이 지소 또한 그럴 수 있다는 생각은 한 번도 하지 않았었다. 이제 와서 후회한다 한들 무슨 소용이 있겠는가마는.

지소의 의식이 점점 희미해지고 있었다. 지소는 어떻게든 마지막 의식을 부여잡고 싶었다. 안지에게 하고 싶은 말이 많았다.

"전에 왜 내게 차를 마시지 말라 했소?"

안지는 대답하지 못했지만 상관없었다. 지소는 답을 알고 있었다.

"분명 날 걱정했지."

지소를 바라보는 안지의 눈가가 붉어졌다.

"놓으려 했는데 놓지 못했소. 아무리 애를 써도 결국 당신 옆으로 가고 싶었소."

지소가 가쁜 숨을 내쉬었다. 안지는 마지막을 알리는 듯한 그 가느다란 숨소리에 눈물을 떨어뜨렸다.

"미워하려 했습니다. 죽여 보려 했습니다. 그러나 그러지 못했습니다."

그 말에 지소가 안지를 바라보았다. 마지막으로 이 말을 할 수 있어서 정말 다행이었다.

"미안하오."

안지의 마음이 덜컥 무너졌다. 안지가 미처 무어라 말하기 전에 지소의 손이 툭 떨어졌다. 안지의 눈에서 걷잡을 수 없는 회한의 눈물이 흘러내리는데, 죽음을 맞이한 지소의 얼굴은 오히려 평온해 보였다.

원화궁에서는 아로가 아침부터 지금껏 불안하고 초조하게 서성이고 있었다. 대사를 치르겠다고 갔으면 잘 되었는지 망했는지 알려줄 사람이 있어야 할 것이 아닌가? 어떻게 막막하게 마냥 기다리라고만 한단 말인가. 아로는 도대체가 사내들 일하는 것이 마음에 들지 않았다.

그때 문을 열고 들어오는 사람이 있었으니, 파오였다. 아로는 파오의 표정부터 살폈다.

"잘 된 겁니까?"

파오가 고개를 끄덕였다. 아로는 그제야 한숨 놓고 자리를 찾아 앉았다. 온종일 서서 서성였더니 다리가 욱신거릴 정도였다.

"폐하께서 이걸 전하라 하셨습니다."

파오가 서찰을 내밀었다.

여기 가둔 나를 원망했냐? 너를 각간에게서 지키려면 어쩔 수 없는 선택이었다. 네 얼굴을 보면 또 보내지 못할 것 같아서, 다시 욕심이 생길 것 같아서 서찰을 보낸다. 가라! 너무 기다리게 하지 말고 그 녀석한테 가.

서찰을 다 읽은 아로는 삼맥종의 아픔이 느껴져 조금은 우울해졌다. 그렇지만 언제까지 우울할 수는 없었다. 선우에게 가야만 했다. 가서 다시는 헤어지지 않을 참이었다. 아로는 자리를 박차고 일어났다.

파오가 급하게 따라오면서 잠깐만 기다리면 수레를 준비해주겠다거나, 말을 준비해주겠다고 말했지만 다 필요 없었다. 온종일 서성이느라 욱신거리던 다리가 멀쩡해졌다. 선우를 향해 달려가면 될 일이었다. 원화궁을 박차고 나가는 아로를 보면서 파오가 뒤에서 소리쳤다.

"아니, 분명 선우랑은 이쪽으로 오고 있을 텐데 엇갈리면 어쩌려고 그럽니까. 성질도 급하셔."

그러나 아로는 아무 소리도 들리지 않았다. 오로지 선우를 만날 생각뿐이었다.

아로는 달리고 또 달렸다. 이쪽으로 가면 선우가 있을 거라는 근거 없는 확신이 있었다. 그리고 저기 앞에, 거짓말처럼 선우가 달려오고 있었다.

아로는 그 자리에 멈춰 서서 선우가 오는 것을 기다리고 있었다. 선우가 달려와 낚아채듯 한 팔에 아로를 안아버렸다. 선우에게 안긴 아로는 꿈인 듯 그를 바라보았다. 선우는 아로에게 기대 마음껏 아로의 향기를 맡고 아로를 느끼고 있었다. 선우가 아로에게 속삭였다.

"내가 너무 늦었나?"

아로는 아니라는 듯 고개를 저으며 촉촉해진 눈망울로 그를 바라보았다.

"이젠 정말 혼자 안 둘게. 약속해."

선우는 아로를 바라보다 부드럽게 입을 맞추었다. 그동안 떨어져 있을 수밖에 없었던 시간을 모두 갚아주기라도 할듯이 그렇게 오래오래.

그리고 시간이 흘렀다.

왕경은 예나 지금이나 풍요롭고 평화로웠다. 겉으로 보기에는 다 그런 것이었다. 속사정을 알려면 속으로 들어가는 수밖에 없는 일이었다.

왕경의 중심, 없는 물건이 없는 다이서 특별실에는 오늘도 특별 손님이 들어와 앉아 있었다.

"이걸로 말씀드릴 것 같으면!"

탁! 하고 탁자 위에 놓인 책은 〈왕경 공자 생태 조사 합본 제2권〉 이었다.

미진부가 거창한 책 제목에 놀라 입을 떡 벌리고 아로를 올려다보았다.

"왕경에 있는 공자들의 모든 정보를 알 수 있는 왕경 공자 생태 조사 합본! 그 두 번째! 어떻게… 불이-핑은 은편 추간데, 하시겠습니까?"

"불이-핑?"

미진부가 멍하니 그 말을 따라 하자, 옆에서 보고 있던 피주기가 또 시작이네 하는 얼굴로 아로를 보며 쯧쯧 혀를 찼다. 미진부는 얼떨떨한 상태로 은편 주머니를 아로에게 건넸고, 또 낚았다! 아로가 득의만만하게 웃어 보였다.

아로가 은편 주머니를 들고 특별실에서 나오는데, 피주기가 쫄레쫄레 따라 나왔다. 아로는 시원하다는 듯 피주기 손에 은편주머니를 떨어뜨리며 호기 있게 외쳤다.

"자! 이제 빚은 다 갚은 거네!"

은편을 챙긴 피주기는 안됐다는 듯 혀를 차며 고개를 절레절레 흔들었다.

"쯧쯧, 두 성골 사내의 사랑을 독차지했던 전설의 여인인데… 신세는 예전이나 지금이나 똑같네."

"뭐가 어떻게 달라져야 하는데?"

"아니, 뭐 있잖아요. 비단에 금에 호의호식… 응?"

"그런가?"

그 말을 듣고 보니 그 말이 맞는 것 같은 것이 괜히 억울해지는 아로였다. 이 사내들을 어떻게 요절 내주나 궁리하는데, 그때 아로의 치마폭에 익숙하게 뛰어드는 아이가 있었다. 아로가 환히 웃으며 아이를 안아주었다.

"많이 기다렸지? 가서 재밌게 놀자."

사내아이가 아로를 보고 고개를 끄덕이는데 피주기가 얼른 아이의 손을 낚아채며 입을 삐죽였다.

"아니, 왜 맨날 남의 애랑 놀겠대? 심심하면 연애라도 하든가!"

"거, 언젠 총각이라더니… 애는 근처에도 들이지 말라더니…."

피주기가 하는 짓이 어이없어 기가 막히던 아로는 새삼스럽게 화가 나기 시작했다.

"누가 있어야 하지! 연애는 혼자 하나? 에잇… 혼자 안 둔다더니 순… 아! 혼자 하냐고!"

버럭대는 아로를 피해 피주기는 아이부터 뒤로 숨겼다. 그리고 씩씩대는 아로를 보며 또 쯧쯧 고개를 절레절레 흔들었다.

아로의 연애가 난관에 부딪힌 가운데, 다른 한 쌍의 비밀연애가 무르익고 있었다. 수연이 몰래 눈치를 살피며 방 안으로 거칠게 반류를 집어넣었다. 반류가 수연에게 밀려 안으로 우당탕 부딪치며 나동그라졌다. 수연은 문을 닫고 덮치듯 반류 위로 다가와 속삭였다.

"아버지가 방에 계세요."

"매번 이렇게 숨어야 합니까. 차라리 그냥…."

"각간 아버지가 그렇게 되신 다음에 끈 떨어진 연 신세잖아요. 가문도 별로고 재산도 없고. 반대하시는 게 당연하죠."

그 말에 반류는 순식간에 풀이 죽었다. 수연이 반류를 보며 사랑스럽게 속삭였다.

"대신 내 사랑이 있잖아요."

반류가 수연을 보다가 끌어안는데, 문이 확 열리더니 김습이 방으로 뛰어 들어왔다. 두 사람은 깜짝 놀라 떨어졌고 김습은 두 사람을 눈 부라리며 노려보았다. 한쪽에 찌그러져 있던 수연은 김습의 시선에 움찔움찔 주눅 들어 있는 반류를 보니 갑자기 분기탱천하여, 달려가 반류를 끌어안으며 김습에게 버럭 소리를 질렀다.

"아, 아버지. 그래 봐야 소용없으시다고요. 나… 나는… 그래, 맞아! 아기가 생겼어요."

갑작스러운 선언에 김습이 목 뒤를 잡고 넘어가는데, 반류가 어안이 벙벙해서 수연을 돌아보았다. 수연은 눈을 찡긋하며 조용히 하라는 듯 손가락을 입에 대보였다.

"내 남자는 내가 지킵니다."

수호는 선문 수련장에서 무술 선생으로 화랑들에게 검술을 가르치고 있었다.

"너희는 화랑이다! 불의 앞에서 주저함이 없어야 한다. 몸을 단련하고, 지식을 익히고, 나라를 위해 끊임없이 고민해라! 너희가 강해야 백성을, 이 신국을 지킬 수 있다!"

대련하는 화랑들을 날카로운 눈으로 살피던 수호가 돌아보는데 멀리서 그를 바라보고 있는 사람이 있었다. 전쟁터에서 막 돌아온 듯 갑옷을 입은 선우였다. 잠깐 놀랐지만 이내 반가워 미소 지으며 수호는 손을 흔들며 중얼거렸다.

"또 하나 해치우고 오셨나?"

선우는 수호에게 눈인사를 남기고 정전으로 가서 삼맥종부터 찾았다. 선우는 백제와의 국경을 지키는 일을 하고 있었다. 그러니 이제 선우와 삼맥종은 친구로 만나는 게 아니라 전세를 보고하는 장군과 왕으로 만나고 있었다.

"창 태자가?"

"대가야와 연합해서 우리 관산성을 치겠다는 생각인 것 같습니다."

고개를 끄덕이던 삼맥종이 선우를 빤히 보다가 말했다.

"…우린 이제 무슨 일이 있어야 얼굴을 보는구나."

"여기 있음 또 다른 성골이네 뭐네 해서 분란만 일으킬 테니까."

"그렇게 쭉 멋있을 거면, 왕을 하지 그랬냐?"

선우가 픽 흐리게 웃었다.

"여섯 달 만에 왕경에 왔는데, 아로는 만났나?"

선우는 고개를 가로저었다. 그러나 아로를 만날 생각에 벌써 입에 귀에 걸려 있었다.

아로는 안골 집 마당에서 말린 약재들을 거두며 우울해져 있었다. 오늘 피주기가 했던 말이 아무래도 확실하게 마음을 긁어버린 것 같았다.

"소식이라도 한 장 주던가! 뭔 확신을 주든가!"

우울하게 중얼거리다 보니 확 핏대가 서는 듯했다.

"아! 끝내! 아쉬울 거 없어."

이런 말도 안 되는 관계는 끝내버리고 진짜 제대로 된 사내를 찾아봐야겠다고 결심한 아로는 손에 들고 있던 약재를 야무지게 내동댕이치고 돌아섰다.

그런데 거짓말같이 눈앞에 선우가 서 있었다. 게다가 웃기까지 하고 있었다.

"잘 있었어?"

아로는 원망스러움에 말문이 막히고, 눈가만 붉어지고 있었다.

"나 왔는데."

"난 누구신지 통 모르겠네. 기억력이 나빠서."

매몰차게 돌아서는 아로에게 선우가 바로 말했다.

"혼인하자, 우리."

아로는 방금 들은 소리가 뭐였나 멍한 상태로 서 있는데, 선우가 다시 말했다.

"내가 안 되겠어. 보고 싶어서."

아로가 천천히 돌아보자, 선우가 그대로 다가와 입을 맞췄다. 아로는 이제 되었구나 싶어서 눈물이 날 것 같았다. 그런데 선우가 아로를 안은 채 작게 속삭였다.

"근데… 지금은 가야 돼."

"뭐?"

선우가 아로에게서 떨어져 얼굴을 보며 다급하게 말했다.

"약속해. 이번 일만 하고 와서 꼭 혼인할게. 간다!"

그러더니 뒤돌아 나가버렸다. 아로가 황당해서 쳐다보고 있다가 욱 솟아올라 소리쳤다.

"뭐 이런… 개새!"

그런데 선우는 벌써 저만치 가고 있었다. 아로가 폭발할 듯 따라가면서 소리쳤다.

"다치기만 해. 다치면 가만 안 둬!"

고래고래 지르는 아로의 소리를 들으며 선우가 환하게 웃었다. 선우가 돌아서서 외쳤다.

"그래, 나도 사랑해!"

헉, 깜짝 놀라 숨을 삼킨 아로는 주변을 둘러보았다. 길 가던 이웃들이 모조리 그 자리에 서서 아로를 바라보고 있었다. 이웃 보기가 창피한 아로는 얼른 손바닥을 들어 제 얼굴을 가렸다. 그러면서도 흐흐흐 나직하게 흘러나오는 웃음은 어쩔 수가 없었다.

선문에는 다시 화랑도에 입문하려는 청년들이 모여들었다. 위화는 연단 위에 서서 이번에 들어온 화랑들을 쭉 둘러보고 있었다. 아로의 왕경 공자 생태 조사가 큰 몫을 담당해 준 덕에 여전히 예쁜 미모를 자랑하는 새로운 화랑들이 모여 있는, 언제 봐도 좋은 참으로 아름다운 선문의 풍경이었다.

위화가 멈춰서 목소리를 고르자 화랑들은 기대감에 찬 얼굴로 그를 바라보았다.

"권세를 잡고 싶으냐? 화백이 되고 싶어? 지금 있는 곳보다 높은 자리에 오르고 싶거나, 지금 가진 걸 지키고 싶다면, 혹은 살아남는 게 목표라고 해도, 통을 받아라! 그게 너희가 원하는 걸 얻는 길이 될 테니까."

씩 웃는 위화의 얼굴은 어찌 보면 악마의 그것 같았다.

눈이 시리도록 푸른 하늘 아래 넓게 펼쳐진 들판이었다. 선우는 눈부신 태양을 향해 말을 타고 달렸다. 그러나 그것은 혼자 달리는 길이 아니었다. 아름답고도 늠름한 반류, 수호, 여울, 단세가 함께 달리는 길이었다. 선우 옆에 나란히 선 삼맥종이 선우를 바라보며 미소 지었다. 선우는 그 미소에 화답하듯 결의에 찬 표정으로 달리는 말에 박차를 가했다.

처음부터 길이었던 곳은 없었다. 누군가 먼저 걷고 그와 뜻을 함께한 이들이 같이 걸으면 길이 되는 것이었다.

새로운 세상을 열어가는 화랑들처럼!

〈끝〉

화랑 3

초판 1쇄 인쇄 2017년 2월 27일   초판 1쇄 발행 2017년 3월 6일

원작 KBS 드라마 〈화랑〉 극본 박은영   소설 강심
펴낸이 연준혁

멀티콘텐츠사업분사 분사장 정은선
책임편집 오가진
기획 이화진

디지털콘텐츠 전효원, 홍지현
이러닝기획 김수명

펴낸곳 (주)위즈덤하우스 출판등록 2000년 5월 23일 제13-1071호
주소 경기도 고양시 일산동구 장항동 846번지 센트럴프라자 6층
전화 031)936-4000 팩스 031)903-3893 홈페이지 www.wisdomhouse.co.kr

ⓒ 화랑문화산업전문회사·오보이프로젝트(주), 2017

값 12,000원   ISBN 978-89-97414-52-9 04810
            978-89-97414-49-9 [세트]

* 이 도서의 국립중앙도서관 출판예정도서목록(CIP)은 서지정보유통지원시스템 홈페이지
  (http://seoji.nl.go.kr)와 국가자료공동목록시스템(http://www.nl.go.kr/kolisnet)에서
  이용하실 수 있습니다.(CIP제어번호 : CIP2017004475)